U0636091

中國文學研究典籍叢刊

人間詞話疏證

彭玉平 撰

中華書局

圖書在版編目(CIP)數據

人間詞話疏證/彭玉平撰. —北京:中華書局,2011. 4
(2022. 5 重印)
(中國文學研究典籍叢刊)
ISBN 978-7-101-07888-6

Ⅰ. 人… Ⅱ. 彭… Ⅲ. 詞話(文學)-文學研究-中國
-近代 Ⅳ. I207. 23

中國版本圖書館 CIP 數據核字(2011)第 044472 號

責任編輯:馬　婧

中國文學研究典籍叢刊
人間詞話疏證
彭玉平 撰

*

中 華 書 局 出 版 發 行
(北京市豐臺區太平橋西里 38 號　100073)
http://www.zhbc.com.cn
E-mail:zhbc@zhbc.com.cn
三河市宏盛印務有限公司印刷

*

850×1168 毫米 1/32 · 15 印張 · 4 插頁 · 330 千字
2011 年 4 月第 1 版　2022 年 5 月第 6 次印刷
印數:7801-9300 册　定價:56.00 元

ISBN 978-7-101-07888-6

王國維像

人間詞話　　海甯王國維

詩蒹葭一篇最得風人深致晏同叔之昨夜西風凋碧樹獨上
高樓望盡天涯路意頗近之但一洒落一悲壯耳

古今之成大事業大學問者罔不經過三種之境界昨夜西風凋碧
樹獨上高樓望盡天涯路此第一境界也衣帶漸寬終不悔
為伊消得人憔悴此第二境界也衆裏尋他千百度回頭驀
見那人正在燈火闌珊處此第三境界也此等語皆非大
詞人不能道然遽以此意解釋諸詞恐為晏歐諸公所不許也

太白純以氣象勝西風殘照漢家陵闕寥寥八字獨有千古
後世惟范文正之漁家傲夏英公之喜遷鶯差堪繼武然氣

《人間詞話》稿本

《中國文學研究典籍叢刊》出版説明

中國古代學者對文學的認識、思考、研究和總結，是以多種形式書寫、流傳並發生影響的，有的是理論性的專著，有的是隨筆式的評論，有的是作品前後的序跋，有的是作品之中的評點。這些典籍數量豐富，種類衆多，涉及各個時期的不同的文學現象和文學思潮，以及不同的作家作品和文體文類。對這些典籍文獻的收集、整理，在近百年來，一直是學術界著力的重點，取得了很大的成績。

爲了進一步推動這一工作的進展，我們組織了《中國文學研究典籍叢刊》，選擇歷代具有代表性的、比較重要的典籍，採用所能得到的善本，進行深入的整理。因各類典籍情況差異較大，整理的方式也因書而異，不求一律，或校勘，或標點，或注釋，或輯佚，詳見各書的前言與凡例。《叢刊》的目的，是系統地爲學術界提供一套承載著中國古代學者文學研究成果的，内容更爲準確、使用更爲方便的基礎資料。我們熱切地期待學術界的同仁們參與這一澤惠學林的工作，並誠摯地歡迎讀者對我們的工作提出批評指正。

中華書局編輯部

二〇〇六年六月

目録

自序

大凡文論之經典，或結一代之穴，或啟一代之風，捨此而難副經典之名矣。而其創建者，非具深沉之學識，即具敏鋭之觀念。吾國文論，素以結穴者居多，若彦和、表聖、滄浪之屬，皆爲其例；然其中亦不乏善辟新域以引領風尚者，若伯玉、静安則允稱其類。昔伯玉慨歎：「文章道弊五百年矣。」故其馳書左史，獨標興寄，殷望風骨，欲一洗六朝綺靡之習。唐詩之勃興，伯玉與有功焉。静安生當清末民初，詞壇因半塘、彊村之倡，偏尊夢窗，一時俊彦，咸趨其後，斯風由是愈烈。或高言外澀内活，或放論潛氣内轉，或以無厚入有間，或以重大寓於拙。雖文采無愧密麗，而詞氣往往滯塞。誠如蕙風所言：「非絶頂聰明，勿學夢窗。」又曰：「作詞須知暗字訣。凡暗轉、暗接、暗提、暗頓，必須花大氣真力斡運其間，非時流小惠之筆能勝任也。」蓋夢窗詞非不能學，要在於操翰之時先具氣魄而厚其底藴，於提頓之間空際轉身而神力自張，如此方能得夢窗之神髓。若一意堆垛七寶，刻削詞采，則都無筋骨矣。

静安素持「北宋風流，渡江遂絶」之説，生平最惡夢窗，以其雖具格韻，然如霧裏看花，終隔一層。視時人追摹夢窗爲棄周鼎而寶康瓠，故力倡五代北宋，以糾其弊。其撰述詞話，拈境界以爲本，以「語語都在目前」之不隔爲尚；於自然人生，則并重出入其境與忠實之心。又因觀物之不同而分有我之境與無我之境，而以涵括人類普適之性情爲天才之表徵。凡此諸論，當彼之時，真如空谷足音，本應一新世人耳目，而詎料波瀾不驚，影響寥寥。蓋其時静安尚未預詞學之流，於詞壇人微言輕耳。

然吾人將静安諸説驗諸手稿，齟齬出焉！何則？蓋境界之論本散漫各處以自相融合，且境界之外，復有他説錯綜。若詞之體性，初則承皋文「深美閎約」之論，而以正中爲楷式；繼則倡明境界而自成統系；後復援引屈賦「要眇宜修」以爲説，譽重光爲神秀，獨出衆上。三説之間，其實未安。若深美閎約與要眇宜修根柢固同，皆以精微婉約爲詞體本色，非精心結撰則無以達之；而境界所謂高格名句，尤重自然真切，要在佇興直尋，彰其靈動韻致，與彼二説理路迥然有異。如此諸説雜陳，自非細繹手稿，不易明也。

竊思静安論詞非徒逞一家之言，乃因時而起，岸然救弊者也。故其不避偏鋒，恣意而發。若貶抑長調，鄙薄南宋，甚者以小令作法衡諸慢詞，皆爲人深相詬責，良有以也。以余觀之，静安詞學本得失參之。若依詞史而論，則未免自限門庭而堂廡未張；若就濟世而言，則宛然導引時流而厥功甚偉。此余之疏證，所以不煩瑣屑以探其奥窔也。昔夫子有云：「知我者，其惟《春秋》乎！罪我者，其惟《春秋》乎！」引録於此，以略供吾作時時懷想者也。

緒論

在王國維生前，其《人間詞話》曾以不同的方式三度面世：一九〇八年至一九〇九年之交在上海《國粹學報》初次發表，共六十四則；一九一五年一月在瀋陽《盛京時報》再次刊出，共三十一則；一九二六年二月北京樸社出版俞平伯標點《國粹學報》發表本的單行本。一九二七年六月王國維去世後，其助手趙萬里、子嗣王幼安（字仲聞）等對《人間詞話》續有增補，以此世人知王國維《人間詞話》手稿尚存於世。從上個世紀八十年代以來，先後有滕咸惠、劉烜等將手稿全貌以不同的方式公布於世，讀者對手稿本的情況始有一個比較全面的瞭解①。但由於手稿先是藏於王國維子嗣處，後又被捐獻於國家圖書館，一般讀者仍難以窺見其真面目。二〇〇五年九月浙江古籍出版社將《人間詞話》與《人間詞》兩種手稿合爲《〈人間詞〉〈人間詞話〉手稿》仿真複製，世之欲睹手稿者，遂能一親其筆跡芳澤。而筆者於二〇〇九年四月初，也曾專程到北京國家圖書館訪讀手稿，因將關於手稿的情況分十一題略述於下。

① 關於王國維去世後，其《人間詞話》手稿的增補情況，參見拙文《一個文本的戰爭——〈人間詞話〉百年學術史研究之四》，刊《河南大學學報》二〇〇九年第二期。《新華文摘》二〇〇九年第十七期摘轉主要論點。本書附録即據此文節録而成。

一、關於《人間詞話》手稿的基本情況

《人間詞話》手稿書於「養正書塾札記簿」上，此簿以直行毛邊紙裝訂而成，規格長二十四釐米，寬十六釐米。封面右上書：光緒壬寅歲。光緒壬寅爲一九○二年，時王國維之弟王國華正在杭州養正書塾就讀，故有此札記簿。左上大書「奇文」二字，「奇文」右下小字「人間詞話」，「人間詞話」右行下書「王靜安」，王靜安三字旁有大書「國華」二字。其書大小不同，字體亦異，顯係分出二人手筆。「人間詞話」、「王靜安」七字當爲王國維所書，而「光緒壬寅歲」、「奇文」、「國華」九字則爲王國維之弟王國華（字健安）所書。蓋此本或爲王國維之弟國華用以摘録「奇文」之本，但并未鈔録任何文字，王國維大概擬撰述詞話時，手邊無其他紙簿，故隨手取以撰寫《人間詞話》。只是封面王國華原書字跡過大，難以塗抹，王國維只能細書於旁。

詞話扉頁有王國維作《戲效季英作口號詩》六首，頁三首，共二頁。詩云：

舟過瞿塘東復東，竹枝聲裏杜鵑紅。白雲低渡滄江去，巫峽冥冥十二峰。（其一）
朱樓高出五雲間，落日憑闌翠袖寒。寄語塞鴻休北度，明朝飛雪滿關山。（其二）
夜深微雨灑簾櫳，惆悵西園滿地紅。穠李夭桃元自落，人間未免怨東風。（其三）
雙闕淩霄不可攀，明河流向闕中間。銀燈一隊經馳道，道是君王夜宴還。（其四）

雨後山泉百道飛，冥冥江樹子規啼。蜀山此去無多路，要爲催人不得歸。（其五）

十年腸斷寄征衣，雪滿天山未解圍。卻聽鄰娃談故事，封侯夫婿黑頭歸。（其六）

季英即劉大紳，乃劉鶚長子，羅振玉長婿，曾與王國維同學於東文學社，王國維任職學部之時，兩人更是交往甚密。所謂口號，乃詩體之一種，嚴羽《滄浪詩話》即列有「口號」一體。任半塘説：「所謂口號，例作七律一首，亦誦念之聲而已，并無樂歌之聲。」①仇兆鰲注杜甫《紫宸殿退朝口號》引顧注曰：「口號，言隨口號吟。」②王昌會《詩話類編》卷一云：「曰口號者，或四句，或八句，草成速就，達意宣情而已。」馬上巘《詩法火傳》卷十五因此而把「明白條暢」作爲口號的基本特徵。口號與律詩、絶句的區別只是創作方式上有口占與筆札的不同而已。當然這只是早期口號的創作形態而已，後來帶有口語化的筆札也被作者冠以「口號」，也是有可能的。譬如王國維的這六首口號，就未必真是口占而成的，但確實帶有「明白條暢」的風格特點。劉大紳原詩已難以尋覓，王國維戲效之，想來是對劉大紳原詩有所觸動，故繼此而作。至於王國維究竟爲何在撰述詞話之前書此六詩，現在已難以明確考索。

詞話正文後有《靜庵藏書目》十五頁。與首頁有《戲效季英作口號詩》一樣，這尾頁的《靜庵藏

① 任半塘《唐聲詩》上編，上海古籍出版社一九八二年版，第四四四頁。

② 仇兆鰲《杜詩詳注》第二册，中華書局一九七九年版，第四三六頁。

書目》是王國維僅僅利用此簿的剩餘部分，還是王國維的措心之處，也難以考索，但《人間詞話》中所涉及的有關中國古典詩文批評的理論著作，確實都收録在這部書目中了。書目大體以經子、史、集的順序排列：經子類（含少量筆記）著作居前，凡二十三種；史類著作次之，凡五種；集部著作殿後，凡一百四十二種，集部中先詩集（包括若干詩文合集、別集），起王逸《楚辭章句》，訖《曾文正公詩集》；次散文、駢文集；次詩選、詩話及若干文論著作（中間雜有《説文》等數種例外）；次詞的總集、別集；次曲類著作，含曲論、曲選、曲律及若干戲曲別集。全部書目共一百七十種，其側重著録集部書目的傾向十分明顯。

《靜庵藏書目》既附録於《人間詞話》手稿之後，則其編訂時間當在《人間詞話》手稿本完成之後，可能王國維看册頁剩餘頗多，遂起編訂藏書目之想。具體編訂時間當在一九〇九年三四月份。藏書目中的宣氏本《梅苑》是在宣統元年（一九〇九）閏二月纔由唐風樓主人（羅振玉）持贈王國維①，這也可大致推斷出藏書目的編目時間不會早於一九〇九年閏二月。藏書目中著録的明刻《草堂詩餘》據王國維跋文，也是宣統己酉年（一九〇九）得於京師，但王國維未注明月份②。入藏

① 參見日本榎一雄《王國維手鈔手校詞曲書二十五種——東洋文庫所藏特殊本》，初刊《東洋文庫書報》第八號（一九七七年三月），此轉引自《王國維學術研究論集》第三輯，華東師範大學出版社一九九〇年版，第三三一頁。

② 參見《草堂詩餘·跋》，王國維《庚辛之間讀書記》，載《王國維遺書》第三册，上海書店出版社一九八三年版，第二七三頁。

東洋文庫的「明劇七種」，王國維乃是從宣德本迻録，迻録時間在宣統元年夏五月，然卻未及著録於《靜庵藏書目》，則《靜庵藏書目》的編訂當在宣統元年（一九〇九）閏二月至夏五月之間。自此之後，王國維購置、獲贈或手鈔的書籍均未入此書目。

《人間詞話》手稿共廿頁，王國維一一標明頁碼。首頁第一列頂格書「人間詞話」四字，同列下部書「海甯王國維」五字。正文從第二列開始，每則頂格另起，以楷書寫就，其書相對而言，前面工整，稍後則略顯潦草，至删改之痕，也是後甚於前。或王國維隨着撰述進程，思路愈益流暢，故不暇細究書事，惟以録其所思所感而已。

二、關於《人間詞話》手稿的撰述時間

滕咸惠説：「王氏《唐五代二十一家詞輯》大部分（其中十九家）完成於『光緒戊申季夏』，正是《人間詞話》寫作的資料根據之一。」①此言甚是。但王國維撰的《詞録》也同時是《人間詞話》取材的重要内容，這也是不能忽視的。這不僅因爲《詞録》所録唐五代詞集的版本多來自《唐五代二十一家詞輯》，而且此二書的跋文和題記在《人間詞話》中留下了頗爲明顯的痕跡。

① 王國維著，滕咸惠校注《人間詞話新注》（修訂本），齊魯書社一九八六年版，第一頁。

《人間詞話》的思想淵源，如果追溯的話，當然可以追溯得更早，但具體的撰述時間則不會持續太久。一九二五年八九月間，王國維在接獲陳乃乾要求翻印《國粹學報》本《人間詞話》來信後，即在回信中説：「《人間詞話》乃弟十四五年前之作。」而在校訂完訛字後，又在復陳乃乾信中特地告誡：「發行時，請聲明係弟十五年前所作，今覓得手稿，因加標點印行云云爲要。」因此，一九二六年二月樸社出版俞平伯標點本《人間詞話》時，書末即補署「光緒庚戌九月脱稿於京師宣武城南寓廬　國維記」，但這個補寫的文字其實問題多多：庚戌是一九一〇年，時已是宣統年間，而光緒年間根本就没有庚戌年。所以「光緒」與「庚戌」的搭配本身就是不成立的。而俞平伯標點本依據的是《國粹學報》發表本，此本早在一九〇九年一月即已刊載完畢，何以到一九一〇年纔「脱稿」？所以這一列補署的文字顯然是王國維誤記所致，觀其復陳乃乾二信可知，故不足爲據。

另外一個可以推斷《人間詞話》撰寫時間的是《盛京時報》本《人間詞話》，詞話前有引語云：「余於七八年前，偶書詞話數十則。今檢舊稿，頗有可采者，摘録如下。」此本刊載於一九一五年一月，前推七八年，也就是一九〇七——一九〇八年，如果考慮到發表周期，王國維撰述此引語也可能是在一九一四年末，則是一九〇六——一九〇七年了。換言之，王國維撰寫《人間詞話》的時間應該不會超過一九〇六——一九〇八數年間。而且王國維此處所謂「今檢舊稿」，當正是檢的手稿，因爲與《國粹學報》初刊本相比，《盛京時報》本《人間詞話》增加了手稿本中此前没有刊發的數則内容，若是只檢《國粹學報》發表本，則不能將手稿中未刊的内容補充進來。

事實上，可能因爲《國粹學報》發表本幾乎没有産生一定的學術影響，王國維對此的記憶也頗爲淡薄。所以在接獲陳乃乾來信要求翻印《人間詞話》時，王國維在復信中説：「此書弟亦無底稿，不知其中所言如何，請將原本寄來一閲，或者有所删定，再行付印，如何？」王國維居然「不知其中所言如何」，真足令人驚訝！而自稱自己「無底稿」，其實也是搪塞之言，事實上在清華園的王國維家中，這本《人間詞話》的底稿是一直收藏着的。而且正因爲手稿藏於篋中，趙萬里在王國維去世後整理其遺著，纔有可能從手稿中擇録若干則發表在《小説月報》上。王國維的這一番的措詞，顯然更多的是表達一種消極的態度而已。趙萬里在《人間詞話未刊稿及其他》①的後記中就曾言及王國維少壯治文學、哲學、教育學，而對於「其壯年所治諸學，稍後輒棄之不樂道，故其緒論，捨《静安文集》、《宋元戲曲史》、《人間詞話》外，世人欲窺其一鱗一爪，亦無由得焉」。對照趙萬里此言，則王國維「不知其中所言如何」云云，自然就能理解得更透徹了。

回到手稿本上。按照王國維的著述習慣，一部著作的寫作不可能持續很長的時間，特别是作了相關文獻準備後的著述，往往數月即可完成。如其《宋元戲曲考》只用了三個月時間，原因當然是此前已經有《唐宋大曲考》、《戲曲考原》、《古劇脚色考》、《優語録》、《曲調源流表》等著作的撰成以及大量戲曲文獻的批點。《人間詞話》的著述情況當與此相似，因爲有了《唐五代二十一家詞

① 刊《小説月報》第十九卷第三號（一九二八年三月）。

輯》、《詞録》等專書的完成以及大量詞集批點，所以王國維撰述詞話的時間也當在數月之間。無論是王國維在致陳乃乾信中所説的「十四五年」，還是《盛京時報》本《人間詞話》首頁引語的「七八年」，都不過是在忘卻撰年後的年份指稱約數而已，并非是指其撰述跨越了年度。陳鴻祥認爲：「所謂『七八年前』，蓋作者記憶時間，可反證《人間詞話》之寫作，當在一九〇七年至一九〇八年之間。」①應該是誤解了王國維的意思了。倒是俞平伯標點本後面補署的「庚戌九月」，其中的「九月」當確是「脱稿」的時間，不過，不是庚戌年九月，而是戊申年九月——即一九〇八年九月而已。同年十月，《人間詞話》的第一批二十一則即已經在《國粹學報》刊出了。以此前推，《人間詞話》的具體撰述時間當在一九〇八年七月至九月間。因此滕咸惠《人間詞話新注》將詞話的撰述時間定於一九〇八年夏秋之際，我認爲是合理的。

但學界頗有以其思想形成過程來作爲《人間詞話》撰述時間的説法。如佛雛即因爲《人間詞甲稿序》作於一九〇六年四月，堪作王國維詞學之綱領，所以認爲「靜安《詞話》之作，至遲應從『丙午年（一九〇六）四月』算起，以迄於戊申（一九〇八）十月即最初發表於《國粹學報》之時。寫作地點主要當在北京」②。僅撰述時間長達三年多，地點以北京爲主，也當有部分作於蘇州。其實王

① 陳鴻祥《王國維全傳》，人民出版社二〇〇七年版，第二九五頁。

② 佛雛《〈人間詞話〉手稿補校并跋》，王國維著，佛雛校輯《新訂〈人間詞話〉廣〈人間詞話〉》，華東師範大學出版社一九九〇年版，第二五六頁。

國維代樊志厚作《人間詞甲稿序》固然代表着其詞學的基本格局，但其與《人間詞話》的撰述是不同的兩件事情，不宜將思想的承續與詞話的撰述時間直接等同起來。

與佛雛的理念相似，陳鴻祥也是以詞學觀念及若干相似的論詞文字來作爲《人間詞話》的撰述起始時間。陳鴻祥認爲將《人間詞話》的撰述時間定爲一九〇八年春夏之間，或者泛泛説是作於一九〇八年之前，是「未能落到實處」①。陳鴻祥認爲：「以《唐五代二十一家詞輯》而言，此乃王國維一九〇八年夏輯撰《詞録》的産品，與《人間詞話》之寫作實無直接關聯。」②陳鴻祥以此否認滕咸惠等「一九〇八夏秋」之説。但我相信陳鴻祥在撰述《王國維全傳》時應該没有通讀過《詞録》一書，因爲《詞録》中所録唐五代諸詞集版本，多標「海甯王氏輯録本」，則《詞輯》輯於《詞録》之前，乃是顯而易見的事實。陳鴻祥將《詞輯》作爲《詞録》的後續産品，是錯置了兩者的關係。至於認爲《詞輯》、《詞録》與《人間詞話》没有直接關聯，更屬主觀之論。事實上，王國維詞學正是在對唐五代詞的閱讀體會中逐漸形成的，而且關於詞的體性認知，無論是撰述初期所借用的張惠言的「深美閎約」，還是後來提出的「要眇宜修」，唐五代詞的創作實踐正是這些理論的奠基。

在否定他説的同時，陳鴻祥提出了自己的看法：「至於《人間詞話》寫作之起始，當以一九〇六

① 陳鴻祥《王國維全傳》，人民出版社二〇〇七年版，第二九二頁。
② 同上，第二九二頁。

年十二月發表於《教育世界》之《文學小言》作起點。」①「王國維是緊接在《文學小言》之後，動筆寫《人間詞話》的，很可能是在一九〇六年冬至一九〇七年春，因乃譽公去世，他在海甯家中居喪期間，隨手取了昔日王國華帶回的養正書塾筆記本，開始《人間詞話》的寫作。」②「王國維寫作這部詞話，持續到一九〇八年底，收筆於《國粹學報》發表之前。」③按照陳鴻祥的表述，王國維撰述《人間詞話》的具體時間歷時兩年餘，寫作地點則是從海甯到蘇州再到北京。

陳鴻祥「兩年三地」的説法首先是按照其詞學思想形成的軌跡來確定的，因爲《文學小言》中論「三種階級」、「文學盛衰」諸説，在《人間詞話》中基本保留了下來。所以《文學小言》的發表時間就被陳鴻祥視爲《人間詞話》撰述的起始時間。這與佛雛一樣，是把思想的承續作爲撰述的承續了。至於將初始寫作地點定爲海寧，也是由這一點而推論的。顯然，陳鴻祥的説法推測的成分居多。

因爲手稿的前三十則與此後各則具有明顯的階段性區别，陳鴻祥據此認爲手稿不是一次寫成的，前三十則寫於一九〇七年夏秋之前，與《人間詞乙稿序》、《三十自序》同期，其餘則寫於此後。陳鴻祥説：「《人間詞話》的主體論説，全部詞話一百二十六則，有四分之三以上（九十六則）大

① 陳鴻祥《王國維全傳》，人民出版社二〇〇七年版，第二九二頁。
② 同上，第二九三頁。
③ 同上，第二九二頁。

致寫成於一九〇七年秋冬《人間詞乙稿序》問世之後,至一九〇八年秋《國粹學報》首發六十四則之前。」①將手稿的前三十則與此後各則區别開來,從理論而言,筆者是同意的,但這種理論的漸進軌跡不應該成爲其撰述於不同時段的依據,事實上,前三十則固然没有直接提出境界説及其諸種分類,但境界説的内涵,其實也已經部分地涉及了,只是理論形態尚未成熟,理論話語尚未獨立而已。而由前三十則至第三十一則及此後各則,正體現了其在撰述中詞學思想由潛在到明晰、由零散到整合的過程。這個過程如果在時間上被硬性分開,不僅不符合王國維的撰述習慣,而且不符合建構理論的一般規則。作爲理論分析,將前三十則與後面各則區别開來,確有必要,但以此作爲撰述於不同時段的證據,則明顯是單薄而乏力的。

三、關於手稿的流傳與保存

一九〇八年十月前,王國維在北京完成《人間詞話》撰述之後,手稿當隨處身邊。

一九一一年秋,王國維隨羅振玉東渡日本,在攜去的書籍中就包含這部《人間詞話》的手稿,因爲一九一五年一月《盛京時報》再度刊發《人間詞話》時,其中有多條是直接從手稿中挑選出來

① 陳鴻祥《王國維全傳》,人民出版社二〇〇七年版,第二九三—二九四頁。

的，如重刊本第二則即來自手稿第四十六則「言氣質」一則，手稿第七十則「近人詞如復堂詞之深婉」、第七十一則「宋尚木《蝶戀花》」、第七十二則「半唐《丁稿》」也被整合爲重刊本第二十七、二十八兩則，等等。有的更以手稿文字替代了初刊本文字。顯然其時手稿是在日本的，否則就無法解釋重刊本《人間詞話》中增入的手稿條目的來源了。

但一九一六年初，王國維從日本回國後，手稿是否也攜至國内？對此看法就各異了。陳鴻祥説：「王國維原先十分珍愛《人間詞話》手稿，當他『辛亥東渡』時，仍不忘攜在身邊，故能『檢舊稿』摘録，而當丙辰（一九一六）自日本歸國時，卻將手稿留給了仍在日本京都的羅振玉。」又説：「爲着研究古史、古文字學，王國維不惜以自己珍藏的詞曲書稿，去換取羅氏所藏經史小學之重本書。在留入『大雲書庫』的詞曲書稿中，應該也包括了寫在『養正書塾札記』上的《人間詞話》手稿。」①陳鴻祥認爲將手稿留給羅振玉的依據，主要是羅振玉侄女羅莊的一段文字：「辛亥（一九一一）後，公（王國維）及伯父（羅振玉）、家大人（羅振常）避地東瀛，嘗爲伯父編《大雲書庫藏書目》，見經部經説、小學之書重本甚多，而集部中詞曲竟無一種，以爲偏枯。時公（王國維）欲研究經學、小學，乃悉取其重本，而以所藏之詞曲補其缺。」②其實羅莊説的意思，王國維的《丙辰日記》也有

① 陳鴻祥《王國維全傳》，人民出版社二〇〇七年版，第二九八—二九九頁。
② 羅莊校刊、王國維校注《録鬼簿》所寫案語，《觀堂詩詞彙編·人間校詞札記附録》，上海蟫隱廬刊本。此轉引自《王國維全傳》，第二九九頁。

類似記載。其元月初二日記：「……此次臨行購得《太平御覽》、《戴氏藏書》殘本，復從韞公乞得複本書若干部，而以詞曲書贈韞公，蓋近日不爲此學已數年矣。」①將羅莊的記叙與王國維的日記對勘，可以確定，王國維確實將自己收藏的詞曲書在回國前贈予羅振玉，以豐富其藏書的種類和格局，當然這種贈書的最根本的原因，是王國維已經不擬再從事詞曲研究了，另外的原因是既然從羅振玉處取得多種經史書籍的複本，也需要回贈若干以表情分。

問題是，在王國維贈予羅振玉的詞曲書中是否包含有《人間詞話》的手稿？自從上世紀七十年代，日本榎一雄在東洋文庫發現了二十五種王國維批校詞曲書之後，王國維贈送詞曲書一事得到了初步的證實。但其中應該并不包括《人間詞話》手稿在内。羅莊説的「所藏之詞曲」與王國維日記中所説的「以詞曲書贈韞公」，其實應該并不包括王國維本人的著述，陳鴻祥在「詞曲書」後擅自加一「稿」字，反而容易誤導所贈書籍的範圍。這部《人間詞話》手稿其實一直跟隨着王國維，經歷了北京——日本京都——上海——北京的地點變化，所以在王國維去世後，趙萬里編輯遺書，纔能見到手稿，并將其中未刊若干則擇録發表。趙萬里在刊發於《小説月報》第十九卷第三號（一九二八年三月）之《人間詞話未刊稿及其他》的後記中説：「余頃因編纂遺集，於遺稿中録出詞話未刊稿及詩文辭評論數十則……」又在識語中説：「《人間詞話》刊載於《國粹學報》，未全，樸社嘗録

① 王國維《丙辰日記》手稿現藏國家圖書館，虞坤林編《王國維在一九一六》一書收録之，此轉引自此書第五頁，山西出版集團、山西古籍出版社二〇〇八年版。

之，發行單行本。」趙萬里的「未全」之説，正是因爲他在王國維遺稿中看到了「全」的手稿的緣故。所以，很顯然，《人間詞話》的手稿正是在王國維遺稿之内的。因此陳鴻祥認爲王國維曾將《人間詞話》手稿贈送羅振玉的説法就難以成立了。至於説王國維「不惜」以自己珍藏的詞曲書稿去换取羅振玉的經史小學等方面的書籍，也言之過重，王國維《丙辰日記》記述甚明，主要是因爲王國維已經決定不治詞曲之學，同時也是一種回報的名義。

王國維生前，手稿應該是由他自己收藏。一九二七年王國維去世後，羅振玉著手編輯《海甯王忠慤公遺書》，作爲助手的趙萬里遂發篋整理遺著，得以發現《人間詞話》的手稿，并應《小説月報》之約，從手稿中别録數十則發表。此後此手稿并其他書籍、著述稿由王國維次子王高明（即王幼安仲聞）收藏。這一信息從王幼安校訂、徐調孚校注《人間詞話》時所寫的《校訂後記》中可以窺見端倪。王幼安提到在校訂本中有五條「據原稿録出，爲以前所未發表」者，而其校訂凡通行本有誤字而原稿未誤者，「據原稿逕行改正」，又在後記末云：「王氏論詞之語，未盡於此，俟後覓得續補。」則手稿藏於王幼安處，當是不爭的事實。而此前徐調孚、陳乃乾雖然也做着爲《人間詞話》補遺的工作，但或者從遺集中爬梳，或者從王國維批注的詞集中輯録，從《人間詞話》手稿中擇録發表的，除了趙萬里，就是王幼安，這與他們二人曾先後寓目并保管手稿的經歷有關。周振甫爲滕咸惠《人間詞話新注》所作的序言説：「王氏原稿由趙萬里先生保藏，外間很少有人見到。一九六三年到一九六四年，咸惠同志就讀於中國人民大學文藝理論研究班時，從趙先生處借讀原稿，加以整理和注釋，完成了本書的初稿。」①這個説法表述欠精確，很容易遭致誤解，以爲手稿是趙萬里個人珍藏的。但事實上，早在一九五一年，時任北京圖書館善本部主任的趙萬里即建議王仲聞將王國維的手稿捐獻出來。王仲聞從其建議，將王國維的遺墨、手稿一百餘件都捐給了北京圖書館，這其中就包括《人間詞話》與《人間詞》的手稿原件。趙萬里當是這次捐贈的經手人，而且這批藏品正好屬於趙萬里的管轄範圍，所以，當一九六三年滕咸惠借閲手稿，趙萬里能夠提供方便。滕咸惠在《修訂後記》中説：「一九六三年，在趙萬里先生幫助下，我得以借讀原稿，并全文録出。」這與周振甫所説的「王氏原稿由趙萬里先生保藏」，仍是不能混淆的。此後劉烜、佛雛等發表或校訂手稿，都是從國家圖書館借閲的。手稿現入藏國家圖書館善本特藏部。二〇〇五年九月浙江古籍出版社將《人間詞話》與《人間詞》兩種手稿合爲《〈人間詞〉〈人間詞話〉手稿》仿真複製，世之欲睹手稿者，遂能一親其筆跡芳澤。

四、詞話何以名「人間」？

王國維的詞學思想主要體現在其《人間詞話》一書中。如果就手稿本的情況來看，王國維撰

① 王國維著、滕咸惠校注《人間詞話新注》（修訂本），齊魯書社一九八六年版，第一頁。

述詞話初期，似尚未有提出境界説的明確想法，故其前三十則大都是對古代詩論、詞論的斟酌之詞，以及對詞史上的若干重要詞人進行一些隨感式的評點。直到第三十一則纔開始提出「境界」問題，而且其關於境界説的表述在此後也非完全以連續性條目的方式出現，而是錯雜在諸條目之中，這説明王國維的詞學思想是在一種邊撰述邊思考的過程中完成的。當一九〇八年十月，王國維從中挑選六十四則（含臨時補寫一則）刊發於《國粹學報》第四十七、四十九、五十期之時，因爲手稿寫作已經完成，可以將在撰述過程中逐漸成型的詞學思想以一種成熟的結構體系的方式表現出來，如此纔有了我們現在熟知的以「境界」説開篇的初刊本《人間詞話》。這裏不擬追索王國維詞學思想的形成過程，而是以初刊本爲基礎，就王國維提出的若干詞學範疇及其範疇體系問題，略作探討。

在闡釋諸範疇之前，有必要先闡明王國維爲何用「人間」來命名其詞話的問題。長期以來，對這一問題的討論，一直諸説紛紜，莫衷一是。趙萬里在《王靜安先生年譜》中提到，因爲此前王國維所作詞中多次用到「人間」一詞，故王國維拈出以作詞集名，《教育世界》一九〇六、一九〇七年先後刊出其《人間詞甲稿》、《人間詞乙稿》，即是一證。今檢兩種詞集，在全部九十九首詞中，「人間」一詞出現了三十餘次，這還不包括與「人間」一詞相似的如「人生」、「塵寰」等。這説明趙萬里的説法是有一定的事實依據的。與王國維熟稔的羅振常，於約三十年代中期所撰《人間詞甲稿序・跋》中，也有「《甲稿》詞中『人間』字凡十餘見，故以名其詞云」的説法，也可佐證趙萬里之說。《人間詞話》的撰述既晚於這兩種詞集，詞話命名因襲詞集之名也屬自然之事。但羅振常在跋文同時提及的一句話卻同樣重要：「時人間方究哲學，靜觀人生哀樂，感慨繫之。」這不但交待了王國維何以多用「人間」一詞的原因，而且直接以「人間」稱呼王國維了，則「人間」也宛然是王國維之號了。羅莊整理的刊發於《北平圖書館館刊》第十卷（一九三六年）第一號的《人間校詞札記》，鈔録王國維校訂《樂章詞》、《山谷詞》的校記，也是以「人間」稱王國維的。日本學者榎一雄在《東洋文庫書報》第八號發表的《王國維手鈔手校詞曲書二十五種》中，鈔録了王國維所書的跋文和識語，在《寧極齋樂府》、《片玉詞》等的跋文中多處署名「人間」。一九一六年初王國維寓居上海後，與時在日本京都的羅振玉通信頻繁，羅振玉信中稱「人間」、「人間先生」多達數十次，等等。綜合這些材料，可以確定：王國維確實曾用過「人間」一號以作題跋。羅振玉、羅振常、羅莊等與王國維交往密切的羅氏家族成員，也常常直呼王國維爲「人間」。故王國維曾號「人間」一事，已無疑義。羅繼祖在《羅振玉王國維往來書信》一書所收録羅振玉信件首次稱呼「人間先生」後加按語云：「王先生詞中好用『人間』字，故公戲以『人間』呼之，嘗爲製『人間』兩字小印。」竊以爲羅繼祖的這一按語，可以解釋何以羅振玉致信王國維，如此頻繁地以「人間先生」相稱了，而羅振常、羅莊、吴昌綬等偶以「人間」相稱，其實是受羅振玉之影響的。質言之，羅振玉纔是王國維「人間」一號的始作俑者。

但問題依然存在：王國維爲何要在詞中頻繁使用「人間」一詞？羅振常將此與王國維研究哲學、探討人生問題聯繫起來。則「人間」義近「人生」。李慶在《中國典籍與文化》二〇〇一年第一期發表《〈人間詞話〉的「人間」考》一文，則認爲王國維使用的「人間」一詞乃是來源於日本語彙，意即人生，側重於表達個人化的情緒。這一理解當然可備一説，但在語彙來源上追溯至日本，似索解過深。筆者近年閱讀王國維著述，發現其對《莊子》用心特深，其詩詞創作和理論中包含莊子藝術精神之處不一而足。而《莊子》中的《人間世》乃是莊子表述其核心思想的一篇，莊子對人世的判斷，與王國維當時對人世的判斷，稍加比勘，可以發現兩者有着驚人的一致性，所以王國維之「人間」從内涵上而言，更多地淵源於《莊子》，「人間」乃是「人間世」的簡稱，這應該是可以得到合理的解釋的。《人間詞話》中有專則論述詩人「憂生」、「憂世」的話題。在王國維的語境中，人生與世間乃是一個有機的整體，王國維「靜觀人生哀樂」，本質上是靜觀人生在「人間世」的哀樂。所以在其詩詞及詞話中，王國維著眼所在并非限於一己之哀樂，而是將觸角延伸到社會的許多方面。其詞中多用「人間」一詞，以「人間」命名詞集、詞話，都是他早年關注人間，志在改造社會的一種意識反映。

明乎「人間」一詞的内涵，可以得出如下結論：王國維因爲究心哲學，關注人生，故其詞中頻頻出現「人間」一詞，而這種頻繁的出現又引起了王國維周圍同學友人的注意，故時以「人間」相稱。而這緣於靜觀哲學人生而意外獲得的「人間」之號，十分契合其詞中的創作主題，王國維遂拈以爲詞集名，則直接緣由固然是有了「人間」這一號，而「人間」之號則來源於其哲學思考。則哲學命題、被稱爲號、拈以爲名三者實在是一個自然發展的過程，忽略了這一過程，則探討以「人間」名詞集名詞話的原因，就有可能部分地失去真實。

五、關於《人間詞話》手稿本的標序和圈識

在走向經典的過程中，《人間詞話》手稿本一直若隱若現地伴隨着這一進程，先是趙萬里、王幼安的擇録發表，繼而是滕咸惠、劉烜等的全部發表。但這些發表僅限於文字而已，而且趙萬里、王幼安在發表部分手稿時曾在文字上自行做過一定的潤色，至於王國維留存在手稿上的標序和圈識等，則長期不爲人所知。直至二〇〇五年九月，浙江古籍出版社將《人間詞話》仿真複製與《人間詞》兩種手稿合并出版，王國維在手稿上的删改、圈識和標序始全部展現在學人面前。

從手稿上王國維留下的標序和圈識來看，王國維在擇録若干則擬發表於《國粹學報》之前，起碼經過了三次斟酌調整的過程。但關於這些標序和圈識的價值和意義，在手稿發表過程中并未受到足夠的關注。齊魯書社一九八一年出版的滕咸惠《人間詞話新注》及一九八六年出版的「修訂本」，無論是其《前言》，抑或《幾點説明》、《修訂後記》均未提及這些標序和圈識的情況。最早注意到手稿標序和圈識的是劉烜，他在刊發於《讀書》一九八〇年第七期的《王國維〈人間詞話〉的手稿》一文中説：「他在手稿上標有許多不同的記號。總的説，劃了圈的詞話，大都在《國粹學報》上發表過。個别的雖有圈，卻没有選。很多則詞話，標上了數目字。經查對，發表時的次序大體按

作者標的數目字排列的。由此可見，《人間詞話》的排列，是經過作者認真考慮過的。」劉烜注意到標序和圈識，而且似乎也將手稿標序和圈識的情況與《國粹學報》初刊本作了初步的對勘，其意義應予充分肯定。但不能不説，劉烜的勘察有欠精細，譬如劃了圈的詞話并非只是「大都」在《國粹學報》上發表過，而是「全部」發表了的，所以他説個別劃了圈卻没有發表，這種情況在手稿中其實是并不存在的。劉烜只注意到劃圈的條目，其實王國維在手稿中還有畫「△」和「∠」符號的，這些符號意味着王國維怎樣的取捨心態，劉烜則没有提及。而且劉烜對手稿劃圈的説明似乎也影響到後來陳鴻祥的判斷，陳鴻祥在看了浙江古籍出版社全文影印的《人間詞話》手稿之後，也説：「由作者自己在眉頭加了圈的詞話，則大多選刊於《國粹學報》。」①陳鴻祥特地在這一句話後加有頁注：「參見劉烜《王國維〈人間詞話〉的手稿》，《讀書》一九八〇年第七期。」這多少可以説明陳鴻祥只是接受了劉烜的説法，應該是并没有細加對勘手稿，所以纔會有「大多選刊」這樣本來不應該有的模糊説明。

再如手稿標序問題，劉烜説經過查對，《國粹學報》的發表順序是大體按照手稿的標序排列的。這個説法同樣有問題。因爲《國粹學報》初刊本的順序除了第一則論「境界」與手稿標序「一」符合之外，其餘無一相合。雖然標有「三」至「九」的七則在發表時位置仍舊相連，但具體位置都是

① 陳鴻祥《王國維全傳》，人民出版社二〇〇七年版，第二九一頁。

前移了一位的，而從標序「十」開始的之後條目在《國粹學報》中則幾乎完全失去了原先標序的意義，顯得十分淩亂，而且有數則標序的條目其實也没有在初刊本中出現。劉烜的查對同樣有欠細緻。

相比於劉烜、陳鴻祥，佛雛對圈識符號的統計要更爲準確，而且注意到劃圈與劃三角兩種符號的不同取捨問題。佛雛在滕咸惠《人間詞話校注》與陳杏珍、劉烜《人間詞話》（重訂）①這兩種按不同方式刊布的手稿基礎上，作了十分詳細的補校。對於手稿的圈識和標序都以「雛按」的方式作了説明，如「此條頂端加圈」、「此條頂端隱約加圈」、「此條頂端加『△』」等，而對於手稿上的標序也在按語中一一説明。在補校的「跋」中，佛雛對王國維詞話頂端加圈加三角的則數作了統計，并説：「《詞話》條目頂端加圈者，表示定稿時選用。此種加圈之條目共有六十則，均在刊於《國粹學報》的六十四則（其中手稿六十三則）之内。」②而對於手稿上的標序則除了補校按語的客觀描述之外，對其作用和意義，均未加論述③。

① 陳杏珍、劉烜《人間詞話》（重訂），刊《河南師範大學學報》一九八二年第五期。
② 佛雛《〈人間詞話〉手稿補校并跋》，王國維著、佛雛校輯《新訂〈人間詞話〉廣〈人間詞話〉》，華東師範大學出版社一九九〇年版，第二五六頁。
③ 參見佛雛《〈人間詞話〉手稿補校後記》，刊《揚州師院學報》一九八七年第三期。或佛雛《〈人間詞話〉手稿補校并跋》，王國維著、佛雛校輯《新訂〈人間詞話〉廣〈人間詞話〉》，華東師範大學出版社一九九〇年版。

學術史對《人間詞話》手稿的總體關注程度不夠，這也爲梳理王國維詞學思想的發展進程帶來了一定的困難。因此，對於手稿的標序和圈識實有重新認識的必要。爲了使相關情況更直觀地體現出來，特列表如次。同時考慮到王國維在《盛京時報》上第二次發表《人間詞話》時，曾再度斟酌手稿，并有所吸收和調整，故將《國粹學報》初刊本（以下簡稱「初刊本」）和《盛京時報》重編本（以下簡稱「重編本」）與手稿本條目的關係也并列於表中。

手稿原序	圈識標記	手稿標序	初刊本序號	重編本序號
第一則「《詩·蒹葭》」	○		二十四	七
第二則「古今之成大事業」	○		二十六	九
第三則「太白純以氣象勝」	○		十	十
第四則「張皋文謂」	○		十一	
第五則「南唐中主詞」	○		十三	
第六則「馮正中詞」	○		十九	
第七則「大家之作」	○	一，後標「十二」，又圈去「十二」	五十六	
第八則「美成詞深遠之致」	○		三十三	十七

（續表）

手稿原序	圈識標記	手稿標序	初刊本序號	重編本序號
第九則「沈伯時《樂府指迷》」	○		三十五	
第十則「詞最忌用替代字」	○		三十四	十八
第十一則「南宋詞人」	○		四十三	二十
第十二則「周介存謂夢窗詞」	○		四十九	
第十三則「白石之詞」	△			
第十四則「夢窗之詞」	○		五十	
第十七則「詩至唐中葉以後」		初標「二」，後標「十三」，又圈去，復標「十四」		
第十八則「馮正中詞」	○		二十	十二
第十九則「歐九《浣溪沙》詞」	○		二十一	十四
第二十則「美成《青玉案》詞」	○		三十六	十九
第二十二則「古今詞人格調之高」	○∠		四十二	
第二十三則「梅溪夢窗」	△			
第二十七則「東坡楊花詞」	○		三十七	

（續表）

手稿原序	圈識標記	手稿標序	初刊本序號	重編本序號
第二十八則「叔本華曰」		十二		
第二十九則「北宋名家以方回爲最次」	△			
第三十則「散文易學而難工」	先「○」後刪	十五		
第三十一則「詞以境界爲最上」	○	一	一	一
第三十二則「有造境有寫境」	○	三	二	三
第三十三則「有有我之境」	○	四	三	
第三十四則「古詩之『誰能思不歌』」	△			
第三十五則「境非獨謂景物也」	○	七	六	四
第三十六則「無我之境」	○	五	四	
第三十七則「自然中之物」	○	六	五	
第三十九則「詩之《三百篇》」	○	十六	五十五	
第四十一則「馮夢華《宋六十一家詞選序》」	○		二十八	
第四十二則「人能於詩詞中」	○		五十七	
第四十三則「以《長恨歌》之壯采」	○		五十八	

（續表）

手稿原序	圈識標記	手稿標序	初刊本序號	重編本序號
第四十四則「詞之爲體」	先○後改△	十七		
第四十五則「明月照積雪」	○	十	五十一	
第四十六則「言氣質」	△	二		二
第四十七則「紅杏枝頭春意鬧」	○	八	七	五
第四十八則「西風吹渭水」		十一		
第四十九則「境界有大小」	○	九	八	六
第五十二則「詞家多以景寓情」		十八，後圈去		
第五十三則「梅舜俞詞」	○		二十二	
第五十四則「人知和靖《點絳唇》」	○		二十三	
第五十五則「詩中體制」		十八	五十九	
第五十八則「畫屏金鷓鴣」	○		十二	十三
第六十一則「稼軒『中秋飲酒達旦』」	○		四十七	
第六十二則「譚復堂《篋中詞選》」	△			
第六十三則「昭明太子稱」	○		三十一	二十三

（續表）

手稿原序	圈識標記	手稿標序	初刊本序號	重編本序號
第六十四則「詞之雅鄭」	○		三十二	
第六十八則「唐五代北宋詞」	∠			
第六十九則「《衍波詞》之佳者」	∠			
第七十則「近人詞如復堂詞之深婉」				二十八
第七十一則「宋尚木《蝶戀花》」				二十七
第七十二則「半唐《丁稿》」	△			二十八
第七十三則「固哉皋文之爲詞也」	△			
第七十四則「周介存謂梅溪詞」	○		四十八	
第七十五則「賀黃公謂姜論史詞」	△			
第七十六則「詠物之詞」	○		三十八	
第七十七則「白石寫景之作」	○		三十九	二十四
第七十八則「問隔與不隔之別」	○		四十	二十六
第七十九則「少游詞境最爲淒婉」	○		二十九	十五
第八十則「嚴滄浪《詩話》曰」	○		九	

（續表）

手稿原序	圈識標記	手稿標序	初刊本序號	重編本序號
第八十一則「生年不滿百」	○		四十一	二十六
第八十三則「白仁甫《秋夜梧桐雨》劇」			六十四	
第九十二則「自竹垞痛貶《草堂詩餘》」				二十九
第九十五則「陸放翁跋《花間集》」			五十三	
第一百則「讀東坡稼軒詞」	○		四十五	二十二
第一百一則「東坡稼軒詞中之狂」	○		四十六	二十五
第一百二則「《蝶戀花》（獨倚危樓）」	△			
第一百五則「温飛卿之詞句秀也」	○		十四	十一
第一百六則「詞至李後主」	○		十五	
第一百七則「詞人者不失其赤子之心」	○		十六	
第一百八則「客觀之詩人」	○		十七	
第一百九則「德國尼采謂」	○		十八	
第一百十一則「風雨如晦」	○		三十	十六
第一百十五則「東坡之詞曠」	○		四十四	二十一

手稿原序	圈識標記	手稿標序	初刊本序號	重編本序號
第一百十六則「東坡之曠在神」	∠			
第一百十七則「永叔『人間自是有情癡』」	○		二十七	
第一百十八則「詩人對自然人生」	○		六十	
第一百十九則「我瞻四方」	○		二十五	八
第一百二十一則「詩人必有輕視外物之意」	○		六十一	
第一百二十三則「納蘭容若以自然之眼」	○		五十二	
第一百二十四則「昔爲倡家女」	○		六十二	
第一百二十五則「四言敝而有楚辭」	○		五十四	
第一百二十六則「枯藤老樹昏鴉」（手稿無此則，乃初刊時臨時補寫）			六十三	三十
第一百二十七則「元人曲中小令」（手稿無此則，乃從其《宋元戲曲史》摘録）				三十一

從王國維的手稿標序來看，王國維在初刊本發表前似乎進行了兩次理論調整：第一次調整分别以第七則「大家之作」與第十七則「詩至唐中葉以後」爲一、二，這一選擇意味着王國維雖然已經在手稿中對境界説作了比較系統的論説，但起初仍没有有意識地强調其核心地位，而是將其散落在詞話之中。可能第一次標號至「二」就没有進行下去，因爲如此編排，不可避免地陷入傳統詞話

的模式之中了。如第七則論言情、寫景、用語的基本要求乃古代詩論的常談，王國維不過是略加整理而已，而結以「余所以不免有北宋後無詞之歎」就顯得突兀了。而第十七則言文學升降之規律，所依據的理論也是第七則，結論則大致相同。如此結構詞話，自然落入了傳統詞話的窠臼之中了。正如王國維在填詞創作中要追求「第一義」一樣，撰述詞話，也當以「第一義」爲目的，如此，王國維便匆匆結束了第一次標序，而有了第二次標序。

第二次標序至「十八」而止，其中漏標第十三則。手稿第一次標有「二」的第十七則，在第二次又有過標序的變化，先標「十三」，復圈去，再標「十四」，可能在反復的斟酌中將已經圈去的「十三」遺忘了。當然更有可能的原因是當王國維標序至「十八」時，可能糾葛於順序之變化，如手稿第七則，第一次標序爲「一」，第二次則標「十二」，又圈去「十二」，最後在第二十八則「叔本華曰」上標出「十二」。再如第五十二則「詞家多以景寓情」原標「十八」，復圈去，在第五十五則「詩中體制」上重標「十八」。第二次標序雖然没有進行下去，但其「境界説」的核心地位已經確立。如標序「一」至「十一」的十一則都是圍繞境界説而展開的條目：「一」提出詞的境界説，「二」言境界與傳統氣質、神韻諸説之關係，「三」明造境與寫境之別，「四」説有我之境與無我之境的不同，「五」補充説明有我之境與無我之境創作形態之異，「六」言寫實家與理想家之區別與聯繫，仍是承有我與無我之境而來，「七」言真景物、真感情與境界之關係，「八」舉例説明「境界」之「出」的特徵，「九」分境界之大小，「十」重點描述境界之「大」，「十一」言古今境界的借用與創新之問題。王國維將這十一則詞話置於調整後的前列，顯然有以境界説爲理論綱領統率整部詞話的用意在内。其中除了標有「六」者在文字上没有出現「境界」之外，其他都以「境界」或「境」爲核心話語。而即就標有「六」的這一則而言，其所謂寫實家與理想家其實正是同有我之境與無我之境對應而言的。則此十一則籠罩羣言的意義，乃是不待詳言而可知的。當然在正式發表時，王國維對這十一則又作了少量調整，那是其詞學思想再度斟酌的結果了。

如果將第二次的標序與《國粹學報》初刊本加以對照的話，則可以判斷：王國維在發表時又作了第三次排序，不過，這一次排序没有在手稿本上標識出來。如原標「二」的第四十六則「言氣質」便没有出現在初刊本中。因爲「二」的缺失，第二次標序的「三」至「九」則就順前移一號，而標序「十」至「十八」(缺「十三」)，「十」變爲「五十一」，「十六」變爲「五十五」，「十八」變爲「五十九」，而十一、十二、十四、十五、十七這五則也没有發表於初刊本中，初刊本中的九至十五則分别對應的是手稿中的第八十、三、四、五十八、五、一百五、一百六則。其餘不一一説明，可參見上表，略加對勘可知。初刊本的第九則之所以採用手稿第八十則「嚴滄浪《詩話》曰」，而不用曾被標序爲「二」的第四十六則「言氣質」，原因是第八十、四十六兩則，意思相近，而且第八十則言之更爲詳盡明確，故以此易彼。而這兩則之所以不能位居「二」，王國維可能考慮要以前八則集中表述境界説的理論及其分類，此則只是就境界與傳統詩説之關係而言的，并非對境界説内涵或分類的直接闡述，若闌入其中，就影響到境界説表述的完整性了。而將手稿第八十則列於初刊本的第九則，也是因爲境界説的内涵及其分類表述既告一段落，遂可以將境界説與傳統詩學中的氣質、神韻、格律之説加以對照，以顯出境界説的獨特之處。接下從初刊本的第十則開始，便大體以時代發展爲序，評述歷代詞人詞作——間有對此前表述理論的補充和完善。與第一、二次爲手槁標序不同，初刊本的排序不僅彰顯了境界説的理論地位，而且理論闡述更爲集中，詞史綫索更爲清晰，全書的編排因此也更富有學理意義了。

王國維對手稿本的圈識也值得關注。圈識符號共有「○」、「△」、「／」三種，蘊含了不同的選擇標準。標識「○」的共有六十處，其中手稿第二十二則「古今詞人格調之高」同時標有「○」和「／」兩種符號。第三十則「散文易學而難工」先標「○」，後删去。第四十四則「詞之爲體」先標「○」，後改爲「△」。標識「△」的共有十一處，其中包括第四十四則後改的一處。標「／」的四處。佛雛將標「／」與「△」均作爲「△」來統計，故總數有十五處①。但仔細對照這兩種符號，王國維可能是略有區别的：手稿標「／」號第六十八、六十九、一百十六等三則，無論是初刊本和重刊本都没有任何一則入選，而且也没有任何一則被列入手稿標序中；而標「△」的十二則中，雖然第十三、二十三、二十九、三十四、六十二、七十三、七十五、一百二凡八則也同樣没有入選初刊本和重刊本，第四十六、七十二兩則入選重刊本，而且第四十四、四十六兩則還曾被手稿標序爲「十七」和「二」，

① 參見佛雛《〈人間詞話〉手稿校訂補校并跋》，王國維著、佛雛校輯《新訂〈人間詞話〉廣〈人間詞話〉》，華東師範大學出版社一九九〇年版，第二五七頁。

則就總體而言，標「△」的重要性當在標「∠」之上，也可能是王國維在擬標「△」時，因一時猶豫而臨時放棄了標識，結果就由「△」而變成了「∠」。

當然，在所有標識中，標有「○」號的最值得關注。凡手稿標有「○」的共六十則全部入選初刊本，而在重刊本全部三十一則中，標有「○」的入選有二十六則之多。可見標「○」號是手稿中最受王國維重視的，構成了王國維心目中《人間詞話》的主幹部分。

當然，在圈識符號之外的條目，也并非都爲王國維所輕視，事實上，手稿第五十五、八十三、九十五這三則就也被選入了初刊本，而第七十、七十一、九十二等三則也被選入了重刊本。只是這些條目在入選各本中位置相對較後，可能王國維在斟酌録用時，因數量不足，或從表述内容角度考慮，臨時增補其中，故不暇在手稿中留下圈識符號了。

從初刊本的入選情況來看，王國維應該是先有標序，後再圈識的。手稿上兼有標序與圈識者，一般標序在上，圈識在下，有些圈識已經侵入詞話文字，當是標序後因圈識位置不足所致。王國維有意調整詞話理論格局，大概是只想標序，初無圈識之念的，只是因標序繁複，且往往錯亂其序，因在第一次標至「二」、第二次標至「十八」後，便没有再標下去，所以手稿上第十頁之後便無任何標序了。而改爲圈識，圈識符號當也是先有「○」，因數量不足，再以有「△」者爲候選，而有「∠」者則是有「△」者的候選了。

總之，在王國維詞學思想的提煉過程中，手稿上的標序和圈識爲我們提供了一個獨特的認知角度。從其標序來看，《人間詞話》初刊於《國粹學報》之前，至少經過了兩次煞費苦心的編排，雖然手稿的標序并没有在初刊本中得到完整體現，但先理論後評説的基本格局仍是大體奠定了。特别是第二次標序可見境界説的核心地位已經昭示出來。而圈識當是王國維留在手稿本上的第三次擇録的記録，而圈識符號的差異，更是明顯體現出王國維的選擇眼光。劉烜説自己讀了《人間詞話》手稿，有一種「看到《人間詞話》真面目的感覺」①。滕咸惠説：「《國粹學報》本對研究王氏美學和文學思想的重要性是不言自明的。原稿的内容遠比《國粹學報》本豐富，王氏的思路也比較容易看清。因此，它對研究王氏的美學和文學思想同樣有重要價值。」②佛雛也認爲手稿使「《人間詞話》的原始面目及其修訂過程清晰地展現出來了」③。諸家不約而同地認識到手稿在還原王國維詞學思想本來面目中的重要意義。而在我看來，考察這一意義，除了看其條目原序、修訂之痕之外，留存在手稿上的王國維的標序和圈識符號以及標序與圈識符號之間的關係，不僅是不可忽略的，而且因其作爲非叙述性文字的過渡形態，其意義也是不可替代的。

---

① 劉烜《王國維〈人間詞話〉的手稿》，刊《讀書》一九八〇年第七期。
② 滕咸惠《人間詞話新注·修訂後記》，滕咸惠《人間詞話新注》（修訂本），齊魯書社一九八六年版，第一三六頁。
③ 佛雛《〈人間詞話〉手稿整理瑣議》，刊吴澤主編、袁英光選編《王國維學術研究論集》（三），華東師範大學出版社一九九〇年版，第三三九頁。

六、《人間詞話》手稿的修訂

影印本《人間詞話》手稿①上，王國維留下了許多對詞話文字的修訂痕跡，既有對單則詞話在結構上的調整，也有對數則詞話的整合，當然更多的是對原稿文字的增補與删訂。這些修訂除了少量是糾正筆誤、補充表述的完整性之外，有不少涉及到對相關理論和批評的調整與斟酌，從中可見其詞學思想走向精確性和細密化的進程。

有些修訂屬於文字糾誤、補充漏句，或考慮到行文的細緻。這些修訂與其詞學思想未必有多大關係，但可以見出王國維撰述及修訂詞話的細密之心。訂正筆誤之例，如第二十八則原意是要表達「曲則古不如今，詞則今不如古」，但原稿誤寫爲「詞則古不如今」，可能行筆至「今」字時，已發覺其誤，故將「古」字點化爲「今」字，而將「今」字點化爲「古」字。這樣的情況并不多見，畢竟王國維是頗爲謹嚴之人。有些修訂可能是因爲某則詞話完成後，發現了文氣方面有欠順暢，所以爲銜接行文的跳躍性或不完整性，而略予補充。如第一則先言《詩·蒹葭》最得風人之致，接着言晏殊

① 《王國維〈人間詞〉〈人間詞話〉手稿》，浙江古籍出版社二〇〇五年影印。本文引述手稿文字均出此本，不再一一注明。

「昨夜」三句，引詞之意尚未結束，即轉言兩者「一灑落一悲壯」，行文不免跳躍，王國維在晏殊詞句後補「意頗近之」一句，則既將前文意思收束完整，又方便下文轉出新意。有些是爲了行文的細緻而作了增補，如第二則在引述「衣帶」二句後補「歐陽永叔」（按，作者名有誤），也是爲了明確引句的作者。第六則分析《花間集》何以不收録馮延巳之詞，王國維自然明白《花間集》乃是蜀地詞的彙集，但因爲既然收録了南唐張泌之詞（按，王國維此判斷有誤），則馮延巳之詞似乎也理當援例收録，王國維猜測其原因「豈文采爲功名所掩耶」。這一猜測雖然未必合理，但王國維在「文采」前加「當時」二字，意圖還原《花間集》編纂當時的情形，顯然這比泛泛地説文采爲功名所掩要更細密了。凡屬此類修訂，皆無關大局，但見其撰述認真之態度耳。

有的修訂是爲了調整相關判斷的程度，以便評述更具分寸感和合理性。這又可以細分爲或減弱分寸或增强分寸兩類。減弱表述的程度之例，如第三則先言李白「西風殘照」二句獨有千古，接言范仲淹、夏英公之詞「差堪繼武」，然接言後者氣象「遠」不逮。前既言「差堪繼武」，此又言「遠不逮」，表述明顯存有一定的矛盾，王國維删去一「遠」字，前後意思就順暢貫通了。第十七則原稿言五代北宋之詩「無復佳者」，這一説法顯然是過於絶對了，王國維將此句改爲「佳者絶少」，則表述要更契合文學史事實了。加强原來表述的程度之例，如第五則評述南唐中主「菡萏」兩句所引發的感受，原稿言「瑟然」有衆芳蕪穢、美人遲暮之感。「瑟然」雖然契合秋季的景象，但畢竟只是文學化的描寫，王國維先將「瑟然」改爲「蕭然」，這一修改其實并没有多大區别，最後改爲「大」，則將興發感受的程度一下子加大了。第三十七則論表現於文學中的「完全之美」，原稿是：「……然其寫之於文學中也，必遺其關係限制之處，或遺其一部。」後將「或遺其一部」删去，原稿確實存在着矛盾，既要求遺其「關係限制之處」，復言「或遺其一部」，則何以表現「完全之美」就變得無從著手了。

當然，修訂的價值在於其理論的合理性得到最大程度的展現。如第四十則是整體被删除的一則，其實這一則確實有一些表述有欠分寸，如説「題目既誤，詩亦自不能佳」，這個因果關係顯然是過於絶對了，至於説「中材之士，豈能知此而自振拔者哉」，自然也有出語過頭之嫌，王國維將「豈」改爲「鮮」，則整個表述就更具合理性了。類似的情況如第六十三則分别引用蕭統、王績所評説的兩種文學風格，原稿接言「詞中惜未有此二種氣象」，自然是説得絶對了，王國維將「未有」改爲「少」，則既説出了詞體與詩賦文體的風格區别問題，又將詞體風格中的主流與非主流的關係釐清了。同樣如第五十七則評辛棄疾《賀新郎·送茂嘉十二弟》爲「此能品中之最上者」，顯然是過於絶對了，王國維將此句改爲「此能品而幾於神者」，這一修改就留有餘地了。

有些表述帶有明顯的情感色彩，也會影響到理論的合理性。王國維在這種類型的調整中，將筆端帶有感情的文字儘量去掉，而代之以相對客觀的表述。如第六十七則引述朱彝尊的話後，原稿是「近人爲所欺者大半」，王國維將其修改爲「後此詞人羣奉其説」，就把原先語言中的意氣調整爲一種客觀的陳述。因爲理論并非能以意氣爭勝的。第九十九則原稿爲：「唐五代北宋之詞家，倡優也，南宋後之詞家，鄙儒俗吏也。二者其失相等。然大詞人之詞，寧失之倡優，不失之鄙夫俗吏。以鄙夫俗吏較之侏儒倡優更可厭故也。」王國維在修改時不僅將三處「侏儒」删去,而且將一處「鄙儒」改爲「鄙夫」,將「俗吏」改爲「俗子」。確實,「侏儒」與「鄙儒」的説法不免唐突,既然將侏儒、鄙儒(夫)删去,則原本與「鄙儒」相并列的「俗吏」,也就自然以改成「俗子」更合適了。有些是删掉言語過分的句子。如第二十九則主要是評述賀鑄之詞,然接言宋末諸家僅可譬之「腐爛制藝」云云,原屬筆端帶有傾向性了,可能考慮到出語倉促,故將接下數句全部删除。如此這一則有關賀鑄詞的論述也就更集中了。王國維在這些地方的斟酌,可以見出其不斷調整着自己的分寸感和合理性。

有的修訂當是出於表述層次邏輯性的要求,以使理論表述更富有學理。如第四十九則言境界之大小,原稿詩詞錯雜而論,經過調整和增删之後,先詩後詞,推類而及的思路就更清晰了。而第六十七則在原稿前添加「詞家時代之説,盛於國初」,則可以將以下對朱彝尊、周濟之説的援引統率在此句之下,結構上更爲嚴謹。第一百七則的情形也與此相似,原是直接評説李煜詞的。後加入一句:「詞人者,不失其赤子之心者也。」由這一句領起本則,下面論李煜詞的所長所短纔能顯出其理論本原來。此則後面言及李煜詞乃「天真之詞」,原稿是對應温庭筠的「人工之詞」而言的,王國維在修訂時將寫成的「温飛」二字圈掉,改爲「他人」,則原本是在與温庭筠的對比中顯出李煜詞的長處,經此修改就變爲是在與所有人的比較中得出李煜詞的特色,理論的力度自然增强了。再如第八十一則論寫景不隔之例句,原稿有「此中有真意,欲辨已忘言」二句,此本非寫景之句,用以説明寫景之不隔,不免欠缺説服力。王國維將此二句删去,改「天似穹廬」數句,方與此節主題切合。第一百一則論詞之狂、狷與鄉愿，對鄉愿之詞人的取捨雖然没什麼大的變化，僅增加夢窗一人，但原稿是將東坡、稼軒并稱爲「詞中之狂狷也」。則王國維既然借鑒孔子將狂者、狷者、鄉愿三者并提的説法，卻又將狂、狷合一，未免自亂其例了，再者狂者進取，狷者有所不爲，兩者之間本來就是有差距的。王國維可能意識到這種表述的混雜，故在修改時將對東坡、稼軒的評價至「狂」而止，另加入「白石，詞中之狷也」，再將開頭評説鄉愿詞人的一句置於此則最後，則狂、狷、鄉愿的三種等級就呈現得更明確了。第一百十四則言東坡詞曠、稼軒詞豪，接下忽接「白石之曠在文字而不在胸襟」，則僅接續論東坡一句，稼軒詞豪一句便未能煞尾，所以王國維將「白石」一句刪去，結構就更緊湊了。而將白石之曠與東坡之曠的區別在下一則集中表述。第一百二十一則原稿云：「詩人必有輕視外物之意，清風明月役之如奴僕；又必有重視外物之意，故能與花鳥同憂樂。」「清風明月」一句的意思雖好，但畢竟與「故能與花鳥同憂樂」的句式不對稱，所以王國維將「清風句改爲「故能以奴僕命風月」，意思没變，但句子更精緻了。王國維在這些地方的修訂，可以見出其强調表述的邏輯性以豐富其學理性的用心。

有些出於用語的準確和規範而作的修訂，就更值得關注了，因爲這涉及到專業或理論的特點和内涵。如第二十七則評述蘇軾楊花詞，原稿作「和均而似首創」，後將「首創」改爲「元唱」。「首創」的意義容易泛化，不僅限於文學，特別是詩詞。而「元唱」則是詩詞唱和的常用術語。類似這樣的修改，使得其表述的專業性得以更充分地提升。第三十八則言文學上之「習慣」會扼殺文學上之「天才」，王國維一度將「天才」改爲「詩人」，復將「詩人」再改回「天才」。這一修改當然表明了在王國維的語境中，「天才」與「詩人」是一對可以互换的概念，但因爲要對應社會上之「善人」，所以用「天才」更能表現出文學才能卓絶的意思，而「詩人」不過是一種文學身份的認同而已。第一百十八則論出入説，原是從「詞人」的角度立論的，但稍後王國維改爲「詩人」，因爲「出入説」的理論其實不限於詞之一體，而是涵蓋所有文學形式的，而王國維語境中的「詩人」正是帶有指代「文學家」的意義，所以這一字之改，便無形中大力拓寬了理論的表達空間。王國維慣用概念對舉的方式以論詞，如造境與寫境、有我之境與無我之境等，皆是其例。所以王國維對第七十八則的修改一方面可見其概念的使用習慣，另一方面也透露出其概念的若干内涵。此則開頭便是：「問真與隔之别，曰：淵明之詩真，韋柳則稍隔矣；東坡之詩真，山谷則稍隔矣。」「真」與「隔」在内涵上自然可以形成對應，但在話語上畢竟缺少相同的邏輯基礎。王國維將「真」改爲「不隔」，則「隔」與「不隔」的對舉，就很自如地融入到王國維的詞學體系中去。當然原稿以「真」爲「不隔」的基本内涵，也在這種修改中留下了痕跡。

有些修訂涉及到理論的微調。如第十一則評述辛棄疾詞「俊偉幽咽」，原稿接下云：「白石、夢窗寧能道其隻字耶？」後修改爲：「寧夢窗輩齷齪小生所可語耶？」雖然評述夢窗的語言更凌厲了，但將白石删去，卻是其理論的微妙之處，因爲白石雖然屢遭王國維批評，但對其「格」卻一直是持肯定態度的。其實這一則的開頭也正是「南宋詞人，白石有格而無情」一句，如果在此則最後將白石全部抹殺，則與開頭所述也就形成了一定的悖論。再如第二十三則，列舉宋末「膚淺」詞人名單，「中僊」（王沂孫）原列其中，但王國維稍後將其圈去，或許與王國維很少具體評論王沂孫之詞有關，故將其名字删去，也當是爲了使針對目標更爲集中。因爲王國維對南宋詞人的態度其實很有分寸的，這些删筆，可以見出其謹慎之心態。第八十二則引述元好問「池塘春草」論詩絶句後，原稿作：「美成、白石、夢窗當不樂聞此語。」後將「美成、白石」二人删去，增加「玉田輩」三字，矛頭更集中，也與全書的主要批評對象更爲一致。第八十七則原本是評述劉基之詞「風骨甚高，亦有境界」，但後來以「文文山」替代劉基，這是因爲劉基的詞雖然在明初堪稱出色，但如果以「風骨」相評，確乎有些勉强，而文天祥的詞則無愧此評。王國維在修訂中對詞人的調整，實際上也是對其理論内涵的調整。

有些修訂將原本籠統、模糊的表述變得具體而清晰了，對於調整其理論内涵具有重要意義。如第三十一則提出境界説，原稿是「有境界則不期工而自工」，這種表述帶有太大的不確定性，譬如從什麼角度來考量是否「工」，「工」的具體標準是什麼？在這樣的表述中都是闕如的。王國維將其修訂爲「有境界則自成高格，自有名句」，則一方面提出了格調與句子的考量角度問題，同時將格調之「高」與句子之有「名」作爲具體的標準，境界説的内涵因此而變得可以捉摸了。再如第七十則論彊村詞學夢窗而情味更勝，譽爲學人之詞的極則。但只有一個判斷，卻未能説出彊村何以超越夢窗，王國維加入「蓋有廬陵之高華，而濟以白石之疏越者」一句，則不僅交代了「情味」的内涵所在，也將反超夢窗的原因約略説明了。

王國維的有些修訂可能也帶有令西方理論淵源隱性化的意圖在内。譬如第二十三則論有我之境與無我之境，原稿在此則之末概括：「此即主觀詩與客觀詩之所由分也。」王國維稍後將此句删除，主觀上或有隱没西學痕跡的意圖。但從另外一個角度來説，王國維關於有我之境與無我之境的理論，與西方理論之間即使没有淵源關係，至少也是可以彼此相通的，王國維這删去的一筆，爲我們追溯其理論的内涵提供了一個值得注意的方向。第七十八則論不隔，原稿是：「語語可以直觀，便是不隔。」王國維在修訂時將前句改爲「語語都在目前」，也當是出於類似的考慮。

就以上對王國維留存在手稿上的修訂痕跡所作的分析而言，無論是句式的對稱性、話語的準確性，還是立説的分寸感及學理的嚴密性，修訂後的文字確實比原稿更爲合理，更具邏輯性，也更具理論張力。但同時我們也必須看到，當王國維將手稿的一部分刊發於《國粹學報》之時，其實對文字又作了新的修訂。只是這次修訂没有在手稿上留下痕跡而已。所以僅僅看到手稿上的修訂，而不注意《國粹學報》初刊本對修訂文字的再修訂，也是不完整的。試對勘如下二則：

納蘭容若以自然之眼觀物，以自然之筆寫情。此由初入中原，未染漢人風氣，故能真切如此。後此如《冰蠶詞》便無餘味。同時朱、陳、王、顧諸家，便有文勝則史之弊。（手稿本第一百二十三則）

納蘭容若以自然之眼觀物，以自然之舌言情。此由初入中原，未染漢人風氣，故能真切

如此。北宋以來,一人而已。(初刊本第五十二則)

王國維雖然在修訂手稿時將有關《冰蠶詞》的一句删掉,但結句對清初其他詞人的批評是保留了下來的。但在初刊本中,將對於納蘭容若同時人的批評悉數删除,而以「北宋以來,一人而已」作結,不僅將納蘭的地位作了整體提升,而且文字也更精煉了。同時用「以自然之舌言情」替代手稿的「以自然之筆寫情」,文字的表現力也加强了。再如:

東坡,稼軒,詞中之狂;白石,詞中之狷也;夢窗、玉田、西麓、草窗之詞,則鄉愿而已。(手稿本第一百一則)

蘇、辛,詞中之狂;白石猶不失爲狷;若夢窗、梅溪、玉田、草窗、中麓輩,面目不同,同歸於鄉愿而已。(初刊本第四十六則)

兩本相較,除了初刊本「中麓」當爲「西麓」之誤外,初刊本文字在表述的結構層次上更具邏輯性了,手稿本上的「白石,詞中之狷也」改爲初刊本上的「白石猶不失爲狷」,語氣的轉折更自然了。同時,在「鄉愿」的詞人中增加「梅溪」,也與整部詞話的針對性結合得更緊密了,而「面目不同,同歸於鄉愿而已」,則强調是在「鄉愿」這一問題上,諸人具有共同性,但并非面目完全相似。初刊本的文字顯然是更爲講究,也更契合情理了。

初刊本對手稿的調整,更有涉及理論表述的周密與精確者。如:

有我之境,物皆著我之色彩;無我之境,不知何者爲我,何者爲物。(手稿本第三十三則)

> 有我之境，以我觀物，故物皆著我之色彩；無我之境，以物觀物，故不知何者爲我，何者爲物。（初刊本第三則）

王國維在修訂手稿時雖然將「此即主觀詩與客觀詩之所由分也」一句刪去，但在表述有我之境與無我之境的理論内涵時，幾乎没有作文字變動（僅將有我之境一句中「外物」的「外」字刪去）。而初刊本爲「有我之境」加「以我觀物」，爲「無我之境」加「以物觀物」。這加上的兩句把有我之境與無我之境中「我」與「物」的關係就點得清清楚楚了。而且所謂「主觀詩」、「客觀詩」乃是西方詩學術語，而「以我觀物」、「以物觀物」乃是出於邵雍原話，則其彰顯其詩學淵源中的中國元素的意圖，自然就更明顯了。

手稿本第七十八則言隔與不隔之别，手稿原文是：「淵明之詩不隔，韋、柳則稍隔矣。」初刊本第四十則改作：「陶、謝之詩不隔，延年則稍隔矣。」手稿本是在魏晉的陶淵明與唐代的韋應物、柳宗元之間比較詩人的不隔與稍隔的區别，而初刊本則在相近時代的陶淵明、謝靈運、顔延之三人之間進行比較，從學理上説，這種相近時代詩人之間的比較更具理論的張力。

初刊本有些則是在修改中大力提升了詞話的理論水準。試看如下兩則：

> 白仁甫《秋夜梧桐雨》劇，奇思壯采，爲元曲冠冕。然其詞乾枯質實，但有稼軒之貌，而神理索然。曲家不能爲詞，猶詞家之不能爲詩，讀永叔、少游詩可悟。（手稿本第八十三則）

> 白仁甫《秋夜梧桐雨》劇，沈雄悲壯，爲元曲冠冕。然所作《天籟詞》，粗淺之甚，不足爲稼

軒奴隸。豈創者易工,而因者難巧歟?抑人各有能有不能也?讀者觀歐、秦之詩遠不如詞,足透此中消息。(初刊本第六十四則)

這兩則的變化,不僅表現在文字上,更表現在理論提煉上。手稿本著重揭示曲家不能爲詞、詞家不能爲詩的基本現象。初刊本仍是在白樸、歐陽修、秦觀三人之間論詩詞曲之關係,但總結出「創者易工,因者難巧」的文體規律以及文學家「有能有不能」的個體特點。顯然這比現象上比勘文學家在文體成就上的高低要更具理論性。

初刊本的語言與手稿修訂文字相似,同樣追求表述的準確性。如手稿本第七則論大家之作的言情、寫景、語言特點,原稿結尾是:「持此以衡古今之作者,百不失一。此余所以不免有北宋後無詞之歎也。」王國維在手稿修訂中除了將「一失」調整爲「失一」,在「所」後補一「以」字外,未作任何意思上的調整。但在初刊本第五十六則中,「百不失一」變成了「可無大誤」,「此余」一句被整體删除,王國維將手稿表述的絶對化傾向做了明顯的調整,與其對詞史的判斷也更見吻合,如説「北宋後無詞」,就與王國維在其他則中對辛棄疾、納蘭性德詞史地位的裁斷形成了矛盾。將這一句删去,則全書整個的學理也就更周密了。手稿本第一百八則説客觀之詩人「不可不閲世」,初刊本第十七則則改爲「不可不多閲世」,雖只是增加一「多」字,但邏輯性更强了。再如手稿本第三十五則有「感情亦人心中之一境界」一句,初刊本第六則將「感情」二字細化爲「喜怒哀樂」四字。手稿本第四十二則要求詩人「不爲投贈懷古詠史之篇」,初刊本第五十七則將「懷古詠史」四字删去。

蓋「美刺投贈」或出於功利目的，而「懷古詠史」則是題材特點而已，兩者并列不僅在語法上欠順暢，而且在表述上有參差。手稿本第五十四則言馮延巳「細雨濕流光」五字，能「得」春草之魂，後將「得」字修改爲「寫」字。而初刊本又將「寫」字易爲「攝」字，「攝」字的表現力明顯在「得」、「寫」二字之上，王國維用語之考究可見一斑。

經過調整，初刊本有些條目明顯在理論闡述上更集中。如對勘以下二則：

詩中體制以五言古及五、七言絶句爲最尊，七古次之，五、七律又次之，五言排律爲最下。蓋此體於寄興言情均不相適，殆與駢體文等耳。詞中小令如五言古及絶句，長調如五、七律，若長調之《沁園春》等闋，則近於五排矣。（手稿本第五十五則）

近體詩體制，以五、七言絶句爲最尊，律詩次之，排律最下。蓋此體於寄興言情，兩無所當，殆有均之駢體文耳。詞中小令如絶句，長調似律詩，若長調之《百字令》、《沁園春》等，則近於排律矣。（初刊本第五十九則）

手稿本雖然頗多修訂痕跡，但在古詩、絶句、律詩的文體背景之下來考量詞體之尊卑的思路并没有改變。初刊本則將古詩剔除在外，僅在近體詩的範圍中來立説，整體表述要更精煉了。其他諸如將一些版本考訂類的文字删除，也有數則，如手稿本第六十一則分析辛棄疾用《天問》體作送月詞，手稿原稿有一大段對此詞版本的考訂，初刊本第四十七則則悉數删除。

由王國維在手稿本上的修訂，可以見出其語言的斟酌及思想的提煉過程，而由初刊本的相關條目回看王國維留存在手稿本上的修訂痕跡，不能不説，無論是理論話語、文字表述的考量，還是理論内涵的調整，初刊本的語言水準和理論張力要更在手稿原稿和修改稿之上的。隨着手稿的影印問世，王國維對詞話文字的修訂手跡雖然在在可見，但對勘初刊本，我們還可以明顯看出他的第二次文字調整。若追溯王國維詞學演進之進程，則不僅要將手稿原稿與修改稿對勘，也要將初刊本與手稿修改稿對勘，如此纔能清晰地反映出王國維詞學思想嬗變之軌跡。

七、從手稿本的徵引文獻看其詞學淵源

在晚清民國諸種詞話中，王國維的《人間詞話》以富有創造性而馳名，并因此而影響到二十世紀詞學的發展軌跡。但王國維提出的境界説以及由此而建構的詞學體系，并非王國維閉門苦思，一朝悟得，而是在閱讀大量中西相關理論批評著作的基礎上，融合、裁斷、提煉并升華而成。俞平伯《重印人間詞話序》中一方面稱譽王國維所論「深辨甘苦」、「愜心貴當」；另一方面也認爲王國維「固非胸羅萬卷者不能道」。王國維所胸羅的「萬卷」事實上也成爲其詞學的重要理論淵源。若不期然而然的理論共鳴或者泯滅痕跡的理論承續，自難一一指實；但在手稿中，頗有一些具名的徵引——也包括一些雖然不具名卻有跡可尋的化用和暗用，則客觀上昭示了一種思想淵源。爲方便閲讀，將這些徵引的文獻和觀點按手稿撰寫的順序列表如下：

手稿原序	被引人物	引用觀點	引用態度
第四則	張惠言	評温庭筠詞「深美閎約」	不贊成，認爲馮延巳纔堪當此四字
	劉熙載	評温庭筠詞「精豔絶人」	贊成
第五則	馮延巳	推崇「細雨夢回」二句	不贊成，認爲不如「菡萏」二句
	王安石		
第九則	沈義父	主張使用替代字	不贊成，認爲形同查閲類書
	四庫提要	譏諷沈義父此論	贊成
第十則	蘇軾	批評秦觀詞費	贊成，但此引與替代字似無關
第十二則	周濟	評夢窗詞如水光雲影	基本否定，例外是「隔江」二句
第十五則	周松藹	雙聲疊韻之論	贊成
第十九則	晁補之	稱歐陽修「出」字之妙	贊成，并爲其溯源
第二十一則	毛晉	天神不以人廢言	不贊成
	馮煦	辨毛晉之誤	
第二十二則	劉勰	其志清峻，其旨遥深	叙述引用，暗用其語
第二十六則	樊抗父	稱王國維詞開未有之境	贊成

（續表）

手稿原序	被引人物	引用觀點	引用態度
第二十八則	叔本華	抒情詩與叙事詩之别	贊成，并略加調整
第三十三則	邵雍	有我之境與無我之境	贊成，暗用其語
第三十四則	韓愈	不平則鳴、歡愉與愁苦	贊成，暗用其語
第三十六則	叔本華	優美、宏壯之論	贊成，暗用其語
第三十七則	叔本華	寫實家與理想家	贊成，暗用其説
第三十九則	陳廷焯	詩詞之題目	贊成，暗用其説
第四十一則	馮煦	秦觀、晏幾道「傷心人」	基本贊成，秦觀傷心，晏幾道矜貴
第四十四則	屈原	詞體「要眇宜修」	贊成，暗用其語
第四十七則	劉體仁	評價「鬧」、「弄」二字	贊成，暗用其説
	劉熙載		
第五十則	謝榛	情景關係論	暗用其説
	王夫之		
	李漁		
第五十三則	劉熙載	秦觀師法梅堯臣	贊成

（續表）

手稿原序	被引人物	引用觀點	引用態度
第五十五則	嚴羽	文體難易	贊成，并略加調整，暗用其説
第六十二則	譚獻	論清詞三家	基本贊成，略有調整
第六十三則	蕭統	評陶淵明詩	贊成
	王績	評薛收賦	
第六十四則	劉熙載	人品與詞風	贊成，暗用其説
第六十五則	賀裳	評論張炎	贊成
第六十六則	周濟	評論張炎詞之不足	贊成
第六十七則	朱彝尊	北宋詞大，南宋詞深	不贊成
	周濟	北宋就景叙情，南宋即事叙景	贊成
	潘四農	詞之北宋如詩之盛唐	
	劉熙載	推崇北宋詞	
	雲間諸公	推崇北宋詞	
第六十八則	王士禛	推崇生香真色	贊成，略調整評説對象，暗用其語

（續表）

手稿原序	被引人物	引用觀點	引用態度
第七十三則	張惠言	評溫、歐、蘇等人作品	不贊成
	王士禛	反對深文羅織	贊成
第七十四則	周濟	評史達祖詞品格不高	贊成
	劉熙載	周旨蕩而史意貪	贊成
第七十五則	賀裳	欣賞史達祖「軟語商量」	不贊成
	姜夔	欣賞史達祖「柳昏花暝」	贊成
第七十六則	張炎	稱賞姜夔《暗香》、《疏影》	不贊成
第七十九則	蘇軾	欣賞秦觀「郴江」二句	不贊成
第八十則	嚴羽	評盛唐詩之「興趣」	基本贊成，但以「興趣」爲面目
	王士禛	神韻説	基本贊成，但以「神韻」爲面目
第八十二則	元好問	批評陳師道閉門覓句	贊成，并移之以評宋末詞人
第八十四則	朱熹	古人有句，今人無句	贊成，以北宋詞有句，南宋詞無句
第八十五則	朱熹	梅堯臣詩枯槁	贊成，移之以評周密、張炎之詞
第八十六則	陸輔之	所列警句	不贊成，以其太費力，暗引

（續表）

手稿原序	被引人物	引用觀點	引用態度
第八十九則	李希聲	唐詩高古，反對氣格凡近	贊成，分論北宋、南宋詞
第九十則	毛奇齡	梳理雜劇形成源流	贊成
第九十一則	程明善	致語與詞曲之關係	贊成
第九十二則	朱彝尊	評《草堂》與《絶妙好詞》	不贊成
第九十三則	顧梧芳	《尊前集》之編訂與流傳	略加辨析
	朱彝尊		
	李漁		
	四庫提要		
	陳振孫		
第九十四則	四庫提要	考訂沈雄《古今詞話》	補證宋代另有《古今詞話》
第九十五則	陸游	詩詞代興，能此不能彼	基本贊成
	四庫提要	以詞卑於詩	基本不贊成
	陳子龍	宋代無詩而有詞	贊成

（續表）

手稿原序	被引人物	引用觀點	引用態度
第九十七則	邵桂子	考訂《卜算子》詞	不贊成
第一百三則	龔自珍	《己亥雜詩》	否定其人
第一百四則	金應珪	游詞之說	贊成，暗用其語
第一百六則	周濟	置李煜於溫、韋之下	不贊成
第一百七則	叔本華	關於「赤子之心」之論	贊成，暗用其論
	孟子		
	袁枚		
第一百九則	尼采	愛以血書寫之文學	贊成，但進而分出情懷大小
第一百十四則	袁枚		批評其詩論纖小輕薄
	朱彝尊		批評其詩學枯槁而庸陋
	沈德潛		
第一百十八則	周濟	寄託出入說	贊成，暗用二家之說加以發展
	龔自珍	尊史善入善出說	
第一百二十則	屈原	內美與修能	贊成，詞尤重內美
第一百二十四則	金應珪	淫詞、鄙詞、游詞三弊	贊成

需要説明的是：表格中對徵引批評家、批評觀點的統計，只是大致而言。除了明確徵引外，那些隱性徵引的文獻只是以「舉例」的方式列入而已，并非將所有徵引文獻盡入其中。從上表可以看出，在手稿全部一百二十六則中，或明或暗的引用有五十六則八十例之多，可見接近半數的詞話條目在撰述形態上是在對各種理論批評的斟酌、調整中形成的。其中暗用暗引十九例，而明確徵引六十一例。而在引述各例中，持贊成態度的多達五十八例——包括原則贊成略加調整者，其餘不贊成或純粹批評性的詞話二十二例，則正面吸收傳統理論仍是王國維撰述詞話的主流，而若干作爲反面言論被徵引的，也大多是爲正面立説服務的。徵引文獻涉及到的理論家、批評家有五十多位。其中引用較多的批評家（包括《四庫提要》）依次是：劉熙載（六次）、周濟（六次）、叔本華（四次）、朱彝尊（四次）、《四庫提要》（四次）、王士禛（三次），張惠言、蘇軾、毛晉、嚴羽、馮煦、屈原、賀裳、朱熹、金應珪、袁枚各二次，沈義父、晁補之、劉勰、韓愈、陳廷焯、劉體仁、王夫之、李漁、譚獻、張炎、尼采、蕭統、毛奇齡等各一次。在引述文獻的作者中，除了德國的叔本華、尼采，其餘都出自中國。而在被引用的中國學者中，從先秦的孔子、孟子、屈原到六朝的劉勰、蕭統，從唐宋的王績、韓愈、蘇軾、嚴羽到明清的毛晉、陳子龍、周濟、劉熙載再到近代的馮煦、陳廷焯、龔自珍、譚獻等，一長串的名字顯示了王國維詞話深厚的文化和學術淵源，而其中中國古典詩學淵源尤其突出，堪稱是王國維的立説之本。

在所有被徵引觀點的作者中，劉熙載與周濟都以六次而位居第一，這自然體現了王國維對此二人的重視程度。雖然徵引文獻的多少并不足以説明全部的問題，因爲觀念形成的基礎并不在於被徵引次數的多少，而在於被徵引的具體内容。但當徵引次數與徵引内容都足以對相關理論產生重要影響時，則這種相對頻繁的徵引，當然是值得注意的。大略而言，王國維對劉熙載與周濟的總體詞學理念是頗爲推崇的，如崇尚北宋詞，講究情景關係，批評南宋詞的晦澀等等。這些詞學根底的相通，使王國維不自覺地從劉熙載和周濟的相關著作中去采擇觀點作爲自己立説的支撑。再如劉熙載對人品的重視，對「鬧」字的感悟，對秦觀師法梅堯臣的看法，也爲王國維所接受。而周濟的寄託出入説以及對南北宋詞不同特點的分析，王國維也多有汲取。相比較而言，手稿中所援引劉熙載的言論，都成爲王國維立説的重要支柱，而無一批評或質疑之語，而周濟對李煜詞的定位以及對吴文英詞的偏愛，則受到了王國維的明確否定。劉熙載對於王國維詞學的重要影響於此可見一斑。

有些徵引的文獻雖然次數不多，但實際上產生了重要作用。如劉體仁、晁補之等，即是如此。劉體仁《七頌堂詞繹》不僅對「紅杏枝頭春意鬧」的「鬧」字「卓絶千古」的評價影響到王國維，而且有關詞之境界、詞之本色的論斷，王國維與之也頗爲接近。如《七頌堂詞繹》云：「詞中境界，有非詩之所能至者，體限之也。」這與王國維説詞體「能言詩之所不能言」之論如出一轍。晁補之《評本朝樂章》對「出」等動詞的敏悟，也極有可能對王國維注重「鬧」、「弄」字等產生了一定的影響。

手稿本徵引了兩處屈原的原話：一次是第四十四則「要眇宜修」之説，出自屈原《九歌・湘君》；一次是第一百二十則關於内美與修能相結合之説，出自《離騷》。這兩條都没有直接點出屈原的名字，但都用了屈原的原話。這兩則雖然在《國粹學報》和《盛京時報》兩次刊行《人間詞話》時均没有出現，但其實在是否擇録發表問題上，「要眇宜修」一則曾盤旋在王國維心中久之。從手稿的圈識和標序來看，這一則曾經很受王國維重視，初圈「○」，後改爲「△」，在第二次手稿標序中標爲「十七」，雖然這一則没有因爲曾被圈識和標序而發表，但王國維的用心可知。揣摩王國維之意，或許因爲王國維既已將「境界」作爲詞體之「本」，再申言「詞之爲體，要眇宜修」，不免在話語上形成一定的矛盾。而且以「要眇宜修」爲詞體定位，話語雖有創意，但内涵不免有承襲舊説的嫌疑，如張惠言《詞選序》「興於微言」、「低佪要眇以喻其致」云云，都與此相仿佛，故存彼而黜此。而「内美與修能」一則雖然也未刊出，但未刊出不等於這一則的理論不爲王國維重視，而是相關理論數見於他則，爲避免重複，纔未將其刊出。如第六十四則「詞之雅鄭」，即暗承劉熙載「論詞莫先於品」之説，而這一則在初刊本中列於第三十二則。可見「尤重内美」是王國維素所堅持的論詞原則之一。其實在此前發表的《文學小言》中，王國維已然提出過「無高尚偉大之人格，而有高尚偉大之文學者，殆未之有也」的論斷，而屈原也正是因此被列爲歷代文學天才之首的。如果再聯繫王國維所作《屈子文學之精神》一文，王國維對内美與修能的兼重，其實是一以貫之的。

第四十一則徵引馮煦之語，在王國維詞學體系中，也是極爲重要的一則。馮煦稱秦觀、晏幾道爲「古之傷心人」，王國維雖然將晏幾道視爲「矜貴」的典型，而認爲其「傷心」無法與秦觀等量齊觀。但「傷心人」的話題實質上與境界説關係至密，不僅所謂「憂生憂世」之説與此直接呼應，而且王國維在徵引之後，王國維闡釋主要在詞體中表現的「有我之境」，其實也是以悲情爲底色的。則王國維在徵引之後，與馮煦的「商榷」只是指稱對象的不同而已，其本質上的審美追求仍是一致的。

境界説的基本元素乃在情、景二者，而對於情景關係分析頗爲成熟的謝榛、王夫之、李漁等人，其名字并没有直接出現在手稿中。但手稿本第五十則所謂「一切景語皆情語」的論斷實際上正是承接了諸人之説，王國維將這一則整體删去，可能正是意識到其所談論的話題，不過是重複舊説而已。但這畢竟客觀上顯示了謝榛、王夫之、李漁諸人對王國維境界説的潛在影響。

從手稿本雖然大致可以看出至少有五則援引了叔本華與尼采的學説，但明確提出叔本華與尼采的不過二則。而援引尼采的「血書説」，其實同樣回歸到胸襟之大小，與「有我之境」與「無我之境」的内涵彼此相通，因爲「有我」與「無我」本質上就是「小我」與「大我」的區别。而引述叔本華的四則，具名引用的是第二十八則關於抒情詩與叙事詩的區别問題。王國維在第二次標序時曾經將這一則標爲「十二」，但這一標序其實没有意義，因爲初刊本和重刊本都未刊出這一則，而以此説明抒情詩講究「佇興而作」，叙事詩講究「以布局爲主」。此意本也不待叔本華之語纔能發明。其餘三則關於寫實家與理想家、優美與宏壯、赤子之心之論，都没有直接點出叔本華之名，但在理論上的借鑒仍是有跡可尋。不過，需要説明的是，關於「赤子之心」的説法，老子、孟子、袁枚都有相關論説，其不標叔本華，或以此説爲中外所同，并非屬於某一人的創見，故只以叙述出之。「優美與宏壯」一則是對於有我之境與無我之境的補證，可能因爲關於有我、無我二境的闡釋，也是中有，所以也不具名徵引了。寫實家與理想家的區别在後來撰寫的「出入説」中，其實是貫穿下來了。這兩則在重刊本中被删除，一方面固然與篇幅壓縮有關，另一方面也與相關理論已或多或少見於他則有關。再有就是王國維似乎有意抹去西方理論的痕跡，將自己的詞學徹底回歸中國古典。因此，手稿本對叔本華、尼采學説的徵引，從總體上説并不居於重要地位，尤其是對其境界説，并不構成主要的理論淵源。

有一些從否定角度援引的文獻，并不能以其觀點不爲王國維所接受，而輕易否定其價值。如張惠言評温庭筠詞「深美閎約」，王國維便不能認同。王國維認爲馮延巳的詞纔能當此四字。需要指出的是，王國維雖然否定了張惠言的這一説法，但只是否定其語境而已。「深美閎約」四字，在境界説尚未出現之前，其實一直是王國維堅守的詞體本色所在。只是從第二十一則「境界」説漸趨成型，方用「境界」這一新的話語代替「深美閎約」這一舊話語而已。而「境界」與「深美閎約」之間的關係，本身就有着較大的探討空間。

嚴羽與王士禛對王國維而言，也是頗爲矛盾的人物。手稿第八十則明確將嚴羽的「興趣」和王士禛的「神韻」之説定位爲「面目」，而將其自己宣導的「境界」作爲「探本」之論。似乎對嚴羽、王士禛否定甚多。但對於在詞話撰述初期提倡「深美閎約」和「深遠之致」的王國維來説，興趣和神韻的理論指向與此本是匯合成流的。不過，在王國維境界説形成之後，再來看興趣、神韻、境界三説的差異，其實更多是表現在理論話語的不同，而非理論内涵上有什麼本質不同。所以王國維對嚴羽、王士禛的否定，更多地是從話語表述的層面，而在内涵上，本身就不無陳倉暗渡之處的。

朱彝尊的詩學被王國維整體定位爲「枯槁而庸陋」，所以在對其加以徵引的四處文獻中，都以被否定的面目出現，如貶低《草堂詩餘》、推崇《絶妙好詞》，認爲南宋詞「深」等，王國維都視爲是庸陋之見。以此可見，浙西詞派崇尚南宋、推舉姜夔、張炎的基本理論導向，與王國維的詞學宗尚形成了明顯的對立。但如果簡單地把王國維納入到常州詞派的行列，也是有問題的。因爲王國維所主張的自然不隔、佇興而作等理論，與常州詞派講究的深文隱蔚，本質上是很難相容的。再如令周濟「撫玩無極」的吴文英，恰恰是王國維眼中的「齷齪小生」，其觀點之對立，極爲明顯。所以，王國維不過是立於詞體本色，斟酌其間而自成一説而已，固不可以宗派限之。

綜上可知，在王國維手稿引述的諸多各家之論中，中國傳統詩詞理論構成了其理論的主幹部分，其境界説及其相關的範疇體系的建立，都離不開對傳統詩學的借鑒與吸收。西方詩學則對其理論的表述模式及其理論的精密化提供了學理意義上的幫助。「中學爲體，西學爲用」這句話放在對《人間詞話》手稿的定位上，應該大致是不差的。换言之，抽掉西學話語的《人間詞話》仍是一部卓越的詞話，而失去中國傳統詩學支撑的《人間詞話》則是不可想像的。這也可以理解爲什麽王國維在手稿中是如此謹慎地引用西方詩學話語，并在《盛京時報》重刊本中將若干帶有西學話語的詞話删略殆盡，而對中國傳統詩學話語則廣泛採録，直言褒貶。王國維對中西詩學的取捨，顯然是經過一番細緻的拿捏和權衡的。

八、王國維撰寫詞話的詞學背景

王國維究竟是出於怎樣的原因開始撰寫詞話？因爲没有留下相關明確的文字，一時難以遽斷。但應該與他多年的填詞、論詞經歷以及數年沉潛中西哲學的經歷有關。王國維研究中西哲學爲他認識社會和人生提供了角度和高度，也爲他提倡遠離功利的純文學奠定了基礎。他一九〇三年分别爲康德、叔本華撰寫「像贊」及《論教育之宗旨》、《哲學辨惑》等，一九〇四年完成《孔子之美育主義》、《叔本華之哲學及教育學説》、《紅樓夢評論》、《叔本華與尼采》等，一九〇五年完成《論近年之學術界》、《論新學語之輸入》、《論平凡之教育主義》、《周秦諸子之名學》、《論哲學家及美術家之天職》等，一九〇六年完成《去毒篇》、《教育普及之根本辦法》等，一九〇七年完成《古雅之在美學上之位置》等。這些哲學著述大都撰成於一九〇三年至一九〇七年的五年間，雖然在這五年中，王國維對西方哲學經歷了從膜拜到懷疑再到放棄的過程，也將自己的哲學家之夢以及可能的哲學史家之身份抛諸身後。但這段經歷深刻地影響到王國維的文藝思想，在對文學的價值判斷、審美特性等的認知上表現尤爲顯著。在諸如對「無我之境」、「忠實」、「天才」及其人品格調等方面的强調上都可以清晰見出其痕跡。至於手稿中寫實與理想、優美與宏壯、抒情詩與叙事詩等，更是留下了西方哲學美學話語的烙印。同時，西方哲學所講究的體系性和範疇系統也對手稿的撰寫産生了明顯的作用。

就詞學背景而言，王國維也有數年填詞、論詞的經歷，以積累相關學識。王國維代筆的《人間詞甲稿序》曾云：「比年以來，君頗以詞自娱。余雖不能詞，然喜讀詞。每夜漏始下，一燈熒然，玩古人之作，未嘗不與君共。君成一闋，易一字，未嘗不以訊余。既而睽離，苟有所作，未嘗不郵以示余也。」《人間詞乙稿序》在論述了有關意境的理論及梳理了詞史發展後也説：「余與靜安，均夙持此論。」這些雖然都是借用同學友人樊志厚的口吻，但至少可以説明王國維此前曾多年傾心於填詞，以及在「玩古人之作」後形成的若干詞學觀念。

王國維在填詞、論詞的同時，應該也讀了不少古代詞話。如他在一九〇五年十二月就讀完了周濟的《詞辨》和《介存齋論詞雜著》，并作有眉批若干，撰有跋文一則。其跋文云：「予於詞，於五代喜李後主、馮正中而不喜《花間》。於北宋喜同叔、永叔、子瞻、少游而不喜美成。於南宋只愛稼軒一人，而最惡夢窗、玉田。介存此選頗多不當人意之處。然其論詞則頗多獨到之語。始有知天下固有具眼人，非予一人之私見也。」如果將陳乃乾輯出的若干眉批，如對姜夔、張炎、周邦彦、晏殊、歐陽修詞的批點與《人間詞話》手稿對勘的話，則其喜歡、不喜歡、厭惡的詞人以及相關判斷并没有出現大的變化。再如對周濟詞論的推崇和吸取，也已經是十分明確，手稿中采擇其詞論處甚多，而手稿對劉熙載詞論的接受應該是在周濟之後了。如此説來，王國維的詞學思想在一九〇五年之時已經有了初步的輪廓。如果再加上一九〇六年撰寫的《人間詞甲稿序》、《文學小言》，一九〇七年完成的《屈子文學之精神》、《人間詞乙稿序》，一九〇八年七月完成的《唐五代二十一家詞輯》、八月完成的《詞林萬選跋》及《詞録》一書等等，這些有關詞學的文獻輯録、考訂、論述，其實都爲《人間詞話》的撰寫蓄勢已盛。

一九〇七年，王國維徘徊在哲學與文學之間之時，雖然對自己的學術前景仍不無迷茫，但其實對已經初具的哲學與文學研究業績已經有了相當的自信。《自序》有云：「若夫余之哲學上及文學上之撰述，其見識文采，亦誠有過人者，此則汪氏中所謂『斯有天致，非由人力，雖情符曩哲，未足多矜』者，固不暇爲世告焉。」實際上將自己哲學、文學上之過人的見識歸諸自己超越衆人的天才。而就文學而言，王國維對於填詞的自負更爲突出。《自序二》云：「余之於詞，雖所作尚不及百闋，然自南宋以後，除一二人外，尚未有能及余者，則平日之所自信也。雖比之五代、北宋之大詞人，余愧有所不如，然此等詞人亦未始無不及余之處。」這個評價放在詞史上來衡量，王國維不免有自許過甚之嫌。不過這一份自信足以支撑了此後數年的詞曲研究，從這一意義上而言，王國維的自信應該可以得到更多「同情之瞭解」。

雖然在一九〇六年，王國維已經撰述《文學小言》來闡釋自己的文學觀念，但到了一九〇七年之末，似乎仍未能看出其有意撰述詞話的想法，而是主要沉浸在文學創作的成功之中。倒是戲曲創作的近景規劃已經在王國維頭腦中萌生了。《自序二》云：「因詞之成功，而有志於戲曲，此亦近日之奢願也。然詞之於戲曲，一抒情，一叙事，其性質既異，其難易又殊，又何敢因前者之成功而遽冀後者乎？但余所以有志於戲曲者，又自有故。吾中國文學之最不振者莫戲曲若。元之雜劇、明之傳奇，存於今日者尚以百數，其中之文字雖有佳者，然其理想及結構，雖欲不謂至幼稚、至拙劣，不可得也。國朝之作者雖略有進步，然比諸西洋之名劇，相去尚不能以道里計。此余所以自忘其不敏，而獨有志乎是也。然目與手不相謀，志與力不相副，此又後人之通病，故他日能爲之與否，所不敢知；至爲之而能成功與否，則愈不敢知矣。」由詞而入曲，王國維雖然因其一抒情一叙事而自謙不過是「奢願」而已，但王國維有志於戲曲，主要是出於一種强烈的使命意識，要改變中國文學中「最不振」的戲曲現狀，特别是改變傳統戲曲在理論與結構上的幼稚與拙劣，以與西洋戲劇形成抗爭的局面。不過，與填詞的自負不同，王國維對自己的戲曲創作能否成功留足了迴旋的餘地。王國維是否創作過戲曲？現在似乎難以考訂了，從王國維的這一「規劃」來看，應該是有嘗試的可能的。只是戲曲長篇畢竟不同於填詞之短制，可能的情況是：王國維在鑽研戲曲的體制和源流以作創作之資時，發現了戲曲研究的更大的魅力，因此而將創作戲曲的初衷轉變爲戲曲研究的現實，并以此開辟出戲曲研究的新天地了。

似乎不能簡單地認同王國維在三十之年所作的《自序》中的表白，似乎不能簡單地認爲王國維對文學的轉向是因爲哲學夢想的基本破滅。實際上，當二十世紀初，王國維廣泛吸取西方哲學、美學的同時，他對西方文學的吸取也幾乎是同步進行的，如歌德，如席勒，都是王國維心目中的文學天才，而文學的價值和意義并不一定在哲學和美學之下。他在刊於《教育世界》一九〇四年三月第七十號的《德國文豪格代希爾列爾合傳》一文開篇云：「嗚呼！活國民之思潮、新邦家之命運者，其文學乎！十八世紀中葉，有二偉人降生於德意志文壇，能使四海之内、千秋之後，想像其丰采，誦讀其文章，若萬星攢簇、璀璨之光逼射於眼簾，又若衆浪搏擊、砰訇之聲震盪於耳際。翳何人，翳何人？曰格代，曰希爾列爾。」將文學的價值與國民思潮、邦家命運結合起來，其對文學的意義固已充分認同了。從這一角度而言，王國維從哲學走向文學，簡直是必然的。

王國維撰寫詞話，除了要將自己多年的創作體會和詞學觀念予以大略梳理之外，要在文學的觀念上導引時流，也許是他思想的深沉潛流所在。當然，一種文學觀念從構思到成型再到付諸文字撰述，會經歷一個較長的過程。而就王國維而言，他的詞學思想很可能是在邊思考、邊撰述、邊調整、邊完善中形成的。鑒於《人間詞話》一九〇八年在《國粹學報》發表之時已經經過了數度的斟酌調整，其境界説的核心地位也由此得以彰顯，而後來經趙萬里、王幼安等補充的手稿又往往改易其序，所以欲還原境界説的提煉過程，則手稿自是最重要的文本依據了。

九、手稿的結構形態

文本結構往往昭示着理論形成的方向。就《人間詞話》而言，無論是一九〇八年與一九〇九年之交刊於《國粹學報》的初刊本，還是一九一五年初刊於《盛京時報》的重編本，都是以境界説開篇，在大致闡述境界説範疇體系之後，纔持以梳理詞史，品騭高下。這種先理論後批評的結構模式，不僅邏輯謹嚴，而且體現出一定的現代形態。然而作爲初刊本與重編本賴以取資的《人間詞話》手稿本具有怎樣的結構形態，也同樣是一個值得探討的問題。滕咸惠説：「《國粹學報》本對研究王氏美學和文學思想的重要性是不言自明的。但原稿的内容遠比《國粹學報》本豐富，王氏的思路也比較容易看清。因此，它對研究王氏的美學和文學思想同樣有重要價值。」①佛雛也説：「手稿，作爲作者對某一問題思維和認識的第一批産物，人們從中可以看出作者某一認識的發軔或起點，便於追蹤爾後作者思想發展演變的軌跡，其可貴在此。」②諸家不約而同關注到《人間詞話》手稿的思路與軌跡問題。質實而言，《人間詞話》手稿并非是一種散漫隨機的形態，其間理論由隱到顯，確實脈絡可尋。則在手稿研究中，既要注意因爲話語的隱顯而表現出來的結構分類的階段性，也要從理論自身演變的角度而重視其整體性。如此，手稿的價值和意義纔會得到更爲充分的體現。

① 滕咸惠《人間詞話新注·修訂後記》（修訂本），齊魯書社一九八六年版，第一三六頁。
② 佛雛《〈人間詞話〉手稿整理瑣議》，吴澤主編，袁英光選編《王國維學術研究論集》（三），華東師範大學出版社一九九〇年版，第三四一頁。

關於手稿①的結構，已經有不少學者注意到前三十則與此後各則的不同②。前三十則，雖然也在大致地梳理着詞史，但就理論而言，更多的是在傳統詩論詞論中斟酌取捨，王國維對詞體的看法、對詞史的評判，從觀念上來説，更多地浸潤着前人的學説，如從張惠言那裏接受了「深美閎約」的理論，講究「深遠之致」，追求自然真實，反對用典代言，等等。王國維對這些觀點雖然有調整，或者有側重點的不同，但畢竟在話語以及理論形態上比較多地保留了傳統詩詞理論的内容，尚缺乏「自鑄偉辭」的理論魄力。而從第三十一則開始，則拈出「境界」二字以作論詞之資，雖然這一範疇自具淵源，而且在詩話詞話中的使用已不乏先例，但王國維以新的内涵「啟動」了這一範疇，并以之爲核心，建構其理論體系，實際上使「境界」一詞從此前散漫而零碎的使用中獨立出來，成爲王國維

① 本文所謂「手稿」皆是指稱《人間詞話》手稿本，原件藏國家圖書館，本文引録手稿文字及排序，均依照浙江古籍出版社二〇〇五年影印《王國維〈人間詞〉〈人間詞話〉手稿》，同時也參考了滕咸惠《人間詞話新注》（修訂本），齊魯書社一九八六年版。

② 如陳鴻祥在《王國維與文學》一書中即將手稿前三十則與後九十五則分爲兩個部分，并認爲前三十則作於一九〇七年夏秋之前，而後九十五則作於一九〇七年秋冬之後以訖一九〇八年夏秋之間。參見該書第一三三頁，陝西人民出版社一九八八年版。陳鴻祥在後來完成的《王國維全傳》中依然堅持這種説法，他説：「筆者據《人間詞話》『手稿本』，作出了前三十則與三十則以後，這樣兩個不同時段的劃分。扼要地説，就是：王國維的這部詞話，不是一次寫成的。」人民出版社二〇〇七年版，第二九三頁。馬正平《生命的空間——〈人間詞話〉的當代解讀》大體接受了陳鴻祥的觀點，其書第二章即專門分析前三十則的寫作思路，而第三章則專門分析後九十五則的寫作思路，即將手稿分爲前、後兩個部分。中國社會科學出版社二〇〇〇年版。

個人新的理論話語。所以就手稿的撰述形態來説，這種前後分層的結構形態是客觀存在的。

因此，從手稿的第三十一則開始，纔真正進入王國維的理論建設階段。王國維以境界爲核心範疇，開始逐步建立自己的境界説及其範疇體系，之所以説是「逐步」，是因爲從王國維的撰述順序來看，其對境界説的認識與提煉，似乎并非是在完全考慮成熟之後的文字表述，而更多地帶有邊思考、邊撰述、邊補充、邊調整的特點。如第三十一則提出境界説之後，隔開數則，到第三十五則纔繼續解釋「境」字的含義，第四十七則以「鬧」、「弄」等字來説明境界之「出」。若在撰述之前即思慮周密的話，起碼這三則的撰述應該是前後相連的。再如第三十二則分析造境與寫境之區别，而第三十七則論寫實家與理想家，正是與其在理論上相承接的一則，但中間卻隔開了四則。第三十三則論有我之境與無我之境，隔開兩則纔繼續言説有我無我之境與動静、優美、宏壯之關係，也是屬於補充論證的文字。而關於「隔與不隔」的分析，更是直到第七十八則纔集中表述，復在第八十一則分論寫情寫景「不隔」之例。這些圍繞着「境界」的條目尚且如此分散，其他評述文字之隨意性也就更爲突出了。所以將手稿的結構形態大别爲前後兩個部分，只是總體而言，事實上在前後兩個部分中，無論是理論本身還是文字表述，都還顯得粗糙。這種隨意與粗糙也許是王國維拈以發表時，既有標序的斟酌，更有反復圈識的原因所在。

手稿的結構除了這種前後的大别之外，還夾雜着其他的結構形態。前言境界説數則之構成，雖然并非完全連續的表述，但畢竟位置相近，王國維試圖相對集中地闡述理論的意圖還是清晰可見的，只是王國維在撰述之前對相關理論的思考很可能只是略具端倪，而理論要素之間的關係，也是在邊撰述邊思考的過程中彰顯出來，所以這種相對集中就不可避免地參雜着其他關係也許并不密切的條目。

理論表述之外，一些批評文字也具有相對集中的特點。如第一百五則至一百九則，論述角度容或有異，但都是以李煜爲核心。第一百五則比較温庭筠詞的「句秀」、韋莊詞的「骨秀」和李煜詞的「神秀」，在王國維的語境中，三者之間顯然有着遞進的關係，而以李煜詞之「神秀」爲詞體之極境。第一百六則以李煜詞的「眼界始大，感慨遂深」來作爲士大夫之詞的開端。第一百七則稱譽李煜之詞有「赤子之心」。第一百八則將李煜作爲「主觀之詩人」的代表。第一百九則在將李煜與宋徽宗對比之後，認爲李煜「儼有釋迦、基督擔荷人類罪惡之意」。以上五則，雖然言説角度有藝術之印象、思慮之深沉、真純之心靈、詩人之類别、境界之大小等的不同，但都是將李煜作爲詞體最傑出的代表來看待的。而在境界説形成之前，馮延巳原是王國維心目中詞體的代表，從第四則引用張惠言「深美閎約」之論移論馮延巳，第五則雖然不是以馮延巳爲論述對象，但李璟「菡萏」兩句的感發意義，正是與深美閎約的藝術特徵密切相關的，若無這種「深」、「閎」，則王國維「衆芳蕪穢」、「美人遲暮」之感也就無由形成。第六則稱譽馮延巳詞「堂廡特大」，其實正是呼應第四則的内容。第七則泛論文學言情、寫景、用語等方面的特色，但「所見者真、所知者深」八字，仍是在前面數則基礎上的提升而已。第八則批評周邦彦詞的「深遠之致」不及歐陽修、秦觀，其理論根底仍在「深美閎約」四字之上。則從第四則至第八則，也大體是以「深美閎約」爲底蘊、以馮延巳詞爲基點的一種理論批評的有機組合。所以手稿的結構形態除了以前三十則與此後九十餘則大别之外，這種在撰述之時相對集中的數則連綴，也構成了一種結構的常態。考察手稿的結構形態，應該兼顧這兩種基本形態。

但結構分類總是相對而言，不違説王國維撰述《人間詞話》手稿之初，尚無完全成熟而清晰的理論，即使先具備了成熟的理論，而在表述這種理論以及持此進行詞史批評時，也斷難在這種「詞話」體中呈現出精密的邏輯性。這意味着手稿結構雖然可以大致分爲前後兩個部分，但如果認爲這兩部分是截然分開，甚至如陳鴻祥、馬正平等學者認爲是分撰於不同時期，就未必符合實際了。因此，手稿的整體性同樣值得關注。

手稿的「整體性」起碼在以下幾個環節可以得到證明。

其一、詩詞對勘的理路通貫整部詞話①。第一則通過《蒹葭》與晏殊「昨夜」二句的對照，來説明詩詞在風格取向上有「灑落」與「悲壯」的不同，就是如此。這開端的一則其實帶着一定的方法論的意義。從整部詞話來看，這種詩詞對勘，立足詩詞之異的情形居多，如第四十四則在明確詞體「要眇宜修」的特點之後，即認爲詞「能言詩之所不能言，而不能盡言詩之所能言。詩之境闊，詞

① 關於詩詞對勘思路的形成及其在王國維詞學中的具體表現，可參見筆者《王國維詞學與詩學之關係——兼論晚清「詩話」對「詞話」的介入方式及其學術意義》一文，刊《詞學》第十八輯。

之言長」，詩詞在題材上的交叉和藝術上的偏至都在這種比較中彰顯出來。第三—三則論有我之境與無我之境的區别，雖然是在「詞話」的名義之下來討論這一問題，但從王國維言及有我之境，只是列舉馮延巳、秦觀的詞句，而言及無我之境，則列舉陶潛、元好問的詩句，其中竟無一例文體交叉之句，則無我之境與有我之境的區别其實部分隱含着的正是詩與詞的區分。

有些詩詞并論，是求其同，如第三十四則援引《子夜歌》「誰能思不歌，誰能饑不食」作爲詩詞均可「不平則鳴」的例證，第三十九則論詩詞之無題有題，就是基於同一理論立場，因爲「詩有題詩亡，詞有題詞亡」。第四十二則反對美刺投贈懷古詠史、隸事之句、裝飾之字，第四十三則反對隸事等，也都是從詩詞的整體立場來持論的。第四十五則列舉「千古壯語」，也是將謝朓、陶潛、杜甫、王維等人的詩句與納蘭性德的詞句來相提并論的。第四十九則分析境界之大小，第七十八則分析隔與不隔，第一百十九則論詩人詞人憂生憂世之例，也都是將詩詞平行而論的。王國維之所以尋求詩詞之間的趨同，是因爲詩詞原本是相鄰之韻文文體，而且詞由詩出，詩詞兩種文體頗多相通之處，譬如以詩爲詞（曲），就是韻文境界的互换，所以賈島的「秋風吹渭水，落葉滿長安」，周邦彦可以將其寫入《齊天樂》詞中，而白樸可以將其寫入《雙調得勝樂》散曲及《梧桐雨》雜劇中。這就是典型的「借古人之境界爲我之境界」，只是對於後來者而言，王國維更强調以「自有境界」爲前提，然後開發古人語言中的新意而已。

其二、分析文體遞嬗規律的文字散布手稿多處。第七則論文學升降實際是以文體盛衰爲基礎的，一文體之産生，初在於表達真性情、真景物的需要，但在流行至極盛之後，就漸變爲「羔雁之具」了，中唐以後之詩、北宋以後之詞之所以呈衰落之勢，即緣此故。即使詩詞兼擅的作家，也無以改變這種總的趨勢。第五十六則以周邦彦之長調「開北曲之先聲」。第八十二則闡明「曲家不能爲詞，猶詞家不能爲詩」。第九十五則引述陸游《花間集跋》來説明文體「能此不能彼」等，都可納入到第七則的語境中來考察。而第九十一則分析致語在詞、曲之間的文體地位，則屬於對相近文體之間嬗變軌跡的細密勾勒。第一百十則分别以楚辭、五七律、詞三種文體的起源、形成與發展，來説明「最工之文學，非徒善創，亦且善因」的規律。第一百二十五則更是梳理了四言——楚辭——五言——七言——古詩——律絶——詞的文體演變過程，不僅昭示了自來文體更替的軌跡，而且總結出一切文體始盛終衰的原因是「文體通行既久，染指遂多，自成陳套。豪傑之士亦難於中自出新意，故往往遁而作他體，以發表其思想感情」的文體發展的基本路徑。如果將王國維對文體的看法組合成説，則顯然是要通貫手稿纔能全面看清的。王國維在撰述詞話過程中，時時將自己對文體規律的認知表述出來，而且這種表述帶有前後互證以趨完善的用意在内。

其三，泛文學觀念的前後一致。王國維雖然將此書界定爲「詞話」，但實際上是在大的文學觀念中來考量詞體詞史，所以手稿中的主要篇幅固然是論詞，但也有不少條目是以「文學」爲理論背景的。前言文體嬗變諸條目之外，一些關於文學本質、文學創作的條目，也是如此。第七則以「大家之作」爲標準而提出的言情、寫景、語言等要求，王國維明確是要持此以衡「古今之作者」的，則不拘一體一朝之意甚爲明顯。第三十二則論造境與寫境、理想派與寫實派，第三十七則論寫實家與理想家，第三十八則論「文學上之習慣，殺許多之天才」，第一百十八則論「出入」之説等等，這些理論所依托的都是泛文學文體，提出的是帶有普適意義的文學觀念。手稿中類似這樣的表述，也同樣是散亂地分布各處的。并不能以前三十則與此後諸條目在理論話語上有沿襲和新創的不同，而區分其文學觀念的前後不同。

其四、詞史判斷的前後呼應。手稿第三十一則提出境界説，乃是以五代北宋爲立腳點的，此後對境界説範疇體系的建構，對詞史的梳理與判斷，都鮮明地表現出崇尚五代北宋、貶黜南宋及此後詞的傾向性。但這一傾向性其實在手稿前一部分同樣表現得頗爲鮮明。如第七則在表述「大家之作」的基本特徵之外，結以「此余所以不免有北宋後無詞之歎也」，則在詞史的選擇上，前後并無二致。第八則論北宋後期的周邦彦，已經「恨」其「創意之才少」了。第九、十兩則言替代字之非，其所針對的也是以吴文英爲代表的南宋詞人。第十一至十四則論南宋詞人，所取詞人僅辛棄疾一人而已，其餘皆摘其短處。第二十三則集中評論史達祖、吴文英、王沂孫、張炎、周密、陳允平諸家，認爲諸家「詞雖不同，然同失之膚淺。雖時代使然，亦其才分有限也」。第二十九則更將宋末諸家譬之「腐爛制藝」。這些條目都在在顯示出王國維對北宋以後詞的否定態度。這與第三十一則及此後各則的詞史判斷無疑有着明顯的連續性。王國維在第七十七則曾感歎説：「北宋風流，過江遂絶，抑真有風會存乎其間耶。」這份感歎其實已經先發於第七則了，前後其實是同一感歎而已。

十、境界説及其範疇體系在手稿中的理論進程

當然，手稿的「整體性」更充分地體現在境界説及其範疇體系的理論進程上。

將手稿分爲前後兩個部分，更多的是矚目於境界説及其範疇體系的表述位置。境界説的地位當然毋庸置疑，因爲無論是一九〇八年王國維經過選擇、調整後發表在《國粹學報》的初刊本，還是一九一六年初經過再度删減整合後發表在《盛京時報》的重編本，都是以「境界」説開篇，并在緊隨其後的若干則連續表述其境界説的内涵及其範疇體系，然後纔是以境界爲標準對歷代詞人詞作的批評。還原手稿的撰述形態，將「境界」説的提出作爲其理論質的提升的一個階段的開始，確實是富有學理的。

但如果過執這種結構劃分，甚至認爲王國維境界説乃是從第三十一則開始淩空而來，鑿空而道，就未免理解得過於簡單了。細繹前三十則的内容，不僅在文學觀念、文體意識、詞史判斷等方面可以直貫到後一部分，而且即就境界説而言，也可從前一部分尋找到不少端緒。參諸王國維對境界説的諸多分析，概括説來，所謂境界，是指詞人在擁有真率樸素之心的基礎上，通過寄興的方

式，用自然真切的語言，表達出外物的神韻和作者的深沉感慨，從而體現出廣闊的感發空間和深長的藝術韻味。自然、真切、深沉、韻味堪稱是境界説的「四要素」①。這些要素在前三十則中，可以説也是被王國維所强調的重要内容，有時甚至相當集中地被强調着。如第七則云：

大家之作，其言情也必沁人心脾，其寫景也必豁人耳目，其辭脱口而出，而無矯揉裝束之態。以其所見者真，所知者深也。持此以衡古今之作者，百不失一。此余所以不免有北宋後無詞之歎也。

自然、真切、深沉在這一則是作爲一個邏輯整體被强調的。王國維在這一則不僅要求言情、寫景以及語言上的真切自然，而且揭示出這種審美形態正是建立在「所見者真，所知者深」的基礎之上，而其「北宋後無詞之歎」與第三十一則言境界而以「五代北宋所以獨絶者在此」，其立説根底是完全一致的。而且第七則立足於「大家之作」，第三十一則以境界爲「最上」，都是懸高格以求。可以説，作爲境界説的主要理論要素，已經在相當程度上具備在第七則之中了，只是王國維此時尚未提煉出「境界」二字以統其學説而已。

第四則借用張惠言「深美閎約」之論，第五則分析李璟詞句中的感發與聯想空間，第六則稱贊馮延巳詞「堂廡特大」，此三則其實是互爲關聯的。若非作者先有深美閎約之創作理念，豈能有特

① 參見彭玉平解説《人間詞話·前言》，中華書局二〇一〇年版，第六頁。

大之堂廡？而若無特大之堂廡，則讀者的感發與聯想其實無由發生。而所謂韻味也正是從這種感發和聯想中纔能煥發出來的。王國維在第八則對周邦彥詞的「深遠之致」略有微辭，其實也是對其韻味不足抱有遺憾而已。其他諸如第十二則引用周濟評論吴文英詞之佳者堪供「追尋」，第二十則稱贊周邦彥「葉上」三句「真能得荷花之神理」，第二十二則認爲姜夔詞無言外之味、弦外之響，第二十九則批評賀鑄詞「惜少真味」等，這些條目大都是以深沉和韻味爲理論追求的，與後一部分境界説的相關審美追求堪稱枹鼓相應。

明乎這樣的情形，可以對手稿第八十則有更多的會心了。其語云：

> 嚴滄浪《詩話》曰：「盛唐諸公，唯在興趣。羚羊掛角，無跡可求。故其妙處，透澈玲瓏，不可湊泊。如空中之音、相中之色、水中之影、鏡中之象，言有盡而意無窮。」余謂：北宋以前之詞，亦復如是。然滄浪所謂「興趣」，阮亭所謂「神韻」，猶不過道其面目，不若鄙人拈出「境界」二字，爲探其本也。

王國維雖然是以一種否定的方式列舉出嚴滄浪的興趣説、王漁洋的神韻説，但實際上境界説對興趣和神韻二説的理論采擇還是主要的。無論是前三十則中出現的「深美閎約」、「深遠之致」，還是後來出現的「要眇宜修」，其實都不離乎興趣與神韻的基本内涵的。并非如王國維所説的是「面目」與「探本」的不同，而只是有關注範圍與言説方式的不同而已。

境界説在時代上立足於五代北宋，在體制上則立足於小令。手稿第五十五則分别在詩詞兩種文體内部比較尊卑，雖然涉及文體衆多，但要旨落在最後的貶低長調上，因爲詩詞之寄興言情，確實在小令中表現得更爲突出。而「寄興言情」纔是被王國維視爲詞體的正鵠的。而在前一部分中，推崇小令之意亦屢見不鮮，如在第二十四則，王國維明確説自己填詞「不喜作長調」，也不希望世人從長調的角度來評價其詞。此外在前一部分評述的諸多作品中，除了蘇軾《水龍吟》等少量長調之外，褒貶之間多是針對小令而言的。第三十則論散文與駢文、近體詩與古體詩的「學」與「工」、「難」與「易」，其宗旨也是要落實在小令與長調學之難易與工之難易的。而「小令易學而難工」一句中，其實是隱含着對小令的尊崇的。手稿中即使被稱譽的長調，在王國維的語境中也都是以「例外」的方式出現的。第二十四則列舉自己的《水龍吟》、《齊天樂》長調是如此，第五十六則評論他人之作亦是如此。其語云：

> 長調自以周、柳、蘇、辛爲最工。美成《浪淘沙慢》二詞，精壯頓挫，已開北曲之先聲。若屯田之《八聲甘州》、玉局之《水調歌頭·中秋寄子由》，則佇興之作，格高千古，不能以常詞論也。

評周邦彥、柳永、蘇軾、辛棄疾四家長調爲「最工」，其中對柳永《八聲甘州》、蘇軾之《水調歌頭》評價尤高，譽爲「佇興之作，格高千古」，其實乃稱贊其性情之真及韻味深遠而已，隱回到境界説的若干内涵。但王國維稱贊柳永、蘇軾二長調乃「佇興之作」，是以小令作法來評價長調，從學理上説是有問題的。因爲小令字數少，所以要將題旨隱於言外，而長調文字較多，故可將用意曲折安排其中。小令自可「直尋」，以使逸興湍飛；長調則須曲折致意，以見結構之渾成。王國維不辨小令、長調創作方法之不同，甚可異也；而持小令作法來評判長調，斯更可異也。此則當然也説明，王國維對長調的看法也是略有鬆動的。其「不能以常詞論」云云，即是對長調的一種有限度肯定。

「有我之境」與「無我之境」的表述主要見於手稿第三十三、三十六兩則。前言詩詞對勘，曾經指出這兩境的劃分其實在某種程度上類似於詩、詞兩種文體的劃分。王國維分析「有我之境」，只以馮延巳「淚眼」二句、秦觀「可堪」二句來作爲例證，而分析「無我之境」，只以陶潛「采菊」二句、元好問「寒波」二句爲例證。雖然王國維并没有强調這種兩境的分類中包含着一定的文體因素，但通過所舉之例，還是透露出「有我之境」更側重悲情之詞境，「無我之境」則更側重曠達之詩境。而手稿第一則分明已具兩境之雛形了。其語云：

《詩·蒹葭》一篇，最得風人深致。晏同叔之「昨夜西風凋碧樹。獨上高樓，望盡天涯路」，意頗近之。但一灑落，一悲壯耳。

也許僅讀此節文字，很難聯想到「有我之境」與「無我之境」的劃分。但試對勘王漁洋《古夫于亭雜録》所云：「景文云：『莊周云：送君者皆自崖而返，君自此遠矣。令人蕭寥有遺世意。』愚謂《秦風·蒹葭》之詩亦然。姜白石所云『言盡意不盡』也。」王漁洋所引録的莊子之語見於《莊子·山木》，是市南子（熊宜僚）爲解魯侯之憂而語，魯侯爲「有人」、「有國」所累而露憂色，市南子希望他「刳形去皮，灑心去欲」，而游於「無人之野」、「建德之國」，「與道相輔而行」，魯侯仍以無人、無糧，無食爲憂，市南子曰：「少君之費，寡君之欲，雖無糧而乃足。君其涉於江而浮於海，望之而不見其崖，愈往而不知其所窮。送君者皆自崖而反。君自此遠矣。」遠離人世，方能達到彼岸。《山木》篇的主旨與《人間世》相近，都是以寓言來闡明身處濁世而避患害之術，確有一種灑脱的情懷在裏面。王漁洋把這種對「世外」人生的追求與對「言外」藝術的追求溝通起來，揭示其精神之相似。劉熙載《讀書札記》亦云：「灑脱由於無欲。如處富貴，超乎富貴之外；處死生，超乎死生之外，皆是灑脱也。」① 漁洋之「遺世意」、融齋之「灑脱」與靜安之「灑落」，意思正爲相近，都與後來所提出的「無我之境」可以相通。而晏殊「昨夜」三句中，正表現了詞人既迷茫於人世，又無法超越現世而帶來的悲苦情懷。在這些語境中，灑落更多地見出人性之普適，故呈現出「大我」；悲壯更多地見出詩人之偏至，故呈現出「小我」。「灑落」與「悲壯」顯然部分地隱含「無我之境」與「有我之境」之意味，只是此時的王國維尚處於不自覺而已。

「隔與不隔」的理論主要見於第七十七、七十八、八十一等三則，概括而言，所謂隔主要表現爲寫景不夠明晰，或者在寫景中融入了太多的情感因素，導致景物的特徵不鮮明，不靈動；當然，虛假、模糊的情感也屬於「隔」的範疇。所謂不隔主要表現在寫情、寫景的真切、透徹、自然方面，能夠讓讀者

① 劉熙載著，劉立人、陳文和點校《劉熙載集》，華東師範大學出版社一九九三年版，第五四六頁。

自如地深入到作品的情景中去，而了無障礙①。而介乎其中的「稍隔」則更多是從結構的角度來分析一闋之中前後之間情景表達的搭配問題。如果細繹手稿的前三十則，則王國維對隔之反對、對不隔之推崇已經是十分鮮明了。第七則以「大家之作」爲例，對言情、寫景、用語的要求，其實都是以「不隔」爲理論底藴的。所謂「其言情也必沁人心脾，其寫景也必豁人耳目，其辭脱口而出，而無矯揉裝束之態」，其實第七十八則「語語都在目前，便是不隔」一句，便已大致涵括其意了。第九、十兩則力斥替代字之非，也是因爲替代字往往因其自具淵源而先障去部分意思，而失去自然、真切的韻味。第十四則以「映夢窗零亂碧」評吴文英詞，似乎與張炎「七寶樓臺」之評相近，言其意旨飄忽，意象零亂，缺乏深沉之思而徒有外在形式之眩目耳。果如此，則夢窗詞於言情、寫景、語言三者皆「隔」矣。

王國維不僅在前三十則比較充分地表現了對「不隔」之境的審美追求，而且在話語上也留下了痕跡。第二十則云：

美成《青玉案》詞：「葉上初陽乾宿雨。水面清圓，一一風荷舉。」此真能得荷之神理者。覺白石《念奴嬌》、《惜紅衣》二詞，猶有隔霧看花之恨。

以「神理」與「隔霧看花」對舉，實爲後來「隔與不隔」理論之雛形，但話語模糊耳。所謂「神

---

① 參見彭玉平解説《人間詞話·前言》，中華書局二〇一〇年版，第八頁。另，關於「隔與不隔」説的理論内容，可參考彭玉平《論王國維「隔」與「不隔」説的四種結構形態及周邊問題》一文，刊《文學評論》二〇〇九年第六期。

理」，即是詠物而得其精神、神韻之意，得其精神、神韻，亦即得其真，得其真，自然不隔；霧裏看花，自然失真，失真自然就隔。周邦彦的「葉上」數句，不僅寫出了雨後清晨風吹荷動之神韻，更以一「舉」字將荷花之風情與骨力結合起來。這個「舉」字和張先「雲破月來花弄影」的「弄」字，宋祁「紅杏枝頭春意鬧」的「鬧」字，歐陽修「緑楊樓外出鞦韆」的「出」字，等等，都具備相似的功能，將原本潛在的不引人注意的意趣引發出來，是一句之「眼」，也是一句之「神」。當然，王國維將周邦彦之「句」與姜夔之「篇」來作對比，似有欠學理。觀手稿後半論及「隔」與「不隔」，即改以「句」爲基本單位，這樣的對比纔是在同一層面上進行的對比，也纔更具可信性。

就王國維提及的這三首詞具體而論，亦可見其神理與隔的區別。三首詞都寫荷花，王國維只引録了周邦彦「葉上」三句，以表現其「不隔」而已。而在王國維的語境中，清真此詞的不隔是在與姜夔的《念奴嬌》和《惜紅衣》兩首詞的對照中顯示出來的。録姜夔二詞於下：

鬧紅一舸，記來時，嘗與鴛鴦爲侣。三十六陂人未到，水佩風裳無數。翠葉吹涼，玉容銷酒，更灑菰蒲雨。嫣然摇動，冷香飛上詩句。　日暮。青蓋亭亭，情人不見，爭忍淩波去。只恐舞衣寒易落，愁入西風南浦。高柳垂陰，老魚吹浪，留我花間住。田田多少，幾回沙際歸路。（《念奴嬌》）

簟枕邀涼，琴書換日，睡餘無力。細灑冰泉，并刀破甘碧。牆頭唤酒，誰問訊城南詩客。岑寂。高柳晚蟬，説西風消息。　虹梁水陌，魚浪吹香，紅衣半狼藉。維舟試望故國。眇天

北。可惜渚邊沙外，不共美人游歷。問甚時同賦，三十六陂秋色。（《惜紅衣》）

與清真《青玉案》相似，姜夔這兩首詞也以荷花爲主要描寫對象，但前首不過起拍之後數句至上闋結束寫荷花，後首只有換頭數句言及荷花，在全詞中所占的文字比例并不高。而且就這涉及荷花的幾句來看，其筆法之隱約，甚至令人忘其是在寫荷花。相形之下，周邦彦「葉上」數句，乃讓人如面滿池的荷花。兩者鮮明與隱約的區别是頗爲分明的。欲再進而論之，周邦彦一首乃是寫岸上觀賞荷花，因此滿池景色盡入眼中；而姜夔兩首乃是寫身入羣荷之中來觀荷，故不免有「只緣身在荷花中」的局限。周邦彦觀荷是在雨後晴陽之下，故被雨水沖洗過的荷葉荷花會呈現出特别的青翠和豔麗；而姜夔兩首，據詞前小序，《念奴嬌》是姜夔將蕩舟在武陵「古城野水，喬木參天……意象幽閒，不類人境」的環境中和後來在吴興「夜泛西湖」的經歷結合來寫的，其環境之幽暗固不同於周邦彦所見之陽光明媚。《惜紅衣》也是寫於吴興，乃寫數度往來於「荷花盛麗」之中的聞見，則視綫也是因身居池中而略受干擾。所以觀察荷花的視點不同、時段不同、明暗不同，因此寫出來的景致也就不同。周邦彦寫荷花近乎實寫，姜夔則近乎虚寫，所以周邦彦筆下的荷花宛然生姿，而姜夔筆下的荷花則隱約迷離。王國維看到兩人創作風格的不同，應該是敏鋭的，其所謂隔與不隔的原意，由此而部分地呈現出來。甚至可以説，王國維在後面之所以能提煉出「隔與不隔」的理論，或許與這種對具體作品的審美感受有着不可分割的關係。不過，質實而言，王國維如此分别隔與不隔，其本身的局限也是明顯的，因爲雖然同是寫景，隨着視點、時段、明暗不同，其呈現出來的景致也自然有清晰與模糊之不同，只要是符合當時情境的，最大程度地體現出景致當時當地特點的，其實也應該納入不隔的範圍。

綜合以上的分析，可以得出結論：雖然我們大致將手稿的結構以第三十則爲界，分爲前後兩個部分，但其中前面的不少理論其實暗逗後面的理論，而後面的若干理論也呼應着前面的分析。只是前三十則中包含諸多理論萌芽，尚没能提煉出明確的個性化的話語表述，諸多理論只是以一種潛在的方式存在而已。王國維略顯散漫的撰述方式，也大體決定了手稿在大的前後分段的結構形態之外，也必然會夾雜着若干相對集中、散點分析、指向一致的小的結構形態。有學者指出：「《人間詞話》原手稿結構方式應該就是王國維閱讀思考的自然記録。」①這「自然」二字應該是大體符合實際的。同時，按照王國維的撰述習慣，手稿的撰寫畢竟不可能持續很長時間，王國維本人的文學觀念便也不可能在短時期内經歷太大的變化，更不可能發生本質性的轉變，所以手稿的整體性同樣是不能輕易否定的。特别是王國維在後一部分提出的境界説、有我之境與無我之境説、隔與不隔説等，更是可以從前一部分尋繹到理論之端緒。尤其值得注意的是：王國維在手稿中擇録若干擬在《國粹學報》發表時，第一次標序并非是以手稿第三十一則「詞以境界爲最上」一則爲起始，而是以手稿第七則「大家之作」爲「一」的，而被列爲「二」的則是第十七則「詩至唐中葉

① 李礫《〈人間詞話〉辨》，中國社會科學出版社二〇〇六年版，第一四〇頁。

以後」一則。這意味着，即使在王國維撰述完全部手稿之後，境界説的核心地位也没有自然形成，而是在反復的斟酌中，纔將境界説凸顯出來。則手稿前三十則在王國維心中的分量應該是并不輕的。而王國維在第二次標序時以手稿第三十一則爲「一」，其實也不是從根本上轉换其理論，而只是因爲其「境界」的話語帶有新創的意味而已。事實上，手稿第七則除了没有出現「境界」二字，其内涵與境界説、隔與不隔説等堪稱陳倉暗度，具有很高的密合度。有學者將手稿前三十則視爲境界説基本思想的形成階段，而將後九十五則視爲境界説的拈出與展開，即是從學理上將手稿作爲一個文本整體來認知的①。我認爲這一認知理路是符合實際的。境界説及其範疇體系的理論漸進過程，從本質上説，在手稿中的體現是不容機械割裂而帶有整體意義的。

十一、關於本書體例的説明

本書全面疏證《人間詞話》手稿一百二十五則的内容，其順序及文字一依手稿原貌。所有文

---

① 參見馬正平《生命的空間——〈人間詞話〉的當代解讀》第二、三章，中國社會科學出版社二〇〇〇年版。但馬正平進而認爲手稿自第三十一則以後的思想并未超過前三十則的範圍，則未免過甚其論。又承陳鴻祥之論以前三十則爲「第一手稿」，後九十五則爲「第二手稿」，「兩種」手稿分撰於不同時期，似亦索解過深。「分撰」一説尤屬無謂。參見該書第五一、五八頁。

字都一一覆核二〇〇五年由浙江古籍出版社影印《王國維〈人間詞〉〈人間詞話〉手稿》，同時也參考了一九八六年由齊魯書社出版的滕咸惠之《人間詞話新注》（修訂本）。筆者爲一親王國維手澤，也曾於二〇〇九年四月專程赴北京國家圖書館訪讀《人間詞話》手稿。自上個世紀八十年代以來，手稿本一直與人民文學出版社一九六〇年所出版的徐調孚注、王幼安校訂本《人間詞話》并行於世。但就影響而言，徐、王的「通行本」要遠在手稿本之上。筆者考慮到手稿本在王國維詞學中具有重要的奠基意義，而且展現了更爲豐富的内容，因逐條疏證於後。同時爲了方便讀者全面瞭解手稿的基本情況，特撰長篇緒論，冠於「疏證」之前。

全書詞話文字，以手稿爲準。由於手稿本身就經過了王國維多次删訂，筆者根據其删訂情況，略作取捨。對於若干王國維已經删去的文字，考慮到語境的完整性，仍將其恢復過來。故雖同爲「手稿」，若干文字與滕咸惠新注本仍有差異。手稿的順序也略有變動，因爲有的條目補寫在書眉，其順序本身就不固定；有的寫完後删去部分文字，另組成新的條目。此次整理手稿，大體按照内容情況，略作調整。若干被删去的文字，如果文字也能自成意思段落，則仍獨立成條目。

手稿原未分卷，考慮到手稿雖然從理論的隱顯而言，可以第三十則爲界分爲前後兩個部分，但這兩個部分的篇幅比例過於懸殊。爲方便閲讀，特將後一部分再細分爲二卷，這樣本書在結構上就分爲上、中、下三卷。上卷起第一則，迄第三十則，可視爲境界説的醖釀準備期；中卷起第三十一則，迄第八十一則，可視爲境界説的闡發分析期；下卷起第八十二則，迄第一百二十五則，可視爲境界説的補證引申期。三卷的劃分只是相對而言，或有助於讀者初步領會其結構特點而已。考慮到《人間詞話》的讀者面較廣，每則之下加以注釋，主要注明作家的基本情況、用典、文學常識、引文出處等。凡是詞話引用的詩詞，則在注釋中注出全篇。

「疏證」是本書的重點。疏證文字在説明重要的修訂情況之外，主要疏通本則的内容、與前後則的關係及其理論源流。有些條目的疏證融入了較多的學術史闡説，有些則是略申己見。基本原則是在先具「同情之瞭解」的基礎上，再進行學術裁斷。有話則長，無話則短，故疏證文字的長短并不均衡。

爲方便讀者對照通行本，特將《國粹學報》和《盛京時報》兩本《人間詞話》附録於後。「王國維詞論彙録」則是綜合了趙萬里、徐調孚、陳乃乾、陳鴻祥等人從王國維其他著述、序跋、批點、題扇、談話中選録的内容。筆者也新增了七則，其中從王國維《詞録》的序例及諸版本下的説明文字中摘録了六則，從藏於日本東洋文庫的王國維批注詞曲集中選録了一則《壽域詞跋》。這樣，不僅王國維三種版本的《人間詞話》都彙録一書，而且將專書之外的論詞之語也儘量收録，庶幾使讀者一窺王國維詞學之全貌。

本書參考了不少前人時賢的若干論著，文中均已標明，在此一并致以謝意。我的博士生王衛星、劉興暉、程剛、鹿苗苗通讀了全稿，校出了不少錯漏，也在這裏謝謝她們。責編馬婧博士費心至多，以她深厚的學養彌補了拙稿的諸多不足，不是每個作者都能如此幸運的。又承蒙前中國書法家協會副主席、中山大學古文獻研究所陳永正教授爲本書題籤，平添雅韻，亦書此銘感。

人間詞話疏證卷上

第一則

《詩·蒹葭》〔一〕一篇，最得風人深致。晏同叔〔二〕之「昨夜西風凋碧樹。獨上高樓，望盡天涯路」〔三〕，意頗近之。但一灑落，一悲壯耳。

【注釋】

〔一〕《詩·蒹葭》：「蒹葭蒼蒼，白露爲霜。所謂伊人，在水一方。溯洄從之，道阻且長。溯游從之，宛在水中央。蒹葭淒淒，白露未晞。所謂伊人，在水之湄。溯洄從之，道阻且躋。溯游從之，宛在水中坻。蒹葭采采，白露未已。所謂伊人，在水之涘。溯洄從之，道阻且右。溯游從之，宛在水中沚。」

〔二〕晏同叔：即晏殊（九九一——一〇五五），字同叔，臨川（今屬江西省）人。著有《珠玉詞》，存詞一百三十多首。

〔三〕「昨夜」三句：出自晏殊《蝶戀花》：「檻菊愁煙蘭泣露。羅幕輕寒，燕子雙飛去。明月不諳別離苦。斜光到曉穿朱户。　昨夜西風凋碧樹。獨上高樓，望盡天涯路。欲寄彩箋兼尺素。山長水闊知何處。」

【疏證】

將《蒹葭》與晏殊「昨夜西風」句作比較，意在説明，詩與詞可以同「意」，但因表現各異而風格不同，其中詞的「悲壯」被揭示出來，詞體的重要特性被隱約拈出。其詩詞對勘的撰述理路，首則即現，以下多則皆仿此，故在詩詞的文體差異中突顯詞體特徵，應該是王國維自覺的撰述理念。而且其自批其《喜遷鶯》（秋雨霽）曰：「詞境甚高，必讀唐人詩。」①唐詩之與詞境的關係可見一斑。又，詩詞對勘的方法，在清初劉體仁《七頌堂詞繹》中已有使用，如：「詞有與古詩同妙者，如『問甚時同賦，三十六陂秋色』（姜夔《惜紅衣》），即灞岸之興也（王粲《七哀詩》『南登灞陵岸，回首望長安』）；『關河冷落，殘照當樓』（柳永《八聲甘州》），即敕勒之歌也；『危樓雲雨上，其下水扶天』（李泳《水調歌頭·題甘將軍廟卷雪樓》），即明月積雪之句也（謝靈運《歲暮》『明月照積雪，朔風勁且哀』）；『燕子樓空，佳人何在，空鎖樓中燕』（蘇軾《永遇樂》），即平生少年之篇也（阮籍《詠懷》其五『平生少年時，輕薄好弦歌』）。」靜安詞話承襲劉體仁之語之思處甚多，如詞之體性、境界説之形

① 王國維著《王國維〈人間詞〉〈人間詞話〉手稿》，浙江古籍出版社二〇〇五年版，第四〇頁。

成，皆可獨見其痕跡。詞話以此開篇，頗疑靜安乃讀前人詞話有感，或引而申之，或辯而證之，當敘引久之，思慮積成，方漸成一家之言。然靜安此則猶在詩詞之同中較出異來，心思也更爲細密。從此則學理而言，王國維稱道「在水一方」的灑脱與空靈，在詩固可不含悲情，在詞卻不可不含悲音，詩詞在外在形式上可以似曾相識，但在内在的情感範圍中，卻存在着明顯的差異。

王國維對《詩經》的關注和評論，在一九〇六年完成的《文學小言》中已有體現，第八則云：「『燕燕于飛，差池其羽』，『燕燕于飛，頡之頏之』，『睍睆黄鳥，載好其音』，『昔我往矣，楊柳依依』。詩人體物之妙，侔於造化，然皆出於離人孽子征夫之口，故知感情真者，其觀物亦真。」第九則云：「『駕彼四牡，四牡項領。我瞻四方，蹙蹙靡所騁。』以《離騷》、《遠游》數千言言之而不足者，獨以十七字盡之，豈不詭哉！然以譏屈子之文勝，則亦非知言者也。」詞話開篇由《詩經》説起，蓋有由也。又，王國維此則的意味已先見於王漁洋《古夫于亭雜録》，其語云：「景文云：『莊周云：送君者皆自崖而返，君自此遠矣。令人蕭寥有遺世意。』愚謂《秦風·蒹葭》之詩亦然。姜白石所云『言盡意不盡』也。」莊子的這句話見於《山木》，是市南子（熊宜僚）爲解魯侯之憂而語，魯侯爲「有人」、「有國」所累而露憂色，市南子希望他「刳形去皮，灑心去欲」，而游於「無人之野」、「建德之國」，「與道相輔而行」，魯侯仍以無人、無糧、無食爲憂，市南子曰：「少君之費，寡君之欲，雖無糧而乃足。君其涉於江而浮於海，望之而不見其崖，愈往而不知其所窮。送君者皆自崖而反。君自此遠矣。」遠離人世，方能達到彼岸。《山木》篇的主旨與《人間世》相近，都是以寓言來闡明身處濁世而避患害之術，確有一種灑脱的情懷在裏面。王漁洋把這種對「世外」人生的追求與對「言外」藝術的追求溝通起來，揭示其精神之相似。王國維自身也熟稔《莊子》一書，任職《農學報》時，晨起即高聲朗讀《莊子》，令羅振玉深感驚訝①。劉熙載《讀書札記》亦云：「灑脱由於無欲。如處富貴者，超乎富貴之外；處死生，超乎死生之外，皆是灑脱也。」漁洋之「遺世意」、融齋之「灑脱」與靜安之「灑落」，意思正爲相近。王國維在第一則中提出的「風人深致」、「灑落」，在第三十一則提出境界説之前，其實正是其持以論詞之本。即其後來所著《東山雜記》，亦同持此説，其語云：「近時詩人如陳伯嚴輩，皆瓣香江西。然形貌雖具，而於詩人之旨殊無所得，令人讀之，索然共盡。頃讀沈乙庵方伯《秋懷》詩三首，意境深邃而寥廓，雖使山谷、後山爲之，亦不是過也。」前後對勘，頗有意味。「灑落」與「悲壯」已隱含「無我之境」與「有我之境」之意味，只是此時靜安尚不自覺而已。

第二則

古今之成大事業、大學問者，罔不經過三種之境界：「昨夜西風凋碧樹。獨上高樓，望盡天涯路」，此第一境界也；「衣帶漸寬終不悔。爲伊消得人憔悴」（歐陽永叔）〔一〕，此第二境界

---

① 參見龍峨精靈《觀堂別傳》，陳平原、王楓編《追憶王國維》，中國廣播電視出版社一九九七年版，第四二三頁。

也;「衆裏尋他千百度。回頭驀見,那人正在、燈火闌珊處」(辛幼安)〔二〕,此第三境界也。此等語皆非大詞人不能道。然遽以此意解釋諸詞,恐爲晏、歐〔三〕諸公所不許也。

【注釋】

〔一〕「衣帶」二句:出自柳永《鳳棲梧》:「佇倚危樓風細細。望極春愁,黯黯生天際。草色煙光殘照裏。無言誰會憑闌意。　擬把疏狂圖一醉,對酒當歌,强樂還無味。衣帶漸寬終不悔。爲伊消得人憔悴。」王國維括注「歐陽永叔」乃誤注。

〔二〕「衆裏」三句:出自辛棄疾《青玉案・元夕》:「東風夜放花千樹。更吹落、星如雨。寶馬雕車香滿路。鳳簫聲動,玉壺光轉,一夜魚龍舞。　蛾兒雪柳黄金縷。笑語盈盈暗香去。衆裏尋他千百度。驀然回首,那人卻在,燈火闌珊處。」

〔三〕晏歐:即晏殊、歐陽修。但本文語境應是「晏柳」,即晏殊與柳永。歐陽修(一〇〇七—一〇七二),字永叔,號醉翁,晚號六一居士,吉州廬陵(今江西省吉安市)人。詞集名《歐陽文忠公近體樂府》,收詞一百九十餘首。又有《醉翁琴趣外篇》六卷和《六一詞》一卷等本,既多有與《歐陽文忠公近體樂府》重複者,也有他人之作羼入。

【疏證】

提出「三種境界」之説,在二、三境引語後分别補注「歐陽永叔」和「辛幼安」,而第一境後闕如,蓋爲第一則已引用晏殊語，前後對照分明，故無需贅言。三境説本身有姑妄言之的意味，王國維對三境引語認爲是「非大詞人不能道」，意在揭示語言感發空間的大小緣於詞人眼界的大小，詞人之「大」，即在於其作品可供聯想空間之大。王國維又説，以三境解釋諸詞，「恐爲晏、歐諸公所不許」，語氣轉折之間，其意或在明自我説詞方式在由我發揮這一點上，即斷章取義，亦取其仿佛耳。此數語蓋盤桓靜安心中已久，其作於一九〇五年之《浣溪沙》之下闋即云：「爲製新詞髭盡斷，偶聽悲劇淚無端。可憐衣帶爲誰寬。」三境皆就精神立論。徐復觀《王國維〈人間詞話〉境界説試評》云：「所謂第一境是指望道未見，起步向前追求的精神狀態，第二境是指在追求中發憤忘食、樂以忘憂的精神狀態，第三境是一旦豁然貫通的自得精神狀態。」此處「境界」與後來形成之「境界説」尚無關係，相當於「階段」之意。借用前人成句來説明修養進階是頗有先例的。北宋晁迥（九四八—一〇三一）《法藏碎金録》多喜歡將佛理與詩學融會，將會心處隨筆札出。其有關於學道的一節話，其理路與王國維所論堪稱暗合。其語云：「每覽前輩詞章，予心愜當者，必采而書之。有句云：『凝神入混茫。』予以爲學道之初，從宴息也。又有句云：『融神出空寂。』予以爲學道之成，得自在也，枚卜同人未遇知者。」晁迥摘枚卜詩句來形容學道之初和學道之成的兩種境界，從本質上來説只是一種斷章取義，但晁迥將這種斷章取義建立在「愜心」和「遇知」的前提上，則晁迥實際上是以枚卜的知者自許的；或者説，枚卜的詩意沉淪已久，晁迥則從與己會心處來拈出作解。晁迥與枚卜之間是一種直接的會通的關係。王國維借用成句來言説三種境界，在「予心愜當」這一點上，與晁迴無異。但王國維并不以「知者」自許，因爲改變了語境，且是組合而成，所以他明確自己只是一種斷章取義的用法。又，我一直認爲王國維對於嚴羽之詩説是有暗中承襲的，即三分階段説，也可與《滄浪詩話》之「學詩有三節：其初不識好惡，連篇累牘，肆筆而成；既識羞愧，始生畏縮，成之極難；及其透徹，則七縱八横，信手拈來，頭頭是道矣」對勘，其思路立見。就詞業而言，三分學人境界，似乎受劉熙載的影響，其《藝概・詞曲概》有云：「『没些兒媻珊勃窣，也不是崢嶸突兀，管做徹元分人物』，此陳同甫《三部樂》詞也。余欲借其語以判詞品。詞以『元分人物』爲最上，『崢嶸突兀』猶不失爲奇傑，『媻珊勃窣』則淪於側媚矣。」此乃著名的詞人三品説。又《藝概・詩概》亦云：「詩品出於人品。人品悃款樸忠者最上；超然高舉，誅茅力耕者次之；送往勞來，從俗富貴者無譏焉。」也是三品論詩人。檢手稿，静安頗多借用融齋其論其語及思想方式者，然静安借用周濟之思之語往往直揭出處，而借用融齋則多未露痕跡。

另需説明的是：王國維對三種境界之感受，已先見於《文學小言》。其第五則云：「古今之成大事業大學問者，不可不歷三種之階級：『昨夜西風凋碧樹。獨上高樓，望盡天涯路』（晏同叔《蝶戀花》），此第一階級也；『衣帶漸寬終不悔。爲伊消得人憔悴』（歐陽永叔《蝶戀花》），此第二階級也；『衆裏尋他千百度。回頭驀見，那人正在、燈火闌珊處』（辛幼安《青玉案》），此第三階級也。未有不閲第一第二階級，而能遽躋第三階級者。文學亦然。此有文學上之天才者，所以又需莫大之修養也。」文字雖與《人間詞話》略異，基本思路仍是一貫的，其易「階級」爲「境界」，可能正是觸發「境界説」之重要一因。只是《文學小言》之論偏於絶對，詞話文字則略有迴旋，斟酌修改之跡，也未嘗不是一種理論提煉和淬化的反映。在《人間詞話》撰成七、八年後，王國維將全部六十四則中「頗有可采」者，以及手稿中若干則，或删或訂或并，定爲三十一則重刊於《盛京時報》，不足《國粹學報》初刊本的一半，顯然有取其精粹的意思。而三種境界説依然在列，語言則又加以斟酌變化：「成就一切事，罔不歷三種境界：『昨夜西風凋碧樹。獨上高樓，望盡天涯路』，此第一境也；『衣帶漸寬終不悔。爲伊消得人憔悴』，此第二境也；『衆裏尋他千百度，回頭驀見，那人正在、燈火闌珊處』，此第三境也。此等語皆非大詞人不能道。然遽以此意解諸詞，恐爲晏、歐諸公所不許也。」「三種境界」之説，原本有姑妄言之的意味，但從王國維對其反復修改和選録，可以見出其在王國維詞學思想中的地位，固非「姑妄言之」四字可盡也。作爲摘句的「三種境界」雖然没有變化，但針對的對象和延伸的意義則是處於不斷的調整之中，語言表述也因此在發生着微妙的變化。在《文學小言》和《人間詞話》中，三種境界雖然主要都是針對成就「大事業大學問」的角度來説的，但《文學小言》由此而延伸到有「文學上之天才者」，《人間詞話》則停留在「大事業大學問」方面，顯然，王國維初期立説，是將文學與大事業大學問并列而論的，而到《人間詞話》則將文學納入到大事業大學問之中了。至《盛京時報》本《人間詞話》，王國維則又將原本針對大事業大學問專論的三種境界一下拓展到「成就一切事」，則又賦予三種境界以廣闊的人文精神了。所以三種境界之説，固非王國維徒逞巧慧之言，而是别饒深意，不可等閒視之。

以上是結合詩詞作品和有關歷史語境對「三種境界」説的分析。其實在王國維晚年曾有一番自行的解説，轉見於蒲菁《人間詞話補箋》①。補箋轉引了曾就讀清華學校并與吴宓、王國維相當稔熟的吴芳吉的話，而吴芳吉正是因蒲菁之問，於入都後面詢王國維而獲悉的。補箋轉引其語曰：

> 江津吴碧柳芳吉曩教於西北大學，某舉此節問之，碧柳未能對。嗣入都因請於先生。先生謂第一境即所謂世無明王，棲棲皇皇者；第二境是「知其不可而爲之」；第三境非「歸與歸與」之歎與？

吴芳吉因吴宓推薦任教西北大學的時間是一九二五年九月至一九二七年八月，期間於一九二七年二月曾隨同到西安省父的吴宓回到北京清華園，商討合刊《兩吴生詩集》的問題。其向王國維當面請教「三種境界」之説，應該正是這個時候。因爲當年六月，王國維即自沉頤和園昆明湖了。按照王國維自己的解釋，這三種境界原來都與孔子的身世有關。但王國維出語簡約，而蒲菁只是轉引於此，并未加以闡釋。其實王國維的微意是仍需要通過進一步的闡釋纔能感知的。《論語·子罕》：「子曰：『鳳鳥不至，河不出圖，吾已矣夫！』」關於「吾已矣夫」一句的解釋，便多與「世無明王」有關。孔子爲了推行自己的王道主張，周游列國，但不被重用，故憂歎時無明王，而對自

① 與靳德峻《人間詞話箋證》合刊，四川人民出版社一九八一年版，第三二一—三三二頁。

己的前途也不免擔心憂慮。所謂「棲棲皇皇」正是形容孔子憂慮不安之情狀。《孟子·滕文公下》：「孔子三月無君，則皇皇如也。」《後漢書·蘇竟傳》亦云：「仲尼棲棲，墨子遑遑。」可見「棲棲皇皇」在歷代典籍中多用以形容孔子憂國憂民憂己之情狀。王國維用孔子的這一心態來契入晏殊「昨夜西風」數句的語境中，以「望盡天涯路」來對勘因世無明王而帶來的棲棲皇皇的心理，倒也確有幾分神似。王國維用以解釋第二境的「知其不可而爲之」一句，也同樣來自孔子的典故。《論語·憲問》記載曰：「子路宿於石門。晨門曰：『奚自？』子路曰：『自孔氏。』曰：『是知其不可而爲之者與？』」孔子奔於亂世而欲有所作爲，此在他人不免被視爲枉費心力，但在孔子卻是執著而堅守着自己的理念。王國維用柳永「衣帶漸寬終不悔。爲伊消得人憔悴」來比擬這種執著的精神，亦屬神悟。王國維用「歸與歸與」來解釋第三境，原典出自《論語·公冶長》：「子在陳曰：『歸與，歸與！吾黨之小子狂簡，斐然成章，不知所以裁之。』」《史記·孔子世家》的記載與此略異：「孔子居陳三歲，會晉楚爭強，更伐陳，及吴侵陳，陳常被寇。孔子曰：『歸與歸與！吾黨之小子狂簡，進取不忘其初。』於是孔子去陳。」孔子的「歸與歸與」之歎，并非放棄自己的信念，退隱棲息，而是調整策略，回到魯國與狂簡的「吾黨小子」繼續進取而已。是在經歷了「知其不可爲而爲」之後的「知其可爲而爲」。王國維用辛棄疾「衆裏尋他千百度。回頭驀見，那人正在、燈火闌珊處」數句來比擬這最後也是最高的境界，其實并非喻示成就最終的大事業、大學問本身，而是指在歷經磨煉和艱難困苦後，找到真正屬於自己的天地而已，一切的事業和學問要從這片天地出發。所以這三種境界，按照王國維的解釋，其實是尋覓理想的過程而已，從無根的憂慮到徒然的努力再到最後幡然醒悟前行的方向，正是一個從空闊到具體，從茫然到清晰的心路旅程。

王國維借詞句來比擬境界的不同，又借孔子來落實境界的内涵，確實是煞費苦心。如果按照這一番頗費周折的比擬，則還須回看王國維自己的心路變化，纔能得其真解。王國維自身解讀從早年的鑽研西方哲學、美學、倫理學到其後的研究詞學、戲曲再到最後的研究古文字、古史學、西北地理和蒙元史，其實也是大體經歷了三個階段。王國維在晚年不願提及早年的哲學研究，甚至連文學研究也曾比較諱言，而對於自己的史地學研究則頗爲自得，則其學術歷程的「歸與」「燈火闌珊處」，正可視作是一番自我表白。其《浣溪沙》詞有「掩卷平生有百端，飽更憂患轉冥頑……更緣隨例弄丹鉛，閒愁無分況清歡」之句，也是自道其心境之變幻。兩相對勘，頗有意味。因爲王國維的這一番借孔子立言乃在其人生的最後一年，則這一番解釋也只能看作是自己晚年的重新認知。因爲一九〇六年王國維在發表其《文學小言》之時，已經大體包含有這「三種境界」之説了。若類推以論，王國維在這一時期仍處於「棲棲皇皇」和「知其不可爲而爲之」交叉的這一時期，在哲學和文學領域尚處於兜兜轉轉之時，諒也未必有如此清晰的認識，更不可能預知後來的「歸與」古文字、古史地之學。

或許正是因爲這一點，陳鴻祥認爲王國維「三種境界」之説，既作於其鑽研康德哲學之時，則很可能在話語上也受到康德思想的影響。《教育世界》一九〇四年第六期曾刊《汗德之哲學説》一文，雖未署名，但據陳鴻祥考證，當爲王國維之作無疑。該文總結康德的「知力三階級」之説云：

「(一)由空間及時間之形式,而結合感覺,以成知覺;(二)由悟性之概念,而結合知覺,以爲自然界之經驗;(三)由理念之力,而結合經驗之判斷,以得形而上學之知識。此知力之三階級,皆綜合之特別形式。」知覺、自然界之經驗、形而上學之知識三個遞進的階段,在康德哲學中是知力發展的必經階段。尤其是「知力之三階級」之「階級」一詞,與王國維在《文學小言》中的用詞更是一致,所以陳鴻祥説:「王國維本人論『古今之成大事業、大學問者,不可不歷三種之階級』,又發展爲《人間詞話》之著名『三境界』説,雖取的是『斷章云爾』的『拈出』法(即『摘句』);但他那『未有不閲第一第二階級,而能遽躋第三階級者』的論説,卻不能不説是受啟迪於康德,并嚴格地循着康德『批判哲學』中規定的『知力之三階級』的進程而不逾其矩的。」①是否嚴格遵循康德之意,這當然是可以討論的,因爲不遑説王國維在話語上後來有「境界」的變化,而且王國維自己也有「姑妄言之」的自陳的。但在話語形式上的承傳確實是有跡可循的。

第三則

太白〔一〕純以氣象勝。「西風殘照,漢家陵闕」〔二〕,寥寥八字,獨有千古。後世唯范文正〔三〕之《漁家傲》〔四〕、夏英公〔五〕之《喜遷鶯》〔六〕差堪繼武,然氣象已不逮矣。

---

① 陳鴻祥《王國維與近代東西方學人》,天津古籍出版社一九九〇年版,第三九頁。

【注　釋】

〔一〕太白：即李白（七〇一—七六二），相傳爲李白所作《菩薩蠻》（平林漠漠）、《憶秦娥》（簫聲咽），爲宋代黄昇譽爲「百代詞曲之祖」。

〔二〕「西風」二句：出自李白《憶秦娥》：「簫聲咽，秦娥夢斷秦樓月。秦樓月，年年柳色，灞陵傷别。樂游原上清秋節，咸陽古道音塵絶。音塵絶，西風殘照，漢家陵闕。」

〔三〕范文正：即范仲淹（九八九—一〇五二），字希文，謚文正。吴縣（今屬江蘇省）人。存詞五首，《彊村叢書》録爲《范文正公詩餘》一卷。

〔四〕范仲淹《漁家傲·秋思》：「塞下秋來風景異。衡陽雁去無留意。四面邊聲連角起。千嶂裏。長煙落日孤城閉。　濁酒一杯家萬里。燕然未勒歸無計。羌管悠悠霜滿地。人不寐。將軍白髮征夫淚。」

〔五〕夏英公：即夏竦（九八五—一〇五一），字子喬，江州德安（今屬江西省）人。封爲英國公。著有《文莊集》一百卷，不傳。《全宋詞》録其詞一首。

〔六〕夏竦《喜遷鶯令》：「霞散綺，月垂鉤。簾卷未央樓。夜凉銀漢截天流。宫闕鎖清秋。　瑶臺樹。金莖露。鳳髓香盤煙霧。三千珠翠擁宸游。水殿按凉州。」

以「氣象」爲核心，從太白、范仲淹到夏英公，直綫勾勒，立足詞史内部承傳及變化，似隱有愈轉愈下之感。王國維偏好北宋前詞史之意初顯。

【疏　證】「氣象」作爲文論範疇，在嚴羽《滄浪詩話》中已揭出，且屢次使用。其《詩辨》云：「詩之法有五：曰體制，曰格力，曰氣象，曰興趣，曰音節。」《詩評》云：「唐人與本朝人詩，未論工拙，直是氣象不同。」又，「漢魏古詩，氣象混沌，難以句摘」。「建安之作，全在氣象，不可尋枝摘葉。」《考證》云：「予謂此篇（指《西清詩話》所載陶淵明詩《問來使》）誠佳，然其體制氣象，與淵明不類。」「『迎旦東風騎蹇驢』絶句，決非盛唐人氣象」。但嚴羽重點闡釋興趣、妙悟諸説，并未真正以氣象論詩。劉熙載《藝概》卷二亦云：「山之精神寫不出，以煙霞寫之；春之精神寫不出，以草樹寫之。故詩無氣象，則精神亦無所寓矣。」氣象當是就作品的整體風貌而言的，側重以形寫神、借景言情的創作方法以及在此基礎上形成的風格，是從讀者的感覺層面而言。從閲讀感受來説，有氣象的作品給讀者帶來的氣勢也比較强盛，朱光潛《從生理學觀點談詩的「氣勢」與「神韻」》一文即認爲：「讀『西風殘照，漢家陵闕』，我們覺得氣象偉大，似乎要擡起頭，聳起肩膀，張開胸膛，暫時停止呼吸去領略它。」即表明這種意象能給讀者以强烈的生理影響。王國維之所謂「氣象」偏於雄渾開闊的作品風貌，類似於劉熙載《藝概》卷二中所説的「景有大小，情有久暫」的「大景」和「久情」，詞話此後也曾言及境界之「大」、「小」，而其意是偏向「大」的，可以説是壓縮了嚴羽的理論内涵了。從後面多則來看，王國維曾熟讀《滄浪詩話》，嚴羽的興趣説當爲引發其境界説的重要淵源之一。又劉熙載《藝概》卷四也盛稱太白《菩薩蠻》、《憶秦娥》兩闋，「足抵少陵《秋興》八首」，又專評《憶秦娥》一首爲「聲情悲壯」，則靜安之氣象或當側重於「聲情悲壯」一端。詞的「悲」的體性借「氣象」一詞而潛在地被提了出來。此與第一則也形成呼應。王國維將李白、范仲淹、夏竦三人的詞對勘，并認爲其氣象是愈趨而下，其主要内涵即在於李白「西風殘照，漢家陵闕」所叙寫者乃人類普遍之悲情，而范仲淹雖也寫悲情，但只限於邊塞將士之所思，夏竦所寫只是一己之感受。故三者雖均寫悲情，而内涵之大小，確實是遞減的。「氣象不逮」云云，蓋以此也。夏英公此詞，姚子敬手選《古今樂府》曾以其爲冠，而楊慎《詞品》卷三也稱其「富豔精工，誠爲絶唱」。但從總體上來説，夏竦算不上一流詞人，王國維關注而及，似乎别有原因，《觀堂集林》收有王國維《書〈古文四聲韻〉後》、《魏石經考四》、《魏石經考五》等文，都提及夏英公有《進古文四聲韻表》①，詞話稍後也有及於音韻條目，是否由此而及？尚待進一步考索。

這裏要略微談談李白《憶秦娥》詞的真僞問題。歐陽炯《花間集序》提到李白有應制《清平樂》詞四首，此《清平樂》蓋指唐玄宗與楊貴妃在沉香亭飲酒欣賞牡丹時，令李白所制樂詞《清平調》三首。歐陽炯序稱四首，而今存《清平調》僅三首。不知是筆誤，還是已散失一首？值得注意的是：歐陽炯提及唐之詞人，僅李白與温庭筠二人而已，餘如張志和、劉禹錫諸人皆忽略。則李白與詞

① 夏竦編，《古文四聲韻》，中華書局一九八三年版。

的關係，在歐陽炯看來是頗爲密切的。但歐陽炯畢竟没有提及《菩薩蠻》和《憶秦娥》兩首更爲馳名的作品，遂令後人對這兩首詞是否李白所作生出疑問。宋代這種質疑的聲音尚未聽到，反而稱譽甚多，如黄昇《花庵詞選》即將《菩薩蠻》、《憶秦娥》兩首譽爲「百代詞曲之祖」。但自明代開始，質疑之聲就相繼而起。胡應麟《少室山房筆叢》認爲起碼有三點理由足以懷疑李白的著作權：其一，李白以風雅自任，連七律都不肯爲，如何能作此小詞？其二，《菩薩蠻》詞調起於晚唐，李白之世既未有此調，如何能預製其曲？其三，此二詞「雖工麗而氣衰颯」，與李白飄然不羣的性格氣質相距甚遠。胡應麟推測，此二詞的意調既與温庭筠等人的風格相近，當爲晚唐人所作而嫁名李白。胡應麟的這一説法，得到了後世不少人的支持，如明代胡震亨《唐音癸籤》也附和胡應麟之説，認爲是「後人妄託」無疑。清代王琦《李太白集注》、吴衡照《蓮子居詞話》也認爲胡應麟所辨「未爲無見」，只是與胡應麟批評此二詞神氣衰颯不同，吴衡照認爲其「神理高絶」，所以當非温庭筠等人所能爲。

胡應麟、胡震亨立論的主要依據見於唐代蘇鶚的《杜陽雜編》，因爲此書提到《菩薩蠻》詞調乃創制於唐宣宗大中初年。而孫光憲《北夢瑣言》也提到唐宣宗愛唱《菩薩蠻》詞，温庭筠集中所存十多首《菩薩蠻》詞原即爲令狐相公假温庭筠之手而密進之。這一詞調時限的斷定，遂成爲李白非此二詞作者的「鐵證」。但《杜陽雜編》確實乃小説家言，據以裁斷事實的可信度并不高。而敦煌發見之《雲謡集雜曲子》中也有《菩薩蠻》一調，唐玄宗時崔令欽所撰《教坊記》所記曲名也有《菩薩蠻》，則李白填寫此調，自然也不奇怪。則僅以《菩薩蠻》、《憶秦娥》二調的創製年代來否定李白的著作權，確乎并不充分。何況正如楊憲益《李白與〈菩薩蠻〉》所考證，李白本爲氐人，幼時生長綿州，對於從雲南傳入中國而源自緬甸的古樂調《菩薩蠻》有所熟悉是很自然的事情。而開元年間，李白流落荆楚，路過鼎州驛樓，因思鄉而以故鄉舊調填詞，也是可能之事。

但此二詞的來路確實也不無詭秘之處。據宋釋文瑩《湘山野録》記載，《菩薩蠻》之最早被發現乃是題壁於鼎州滄水驛樓，并未署名。魏道輔見而愛之，後在長沙曾子宣家中得《古風集》，對勘之下，方知乃李白所作。後魏慶之《詩人玉屑》也承襲此說。而《憶秦娥》的最早來歷更是聞諸歌女。《邵氏聞見後録》記自己某秋日在咸陽餞客，見漢王諸陵正在殘照中，正所謂「西風殘照，漢家陵闕」也，恰有歌此詞者以應情景。但作者直言此爲李白所作，卻未講明來歷。此後凡認爲此二詞爲李白所作者，都援以上之說爲依據。但《古風集》今不存，邵氏又不明出處。遺留問題確實多多。而今傳李白集中直到元代蕭士贇《分類補注李太白詩》方收録此二詞。宋及此前諸本李白詩集，均失載。則此二詞確有劈空而來之感。要無可爭議地確認作者是李白，可徵之文獻不免薄弱。但從另外一個角度來說，在無法找到另一位更有可能的作者之前，似乎也不必輕易否認李白的著作權，畢竟最初的記録文字是指向李白的——雖然這種指向存有許多的疑點。正如俞平伯《今傳李太白詞的真僞問題》所說：「假使不是李太白作，這兩首很好的詞應該歸給誰的名下呢？否定的說法也并『不厭衆望』，這重公案只好存疑了。」「存疑」或許是目前較爲穩妥的辦法了。

王國維將《憶秦娥》没有疑義地列入李白作品之列，并予以評説，雖然可能與當時王國維并未深研這一段學術史有關。但在後來考察《雲謡集雜曲子》中若干作品的創作年代時，也曾以《教坊記》來作爲裁斷的依據，則王國維可能始終没有懷疑此詞的作者問題。而王國維對「西風殘照，漢家陵闕」八字氣象的贊賞，是否也可能受到吴衡照「神理高絶」等的影響，也只能存疑了。

第四則

張皋文〔一〕謂飛卿〔二〕之詞「深美閎約」〔三〕。余謂此四字唯馮正中〔四〕足以當之。劉融齋〔五〕謂飛卿「精豔絶人」〔六〕，差近之耳。

【注　釋】

〔一〕張皋文：即張惠言（一七六一——一八〇二），字皋文，號茗柯，武進（今屬江蘇省）人。著有《茗柯文编》等，詞集名《茗柯詞》，與其弟張琦編有《詞選》，爲常州詞派的經典詞選。

〔二〕飛卿：即温庭筠（八一二？——八七〇？），本名岐，字飛卿，太原祁（今屬山西省）人。其詞有後人輯本《金荃詞》一卷，詞風香軟，爲花間詞派之鼻祖。

〔三〕張惠言《詞選序》：「自唐之詞人，李白爲首……而温庭筠最高，其言深美閎約。」

〔四〕馮正中：即馮延巳（九〇三—九六〇），又名延嗣，字正中，廣陵（今江蘇省揚州市）人，著有《陽春集》，爲其外孫陳世修輯録，存詞一百十九首。

〔五〕劉融齋：即劉熙載（一八一三—一八八一），字伯簡，號融齋，興化（今屬江蘇省）人。著有《昨非集》，中録詞一卷，三十首。另著有《藝概》，卷四《詞曲概》爲論詞曲專卷。

〔六〕劉熙載《藝概·詞曲概》：「温飛卿詞精妙絶人，然類不出乎綺怨。」王國維引文誤「妙」爲「豔」。

【疏證】

亦破亦立，破張惠言以「深美閎約」評飛卿而移論正中，轉引劉熙載「精豔絶人」四字以爲飛卿的評。此是對常州詞派釜底抽薪之舉，把常州派標爲典範的飛卿詞基本否定掉，另揭正中以爲楷模，其詞論與常州派之矛盾明白拈出。但「深美閎約」四字仍被王國維視爲詞體本質之所在，或可稱論詞之基，此意以後續有發明。不過，張惠言「深美閎約」四字原是用以專評飛卿詞之「言」的，自周濟《介存齋論詞雜著》約之爲「飛卿之詞，深美閎約」後，後人轉述張惠言，多承周濟之説，易「言」爲「詞」，其基本意義固無大礙，但張惠言既以「意内言外」疏釋「詞」之概念，則「言」當與「意」共同構成「詞」的合理内核，而張惠言不稱飛卿之意，專稱其言，未必是對飛卿詞的至高評價，其「最高」之地位也只是限於「唐之詞人」而已。但周濟易「言」爲「詞」，暗渡陳倉，使常州詞派的理論凸現出來，而且周濟用「醖釀最深，故其言不怒不懾，備剛柔之氣」來詮釋「深美閎約」，倒是細緻而準確的。邱世友《詞論史論稿》釋「深閎」爲思想内容深刻宏富，意境深遠廣大，釋「約」爲藝術概括上的言辭婉約，釋「美」爲詞的審美價值，即是從周濟的層面來上溯張惠言此説的理論内涵了。邱先生同時指出，張惠言提出深美閎約説，只是在正本清源、矯正時俗的基礎上確立的一種評詞標準而已，以此來分辨詞史發展之正與變。靜安引述張惠言語，其意似從周濟處轉引，其理論因之與周濟的關係也就顯得更爲密切。晚清常州派風行南北，王國維撰述詞話，或有轉移時代風會之用意在。靜安詞中頗有借鑒飛卿詞處，如《虞美人》「從今不復夢承恩，且自開奩坐賞鏡中人」，即類此。劉熙載的名字首次出現，而且是從正面將其引出，此後屢有引用，詞話撰述與劉熙載詞論關係之因緣，也因此值得特别注意。

余頗疑靜安將「深美閎約」四字移評正中，當是受劉熙載影響。《藝概》卷四云：「馮延巳詞，晏同叔得其俊，歐陽永叔得其深。」俊美深至也自然成爲劉熙載心目中馮延巳詞的基本特色，然俊美深至與深美閎約在内涵上原本是極爲接近的，只是話語略加變換而已。在浙江古籍出版社影印之《人間詞》手稿中，有一闋《虞美人》詞，頁眉有王國維友人吴昌綬手批「深美閎約」四字。其詞云：「紛紛謡諑何須數。總爲蛾眉誤。世間積毁骨能銷。何況玉肌一點守宫嬌。　妾身但使分明在。從今肯把朱顔悔。從今不復夢承恩。且自開奩坐賞鏡中人。」語言和意思都帶有《離騷》「怨靈修之浩蕩兮，終不察乎人心。衆女嫉余之蛾眉兮，謡諑謂余以善淫」的痕跡，則王國維詞及詞學與屈原之關係，自然是值得重視的。

王國維對馮延巳詞用功甚深，劉蕙孫《我所瞭解的王靜安先生》一文云：「……（王國維）到圖書局後，又專力於唐五代詞，努力創作，摹擬南唐二主和馮延巳。當時馮延巳的《陽春集》只《四印齋》及《六十家詞》有刻本，没有單刊，就手鈔了讀。」①這一番鈔録研讀的功夫，培養了王國維對詞體的接受傾向。所以王國維不僅在《人間詞話》中對馮延巳評價頗高，後并稱其「堂廡特大」，有非五代所能限者，實際上開啟了北宋之詞風；而且其《人間詞》中也頗多化用馮延巳詞之例，如《蝶戀花》之「誰道人間秋已盡」、「不辭立盡西樓暝」等句，即頗爲明顯。則馮延巳之詞風與王國維詞學的審美傾向之間，乃是有着非常密切的關係。

此則點出張惠言、劉熙載等詞論家，亦是自明其詞學淵源，值得注意。

第五則

南唐中主〔一〕詞「菡萏香銷翠葉殘。西風愁起緑波間」〔二〕，大有衆芳蕪穢、美人遲莫〔三〕之感。乃古今獨賞其「細雨夢回雞塞遠，小樓吹徹玉笙寒」〔四〕，故知解人正不可易得。

---

①《王國維學術研究論集》第三輯，華東師範大學出版社一九九〇年版，第四六一—四六二頁。

【注釋】

〔一〕南唐中主：即李璟（九一六—九六一），本名景通，後改名璟，字伯玉。史稱南唐中主。李璟存詞四首，與後主李煜有《南唐二主詞》傳世。

〔二〕「菡萏」二句：出自李璟《浣溪沙》：「菡萏香銷翠葉殘。西風愁起緑波間。還與韶光共憔悴，不堪看。細雨夢回雞塞遠，小樓吹徹玉笙寒。多少淚珠何限恨，倚闌干。」

〔三〕衆芳蕪穢，美人遲莫：語出屈原《離騷》「哀衆芳之蕪穢」、「恐美人之遲暮」。

〔四〕「古今獨賞」句：馬令《南唐書·馮延巳傳》云：「元宗樂府詞云：『小樓吹徹玉笙寒。』延巳有『風乍起，吹皺一池春水』之句。皆爲警策。元宗嘗戲延巳曰：『吹皺一池春水，干卿何事？』延巳曰：『未若陛下小樓吹徹玉笙寒。』元宗悦。」又胡仔《苕溪漁隱叢話》前集卷五十九引《雪浪齋日記》云：「荆公問山谷云：『作小詞曾看李後主詞否？』云：『曾看。』荆公云：『何處最好？』山谷以『一江春水向東流』爲對。荆公云：『未若「細雨夢回雞塞遠，小樓吹徹玉笙寒」。』」按，王安石誤將李璟詞作爲李煜詞。

【疏證】

仍是解詞方式之舉證。以「衆芳蕪穢，美人遲莫」來解中主「菡萏」二句，并自許爲「解人」。此則可與第二則對勘。王國維所謂解人，乃在於能由文字之表而契入作者内心，以作深沉之引申者。其不喜「細雨」兩句，而獨賞「菡萏」兩句，亦緣於「菡萏」兩句感發聯想空間較大之故。因爲盛開過後的荷花凋謝，已經完成了生命的循環，其所引發的對生命的感慨自然不及未曾開放的菡萏的遽然凋零。秋天摧殘的無情可見一斑。「西風」句交待菡萏、翠葉香銷葉殘的環境和季節原因。其中既有對秋景衰颯的傷感，更有對自身生命的憂慮之情。王國維青眼獨賞這兩句，確實眼力非凡。然在第二則，王國維尚不以「三境説」爲符合詞人原意，而此則徑以個人之感發直通作者之心，絶無第二則「恐爲某某所不許」之意，似亦以此闡明解詞不可脱空、不可膠著之意。靜安獨賞「菡萏」兩句，還由於這兩句言秋景肅殺，氣象和情感偏於悲涼，更符合詞之體性，故在常人賞會之外，拈此獨賞，與第一則、第三則在學理上是契合的。王國維批評古今獨賞「細雨」兩句爲非解人與前人偏愛這兩句，其實出發點各有不同。馮延巳與王安石注重的是「警策」，即意思之高度凝煉和語言之對仗工整。而王國維注重的是聯想空間之深遠。是否「解人」，要視詮釋情境而定。王國維此論，似乎直接影響到此後吴梅的《詞學通論》，其云：「至『細雨』、『小樓』二語，爲『西風愁起』之點染語，煉詞雖工，非一篇中之至勝處，而世人競賞此二語，亦可謂不善讀者矣。」只是王國維注重的是「菡萏」兩句的感發力量之强盛，吴梅注重的則是結構上的主次與前後的呼應，其間同中有異。

第六則

馮正中詞雖不失五代風格，而堂廡特大，開北宋一代風氣。中、後二主〔一〕皆未逮其精詣。《花間》〔二〕於南唐人詞中，雖録張泌〔三〕作，而獨不登正中隻字，豈當時文采爲功名所掩耶？

【注　釋】

〔一〕中、後二主：指南唐中主李璟、後主李煜。李煜（九三七—九七八），字重光，初名從嘉，自號鍾隱，又號蓮峰居士。南唐中主李璟第六子。存詞三十餘首，與其父李璟之作彙刻爲《南唐二主詞》。

〔二〕《花間》：即《花間集》，五代後蜀趙崇祚編，歐陽炯序，以蜀人爲主，共選録温庭筠、韋莊等晚唐五代十八人五百首詞，是現存最早的一部文人詞選本。

〔三〕張泌：生卒年、籍貫未詳，其生活年代當晚於牛嶠而早於毛文錫，可能曾仕前蜀爲舍人。詞存二十八首，其中二十六首入選《花間集》。王國維此處似將張泌混同於南唐淮南人張佖了。

【疏　證】

特別標明馮延巳在詞史上之地位，兼有承傳與開拓的性質，「不失五代風格」明其淵源，「堂廡特大」明其開拓，而其直接作用則在於「開北宋一代風氣」，則詞史發展之關鍵端在馮延巳一人。劉熙載《藝概·詞曲概》云：「馮延巳詞，晏同叔得其俊，歐陽永叔得其深。」馮煦《唐五代詞選叙》也説馮延巳詞「上翼二主，下啟歐、晏」。王國維没有明言馮延巳對於晏殊、歐陽修的具體影響，但以對北宋開啟風氣視之，大意略同。則王國維詞學與晚清詞學之關係，於此也可見一斑。第四則奪張惠言評飛卿語而移評正中，則美、約乃「五代風格」之本色所在，而深、閎則是馮延巳自辟新境，無特大之堂廡，自然也難以形成深、閎之詞境。此則兼有爲馮延巳鳴不平的意思在，其一是唯以「文采」爲準，而不以「功名」爲務，其二直言二主詞不及馮延巳「精詣」。此處「精詣」，實與「深美閎約」之義相通。然靜安以爲正中「文采爲功名所掩」爲《花間集》不收録馮延巳詞的原因，卻屬無理。蓋《花間》本以西蜀詞人爲主彙集作品，南唐之馮延巳自然不宜闌入。陳匪石《聲執》卷下認爲靜安此論乃「逞臆之談，未考其年代也」，《花間集》具體編撰年代難以確考，但歐陽炯序作於後蜀廣政三年（九四〇），其時馮延巳尚爲李璟齊王府書記，聲名未著，何來「文采爲功名所掩」之説。其實年代問題猶在其次，地望纔是關鍵，除温庭筠、皇甫松、和凝、張泌、孫光憲之外，《花間》所録人「非仕於蜀，即生於蜀」，「若馮延巳與張泌時相同，地相近，竟未獲與，乃限於聞見所及也」。龍沐勛《唐宋名家詞選》也説：「《花間集》多西蜀詞人，不采二主及正中詞，當由道里隔絶，又年歲不相及有以致然。非因流派不同，遂爾遺置也。王説非是。」其實「聞見」也非主因，近來考證南唐張佖與西蜀張泌乃爲二人。静安之惑因此而得解。王國維一九〇五年作於海寧的《蝶戀花》煞拍「最是人間留不住，朱顔辭鏡花辭樹」，又《蝶戀花》煞拍「鏡裏朱顔猶未歇，不辭自媚朝和夕」等等，對馮延巳詞的化用也是清晰可見的。此則從話語上浸染劉熙載的痕跡較爲明顯，譬如「堂廡」一詞，劉熙載即頗喜使用。《藝概》卷一云：「《公羊》堂廡較大，《穀梁》指歸較正。《左氏》堂廡更大於《公羊》，而指歸往往不及《穀梁》。」卷四云：「无咎詞，堂廡頗大。」「堂廡」云云與「深美閎約」的説法也是一致的，無「深美」，豈能有「堂廡」之大？

第七則

大家之作，其言情也必沁人心脾，其寫景也必豁人耳目，其辭脱口而出，無矯揉裝束之態。以其所見者真，所知者深也。持此以衡古今之作者，百不失一，此余所以不免有北宋後無詞之歎也。

【疏　證】

手稿於「無矯揉」之「無」字後有一「二」字，佛雛補校作「一」，非是。然「二」字無法銜接前後文。此則爲「大家」正名。其論情、景、辭之説，猶承傳統，而乏創意，在情景關係的論述中，尚未提煉出境界説。這也説明王國維在寫作詞話初期尚無獨立的理論話語，更遑論理論體系之建構。「真」是因爲情景「真」、「深」之論，當由前論正中詞「深美閎約」四字引出，而語言更爲直白而已。「深」則是因爲「出入乎其内」，既能觀察最真實之對象及其本質，又能融入自己最直接的感受；而「出乎其外」，不爲表像和個體所局限，所以見解高遠。此則隱爲後來「出入説」之先導。此則結語尤爲值得注意，王國維就「北宋後無詞」給出解釋，其原因即在失真膚淺，離「深美閎約」之詞體本質已遠。此則之前，多論晚唐五代詞人；此則之後，轉論宋代。由前面六則之具體品評上升爲初步的理論總結：真實而又有力度，自然而别具美感，即興而悟入深處。强調創作情景對於創作的重要意義。懸此以爲標準，直至詞話結束，基本内涵没有大的變動，王國維詞學思想之成熟可見一斑，但尚無屬於自己的理論話語。第三十一則論境界，其立足情景關係而論，與傳統的情景關係説有着直接的關係。境界之「不隔」意趣，此則已導夫先路，「寫景也必豁人耳目」一句直貫後來隔與不隔之説。此則亦見於《國粹學報》本《人間詞話》及稍後完成的《宋元戲曲考》中，如《宋元戲曲考》論元劇文章之妙在「有意境」，王國維解釋説：「何以謂之有意境？曰：寫情則沁人心脾，寫景則在人耳目，述事則如其口出是也。古詩詞之佳者，無不如是。元曲亦然。」只是因爲元劇的叙事特色而加上了「述事」一句，體現了這一觀念在王國維文學思想中的穩固地位。王國維偏尚五代北宋、批評南宋之詞，其根本原因亦可從此則尋得端倪。開頭「大家」二字，與此後所言及之「大詩人」、「豪傑之士」意頗近似，可見王國維詞學懸格之高，也可見其撰述詞話，固非意在一般普及基本填詞作法，而在引導詞人走向高境。此則不僅論詞，乃就文學之總體特性立論，《宋元戲曲考》則并詩詞曲而論，故由詞而泛論文學的基本觀念意識，在王國維而言是頗爲自覺的。故後人認爲此書乃文藝美學著作，良有以也。

第八則

美成〔一〕詞深遠之致不及歐、秦〔二〕。唯言情體物，窮極工巧，故不失爲第一流之作者。但恨創調之才多，創意之才少耳。

【注　釋】

〔一〕美成：即周邦彦（一〇五六—一一二一），字美成，自號清真居士，錢塘（今浙江省杭州市）人。詞集名《清真集》，一名《片玉詞》，存詞二百餘首。

〔二〕歐、秦：指歐陽修與秦觀。秦觀（一〇四九—一一〇〇），字少游，一字太虚，别號邗溝居士，學者稱淮海居士，揚州高郵（今屬江蘇省）人。詞集名《淮海詞》，或稱《淮海居士長短句》。

【疏　證】

評美成「創意之才少」，雖仍將其列入「第一流之作者」，但此「第一流之作者」與王國維語境中的「大詩人」、「大家」、「豪傑之士」并不相等，這裏主要是指其詞藝之精而已，是在言情體物的「窮極工巧」方面。而對於提倡自然的審美觀的王國維來説，這種詞藝之精很可能失去自然的韻味。而且過分重視「工巧」，很容易因此而忽略創意。所以此則仍是爲「深美閎約」理論張本，蓋深美閎約即以「意」爲底蘊，而以「深遠之致」爲外在表現。王國維對周邦彦詞的藝術成就是肯定的，他特別提到了周邦彦的創調之才和言情狀物的工巧。創調之才緣於周邦彦高超的音樂素養及由此而擔任的大晟府提舉一職，而工巧之筆則得益於周邦彦細膩敏微的寫物和抒情功力，但王國維同時也對於周邦彦寫物而流於平常之意感到不滿。這實際上涉及到詠物詞的藝術表現問題，能否得形神之美，能否借物以寓性情，這在王國維的詞學觀念中占據着十分重要的地位。《詞源》所附録楊守齋「作詞五要」之「第五要」就是「立新意」，并解釋説：「若用前人詩詞意爲之，則蹈襲無足奇者。須自作不經人道語，或翻前人意，便覺出奇。」而周邦彦正是「采唐詩融化如自己者」的代表人物，難怪張炎《詞源》對清真詞即有「惜乎意趣卻不高遠」之歎。楊守齋和張炎所論或爲靜安所本。在此後的條目中，王國維曾高度評價蘇軾的《水龍吟》和韻而似原唱，將章質夫的詞視爲原唱而似和韻，其中最重要的原因是蘇軾詞中詠物言情渾不可分，而章質夫詠物雖工，但與言情之間的銜接未免簡單。其間創意之高下，即成爲王國維評判作品成就高下之主要依據。其批評南宋以後之詞形同「羔雁之具」，正是感歎其模式化的寫作方式扼殺了生動的創意。世之學人，多歎《人間詞話》形式支離，其實細繹之下，其理論前後綰合，固有相當嚴密的内在體系的。至此八則，第一則明詞體之悲壯，第二則言聯想之説詞方式，第三則言氣象，第四則標出馮延巳之「深美閎約」以爲詞體本體，第五則講感發，第六則以「堂廡特大」和「精詣」細化深美閎約的理論内涵，第七則主要將情景之「真」和「深」作爲深美閎約之基，第八則又揭出「意」之問題，實是在第七則基礎上的進一步提煉。前八則核心乃在「深美閎約」四字，只是每一則各有側重而已。

王國維的「深遠之致」與劉熙載的「雅人深致」，頗爲神似。《藝概》卷二云：「雅人有深致，風人、騷人亦各有深致。」「『昔我往矣，楊柳依依。今我來思，雨雪霏霏。』雅人深致，正在借景言情」。又，王國維對周邦彦的評價在後來是有變化的，其稍後的《清真先生遺事》曾譽其爲「兩宋之間，一人而已」，在《二牖軒隨録》中又適當調整了相應的評價。大概清真詞之面目與北宋前中期詞相比，固非流美自然者，其不受一般人賞識，亦緣於此。而在詞學家内部，對清真詞倒是素來青眼有加的。不僅有宋一代，贊譽紛紛，而且在詞學高度發達的清代，對其也持充分肯定的態度。如先著著、程洪輯《詞絜》即云：「美成詞，乍近之覺疏樸苦澀，不甚悦口；含咀之久，則舌本生津。」陳廷焯《白雨齋詞話》亦云：「美成意餘言外，而痕跡消融，人苦不能領略。」先著與陳廷焯是根據自己的審美體驗來評論美成詞的。而王國維在撰述《人間詞話》初期對於「疏樸苦澀」的清真詞的特點確乎不能領略，可能是「自然」二字横亘在心，故不煩細繹其詞了。但在二年後，王國維即做了部分調整，其《清真先生遺事》云：「先生詩之存者，一鱗片爪，俱有足觀。至如《曝日》詩云：『冬曦如村釀，微温只須臾。行行正須此，戀戀忽已無。』語極自然，而言外有北風雨雪之意，在東坡《和陶詩》中猶爲上乘。」則對於周邦彦詩歌的「深遠之致」，還是頗爲認同的。對周邦彦詩詞的評價變化，正可從一個角度見出王國維詞學的變化。

第九則

沈伯時〔一〕《樂府指迷》云：説桃不可直説桃，須用「紅雨」、「劉郎」等字，説柳不可直説破柳，須用「章臺」、「灞岸」等事。〔二〕若惟恐人不用替代字者。果以是爲工，則古今類書〔三〕具在，又安用詞爲耶？宜爲《提要》〔四〕所譏也。

【注釋】

〔一〕沈伯時：即沈義父，字伯時，宋末詞論家。著有《時齋集》、《樂府指迷》等。《樂府指迷》專論作詞之法，凡二十九則，主要闡發吴文英的詞學思想，其論結構、命意、音律等，頗爲允當。

〔二〕沈義父《樂府指迷》云：「煉句下語，最是緊要。如説桃，不可直説破桃，須用『紅雨』、『劉郎』等字。如詠柳，不可直説破柳，須用『章臺』、『灞岸』等字。又詠書，如曰『銀鉤空滿』，便是書字了，不必更説書字。『玉筋雙垂』，便是淚了，不必更説淚。如『緑雲繚繞』，隱然髻髮。『困便湘竹』，分明是簟。正不必分曉，如教初學小兒，説破這是甚物事，方見妙處。往往淺學俗流，多不曉此妙用，指爲不分曉，乃欲直捷説破，卻是賺人與耍曲矣。如説情，不可太露。」

〔三〕類書：按照一定的分類標準從羣書中採摭、輯録，并大體按照或義係或形係或音係來編排，以便於檢索、徵引的一種帶有資料彙編性質的工具書。《四庫總目》將其歸入子部。類書之祖，當推魏文帝時命諸儒撰集經傳，隨類相從之《皇覽》。但此書早已散佚。唐代類書有《藝文類聚》、《文館詞林》、《初學記》、《北堂書鈔》等。宋代類書編纂更是規模空前，有《太平御覽》、《册府元龜》、《山堂考索》、《玉海》等。

〔四〕《四庫提要》「集部詞曲類二」沈氏《樂府指迷》條：「又謂説桃須用『紅雨』、『劉郎』等字，説柳須用『章臺』、『灞岸』等字，説書須用『銀鉤』等字，説淚須用『玉箸』等字，説髮須用『絳雲』等字，説簟須用『湘竹』等字，不可直説破。其意欲避鄙俗，而不知轉成塗飾，亦非確論。」

【疏　證】

此則承前一則，重申「創意」的重要性。前一則從周邦彦好創調及詞藝工巧方面立論，此則從沈義父《樂府指迷》提倡用代字之非來立論。角度不同，但意思其實是連貫的，説明代字的結果自然是意同，代字影響創意，故深受王國維非議。同時因爲創作乃描寫須臾之感興，本沖口而出，肆筆而成，自成佳製。如果偏要在歷史意象中尋找替代之詞，則須臾之感興已然停頓，情感模式也就落入前人的窠臼當中，則個性化和創意自然受到影響。《四庫全書總目》認爲是「其意欲避鄙俗，而不知轉成塗飾」，確實是直截本原之論。代字不僅局限了創意，也使得求雅得俗，殊失使用「代字」之初衷。然靜安原意不過是不必以替代字爲「工」，適宜之時，適當之地，偶爾使用，應在王國維允許的範圍之内的。蔡嵩雲《樂府指迷箋釋》云：「説某物，有時直説破，便了無餘味，倘用一二典故印證，反覺别增境界。但斟酌題情，揣摩辭氣，亦有時以直説破爲顯豁者。謂詞必須用替代字，固失之拘；謂詞必不可用替代字，亦未免失之迂矣。」堪稱識見圓通。其實沈義父提及替代字的問題是有其特殊背景的。《樂府指迷》云：「前輩好詞甚多，往往不協律腔，所以無人唱。如秦樓楚館所歌之詞，多是教坊樂工及市井做賺人所作，只緣音律不差，故多唱之。求其下語用字，全不可讀。甚至詠月卻説雨，詠春卻説秋。如《花心動》一詞，人目之爲一年景。」因爲强調了唱，所以世間流傳的作品詠物而不明所詠究爲何物，季節也混亂不一。在這種情況下，沈義父提出了替代字的問題，作爲解決的權宜之計，原本是有其現實背景的。王國維反對「替代字」，其實就是因爲替代字既有雕琢之痕跡，又容易形成理解上的「隔」，失去情景之真。是避俗反近俗，以「塗飾」爲務，自然離性情日遠了。但王國維此則也不免有過甚其詞之處。沈義父初衷在論詠物詞之特點，因爲詠物詞講究妙在形神之間，詠物而兼及「説情」，若直切所詠之物之字面，則欲追求似與不似之間的詠物妙境，便容易落空。故以替代字——其實包孕着典故來摹寫，可以暫時弱化「似」的一面，爲「不似」一面留下空間。此其具體語境及合理性所在。王國維譏以如「類書」搜檢，確乎失「同情之瞭解」了。按滕咸惠《人間詞話新注》將此條列爲第十則，但在手稿本上，此條書於眉端，位置略後於第八則，故序列於此。靜安論詞頗多采擇於《四庫全書總目》者，而且往往援爲證據。則靜安詞學與《四庫全書總目》之關係，也值得關注。

第十則

詞最忌用替代字。美成《解語花》之「桂華流瓦」〔一〕，境界極妙，惜以「桂華」二字代月耳。夢窗〔二〕以下，則用代字更多。其所以然者，非意不足，則語不妙也。蓋語妙則不必代，意足則不暇代。此少游之「小樓連苑」、「繡轂雕鞍」〔三〕，所以爲東坡所譏也〔四〕。

【注　釋】

〔一〕周邦彦《解語花·元宵》：「風銷焰蠟，露浥烘爐，花市光相射。桂華流瓦。纖雲散，耿耿素娥欲下。衣裳淡雅。看楚女、纖腰一把。簫鼓喧、人影參差，滿路飄香麝。因念都城放夜。望千門如畫，嬉笑游冶。鈿車羅帕。相逢處、自有暗塵隨馬。年光是也。唯只見、舊情衰謝。清漏移、飛蓋歸來，從舞休歌罷。」

〔二〕夢窗：即吴文英（一二〇〇？—一二六〇？），字君特，號夢窗，晚號覺翁，四明（今浙江省寧波市）人。本姓翁，與翁逢龍、翁元龍爲兄弟，後過繼爲吴氏後嗣。其詞集初名《霜花腴詞集》，今不傳。現有《夢窗詞集》，存詞三百四十首。

〔三〕秦觀《水龍吟》：「小樓連苑横空，下窺繡轂雕鞍驟。朱簾半卷，單衣初試，清明時候。破暖輕風，弄晴微雨，欲無還有。賣花聲過盡，斜陽院落，紅成陣、飛鴛甃。玉佩丁東別後。悵佳期、參差難又。名繮利鎖，天還知道，和天也瘦。花下重門，柳邊深巷，不堪回首。念多情，但有當時皓月，向人依舊。」

〔四〕《歷代詩餘》卷五引曾慥《高齋詞話》：「少游自會稽入都見東坡。東坡問作何詞，少游舉『小樓連苑横空，下窺繡轂雕鞍驟』。東坡曰：『十三字只説得一個人騎馬樓前過。』」東坡：即蘇軾（一〇三六—一一〇一），字子瞻，一字和仲，號東坡居士，眉州眉山（今屬四川省）人。著有《東坡樂府》，存詞三百四十餘首。

【疏　證】

再明「詞忌用替代字」的原則，以美成、夢窗爲例，説明替代字會破壞詞的境界。在使用替代字的背後，其實是「非意不足，則語不妙」，仍是爲「創意」張本。從手稿來看，第十則當是先書，第九則是補入，補入的原因是爲其反對替代字尋找理論依據。其中「境界」一詞爲第二則言「三種境界」後的再現，然皆非理論話語，只是一般語詞而已。境界説至此仍杳無蹤影，王國維也一直在傳統詞論中斟酌翻轉。不過以「桂華」代月是否是可惜之事，卻也需考究。周汝昌注意到美成此詞「全用復筆」的特點，所以擷取詞中「光相射」來作爲全詞的品評，因爲月、燈、人三者之間彼此相射，「光輝相射，神彩相射，歡聲相射，氣息相射，情感亦相射」，「桂華」與「香麝」亦相射，「下片隨馬之暗塵，鈿車之羅帕，皆含芬散馥，遥遥與『桂華』相射」。周汝昌認爲：静安不識其相射之妙，而以代字貶抑之，亦「神慧之失照」也①。此是一説，可參照。然此意也宛然有劉熙載的痕跡，《藝概》卷四云：「少游《水龍吟》『小樓連苑横空，下窺繡轂雕鞍驟』，東坡譏之云：『十三個字，只説得一個人騎馬樓前過。』語極解頤。」第八、第九、第十三則，角度不同，同在爲「意」張本，其批評周邦彦、吴文英，都曾語及於此。《二牖軒隨録》亦云：「詞調中最長者爲《鶯啼序》，詞人爲之者甚少，亦不能工。汪水雲「重過金陵」一闋，悲涼淒婉，遠在吴夢窗之上。因夢窗但知堆垛，羌無意致故也。」可見王國維推重「意致」之心是一貫的。但第九則是專論作詞使用替代字之非，而第十則引述少游與東坡對談之例，其實已逸出「替代字」的範圍，在討論語言的簡約與意思的豐滿之間的關係了。東坡譏少游，正爲十三個字表達的意思卻頗爲單薄之意，并無涉及替代字之是非問題，而是與所謂「深美閎約」的説法彼此呼應的。此則後部或爲静安信筆所至耶？

① 周汝昌《詞話八則》，載《詩詞賞會》，廣東人民出版社一九八七年版，第四四五、四四六頁。

第十一則

南宋詞人，白石〔一〕有格而無情，劍南〔二〕有氣而乏韻。其堪與北宋人頡頏者，唯一幼安〔三〕耳。近人祖南宋而祧北宋，以南宋之詞可學，北宋不可學也。學南宋者，不祖白石，則祖夢窗，以白石、夢窗可學，幼安不可學也。學幼安者率祖其粗獷、滑稽，以其粗獷、滑稽處可學，佳處不可學也。同時白石、龍洲〔四〕學幼安之作且如此，況他人乎？其實幼安詞之佳者，如《摸魚兒》、《賀新郎·送茂嘉》、《青玉案·元夕》、《祝英臺近》等〔五〕，俊偉幽咽，固獨有千古。其他豪放之處，亦有「橫素波」、「干青雲」〔六〕之概，寧夢窗輩齷齪小生所可語耶？

【注　釋】

〔一〕白石：即姜夔（一一五五—一二二一？），字堯章，號白石道人，饒州鄱陽（今江西省波陽縣）人。著有《白石道人詩集》、《白石道人詩説》、《續書譜》等。詞集名《白石道人歌曲》，今存八十四首。

〔二〕劍南：即陸游（一一二五—一二一〇），字務觀，號放翁，山陰（今浙江省紹興市）人。著有《劍南詩稿》八十五卷，存詩九千三百多首。另有《渭南文集》五十卷，内含詞二卷，係陸游於淳熙十六年(一一八九)自行編定,後别出單行,名《渭南詞》,一名《放翁詞》,共一百三十餘首。

〔三〕幼安:即辛棄疾(一一四〇—一二〇七),初字坦夫,後改幼安,號稼軒居士,濟南歷城(今屬山東省)人。著有《辛稼軒詩文鈔存》(今人鄧廣銘輯)、《稼軒詞》等,存詞六百二十餘首。

〔四〕龍洲:即劉過(一一五四—一二〇六),字改之,自號龍洲道人,吉州太和(今江西省泰和縣)人。今傳《龍洲詞》二卷,凡七十七首。

〔五〕《摸魚兒》等:《摸魚兒》(淳熙己亥,自湖北漕移湖南,同官王正之置酒小山亭,爲賦):「更能消、幾番風雨。匆匆春又歸去。惜春長怕花開早,何況落紅無數。春且住。見説道、天涯芳草無歸路。怨春不語。算只有殷勤,畫簷蛛網,盡日惹飛絮。　長門事,準擬佳期又誤。蛾眉曾有人妒。千金縱買相如賦。脈脈此情誰訴。君莫舞。君不見、玉環飛燕皆塵土。閒愁最苦。休去倚危欄,斜陽正在、煙柳斷腸處。」

《賀新郎·别茂嘉十二弟》:「緑樹聽鵜鴂。更那堪、鷓鴣聲住,杜鵑聲切。啼到春歸無尋處,苦恨芳菲都歇。算未抵人間離别。馬上琵琶關塞黑。更長門、翠輦辭金闕。看燕燕,送歸妾。　將軍百戰身名裂。向河梁、回頭萬里,故人長絶。易水蕭蕭西風冷,滿座衣冠似雪。正壯士、悲歌未徹。啼鳥還知如許恨,料不啼清淚長啼血。誰共我,醉明月。」

《青玉案·元夕》:「東風夜放花千樹。更吹落、星如雨。寶馬雕車香滿路。鳳簫聲動,玉壺光轉,一夜魚龍舞。　蛾兒雪柳黄金縷。笑語盈盈暗香去。衆裏尋他千百度。驀然回首,那人卻在、燈火闌珊處。」《祝英臺近》：「寶釵分，桃葉渡。煙柳暗南浦。怕上層樓，十日九風雨。斷腸片片飛紅，都無人管，更誰勸、啼鶯聲住。　鬢邊覷。試把花卜歸期，纔簪又重數。羅帳燈昏，哽咽夢中語。是他春帶愁來，春歸何處。卻不解、帶將愁去。」

〔六〕「横素波」二句：出自蕭統《陶淵明集序》：「有疑陶淵明詩篇篇有酒，吾觀其意不在酒，亦寄酒爲跡者也。其文章不羣，詞采精拔，跌宕昭彰，獨超衆類，抑揚爽朗，莫之與京。横素波而傍流，干青雲而直上。語實事則指而可想，論懷抱則曠而且真。加以貞志不休，安道苦節，不以躬耕爲恥，不以無財爲病，自非大賢篤志，與道汙隆，孰能如此乎？」

【疏　證】

明提北宋勝南宋之論，暗非近代宗夢窗詞風。王氏撰述詞話，針砭當世，重提北宋，即爲其主要目的之所在。王國維提出的格、情、氣、韻，有向境界説靠近的意味，但話語仍是陳舊。檢諸舊詞話，其論詞品詞，往往使用此類語言。王國維不以「可學」、「不可學」爲取則依據，乃力反此前常州詞派特别是周濟等開列學詞途徑之法，是立足在理論層面來論詞，而非作學詞之導引。所以王國維撰述詞話，懸格高，不主張從低處做起，其撰述因由與一般詞話確有不同。王國維提出南宋惟一幼安堪與北宋抗衡，從現在來看，不免有英雄欺人之嫌，但他看重的是幼安《摸魚兒》、《賀新郎》、《祝英臺近》等「俊偉幽咽」的作品，此「俊偉幽咽」實可與「深美閎約」相通，其推崇幼安，著眼的是幼安與北宋詞的相通。其以從北宋以前詞所提煉之學術眼光來評論已趨變化狀態的南宋詞，故合者不多，根源正在於此。其評夢窗爲「齷齪小生」，也未免口不擇言，其對當代詞學傾向之反對態度，倒是表現得極爲鮮明。換言之，王國維既然欲改變當代詞風，便不能不從夢窗下手，蓋清代中期以後，夢窗詞風的過熱，導致了以思索安排作詞風氣的大長，而詞之自然真趣就受到了影響。晚清之時，其風更烈，以王鵬運、朱祖謀爲代表的清末大家，不僅親自四校夢窗詞，而且在其帶動之下，楊鐵夫等更是逐篇箋釋夢窗詞。并通過創作的垂範和詞社活動等多種方式，大力提倡夢窗詞風。靜安菲薄南宋，與清初雲間詞派觀念略近，其亦不欲涉南宋一筆，王士禛《花草蒙拾》因謂之「佳處在此，短處亦在此」。但靜安樹旗之心過於急切，以致評述時或失衡，其對白石評議尤爲苛刻，此後屢有此意，如其評《暗香》、《疏影》「格調雖高，然無一語道着」等等，唐圭璋《評人間詞話》因反脣相譏説：「余謂王氏之論列白石，實無一語道着。」此蓋由宗尚不同所致。唐圭璋并認爲靜安推崇幼安之《賀新郎·別茂嘉十二弟》，也與其反對「隔」的理論相悖，因爲此詞羅列古代莊姜、荊軻、蘇武、陳皇后、昭君等離別故事，「可謂隔之至者，何以又獨稱之」？靜安詞論中的矛盾確實是應予重視的。但唐圭璋此處對王國維援引稼軒《賀新郎·別茂嘉十二弟》的分析也不免失之簡單了。用典本身并不足爲病，稼軒用典固多，但并不顯堆垛，反而因其氣韻沉雄流貫全篇，而使得稼軒「不平之鳴，隨處輒發」①的特點顯露出來。尤其應予注意的是，王國維的這一思想應該淵源於周濟，邱世友《詞論史論稿》亦譽之爲「空實」兼具的優秀詞作。

至學詞路徑由南追北之説，固非晚清詞人自設門徑，蓋承周濟《宋四家詞選》所謂問途碧山，歷夢窗、稼軒，以還清真之渾化之説。周濟此説意在醫作詞空滑之病，因爲生澀雖有不足，總勝滑易，若初學作詞則流入滑易一路，路頭一差，則愈趨而遠矣。而且南宋詞多長調，講究結構安排，有法可依，故學詞者多揣摩其法以摹仿；而北宋詞多小令，程式既少，便需多恃天才。若才有所欠，即學步北宋之詞，難免優孟衣冠之嫌。靜安才大，故師法北宋而獨有所得，然此固非常人皆能效法而成。靜安集矢近人，爲補偏救弊而否定其學詞路徑，似有矯枉過正之嫌。

第十二則

周介存〔一〕謂夢窗詞之佳者，如「水光雲影，摇蕩緑波，撫玩無極，追尋已遠」〔二〕。余覽《夢窗甲乙丙丁稿》中〔三〕，實無足當此者。有之，其唯「隔江人在雨聲中，晚風菰葉生秋怨」〔四〕二語乎？

---

① 周濟《介存齋論詞雜著》，唐圭璋編《詞話叢編》，中華書局二〇〇五年版，第一六三三頁。

【注　釋】

〔一〕周濟（一七八一——一八三九），字保緒，一字介存，晚號止庵，荆溪（今江蘇省宜興市）人。清代常州派重要詞論家、詞人，著有《味雋齋詞》等，編選有《詞辨》、《宋四家詞選》等。

〔二〕「水光雲影」四句：出自周濟《介存齋論詞雜著》：「夢窗非無生澀處，總勝空滑。況其佳者，天光雲影，摇盪绿波，撫玩無極，追尋已遠。」王國維將「天光」誤作「水光」。

〔三〕《夢窗甲乙丙丁稿》：即《夢窗詞稿》，因其以甲乙丙丁釐目，故有此稱。

〔四〕「隔江」二句：出自吴文英《踏莎行》：「潤玉籠綃，檀櫻倚扇。繡圈猶帶脂香淺。榴心空疊舞裙紅，艾枝應壓愁鬟亂。午夢千山，窗陰一箭。香瘢新褪紅絲腕。隔江人在雨聲中，晚風菰葉生愁怨。」

【疏　證】

繼續破常州詞説。第四則曾破張惠言評温庭筠「深美閎約」之説，此再破常州派主將周濟評夢窗語，晚清夢窗詞風薰染南北，而主要肇端者實爲周濟，故前既痛陳夢窗詞風之荒謬，此再尋根究源，以爲周濟評夢窗詞如「水光雲影」，實爲溢美之詞，可當此評者惟「隔江人在雨聲中，晚風菰葉生秋怨」二語。周濟此評夢窗，實是以「清空」論其佳處，力破張炎「七寶樓臺」之喻爲偏頗之見，而周濟「撫玩無極，追尋已遠」實是針對夢窗詞構思綿密及寄託遥深而言的，而且僅是指「夢窗詞之佳者」而已，并非用以概括夢窗詞的主要或全部特色。周濟此評在詞學史上頗具反響，影響深遠。陳廷焯《白雨齋詞話》稱夢窗詞「超逸處僊骨珊珊，洗脱凡豔」，況周頤《蕙風詞話》稱其「萬花爲春」，其中流轉有「灝瀚之氣」，劉永濟《微睇室説詞》認爲夢窗詞「不出一真字，有真情、真境、真事，然後有真詞」，并以周濟之語爲「善於形容」等等，都可見出詞學家對周濟之説的積極回應。王國維不取夢窗「密麗」處，而只取疏蕩處，依然以北宋之眼視南宋之詞，故有所取者皆爲合乎北宋風氣之詞。心中横亘一「北宋」，遂不知南宋爲何物了。此就對新境獨開的南宋詞人，不免苛刻。

但王國維專心獨賞之「隔江人在雨聲中，晚風菰葉生愁怨」二句，確實融視聽等多種感覺於一體，由景生情，十分自然，令人「撫玩無極」，但「晚風菰葉」何以「生愁怨」，則欲明究竟，「追尋已遠」了。而「隔江人在雨聲中」一句的好處，恰如梁啟勛《詞學詮衡·餘韻》所評，是一種鬧中取静的境界，雨聲人聲鬧成一片，但境界卻是十分幽静，是一種在静中觀賞的鬧景。而且有此兩句，乃補足上闋閨人之「猶帶脂香」、「空疊舞裙」、「艾枝應壓」，因爲上闋的「留筆」，所以這兩句的點化纔有意味。王國維之識力，允稱上乘。只是王國維對周濟此評語似乎領會有偏差，而其自舉之詞例，其實是佐證了周濟之説的，則其自稱觀覽《夢窗甲乙丙丁稿》，而覺得「中實無足當此者」，也不免自相矛盾了。大約在南宋詞人中，王國維面對吴文英，是最容易因爲成見在胸而出語唐突的，其詞學的感性色彩也於此爲烈。

第十三則

白石之詞，余所最愛者亦僅二者，語曰：「淮南皓月冷千山，冥冥歸去無人管。」〔一〕

【注　釋】

〔一〕「淮南」二句：出自姜夔《踏莎行》（自沔東來，丁未元日至金陵，江上感夢而作）：「燕燕輕盈，鶯鶯嬌軟。分明又向華胥見。夜長爭得薄情知，春初早被相思染。　别後書辭，别時針綫。離魂暗逐郎行遠。淮南皓月冷千山，冥冥歸去無人管。」按，「亦僅二者」之「者」字，滕本無。佛雛補校本同。

【疏　證】

前破夢窗，此破白石，皆爲對晚近詞風作釜底抽薪之舉。浙西、常州二派詞學宗旨雖有不同，但對白石詞皆青眼有加，存世白石詞，幾被視爲篇篇珠璣。王國維僅拈出「淮南皓月冷千山，冥冥歸去無人管」二句爲「最愛」，其實否定的仍是主流，亦可見其不拘一派之思想。對照第十一則所説「白石有格而無情」之語，可知白石地位在王國維心中之低下。但白石類似「淮南」兩句的佳句頗多，獨賞此二句，也殊難服人。從對這二句的偏愛，可見「清空」在王國維心目中的重要性。上一則提及的「隔江人在雨聲中，晚風菰葉生愁怨」與這一則提及的「淮南皓月冷千山，冥冥歸去無人管」詞句，在原詞中都爲結句，王國維把這種景中帶情、餘味深長的結句青眼拈出，仍是其重視韻味和深遠之致的一種審美意識的反映。王國維詞學的優點和缺點都可從這種「執著」中看出來，因爲其忽略了文體演變與時代思潮的關係，也未能正確看待文體中的「破體」現象，所以當他的審美視野停留在五代北宋，便對南宋一派的詞在自然真率之外，别具思索安排之用心，表現出强烈的排斥和否定的口氣。作爲一己之私好，固可以理解，而且王國維在此則用的詞語也確實是帶有强烈個性色彩的「最愛」一詞，是立於一己，而非自居公論；而作爲文論經典，就不能不説是遺憾了。因爲在接受史上《人間詞話》更多地是被人從「公論」的角度去認知的。

第十四則

夢窗之詞，吾得取其詞中之一語以評之，曰：「映夢窗，零亂碧。」〔一〕玉田〔二〕之詞，亦得取其詞中之一語以評之，曰：「玉老田荒。」〔三〕

【注釋】

〔一〕「映夢窗」二句：語出吴文英《秋思·荷塘爲括蒼名姝求賦其聽雨小閣》：「堆枕香鬟側。驟夜聲，偏稱畫屏秋色。風碎串珠，潤侵歌板，愁壓眉窄。動羅蓮清商，寸心低訴叙怨抑。映夢窗，零亂碧。待漲緑春深，落花香泛，料有斷紅流處，暗題相憶。歡酌。簷花細滴。送故人，粉黛重飾。漏侵瓊瑟，丁東敲斷，弄晴月白。怕一曲《霓裳》未終，催去驂鳳翼。歎謝客猶未識。漫瘦卻東陽，燈前無夢到得。路隔重雲雁北。」王國維將「零亂」誤作「淩亂」。

〔二〕玉田：即張炎(一二四八—一三一九?)，字叔夏，號玉田，又號樂笑翁，長期寓居臨安(浙江杭州)。著有詞集《山中白雲詞》和論詞專著《詞源》二卷等。

〔三〕「玉老田荒」：語出張炎《祝英臺近·與周草窗話舊》：「水痕深，花信足。寂寞漢南樹。轉首青陰，芳事頓如許。不知多少消魂，夜來風雨。猶夢到、斷紅流處。最無據。長年息影空山，愁入庾郎句。玉老田荒，心事已遲暮。幾回聽得啼鵑，不如歸去。終不似、舊時鸚鵡。」

【疏證】

「惡評」夢窗和玉田詞。玉田爲浙派安身立命處，夢窗爲常州派後來用力處，王國維各取詞中語相評，亦藉以明自己立論不拘一派，皆由心中發出，不作客套語、門面語也。余頗疑靜安論詞多浸潤融齋論詞之風，如擇詞句以論詞人之法，融齋《藝概·詞曲概》以陳亮《三部樂》詞句來分論詞人品位高低。所謂「映夢窗，零亂碧」，似乎與張炎「七寶樓臺」之評相近，言其意旨飄忽，意象零亂，缺乏深沉之思而徒有外在形式之眩目耳。「七寶樓臺」典故源於佛學，《金剛經》有「滿三千大千世界七寶」的説法，「七寶」爲金、銀、琉璃、珊瑚、瑪瑙、珍珠、玻璃七物，其後《吴令尹喜内傳》又提出「金臺玉樓，七寶宫殿」之説，「七寶樓臺」之説由此而成。七寶皆爲名貴之物，以此七物建構之樓臺，自然金碧輝煌，眩人眼目。然若論及渾成空靈之氣，則不免有欠了。此是從張炎開始就對夢窗詞的一個基本定位，影響深遠，王國維應該也是受此影響了。夢窗詞如《八聲甘州》（渺空煙四遠）等，確有意象跳躍、詞采華美之特徵，然其中懷古傷今兼自寫情懷之意，是可以由文字之表逆推而得其端倪的，故非「七寶樓臺」四字可盡其妙。王國維未加細審，便以「映夢窗，零亂碧」助推其説，未免唐突了。事實上，吴文英詞中的疏快之作并非少見，除了時常被引録的《風入松》（聽風聽雨過清明）之外，他如《望江南》詞云：「三月暮，花落更情濃。人去鞦韆閒掛月，馬停楊柳倦嘶風。堤畔畫船空。　懨懨醉，長日小簾櫳。宿燕夜歸銀燭外，流鶯聲在緑陰中。無處覓殘紅。」其牛動飛舞之狀何嘗遜於北宋晏、歐諸作！不知靜安讀及此詞，作何感慨？我們只能理解王國維欲從夢窗詞打開缺口，爲當今詞風補偏糾弊而已。以「玉老田荒」來喻指張炎詞，也頗失其度。此二喻在王國維而言，皆爲立己之説耳，因有針砭現實之需，故出語輕率了。其實吴文英的詞「立意高，取徑遠」①，并非一般

① 周濟《宋四家詞選目録序論》，唐圭璋編《詞話叢編》，中華書局二〇〇五年版，第一六四四頁。

詞人可及。況周頤論詞有「重拙大」之說，其論「重」側重在氣格之沉著，即以吴文英爲典範。其《蕙風詞話》云：「重者，沉著之謂，在氣格，不在字句，於夢窗詞庶幾見之。即其芬菲鏗麗之作，中間雋句豔字，莫不有沉摯之思，灝瀚之氣，挾之以流轉，令人玩索而不能盡，則其中所存者厚。」這些説法當然也可能有過譽之處，但總比王國維簡單地用「零亂」來形容其詞風，要更顯客觀。張炎詞也非一「老」一「荒」字所能形容。仇遠《山中白雲詞序》即認爲張炎詞「意度超玄」，可與姜夔「相鼓吹」。清代浙派興起，「家白石而户玉田」，張炎詞的地位一時超卓其上。但常州派繼起後，張炎詞的地位便一落千丈。周濟在《宋四家詞選目録序論》中説：「玉田才本不高，專恃磨礱雕琢，裝頭作腳，處處妥當，後人翕然宗之。」這又屬於貶之過甚了。大體王國維此論可能受周濟影響爲多。

第十五則

雙聲、疊均〔一〕之論，盛於六朝，唐人猶多用之。至宋以後，則漸不講，并不知二者爲何物。乾、嘉間，吾鄉周松靄先生（春）著《杜詩雙聲疊韻譜括略》〔二〕，正千餘年之誤，可謂有功文苑者矣。其言曰：「兩字同母謂之雙聲，兩字同均謂之疊均。」余按，用今日各國文法通用之語表之，則兩字同一子音者謂之雙聲（如《南史·羊元保傳》之「官家恨狹，更廣八分」，「官家」、「更廣」四字，皆從 k 得聲。《洛陽伽藍記》之「獰奴慢罵」，「獰奴」二字，皆從

n得聲。「慢罵」二字，皆從 m 得聲是也）。兩字同一母音者，謂之疊均（如梁武帝〔三〕之「後牖有朽柳」，「後牖有」三字，雙聲而兼疊均。「有朽柳」三字，其母音皆爲 u 。劉孝綽〔四〕之「梁皇長康强」，「梁」、「長」、「强」三字，其母音皆爲 ian〔五〕也）。自李淑《詩苑》〔六〕僞造沈約〔七〕之説，以雙聲疊均爲詩中八病〔八〕之二，後世詩家多廢而不講，亦不復用之於詞。余謂苟於詞之蕩漾處多用疊均，促節處用雙聲，則其鏗鏘可誦，必有過於前人者。惜世之專講音律者，尚未悟此也。

【注釋】

〔一〕雙聲、疊均：即雙聲疊韻。連綿兩字，聲母相同者爲雙聲字，韻母相同者爲疊韻字。葛立方《韻語陽秋·卷四》引陸龜蒙詩序：「疊韻起自如梁武帝，云『後牖有朽柳』，當時侍從之臣皆倡和。劉孝綽云『梁王長康强』，沈少文云『偏眠船弦邊』，庾肩吾云『載碓每礙埭』，自後用此體作爲小詩者多矣。」按，佛雛補校未校出手稿「韻」多作「均」。

〔二〕周松藹：即周春（一七二九—一八一五），字芚兮，號松藹，浙江海寧人，爲清代詩人、學者。著有《杜詩雙聲疊韻譜括略》等。

〔三〕梁武帝：即蕭衍（四六四—五四九），字叔達，蘭陵（今江蘇省常州市）人。

〔四〕劉孝綽（四八一—五三九），本名冉，彭城（今江蘇省徐州市）人，南朝詩人。

〔五〕ian：應作 iang。

〔六〕李淑：字獻臣，曾爲翰林學士，北宋詩論家，編有《詩苑類格》（已佚）等。

〔七〕沈約（四四一—五一三），字休文，吴興（今浙江省湖州市）人，南朝文學家、史學家，著有《宋書》等。

〔八〕八病：永明聲律論的重要内容之一，指平頭、上尾、蜂腰、鶴膝、大韻、小韻、旁紐、正紐八種創作上的弊病。參見《文鏡秘府論》。許文雨《人間詞話講疏》卷下云：「八病中有傍紐病，謂一句之内，犯兩用同紐字之病也，亦即劉勰所謂『雙聲隔字而每舛』；又有小韻病，謂一句之内，犯兩用同韻字之病也，亦即劉勰所謂『疊韻雜句而必睽』。」按，「傍紐」一作「旁紐」，「雜句」一作「離句」，「睽當作「睽」。《文心雕龍補注》引周春《雙聲疊韻譜》卷七云：「案，飛者，揚也；沉者，陰也。雙聲隔字而每舛者，雙聲必連二字，若上下隔斷，即非真雙聲；疊韻雜句而必睽者，疊韻亦必連二字，若雜於句中，即非正疊韻。雙、疊得宜，斯陰陽調合。……陰陽不諧，雙、疊不對，乃文字之吃，便成疾病矣。」按，「揚」或當作「陽」。黄侃《文心雕龍札記》亦云：「雙聲者，二字同紐；疊韻者，二字同韻。一句之内，如雜用兩同聲之字，或用二同韻之字，則讀時不便，所謂『雙聲隔字而每舛，疊韻雜句而必睽』也。」以上諸説，意思相承，可以參考。

【疏證】

以雙聲疊均爲音律之本。以乾、嘉間同鄉周松藹《杜詩雙聲疊韻譜括略》來説明雙聲疊韻乃可與「各國文法」相通。但「世之與講音律者尚未悟此也」。晚清以朱祖謀爲代表的一羣詞人特重聲律，尤其嚴於四聲，朱祖謀更被譽爲「律博士」，而王國維於此揭出聲律問題，卻以「雙聲疊均」爲話題，故意「逸」出，亦隱然與朱氏等反面立説。針砭時弊之意又現。手稿原稿末句開頭原爲「白石、玉田諸家」，後改爲「世之」二字，亦可見本則立論之初衷，雖貌似汗漫，其用意乃在對被清人奉爲詞律典範之白石、玉田進行解構，揭示其原本於此道并無深悟之事實也，則以其懸爲準則，不亦謬乎！王國維以雙聲疊韻之論盛於六朝，其實自清代中期以來探索詞律者，每有及之，如《藝概》卷四云：「詞句中用雙聲疊韻之字，自兩字之外，不可多用。惟犯疊韻者少，犯雙聲者多，蓋同一雙聲，而開口、齊齒、合口、撮口，呼法不同，便宜忘其爲雙聲也。解人正須於不同而同者，去其隱疾。且不惟雙聲也，凡喉、舌、齒、牙、唇五音，俱忌單從一音連下多字。」劉熙載更有《説文雙聲》、《説文疊韻》專述以論，其《説文雙聲序》云：「夫六書中較難知者，莫如諧聲。疊韻、雙聲，皆諧聲也。許氏論形聲及於『江』、『河』二字。方許氏時，未有疊韻、雙聲之名，然『河』、『可』爲疊韻，『江』、『工』爲雙聲，是其實也。後世切音，下一字爲韻，取疊韻；上一字爲母，取雙聲。非此何以開之哉？」融齋此論未知是否爲靜安所悉？靜安的舉例雖不免簡單，但其用意在通過對雙聲疊韻的合理使用，加强詞的節奏感和韻律感，所以此則結尾「蕩漾處多用疊均，促節處用雙聲，則其鏗鏘可誦，必有過於前人者」數句，乃是落腳之處。末句言外之意，不言自明。又「詞之蕩漾處」云云，頗有劉熙載《藝概》卷四所謂「空中蕩漾，最是詞家妙訣」之意。王國維自己的詞作也頗注意雙聲疊韻的使用，如《浣溪沙》之「江湖寥落爾安歸」中的「寥落」，《蝶戀花》之「明朝又是傷流潦」中的「流潦」，便是在「促節」處使用雙聲的範例，讀來別有韻味。

從王國維對「鏗鏘可誦」的閱讀效果的追求來看，王國維之所以對周邦彦的評價在兩年後發生重大轉變，聲律可能也是一個不可忽略的因素。王國維在《清真先生遺事》中説：「先生之詞，文字之外，須兼味其音律。……今其聲雖亡，讀其詞者，猶覺拗怒之中自饒和婉。曼聲促節，繁會相宣；清濁抑揚，轆轤交往。兩宋之間，一人而已。」對清真詞在聲律上拗怒與和婉、曼聲與促節搭配得宜的贊賞，雖非限於雙聲疊韻一端而立論，但對音律節奏的審美感覺仍是彼此一貫的。

第十六則

昔人但知雙聲之不拘四聲〔一〕，不知疊均亦不拘平、上、去三聲。凡字之同母音者，雖平仄有殊，皆疊均也。

【注　釋】

〔一〕四聲：指平、上、去、入四種聲調。

【疏證】

承上則，續談聲律問題。前則以雙聲疊韻爲話題，未及四聲，此則言雙聲疊韻皆不拘四聲，仍是對晚近持聲律説而專重四聲提出質疑。大體同聲母之雙聲，不拘聲調平仄，已爲詩人及詩論家所接受。王國維在此基礎上進而提出同韻母的疊韻也同樣不拘平仄，這種説法雖非王國維首先提出，但在一個特殊的時代，重提這一理論，也是有其現實意義的。冒鶴亭《四聲鉤沉》一文記述晚清四聲觀念變化之跡云：「丙申歲……同時吾所納交老輩朋輩，若江蓉舫都轉、張午橋太守、張韻梅大令、王幼遐給諫、文芸閣學士、曹君直閣讀，皆未聞墨守四聲之説。鄭叔問舍人，是時選一調，製一題，皆摹仿白石。迨庚子後，始進而言清真，講四聲。朱古微侍郎填詞最晚，起而張之；以其名德，海内翕然奉爲金科玉律。」冒鶴亭的這一節話，我們可以看作是王國維此則評論的重要背景。鄭文焯、朱祖謀從白石、清真詞入手，以轉移一代之風氣，其中重要的一點便是嚴講四聲。王國維雖是僅就雙聲疊韻論及四聲變化的情況發論，但其實不無針對鄭文焯、朱祖謀的用意在内。王國維以雙聲疊韻可以不拘四聲來説明創作空間之靈活，也是其批判現實之一法。後來之冒鶴亭也説：「吾滋疑焉。以爲仄韻之詞，上、去可通押，何至句首或句中可通融之平仄，乃一字不能通融？又默念古人傳作，其後遍與前遍，句法同者，平仄不必盡同也。」①爲此冒鶴亭把《清真詞》的

① 冒廣生《四聲鉤沉》，《冒鶴亭詞曲論文集》，上海古籍出版社一九九二年版，第一一一頁。

同調之作及方千里、楊澤民、陳允平三家的《和清真詞》一一對勘，他的結論是同調之中，幾乎没有一韻四聲相同者。王國維雖然没有如冒鶴亭一樣來做這項細緻的對勘工作，但其結論倒與冒鶴亭堪稱不謀而合的。在王國維晚年編纂之《觀堂集林》中，卷八「藝林」即全爲音韻學方面的論文或序跋，凡十七篇，涉及《切韻》、《廣韻》、《唐韻》等諸多音韻學著作，則王國維的音韻學成就是不容懷疑的。音韻雖非詞話主體，然此兩則論及雙聲疊韻，也殊非浮泛而及，乃是針對當時言詞之音韻聲律過於狹隘的現象而及的。

王國維此則專論雙聲疊韻，强調不拘上、去、入三聲。就一般詞律而言，詞人和詞學家其實是講究這三聲的區别的。沈義父《樂府指迷》云：「腔律豈必人人皆能按簫填譜？但看句中用去聲字最爲緊要，然後更將古知音人曲一腔三兩支參訂，如都用去聲，亦必用去聲；其次如平聲卻用得入聲字替，上聲字最不可用去聲字替，不可以上、去、入盡道是側聲便用得，更須調停參訂用之。」仄聲三聲，并非可以隨意通融，而去聲的講究就更爲嚴格。杜文瀾《憩園詞話》解釋説：「平、上、入三聲，有可以互代，惟去聲則獨用，其聲激厲勁遠，轉折跌宕，全係乎此，故領調亦必用之。」這些當然是在音律失傳之後對於案頭文字的斟酌之道，各有其利弊。王國維從雙聲疊韻的角度來述論三聲通用的問題，并不意味着他對傳統詞學中區别三聲的創作實踐和相關理論缺乏認知，而是在詞體萎靡的時代，不少詞人將主要精力放在聲律的講究中，不免有因小失大的嫌疑，這纔是王國維此論的原點所在。

第十七則

詩至唐中葉以後，殆爲羔雁之具[一]矣。故五代北宋之詩，佳者絶少，而詞則爲其極盛時代。即詩詞兼擅如永叔、少游者，亦詞勝於詩遠甚。以其寫之於詩者，不若寫之於詞者之真也。至南宋以後，詞亦爲羔雁之具，而詞亦替矣。此亦文學升降之一關鍵也。

【注　釋】

〔一〕羔雁之具：典出《禮記·曲禮》：「凡贄，天子鬯，諸侯圭，卿羔，大夫雁。」後遂以「羔雁之具」爲禮聘之物，本文中指應酬無聊之物。

【疏　證】

以文體升降之規律作爲自己偏尚北宋以前詞之學術依據。中唐以後詩與北宋以後詞，由於已過其「極盛時代」，勉强維持，反失其「真」，轉成「羔雁之具」，文體之不可强如此。文學乃爲己之學，變爲「羔雁之具」，則自然變成爲人之學，爲人之學殊失文學之真趣。王國維的觀念是：文體嬗變，其間有不可抗拒之規律存焉。詩詞兼擅，也只能工其一體。北宋以前詞之真，北宋以後詞便不免「僞」，王國維不取南宋詞，又爲自己添一重證據。此與第七則言情、景「真」、「深」之論可以對照。在論詞方式上，仍持詩詞對勘的方式。王國維以「文學升降」之理論爲自己偏尚北宋張本，也殊欠學理，「一切文學之進化，先真樸而後趨工巧」①，其間各以特色，而難分高下。即詞而言，由北宋以入南宋，初無畛域之限，「其由自然而臻於巧練，由清泚而入於穠摯，乃文學演化必然之勢，無庸强爲軒輊」。饒氏之論，饜心切理。靜安此論可能受周濟之影響，但不免變本加厲了。實際上晚清以降，融合兩宋就庶幾成爲詞學潮流，靜安處二十世紀初尚不能通融而論，殊可怪也。或皆因「境界」二字横亘心中爾。類似言論，也見於王國維作於一九〇七年一月之《文學小言》，其第十三則有云：「詩至唐中葉以後，殆爲羔雁之具矣。故五季、北宋之詩，（除一二大家外）無可觀者，其詞則獨爲其全盛時代。其詩詞兼擅如永叔、少游者，皆詩不如詞遠甚。以其寫之於詩者，不若寫之於詞者之真也。至南宋以後，詞亦爲羔雁之具，而詞亦替矣。（除稼軒一人外）觀此足以知文學盛衰之故矣。」以此而論，有關文學升降之論，蓋盤桓心中已久矣。然由「盛衰」而易以「升降」，現象描述的意味少了，而理論提煉的意味多了。而所謂「羔雁之具」其實是針對南宋的詠史、懷古、祝壽等以應酬爲基本特色的詞而言的，手稿第九十五則可與之對勘。

關於詩詞文體興衰嬗變，其實也一直是宋以來常見的話題。王國維此論可能比較多的受到

① 饒宗頤《人間詞話平議》一。

陸游和陳子龍的影響。陸游《花間集跋》云：「唐自大中後，詩家日趣淺薄，其間傑出者亦不復有前輩閎妙渾厚之作，久而自厭，然梏於俗尚，不能拔出。會有倚聲作詞者，本欲酒間易曉，頗擺落故態，適與六朝跌宕意氣差近，此集所載是也。故歷唐季五代，詩愈卑而倚聲輒簡古可愛。……筆墨馳騁則一，能此而不能彼，未能以理推也。」陳子龍《王介人詩餘序》亦云：「宋人不知詩而强作詩，其爲詩也，言理而不言情，故終宋之世無詩焉。然宋人亦不免於有情也，故凡其歡愉愁怨之致，動於中而不能抑者，類發於詩餘，故其所造獨工，非後世可及。」手稿本《人間詞話》第九十四則正是節引了這兩段文字的，可見王國維淵源所自。陸游和陳子龍都注意到一代情感所寄在文體選擇上自有其規律；不過，他們只是注意到這種創作現象，陸游更是直言「未能以理推也」。王國維則從這種創作現象中提煉出文學升降之「理」，這就是他的高明之處了。此則也可見出，王國維此書意在揭示文學之普遍規律，詞體只是一個行文的角度而已，故雖名「詞話」，實多逸出詞話之外者，其論文體興衰、論文學升降，眼界已非一詞體可限了。歷來解説《人間詞話》，有言其立足文學本體論者，有言其乃文藝美學之著述也，按之《詞話》，允稱其説。

第十八則

馮正中詞除《鵲踏枝》、《菩薩蠻》十數闋最煊赫外，如《醉花間》之「高樹鵲銜巢，斜月明寒

草」〔一〕，余謂韋蘇州之「流螢度高閣」〔二〕、孟襄陽之「疏雨滴梧桐」，不能過也。〔三〕

【注　釋】

〔一〕「高樹」二句：出自馮延巳《醉花間》：「晴雪小園春未到。池邊梅自早。高樹鵲銜巢，斜月明寒草。　山川風景好。自古金陵道。少年看卻老。相逢莫厭醉金杯，别離多，歡會少。」

〔二〕韋蘇州：即韋應物（七三七—七九二？），長安（今陝西省西安市）人。中唐詩人。因曾任蘇州刺史，故稱韋蘇州。《寺居獨夜寄崔主簿》：「幽人寂無寐，木葉紛紛落。寒雨暗深更，流螢度高閣。坐使青燈曉，還傷夏衣薄。寧知歲方晏，離居更蕭索。」

〔三〕孟襄陽：即孟浩然（六八九—七四〇），襄陽（今湖北省襄樊市）人，世稱孟襄陽。盛唐詩人。唐王士源《孟浩然集》序云：「浩然嘗閒游秘省，秋月新霽，諸英華賦詩作會。浩然句云『微雲淡河漢，疏雨滴梧桐』，舉座嗟其清絶，咸閣筆不復爲繼。」

【疏　證】

以詩詞對勘的方式論馮延巳詞之優異，照應第四則奪張惠言評温庭筠「深美閎約」移評馮延巳。以韋應物、孟浩然詩句不敵馮延巳詞句。雖不無「何患無辭」之議，然其鍾情馮延巳詞卻是一貫而堅決的。靜安詞中如「不辭立盡西樓暝」等，顯然與馮詞的執著精神相類似。有意思的是，對於吴文英和張炎，王國維似乎偏重揭其短處，略説長處；而對於馮延巳，則惟恐好詞説盡，務在錦上添花。王國維意趣之真率可見一斑。在手稿的後半部，王國維曾論及詞之體性在「要眇宜修」，與詩詞各有勝場與不足，則此則以詞句與詩句較優劣，似略有矛盾，蓋一句之好，不僅在於前後語境，更在於與一文體體性之契合與否。韋應物「流螢度高閣」句，意在從視覺角度描摹夏秋之際夜景之清幽，而孟浩然之「疏雨滴梧桐」則是從聽覺角度描寫秋夜之蕭瑟。就單一的「句」而言，兩句可謂意盡句中。而馮延巳的「高樹鵲銜巢，斜月明寒草」則在意象上更爲豐富，從天上之明月到空中之高樹再到地上之寒草，不僅具有空間的層次感，而且自上而下形成一種明朗蕭疏的意境，在展現夜景方面，自然更具縱深感。王國維看出這三句之間的差異，頗具眼力。但這種脱離前後語境的比較，意義其實不大，因爲韋應物的「流螢度高閣」前面還有「寒雨暗深更」一句，孟浩然「疏雨滴梧桐」前面也有「微雲淡河漢」一句，把兩句同時與馮延巳的詞句相比，纔有比較的空間——這還需在不考慮詩詞體性差異的前提之下。

朱熹是王國維深度閱讀過的人物，《人間詞話》手稿本後所附録的《静庵藏書目》中列在第四、第五位的就是《朱子大全集》和《朱子語類》，至詞話中引述朱熹之言更不止一處。其實這一則也隱有朱熹的影子在。《朱子語類》卷一百四十云：「杜子美『暗飛螢自照』，語只是巧。韋蘇州云：『寒雨暗更深，流螢度高閣。』此景色可想，但則是自在説了。因言《國史補》稱韋『爲人高潔，鮮食寡欲，所至之處，掃地焚香，閉閤而坐』。其詩無一字做作，直是自在。其氣象近道，意常愛之。」朱熹對韋應物「寒雨暗更深，流螢度高閣」兩句的評價明顯在杜甫「暗飛螢自照」一句之上，這裁斷高低的依據便在自在與工巧的差别。王國維在此雖未正面引出朱熹此論，但事實上是帶有對朱熹此説予以辨證的意味的。他大力贊賞「高樹鵲銜巢，斜月明寒草」二句，也當是這兩句在「自在」的程度上較韋詩更勝一籌的緣故。這種對自在、自然的强調是需要對勘朱熹的相關論述後，纔能看得分明的。

第十九則

歐九《浣溪沙》詞「緑楊樓外出鞦韆」〔一〕。晁補之謂：只一「出」字，便後人所不能道〔二〕。余謂此本於正中《上行杯》詞「柳外鞦韆出畫牆」〔三〕，但歐語尤工耳。

【注　釋】

〔一〕歐九：即歐陽修。「緑楊」句：出自歐陽修《浣溪沙》：「堤上游人逐畫船。拍堤春水四垂天。緑楊樓外出鞦韆。白髮戴花君莫笑，六么催拍盞頻傳。人生何處似尊前。」

〔二〕晁補之（一〇五三—一一一〇），字无咎，晚號歸來子，濟州巨野（今屬山東省）人。爲「蘇門四學士」之一。其詞師法蘇軾，得其韻致，著有《晁氏琴趣外篇》。其《評本朝樂章》見於《侯鯖録》等，歷評柳永、歐陽修、蘇軾、黄庭堅、晏殊、張先、秦觀七家詞，頗具鋭識。晁補之《評本朝樂章》：「歐陽永叔《浣溪沙》云：『堤上游人逐畫船。拍堤春水四垂天。緑楊樓外出鞦韆。』要皆絶妙。然只『出』一字，自是後人道不到處。」

〔三〕「柳外」句：出自馮延巳《上行杯》：「落梅著雨消殘粉。雲重煙輕寒食近。羅幕遮香。柳外鞦韆出畫牆。春山顛倒釵横鳳。飛絮入簾春睡重。夢裏佳期。只許庭花與月知。」

【疏證】

説歐仍是説馮。因爲歐詞「出」字之妙本於馮詞。與「境界説」隱然接近，後來王國維論「弄」字、「鬧」字之妙及其與境界説的關係，可能由此而得到啟發，亦可見王國維詞論與晁補之《評本朝樂章》一文之關係。據吴曾的《能改齋漫録》所引晁補之《評本朝樂章》，晁補之的原話是：「歐陽永叔《浣溪沙》云（中略），要皆絶妙，然只一『出』字，自是後人道不到處。」明代陳霆《渚山堂詞話》卷二亦云：「歐公舊有春日詞云：『緑楊樓外出鞦韆。』前輩歎賞，謂止一『出』字，是人著力道不到處。」陳霆所指稱的「前輩」，當也是晁補之。王國維引述晁補之之意，蓋未暇核對原文，僅憑記憶而已。手稿引文大多如此，可見當初寫作之散漫，或者説正是因爲當初的這一散漫，纔有後來的數次删訂。王國維的詞論本質上是對傳統文論的一種繼承、改造、綜合和提高。然龍榆生《唐宋名家詞選》、饒宗頤《人間詞話平議》引彭孫遹《詞藻》卷三已考訂唐代王維即有「鞦韆競出垂楊裏」

詩句，則馮、歐語或皆當溯源於此。但對比而言，王維詩中一「競」字，體現出强烈的動態特徵，這是馮延巳和歐陽修都不及的；但王維詩僅有垂楊和鞦韆兩個意象，而馮延巳和歐陽修的詞則增加了牆或樓的意象，顯得更爲豐富。就馮延巳和歐陽修兩人而論，馮延巳詞的三個意象比較散，柳與畫牆的關係不明朗，而歐陽修的「緑楊樓」三字將楊柳與樓的緊密關係明確説出，意象更爲集中。以偏嗜獨賞馮延巳之王國維，要在與歐陽修的比較中，將青眼留給歐陽修，確實不是一件容易的事。

王國維對晏殊、歐陽修都頗有好評，觀晁補之《評本朝樂章》也是如此，此處轉引對歐陽修詞之評語之外，又如評晏殊詞「不蹈襲人語，而風調閒雅」，也是善意殷殷的。與第十八則對比馮延巳、韋應物、孟浩然詩句優劣而凸顯馮延巳的價值不同，此則對比馮延巳和歐陽修對同一句眼「出」之使用，則以歐陽修爲「尤工」，其「工」之所在，蓋在於歐句自然而意象緊湊，而馮句則略有著力之嫌也。王國維《鷓鴣天》也有「樓外鞦韆索尚懸」之句，當也是承馮、歐而來，但未見其妙，蓋王國維只寫一靜態之事實耳。

第二十則

美成《青玉案》詞：「葉上初陽乾宿雨。水面清圓，一一風荷舉。」〔一〕此真能得荷之神理者。

覺白石《念奴嬌》〔二〕、《惜紅衣》〔三〕二詞，猶有隔霧看花之恨。

【注　釋】

〔一〕「葉上」三句：出自周邦彦《蘇幕遮》：「燎沈香，消溽暑。鳥雀呼晴，侵曉窺簷語。葉上初陽乾宿雨。水面清圓，一一風荷舉。　故鄉遥，何日去。家住吴門，久作長安旅。五月漁郎相憶否。小楫輕舟，夢入芙蓉浦。」王國維將「蘇幕遮」誤作「青玉案」。

〔二〕姜夔《念奴嬌》（予客武陵，湖北憲治在焉。古城野水，喬木參天。予與二三友日蕩舟其間，薄荷花而飲。意象幽閒，不類人境。秋水且涸，荷葉出地尋丈，因列坐其下，上不見日。清風徐來，緑雲自動，間於疏處窺見游人畫船，亦一樂也。朅來吴興，數得相羊荷花中。又夜泛西湖，光景奇絶。故以此句寫之）：「鬧紅一舸，記來時，嘗與鴛鴦爲侣。三十六陂人未到，水佩風裳無數。翠葉吹凉，玉容銷酒，更灑菰蒲雨。嫣然摇動，冷香飛上詩句。　日暮。青蓋亭亭，情人不見，爭忍淩波去。只恐舞衣寒易落，愁入西風南浦。高柳垂陰，老魚吹浪，留我花間住。田田多少，幾回沙際歸路。」

〔三〕姜夔《惜紅衣》（吴興號水晶宫，荷花盛麗。陳簡齋云：「今年何以報君恩。一路荷花，相送到青墩。」亦可見矣。丁未之夏，予游千巖，數往來紅香中，自度此曲，以無射宫歌之）：「簟枕邀凉，琴書换日，睡餘無力。細灑冰泉，并刀破甘碧。牆頭唤酒，誰問訊城南詩客。岑寂。高柳晚蟬，説西風消息。虹梁水陌，魚浪吹香，紅衣半狼藉。維舟試望故國。眇天北。可惜渚邊沙外，不共美人游歷。問甚時同賦，三十六陂秋色。」

【疏　證】

以「神理」與「隔霧看花」對舉，亦後來「境界説」之「隔與不隔」理論之雛形，但話語模糊耳。其評清真「葉上初陽」句爲得「神理」，而謂白石《念奴嬌》、《惜紅衣》二詞爲「猶有隔霧看花之恨」，此與其核心理論之形成已漸趨漸近了。所謂「神理」，即是詠物而得其精神、神韻之意，得其精神、神韻，亦即得其真，得其真，自然不隔；霧裏看花，自然失真，失真自然就隔。周邦彦的「葉上」數句，不僅寫出了雨後清晨風吹荷動之神韻，更以一「舉」字將荷花之風情與骨力結合起來。這個「舉」字和張先「雲破月來花弄影」的「弄」字，宋祁「紅杏枝頭春意鬧」的「鬧」字，歐陽修「緑楊樓外出鞦韆」的「出」字等等，都具備相似的功能，將原本潛在的不引人注意的意趣引發出來，是一句之「眼」，也是一句之「神」。以上兩則，王國維在理論話語上雖然仍没有顯示出特色，但評述方向已隱隱向境界説靠近了。而其理論則更多來自於古代詞論的啟迪。但王國維將周邦彦之「句」與姜夔之「篇」來作對比，似有欠學理。觀手稿後半論及「隔」與「不隔」，即改以「句」爲基本單位，這樣的對比纔是在同一層面上進行的對比，也纔更具可信性。

就王國維提及的這三首詞具體而論，亦可見其神理與隔的區别。三首詞都寫荷花，王國維只引録了周邦彦「葉上」三句，以表現其「不隔」而已。而在王國維的語境中，清真此詞的不隔是在與姜夔的《念奴嬌》和《惜紅衣》兩首詞的對照中顯示出來的。與清真《青玉案》相似，姜夔這兩首詞也以荷花爲主要描寫對象，但前首不過起拍之後數句至上闋結束寫荷花，後首只有换頭數句言及荷花。在全詞中所占的比例并不高；而且就涉及荷花的這幾句來看，其筆法之隱約，甚至令人忘其是在寫荷花。相形之下，周邦彦「葉上」數句，乃讓人如面滿池的荷花。兩者鮮明與隱約的區别是頗爲分明的。欲再進而論之，周邦彦一首乃是寫岸上觀賞荷花，因此滿池景色盡入眼中；而姜夔兩首乃是寫身入羣荷之中來觀荷，故不免有「只緣身在荷花中」的局限。周邦彦觀荷是在雨後晴陽之下，故被雨水沖洗過的荷葉荷花會呈現出特别的青翠和豔麗；而姜夔兩首，據詞前小序，《念奴嬌》是姜夔將蕩舟在武陵「古城野水，喬木參天……意象幽閒，不類人境」的環境中和後來在吴興「夜泛西湖」的經歷結合來寫的，其環境之幽暗固不同於周邦彦所見之陽光明媚。《惜紅衣》也是寫於吴興，乃寫數度往來於「荷花盛麗」之中的聞見，則視綫也是因身居池中而略受干擾。所以觀察荷花的視點不同、時段不同、明暗不同，因此寫出來的景致也就不同。周邦彦寫荷花近乎實寫，姜夔則近乎虚寫，所以周邦彦筆下的荷花宛然生姿，而姜夔筆下的荷花則隱約迷離。王國維看到兩人創作風格的不同，應該是敏鋭的，其所謂隔與不隔的原意，由此而部分地呈現出來。不過質實而言，王國維如此分别隔與不隔，其本身的局限也是明顯的，因爲雖然同是寫景，隨着視點、時段、明暗不同，其呈現出來的景致也自然有清晰與模糊之不同，只要是符合當時情境的，最大程度地體現出當時當地景致特點的，其實也應該納入不隔的範圍。

值得注意的是，王國維對清真詞的評價雖然稍後在《清真先生遺事》中有很大變化，如其云：「張叔夏病其意趣不高遠，然北宋人如歐、蘇、秦、黄，高則高矣，至精工博大，殊不逮先生。」又説「詞中老杜則非先生不可」。這些評價對《人間詞話》中的部分觀點，確是帶有部分顛覆意義的。但對於清真詞的最本色特點，王國維其實是持相似的觀點。《清真先生遺事》云：「先生之詞，陳直齋謂其多用唐人詩句檃括入律，渾然天成。張玉田謂其善於融化詩句。然此不過一端，不如强焕云『模寫物態，曲盡其妙』爲知言也。」本則稱贊清真詠荷花而得其「神理」，其實也就是對其模寫荷花之神態而能盡其妙處的稱贊。在評價周邦彦詠物詞方面，王國維的觀點并無變化。羅忼烈在《王國維與清真詞》一文中説：「王國維是全面研究清真詞的第一人。……王國維對清真詞的評論，前後是一百八十度的轉變，起初印象惡劣，往後逐漸改變，最後終於推崇備至。這種變化相當有趣，可以看出他的詞學修養的進境。」確實，王國維對清真詞的這種階段性的認知特點是頗爲明顯的，但其中也保留了若干一以貫之的看法，也同樣是不能忘記的。

第二十一則

曾純甫〔一〕中秋應制，作《壺中天慢》詞，自注云：「是夜，西興亦聞天樂。」〔二〕謂宫中樂聲，聞於隔岸也。毛子晉〔三〕謂：「天神亦不以人廢言。」〔四〕近馮夢華復辨其誣〔五〕。不解「天樂」二字文義，殊笑人也。

【注　釋】

〔一〕曾純甫：即曾覿（一一〇九—一一八〇），字純甫，汴京（今河南省開封市）人。著有《海野詞》。

〔二〕「是夜」二句：出自曾覿《壺中天慢》注：「此進御月詞也。上皇大喜曰：『從來月詞，不曾用金甌事，可謂新奇。』賜金束帶、紫番羅、水晶碗。上亦賜寶盞。至一更五點回宮。是夜，西興亦聞天樂焉。」按，此并非曾覿自注，可能是毛晉據《武林舊事》補注。《壺中天慢》：「素飆漾碧，看天衢穩送，一輪明月。翠水瀛壺人不到，比似世間秋別。玉手瑶笙，一時同色，小按霓裳疊。天津橋上，有人偷記新闋。　當日誰幻銀橋，阿瞞兒戲，一笑成癡絶。肯信羣僊高宴處，移下水晶宫闕。雲海塵清，山河影滿，桂冷吹香雪。何勞玉斧，金甌千古無缺。」西興，渡口名，在今浙江省杭州市蕭山區西北。初名固陵，相傳春秋時范蠡曾築城於此，六朝時易名西陵城，五代改爲「西興」。蘇軾《望海樓晚景》詩云：「江上秋風晚來急，爲傳鐘鼓到西興。」

〔三〕毛子晉：即毛晉（一五九九—一六五九），字子晉，常熟（今屬江蘇省）人。明末著名的藏書家、出版家，編有《宋六十名家詞》等。

〔四〕「天神」句：出自《宋六十名家詞》毛晉跋《海野詞》：「至進月詞，一夕西興共聞天樂，豈天神亦不以人廢言耶？」

〔五〕馮煦《宋六十一家詞選·例言》：「曾純甫賦進御月詞，其自記云：『是夜，西興亦聞天樂。』子晉遂謂『天神亦不以人廢言』。不知宋人每好自神其説。白石道人尚欲以巢湖風駛歸功於平調《滿江紅》，於海野何譏焉？」

【疏證】

考辨文字。但毛晉與馮煦在王國維詞論中的影響是值得關注的，在《靜庵藏書目》中，毛晉與馮煦的著作都列於其中，此則或是在對勘二書時有感而作。在王國維看來，曾純甫《壺中天慢》中「天樂」一詞本爲「宫中樂聲」之意，不過用了一點修辭手法而已。周密《武林舊事》卷七嘗記此事，曾覿獻詞時在淳熙九年（一一八二）中秋，宫中賞月，繞池而設，池大十餘畝，池内皆爲千葉白蓮，南岸有女童五十人演奏清樂，北岸有近二百名教坊樂工奏樂，「待月初上，簫韶齊舉，縹渺相應，如在霄漢」。曾覿的注釋其實是形象地渲染了當夜音樂之盛。但毛晉把「天樂」往天神方面去理解，馮煦又言乃宋人自神其説，此皆失其本旨，是把簡單之事言支離了。王國維以爲如此釋詞，就不免以文淺陋，蹈於空虚了。王國維既反對張惠言的深文周納，也反對毛晉、馮煦等人的望文生意。這兩種極端的解説模式都會導致文本原意的部分流失，王國維所舉雖是極端個案，也僅涉及「天樂」二字，但還是值得注意的一種現象。王國維《踏莎行》有「絶頂無雲，昨宵有雨，我來此地聞天語」之句，所謂「天語」倒是與毛晉、馮煦之意相近的。

第二十二則

古今詞人格調之高，無如白石。惜不於意境上用力，故覺無言外之味，弦外之響，終落第二手〔一〕。其志清峻則有之，其旨遥深則未也。〔二〕

【注　釋】

〔一〕第二手：禪宗話頭。以心靈直悟、徹悟爲本，而以佛教教訓爲心靈之第二手。

〔二〕其志清峻、其旨遥深：語出劉勰《文心雕龍·明詩》：「……乃正始明道，詩雜僊心，何晏之徒，率多浮淺。唯嵇志清峻，阮旨遥深，故能標焉。」揚雄《方言》釋「峻」爲「急」；「峻」通「陖」，張揖《廣雅》亦釋爲「急」。蓋嵇康生當司馬氏之世，歎大道不舒，人世凶險，故時出以憤激之語，此即劉勰「嵇志清峻」之所本也。阮籍與曹氏有舊，亦爲司馬氏所極意拉攏，爲免致禍，遂或酣醉爲常，或發言玄遠，雖志在諷刺，而文多隱晦，使人莫名其歸趣，此即劉勰「阮旨遥深」之所本也。清峻言其人之心性也，遥深言其詩之託意也。

【疏　證】

以「格調」與「意境」對舉。以「格調」論姜夔，已先見於第十一則：「南宋詞人，白石有格而無情。」而此後的第一百十五則亦云：「白石如王衍，口不言阿堵物，而暗中爲營三窟之計，此其所以可鄙也。」前一則直言白石缺乏真情，後一則言其貌爲曠達，其實用心很深，內外相對，不免於僞。所以本則言姜夔格調高，乃是就其才情而言，而其志清峻，則對其長期的幕僚生涯所帶來的生計和心性的急迫之情予以批評。故就本則語境而言，「志」即就姜夔其人而論，「旨」則就其詞而言。格調高絶本非易事，若能在此基礎上致力於通過獨特的意境表現出來，則其詞自然情韻深長，耐人玩索，始稱「合作」矣。意境一語，已逼近「境界」，但落筆於言外之味、弦外之響，則其內涵仍不出「深美閎約」四字。至此爲止，可以説初顯眉目的意境説不過是傳統詞論的另一種説法而已。然以下言隔與不隔，又以真切自然爲不隔，而以用典旨深爲隔，是白石意深受非議，意淺亦受非議，蓋白石之深必借典故以達，故無論深淺，皆爲静安所不滿。「其志清峻」、「其旨遥深」乃劉勰《文心雕龍·明詩》分論嵇康其人和阮籍其詩之語，從王國維對《文心雕龍》語言的熟練化用，知其必曾熟讀也。其《静庵藏書目》列有「《文心雕龍》四本」即爲明證。「終落第二手」五字見出王國維論詞取法乎上的意趣，然手稿列入擬删之列，殊困人思。

「言外之味、弦外之響」云云，當受到晚唐司空圖《與李生論詩書》所謂「辨於味而後可以言詩」之論的啟迪。司空圖追求詩歌言外之意、韻外之致的審美趣味，對後來嚴羽、王士禛等人産生了重要影響。而關於白石詞的格調高低問題，在王國維之前，也一直是一個爭論不休的問題。宋代陳郁《藏一話腴》稱姜夔之詞「意到語工，不期於高遠而自高遠」。張炎《詞源》把姜夔詞作爲清空的典範，有「古雅峭拔」的意味。劉熙載《藝概·詞曲概》則譽之爲「幽韻冷香」。陳廷焯《白雨齋詞話》也稱姜夔詞「格調最高」。王國維説「古今詞人格調之高，無如白石」，當也有上列這些理論淵源在内。但真正在總體判斷上對王國維產生影響的，應該還是周濟。周濟《介存齋論詞雜著》云：「白石詞如明七子詩，看是高格響調，不耐人細思。」所謂「不耐人細思」，其實就是王國維所説的「故覺無言外之味，弦外之響」之意。如果説王國維對姜夔詞有格調而乏神韻的評價就是從周濟此論中變化而出的，應無不可。

第二十三則

梅溪〔一〕、夢窗、玉田、草窗〔二〕、西麓〔三〕諸家，詞雖不同，然同失之膚淺。雖時代使然，亦其才分有限也。近人棄周鼎而寶康瓠〔四〕，實難索解。

【注　釋】

〔一〕梅溪：史達祖，字邦卿，號梅溪，汴京（今河南省開封市）人。著有《梅溪詞》等，以善於煉句馳名。

〔二〕草窗：周密（一二三二—一二九八），字公謹，號草窗、蘋洲、四水潛夫、弁陽老人等，其先濟南人，後寓居吴興（今浙江省湖州市）。著有《草窗韻語》、《蘋洲漁笛譜》、《草窗詞》等。

〔三〕西麓：陳允平（一二〇五？—一二八五？），字君衡，號西麓，四明（今浙江省寧波市）人。著有詞集《西麓繼周集》、《日湖漁唱》等。

〔四〕棄周鼎而寶康瓠：語出賈誼《弔屈原賦》：「烏呼哀哉兮，逢時不祥。……斡棄周鼎，寶康瓠兮。」周鼎，周代的寶鼎，爲國之重器；康瓠，瓦盆，喻無價值的東西。本則蓋以周鼎比喻良才，而以康瓠比喻庸才。

【疏　證】

集矢「近人」，再明針砭時弊之意。將南宋後期史、吴、張、周、陳諸人詞統評之爲「膚淺」，不免絶對化和簡單化。王國維以「膚淺」視南宋詞，蓋南宋末年詞雖有家國之思，其借詠物以寫自我壘塊的寫法，採用的是極爲相似的寄託手法，因爲手法的相似和情感的普遍而失去了個性化的内涵，如詠新月、孤雁、蟋蟀等，意象不同，而對應的性情則基本相似，都是當時一種帶有共性化的情感，所以王國維評以「膚淺」，蓋以此也。但王國維從張惠言那裏採擇而來的「深美閎約」四字所包含的「深」，實際上正指向寄託的内涵。王國維持此以論詞史，似乎在評價南宋特别是南宋末年這一段詞史時，部分改變了評詞標準。情韻的悠長與思想的深厚，確實各有側重，王國維論詞的不穩定性在此隱現出來。王國維追索南宋詞「膚淺」的原因，「才分」爲不可强之事，此「才分」與前所稱姜夔之「格調」相類，是先天所賦。而「時代」則意味着詞體不得不面臨浮泛的事實，亦第十七則所謂「至南宋以後，詞亦爲羔雁之具」之意，文體盛衰與「文學升降」，難違其定律。才分、時代、文體三者合一，方能造就文學之大。在王國維的觀念中，南宋於此三者皆不具備，是以詞至南宋，由盛而衰，此文體發展之定數也。王國維由對南宋末年詞人的批評而過渡到對當下詞人的批評，則批評南宋乃是手段，批評當下纔是目的。其實在王國維的時代，以王鵬運、朱祖謀爲代表的詞人之所以選擇南宋詞人作爲效法對象，除了秉承常州詞派理論家周濟指引的「問塗碧山，歷夢窗、稼軒，以還清真之渾化」的學詞程式，捨南宋則無以達北宋之境，還有一個重要原因：南宋末年與清代末年同處於風雨飄摇的形勢之下，所以晚清詞人對於宋末詞人的創作方式和情感内涵具有更深層次和更大程度的共鳴，也因此形成了師法南宋詞風的一種潮流。王國維拘於詞體本色，既不能認同南宋之時的詞風變革，對於晚清師法南宋詞，自然也缺乏「同情之瞭解」。在一個摇摇欲墜的時代，提倡北宋詞的那種優雅之性情和要眇之表達，確實偏於藝術的審美了。

第二十四則

余填詞不喜作長調〔一〕，尤不喜用人韻。偶爾游戲，作《水龍吟》詠楊花，用質夫、東坡倡和均〔二〕，作《齊天樂》詠蟋蟀，用白石均〔三〕，皆有與晉代興〔四〕之意。然余之所長殊不在是，世之君子寧以他詞稱我。

【注釋】

〔一〕長調：依照曲調舒緩的慢曲而填寫的詞調稱爲長調。宋詞雖然在事實上有小令、中調、長調之分，但理論上并未概括出這一分類，至明代《類編草堂詩餘》始以五十八字以内者爲小令，以五十九至九十字者爲中調，以九十一字以上者爲長調。這一分法雖然尚有爭議，但一般多沿用其説。

〔二〕王國維《水龍吟·楊花用章質夫、蘇子瞻唱和韻》：「開時不與人看，如何一霎濛濛墜。日長無緒，回廊小立，迷離情思。細雨池塘，斜陽院落，重門閉户。正參差欲住，輕衫掠處，又特地、因風起。　花事闌珊到汝。更休尋、滿枝瓊綴。算來只合，人間哀樂，者般零碎。一樣飄零，寧爲塵土，勿隨流水。怕盈盈、一片春江，都貯得、離人淚。」質夫：章楶（一〇二七—一一〇二），字質夫，建州浦城（今屬福建省）人。存詞二首。

〔三〕姜夔《齊天樂》（丙辰歲與張功父會飲張達可之堂，聞屋壁間蟋蟀有聲，功父約予同賦，以授歌者。功父先成，辭甚美。予裴回茉莉花間，仰見秋月，頓起幽思，尋亦得此。蟋蟀，中都呼爲促織，善鬥。好事者或以三二十萬錢致一枚，鏤象齒爲樓觀以貯之）：「庾郎先自吟愁賦。淒淒更聞私語。露濕銅鋪，苔侵石井，都是曾聽伊處。哀音似訴。正思婦無眠，起尋機杼。曲曲屏山，夜涼獨自甚情緒。　西窗又吹暗雨。爲誰頻斷續。相和砧杵。候館迎秋，離宫弔月，別有傷心無數。豳詩漫與。笑籬落呼燈，世間兒女。寫入琴絲，一聲聲更苦。」王國維《齊天樂·蟋蟀用姜石帚原韻》：「天涯已自悲秋極，何須更聞蟲語。乍響瑶階，旋穿繡闥，更入畫屏深處。喁喁似訴。有幾許哀絲，佐伊機杼。一夜東堂，暗抽離恨萬千緒。　空庭相和秋雨。又南城罷柝，西苑停杵。試問王孫，蒼茫歲晚，那有閒愁無數。宵深漫與。怕夢穩春酣，萬家兒女。不識孤吟，勞人床下苦。」

〔四〕與晉代興：典出《國語·鄭語》，喻超越原作，創意出奇之意。

【疏證】回歸自身，闡明不喜北宋以後詞之個人原因。北宋以前詞，小令爲盛；北宋以後詞，長調擅勝。王國維明確説：「余填詞不喜作長調。」即在表明軒輊詞史當中，亦不無個人偏好在內。戚法仁《薄仲山人間詞話補箋序》云：「惟海寧治詞，功力悉在小令，故《詞話》之作，於南宋諸家深致詆訶。」此確爲其中之一因。王國維雖説自己作長調也有「與晉代興」之思，但頗不願以長調爲人所稱。祖保泉師即評《水龍吟》一首「辛苦步韻，構思曲折，尚能達意，然欠藴藉」①，評《齊天樂》一首「就取象寓意的密度説，嫌不足」、「託物抒情，稍嫌風情不足，不耐久久玩索」②。静安詞中長調除了《水龍吟》（開時不與人看）、《齊天樂》（天涯已自悲秋極）外，另有《賀新郎》（月落飛烏鵲）、《八聲甘州》（直青山缺處倚東南）、《滿庭芳》（水抱孤城）、《摸魚兒》（問斷腸）、《西河》（垂柳裏）、《掃花游》（疏林掛日）、《霜花腴》（海漘倦客）、《百字令》（楚靈均後）等，其非「偶爾游戲」乃是事實，静安自稱「余之所長殊不在是」，蓋爲障眼法，不宜拘執其説。「與晉代興」語出《國語·鄭語》，乃强調創意的重要性。又，反對和韻之論，嚴羽《滄浪詩話·詩評》亦云：「和韻最害人詩。如古人酬唱不次韻，此風始盛於元、白、皮、陸，而本朝諸賢乃以此而鬥工，遂至往復有八九和者。」蓋和韻以韻爲先，往往潛伏爭勝之意，殊失從容抒情之致。漁洋平生服膺王士源序孟浩然詩之「每有製作，佇興而就」八字，自稱「未嘗强爲人作，亦不耐爲和韻詩」③，和韻對於即興直觀的感受確實造成較大的限制。

静安此則雖僅就長調立論，實關乎一般性的創作原則。此則隱含之另一意味是：南宋和晚清

---

① 祖保泉著《王國維詞解説》，安徽教育出版社二〇〇六年版，第二一五頁。

② 祖保泉著《王國維詞解説》，安徽教育出版社二〇〇六年版，第二七五頁。

③ 王士禛著《漁洋詩話》，上海古籍出版社一九八七年版。

詞恰恰是多寫長調、和韻之作的，則王國維「不喜」作長調、用人韻，其言外之指向也是可以猜度得到的。梁啟勛《詞學》在引述王國維此説後便云：「彼之重小令而尊五代，吾甚贊同。」然此主要是針對王國維關於有題無題之論而言的。胡適在文學觀念上與王國維契合處甚多，但對於王國維的小令與長調的高下之分，卻不能認同。胡適《詞選》在歷代詞人中最推崇的是辛棄疾。他認爲辛棄疾是詞中「第一大家」，「無論作長調或小令，都是他的人格的湧現……他的長詞確有許多用典之處，但他那濃厚的情感和奔放的才氣，往往使人不覺得他在那裏掉書袋」。相形之下，胡適的觀點更富有學理。王國維既懸了一個自然的標準，又設置了一個詞體的門檻。這種雙重標準，其實也是對「自然」觀念的部分削弱；相形之下，胡適的「自然」顯然要更爲徹底。

第二十五則

余友沈昕伯（紘）〔一〕自巴黎寄余《蝶戀花》一闋云：「簾外東風隨燕到。春色東來，循我來時道。一霎圍場生綠草。歸遲卻怨春來早。　錦繡一城春水繞。庭院笙歌，行樂多年少。著意來開孤客抱。不知名字閑花鳥。」此詞當在晏氏父子〔二〕間，南宋人不能道也。

【注　釋】

〔一〕沈昕伯：沈紘（？—一九一八），字昕伯。爲王國維東文學社之同學。

〔二〕晏氏父子：即晏殊、晏幾道父子。晏幾道（一〇三〇？—一一〇六？），字叔原，號小山，撫州臨川（今屬江西省撫州市）人。晏殊第七子。著有《小山詞》，黄庭堅爲作序。

【疏　證】

仍標舉尚北宋之意。以友人沈昕伯《蝶戀花》詞爲可處晏氏父子之間，又贅一「南宋人不能道也」句，時時不忘鄙薄南宋之意。沈昕伯乃王國維求學上海東文學社時期的同學，譯才甚健，爲靜安所稱，其翻譯日本諸史籍，多由王國維作序刊行。一九〇四年，沈紘赴歐洲游學，當時王國維主事的《教育世界》曾刊行過其「巴黎通訊」。一九一八年，病逝於倫敦。王國維夙以沈紘爲知音，他在沈紘去世後所撰的挽聯云：「壯志竟何爲，遺著銷煙，萬歲千秋同寂寞；音書凄久斷，舊詞在篋，歸遲春早憶纏綿。」又嘗代羅振玉撰挽聯云：「問君胡不歸，赤縣竟無乾淨土；斯人宜有後，丹山喜見鳳凰雛。」一九一八年三月二十四日（陰曆二月十二日）在與樊抗父一同往送昕伯之喪後，致羅振玉信云：「近昕伯在巴黎之遺物已到，聞無隻字筆跡，亦一奇事。其老母至今未知其死，亦可憐矣！」①

① 吴澤主編，劉寅生、袁英光編《王國維全集・書信》，中華書局一九八四年版，第二五四—二五五頁。

其關注故友之情誼，款款可感。沈紘作詞情形，目前所知不多，但應有一定數量，則當無疑。王國維挽聯中「舊詞在篋」一語或透此中消息。《蝶戀花》一詞作於巴黎，故「簾外東風」、「春色東來」云云，都含有家國之思在內，結以「閑花鳥」襯寫「孤客抱」，倍顯孤獨之意，又歇拍「歸遲卻怨春來早」，也用意深至，確有北宋風味，王國維在挽聯中將歇拍涵括爲「歸遲春早憶纏綿」，更足以説明此拍在王國維心目中的分量。王國維許以「晏氏父子之間」，確是有一定的道理的。此詞的異國情調也同樣是值得關注的，雖然東風、春燕、緑草、春水、庭院的意象是中西相似的，但沈昕伯煞拍「著意來開孤客抱，不知名字閑花鳥」二句，恰恰用這種陌生化的花鳥來表達自己的異國孤客懷抱，在平常的語言中寄寓着深沉的故園之情。王國維撰述詞話至此，評述朋輩或同時詞人，沈昕伯是第一人。然王國維對當時詞壇名流多致貶評，卻將一個在詞壇寂寂無名的沈昕伯之詞譽爲可置於晏殊、晏幾道之間，其詞話中的個人化情緒不免過於明顯了。如果説王國維因爲對南宋詞的隔膜而對南宋詞人貶之過甚的話，則此處對沈昕伯的評價也顯得褒之過甚了，感性因素的流露是手稿中不應忽略的。

從這些記載可知，王國維在填詞創作中與友人如樊炳清、沈昕伯等的切磋之功是值得關注的，甚至王國維詞學思想之形成，也與這種同學之間的切磋有一定之關係，如王國維東文學社同學劉大紳後來曾作《談作詩》一文，其文曰：「作詩無他巧妙，只是寫情寫景。情切景真，即爲好詩。」「作詩，最好少用直捷了當語。從正面説，宜多用疑惑語、設問語、形容語等；從側面説、反面説，并多用雙聲疊韻字，則音婉而韻長矣」。這些觀點，細加勘察，與王國維頗爲相似，然是劉大紳影響到王國維，還是王國維影響到劉大紳，確實難以一一追索了。不過王國維在《人間詞話》手稿本扉頁上題寫《戲效季英作口號詩》，則劉大紳（字季英）在王國維心目中的地位是值得重視的。

第二十六則

樊抗父〔一〕謂余詞如《浣溪沙》之「天末同雲」〔二〕、《蝶戀花》之「昨夜夢中」、「百尺朱樓」、「春到臨春」〔三〕等闋，鑿空而道，開詞家未有之境。余自謂才不若古人，但於力爭第一義〔四〕處，古人亦不如我用意耳。

【注　釋】

〔一〕樊抗父：即樊炳清（一八七七—一九二九），又名樊志厚，字少泉，又字抗甫、抗父，山陰（今浙江省紹興市）人。與王國維爲東文學社同學，後并一起任教江蘇師範學堂，兩人交游甚密。爲王國維《人間詞》甲、乙稿兩篇序言的署名作者。在美學、哲學、農學等方面編譯、著述較多，并雅好詩詞，與王國維多有切磋之功。按，此則所云乃出自託名樊志厚的《人間詞乙稿序》，其實爲王國維自作。

〔二〕王國維《浣溪沙》：「天末同雲暗四垂。失行孤雁逆風飛。江湖寥落爾安歸。陌上金丸看落羽，閨中素手試調醯。今宵歡宴勝平時。」

〔三〕王國維《蝶戀花》：「昨夜夢中多少恨。細馬香車，兩兩行相近。對面似憐人瘦損。衆中不惜搴帷問。陌上輕雷聽漸隱。夢裏難從，覺後那堪訊。蠟淚窗前堆一寸。人間只有相思分。」「百尺朱樓臨大道。樓外輕雷，不問昏和曉。獨倚闌干人窈窕。閒中數盡行人小。一霎車塵生樹杪。陌上樓頭，都向塵中老。薄晚西風吹雨到。明朝又是傷流潦。」「春到臨春花正嫵。遲日闌干，蜂蝶飛無數。誰遣一春拋卻去。馬蹄日日章臺路。幾度尋春春不遇。不見春來，那識春歸處。斜日晚風楊柳渚。馬頭何處無飛絮。」

〔四〕第一義：佛學用語。《傳燈録》卷九云：「心即是法，法即是心……當下無心，便是本法。……故佛言，我於阿耨菩提實無所得，恐人不信，故引五眼所見，五語所言，真實不虛，是第一義諦。」南宋嚴羽《滄浪詩話》借此以喻詩學云：「禪家者流，乘有小大，宗有南北，道有邪正。學者須從最上乘，具正法眼，悟第一義。」五眼，指肉眼、天眼、慧眼、法眼、佛眼。肉眼前有障礙則不能見，天眼無論遠近明暗皆能見，慧眼能直觀真空之理，法眼能體察假相之由，佛眼即單用、和用、互用，了無障礙，無不能見。五語，指真語、實語、如語、不誑語、不異語。真語是言真諦之法語，實語是言世俗諦之法語，如語是如十方三世諸佛依二諦説法，不誑語是不欺妄一切衆生之語，不異語是十方三世諸佛所説法語始終如一，不會變異。此五語所云，角度或異，但均表示佛所説的法語是值得信賴的。十方，指東、西、南、北、東南、東北、西南、西北、上、下十個方位，意指全部空間都能感受到佛光普照。三世，亦名三際，分指前世、現世、未來世，或前生、今生、來生，或前際、中際、後際。三世佛也有兩解：一種是依「三世」原本的時間意義而劃分的過去佛、現在佛與未來佛；另一種是按地域劃分勢力範圍，此三世佛是指東方淨琉璃世界的藥師佛，娑婆世界的釋迦牟尼佛，西方極樂世界的阿彌陀佛。前一種三世佛稱爲豎三世佛，後者爲横三世佛。王國維此處「第一義」蓋指其對詞境追求的普適性和極致性。

【疏　證】

表明王國維用意開掘詞境之心。此則引用樊抗父評其《浣溪沙》、《蝶戀花》諸闋「鑿空而道，開詞家未有之境」，此處「境」字，實爲「境界」之省稱，偏重意思的翻新出奇。再向「境界」邁步。王國維謙稱自己才力弱，但用意深，并以此超越古人，王國維自信之論初現。詞家開辟新境之論，也曾見於前代詞論，如謝章鋌《賭棋山莊詞話續編》卷五云：「近來詞派悉尊浙西。余筆放氣粗，實不足步朱、厲後塵。雖然浙派不足盡人才，亦不足窮詞境。今日者，孤枕聞雞，遥空唳鶴，兵氣漲乎雲霄，刀瘢留於草木，不得已而爲詞，其殆宜導揚盛烈，續鐃歌鼓吹之音，抑將慨歎時艱，本小雅怨悱之義？人既有心，詞乃不朽。此亦倚聲家未辟之奇也。」看來别開新境蓋爲晚清詞人共同之追求。又，「百尺朱樓」一首，開端四字乃由晏殊成句截出，淵源可見。晏殊《蝶戀花》詞云：「簾幕風輕雙語燕。午後醒來，柳絮飛撩亂。心事一春猶未見。紅英落盡青苔院。百尺朱樓閒倚遍。薄雨濃雲，抵死遮人面。羌管不須吹別怨。無腸更爲新聲斷。」晏殊意在以惜春寫別怨，王國維《蝶戀花》之「陌上樓頭，都向塵中老」一句，言人生變换之不可逆轉及由此生發的悲憫之懷，蓋爲靜安自許之「開詞家未有之境」，此與其作於一九〇四年之《平生》詩中「終古終生無度日，世尊只合老塵囂」之意相近。靜安詞對人生境界的開掘確實頗爲深至。「鑿空而道」、「開詞家未有之境」之類語言與劉熙載的話語也頗吻合，《藝概》卷二云：「《十九首》鑿空亂道，讀之自覺四顧躊躇，百端交集。」「謝客詩刻畫微眇，其造語似子處，不用力而功益奇，在詩家爲獨辟之境」。兩相對照，自可明瞭。此亦從一個角度説明《人間詞》甲乙稿序乃出靜安手筆。因爲劉熙載是王國維下過功夫鑽研過的理論家，對其話語的援引之例，數見於詞話中。若深度以求，此「詞家未有之境」乃在於以哲理入詞，即當下學界所稱饒宗頤詞爲「形上詞」之所謂也。王國維批評周邦彦「創調之才多，創意之才少」，是以「創意」一直是王國維持以評詞的一個重要標準。自譚獻將詞分爲詩人之詞、詞人之詞、學人之詞三類後，學人之詞就引起了學界的關注。王國維在理論上雖然大力提倡「詞人之詞」，至其自作，則其實更近乎學人之詞，其理論和創作之距離或矛盾由此可見一斑。在《人間詞話》中，王國維對於詞體變革特別是形式上的變革方向總體上關注不多，甚至頗爲忽略，但在創作上，王國維似乎有繼承翁方綱「肌理説」和譚獻「學人之詞」的傾向，在拓展文學的哲理空間上做了初步的嘗試，只是這種嘗試與其理論主張的矛盾，我們也不可輕視。

此則提到的樊抗父不僅與王國維有東文學社的同學之誼，而且共同任教江蘇師範學堂，在上海、蘇州期間，兩人更是過從甚密，相知甚深。王國維這裏提及的樊抗父對王國維詞的評價，正見於署名樊志厚的《人間詞乙稿序》。序云：

> 靜安之詞，大抵意深於歐，而境次於秦。至其合作，如《甲稿》《浣溪沙》之「天末同雲」、《蝶戀花》之「昨夜夢中」、《乙稿》《蝶戀花》之「百尺朱樓」等闋，皆意境兩忘，物我一體。高蹈乎八荒之表，而抗心乎千秋之間。駸駸乎兩漢之疆域，廣於三代、貞觀之政治，隆於武德矣。方之侍衛，豈徒伯仲。此固君所得於天者獨深，抑豈非致力於意境之效也。

王國維在此則結尾所謂「余自謂才不若古人，但於力爭第一義處，古人亦不如我用意耳」云云，從其語氣來看，當是針對樊志厚上引文字的煞末幾句而言的。樊志厚即樊抗父，於此則亦已揭明。

樊炳清的學術建樹長期被冷落在學界邊緣，其實他的諸多著述、編譯不僅有其一己之特色，而且頗多堪與王國維之思想彼此參證之處。一九一四年，樊炳清在《東方雜誌》第六期發表《説反》一文，提出「美生於適」的重要命題：「聯字以爲句，人之所同也，而聲色厚重異焉；合五官以爲貌，人之所同也，而嫱施鹽嫫殊焉。是美生於適也。」所謂「美生於適」，其實强調的就是人與物性的高度契合，其論頗爲切理。關於境界説，王國維自一九〇八年在《國粹學報》刊出《人間詞話》六十四則後，影響寥寥，而樊炳清可以説是最早的呼應者之一，他以「余箴」的筆名發表在《教育雜誌》一九一三年第六期的《美育論》一文説：「人之理解文字，有訴諸推理者，有訴諸想像者，有訴諸感情者；於是有明理之文，有叙事之文，有寫景之文，有抒情之文。夫讀書作文之用，本以陶冶心力爲歸；陶冶心力不當偏於一方，故謂讀文章自不宜囿於一體。至以文字價值言，寫景、抒情之作，轉有過乎明理、叙事之文者，以其有境界、有韻味，故其入人也深。」文中無論是對境界、韻味的强調，還是對寫景、抒情的重視，都與王國維的理論形成了一種事實上的呼應，其彼此之間的切磋之功也可以從這些地方看出來。

「力爭第一義」云云，雖是借用佛教話頭，與稍後言及的「無我之境」隱約相通，其實正昭示了王國維在創作和理論上的懸格之高，也因此無論是創作還是理論，王國維都無意去簡單重複前此的創作規範和理論綱要。他不是在寫一本普及詩詞創作的入門書，而是意在引領一個新的創造時代的來臨，故其立論，寧出偏鋒，不爲中庸，精彩超絶的見解與明顯的審美缺失同時并存在這部一百餘則的詞話中。王國維在這裏「自謂才不若古人」，但又通過樊志厚之口説自己「得於天者獨深」，其文筆狡獪固不必論，而其立足點之高則可借這種曲筆而表現出來。

但值得注意的是，在《人間詞話》中如此自賞的這四首詞，當二十年代初，王國維編訂《觀堂集林》之時，僅甲稿之《蝶戀花》（昨夜夢中）和乙稿之《蝶戀花》（百尺朱樓）兩首入選。這顯然意味着王國維詞學思想已然發生了變化，從早期對以詞來表現帶有哲學意味的「開詞家未有之境」的自許，而逐漸回歸於傳統審美意義上的詞體特徵。王國維詞學的「激情」之減退痕跡，還是可以看出來的。

第二十七則

東坡「楊花詞」〔一〕，和均〔二〕而似元唱〔三〕；質夫詞〔四〕，元唱而似和均。才之不可强也如是。

【注釋】

〔一〕蘇軾《水龍吟·次韻章質夫楊花詞》：「似花還似非花，也無人惜從教墜。抛家傍路，思量卻是，無情有思。縈損柔腸，困酣嬌眼，欲開還閉。夢隨風萬里，尋郎去處，又還被、鶯呼起。不恨此花飛盡，恨西園、落紅難綴。曉來雨過，遺蹤何在，一池萍碎。春色三分，二分塵土，一分流水。細看來不是楊花，點點是離人淚。」

〔二〕和均：即和韻、次韻，指用他人原韻唱和的詩詞。

〔三〕元唱：即唱和詩詞中首唱的作品，其韻字和韻序均爲後來所和詩詞所遵循。

〔四〕章質夫《水龍吟·楊花》：「燕忙鶯懶芳殘，正堤上、楊花飄墜。輕飛亂舞，點畫青林，全無才思。閒趁游絲，靜臨深院，日長門閉。傍珠簾散漫，垂垂欲下，依前被、風扶起。蘭帳玉人睡覺，怪春衣、雪沾瓊綴。繡床漸滿，香球無數，纔圓欲碎。時見蜂兒，仰粘輕粉，魚吞池水。望章臺路杳，金鞍游蕩，有盈盈淚。」

【疏　證】

辨東坡與質夫楊花詞高下，「元唱」與「和均」之高下，不在創作之先後，而在才華之高低。此處論「才」，可與第二十三則論南宋詞人「才分有限」對勘。「才」是王國維在「意」之後提出的另一個重要概念。如果推而論之，北宋詞佳在才高，南宋詞弱在才低。「和均」的創作方式，静安其實一向是持反對意見的，如第二十四則云：「余填詞不喜作長調，尤不喜用人韻。」這「尤不喜」三字尤見其情。張炎《詞源》卷下於和韻利弊言之最爲分明：「詞不宜强和人韻，若倡和者之曲韻寬平，庶可賡歌；倘韻險又爲人所先，則必牽强賡和，句意安能融貫？徒費苦思，未見有全章妥溜者。」其實無論是寬平之韻，還是險韻，和詞確實容易落入原唱窠臼。此則言和韻詞而肯定蘇軾，乃視之爲「異數」耳。蓋章質夫《水龍吟》雖對楊花之描摹亦堪稱得其神韻，特别是「閒趁游絲，静臨深院，日長門閉。傍珠簾散漫，垂垂欲下，依前被、風扶起」數句，確如魏慶之《詩人玉屑》所云是「曲盡楊花妙處，東坡所和雖高，恐未能及」。不過在宋代，魏慶之的聲音還是微弱了一點，主流的觀點仍在揚蘇抑章。如朱弁《曲洧舊聞》雖認爲章質夫此詞「命意用事，清麗可喜」，但蘇軾是「聲韻諧美」，而章質夫則是有「織繡工夫」，軒輊已頗爲分明。張炎《詞源》更是認爲兩首楊花詞，「起句便合讓東坡出一頭地，後片愈出愈奇，真是壓倒今古」，又認爲蘇軾此詞「清麗舒徐，高出人表」。王國維對和韻的謹慎以及對蘇軾與章質夫楊花詞高低的評論，明顯受到張炎等人的影響。但歸結到才情之高下，不可勉强，這其實是受到叔本華等人「天才論」的影響了。

手稿「元唱」二字原爲「首創」，後易爲「元唱」，蓋「首創」乃普通用語，而「元唱」乃詩詞本色用語，從王國維修訂之痕跡，也可見其用心之細密。按照王國維的理路，北宋之詞見佇興之才，南宋之詞見布局之思，才思雖可并稱，畢竟各有側重。「才之不可强也如是」一句，非爲蘇軾一人發，乃爲北宋一代發。

第二十八則

叔本華曰：「抒情詩，少年之作也；叙事詩及戲曲，壯年之作也。」〔一〕余謂：抒情詩，國民幼稚時代之作；叙事詩，國民盛壯時代之作也。故曲則古不如今（元曲誠多天籟，然其思想之陋劣，布置之粗笨，千篇一律，令人噴飯。至本朝之《桃花扇》〔二〕、《長生殿》〔三〕諸傳奇，則進矣），詞則今不如古。蓋一則以布局爲主，一則須佇興而成故也。

【注　釋】

〔一〕叔本華（一七八八—一八六〇），德國古典哲學家，著有《作爲意志和表像的世界》等。本則引文即出自該書。版本不同，引文略有差異。

〔二〕《桃花扇》：清代傳奇名作。作者孔尚任（一六四八—一七一八），字聘之，一字季重，號東塘，别號岸堂，自署雲亭山人，曲阜（今屬山東省）人，著有《桃花扇》等傳奇多種。在傳奇創作上與洪昇齊名，并稱「南洪北孔」。

〔三〕《長生殿》：清代傳奇名作。作者洪昇（一六四五—一七〇四），字昉思，號稗畦，錢塘（今浙江省杭州市）人。著有《長生殿》傳奇及雜劇多種。

【疏　證】

引叔本華語爲立論之基，與第二十六則所云「各國文法」云云對勘，詞話之西學因素漸明。叔本華將抒情詩與叙事詩（王國維原文「詩」誤作「時」）分别隸屬少年與壯年，王國維改爲「幼稚時代」與「盛壯時代」，其意與叔本華其實并無區别，無非是强調少年（幼稚時代）於情尤見其真其烈，壯年（盛壯時代）則情感漸趨深沉，而理性漸趨强盛。但王國維由此得出結論：曲則古不如今，詞則今不如古。其原因是戲曲以「布局」爲主，而詞則須「佇興而成」，曲講究思力，詞不離才分。這個結論似乎過於簡單，即於曲而言，古未必不如今，稍後王國維著《宋元戲曲考》即將「元曲」列爲「一代之文學」，即是部分地糾正了戲曲「古不如今」的觀念。不過王國維在文後加注説明「古不如今」的具體表現乃在於「思想之陋劣，布置之粗笨」，乃在於千篇一律而少變化上，譬如大團圓的結局、一本四折的結構等。這一類似的評價同樣也是出現在《宋元戲曲考》中的。王國維得出此種結論，很可能是持西方的戲劇概念來評估戲曲史的，在界説清楚語境的前提下，也是有一定的合理性的。

就詞體來説，是申言才分之重要，與第二十六則、第二十七則均可對勘。「佇興而成」乃露出承襲漁洋詩説之本相者，其强調詞才之重要，亦緣「佇興而成」乃須以才驅使也。王國維不喜歡作長調，不喜歡南宋人詞，根柢就在於南宋人多作長調，而長調講究布局乃是基本特徵。在王國維的觀念中，若已先有此布局觀念，則創作衝動中的「最初一念之本心」①就不能不受到削弱甚至變形，從而導致真心真情的流失。皮之不存，毛將焉附？真心真情的流失，使文學的宗旨及趣味亦并爲流失。「詞則今不如古」之説，乃是王國維在詞話中反復拈出之話題，這不僅導致了王國維比較强烈的復古傾向，其針砭現實之用意，也於此可見。此前多就詩、詞二體立論，而此則由詞及曲，其斟酌於詩詞曲三者之間的理論格局初現。

第二十九則

北宋名家以方回〔一〕爲最次。其詞如歷下〔二〕、新城〔三〕之詩，非不華贍，惜少真味。至宋末諸家，僅可譬之腐爛制藝〔四〕，乃諸家之享重名者且數百年，始知世之幸人，不獨曹蜍、李

---

① 李贄《童心説》，《焚書·續焚書》，中華書局一九七五年版，第九八頁。

志〔五〕也。

【注釋】

〔一〕方回：賀鑄（一〇五二—一一二五），字方回，號慶湖遺老，祖籍山陰（今浙江省紹興市），長於衛州共城（今河南輝縣）。自編詞集《東山樂府》，今傳詞集名《東山詞》。

〔二〕歷下：即李攀龍（一五一四—一五七〇），字於鱗，號滄溟，歷城（今山東省濟南市）人。明代「後七子」之一。著有《古今詩删》、《滄溟集》等。

〔三〕新城：即王士禛（一六三四—一七一一），字貽上，號阮亭，别號漁洋山人，新城（今山東省桓臺縣）人。著有詞集《衍波詞》等，與鄒祗謨合編有《倚聲初集》。

〔四〕制藝：科舉考試之八股文。八股文以四書五經中的文句做題目，要求考生用古人語氣，代聖賢立言，依照題義闡釋義理。八股文講究程式化，主要部分分起股、中股、後股、束股四個段落，每個段落各有兩段格式，合成八股。八股文由宋代經義文演變而來，因其思想和結構都受到諸多限制，漸成俗套，故爲世所詬。八股文别稱甚多，如制義、制藝、時文、時藝、八比文、四書文等。

〔五〕曹蜍、李志：典自《世説新語·品藻第九》引庾道季語云：「廉頗、藺相如雖千載上死人，懔懔恒如有生氣；曹蜍、李志雖見在，厭厭如九泉下人。人皆如此，便可結繩而治，但恐狐狸猯貉啖盡。」李志、曹蜍皆爲晉人，與王羲之同時，書法在當世亦享有重名，堪與王羲之媲美，但人品爲世所病。明代祝允明《評書》云：「曹蜍、李志與右軍同時，書亦爭衡，其人不足稱耳。」

【疏　證】

評方回爲北宋名家中「最次」猶是門面語，而意思落在「宋末諸家」。詞話初次發表時，王國維將「至宋末諸家，僅可譬之腐爛制藝，乃諸家之享重名者且數百年，始知世之幸人，不獨曹蜍、李志也」數句悉予删除。王國維把南宋末年詞人之詞譬喻爲「腐爛制藝」，亦苛責過甚之論，但本則結穴正在於此。發表時删去此節，蓋專論方回，不欲由此而枝蔓也。「惜少真味」，這個「惜」不僅針對方回，更針對宋末諸家。此則結尾繼續對宋末諸家「享重名者且數百年」表示困惑。此前數則均有類似感慨，故靜安補偏糾弊之思在在可見，依然爲自己重北輕南舉證，也依然爲批評當世詞風蓄勢。明代科舉考試所用之八股文，不僅在義理上限定在四書五經的範圍，而且行文程式也嚴格控制在起股、中股、後股、束股的結構之中，在一定程度上影響了自由發揮的思想空間和藝術空間。南宋詞多流行長調，也同樣講究布局、構思之綿密，此在王國維看來，也是對形式的講究超越了對思想情感的講究，是本末倒置，故有此激進之論。

關於賀鑄詞，宋人的評價并不低。北宋張耒《東山詞序》已稱方回詞有盛麗、妖冶、幽潔、悲壯四種風格，其兼擅多能，固不可輕非。王灼《碧雞漫志》卷二亦云：「世間有《離騷》，惟賀方回、周美成時時得之。賀《六州歌頭》、《望湘人》、《吴音子》諸曲，周《大酺》、《蘭陵王》諸曲最奇崛。」在賀鑄當世，賀鑄是可以與周邦彦并稱的人物。而在風格多樣方面，賀鑄更在周邦彦之上。不過在詞論史上，也確實不乏對賀鑄詞的批評，如李清照《詞論》説賀鑄詞「苦少典重」。清初劉體仁《七頌堂詞繹》也曾批評方回詞「非不楚楚，總拾人牙慧，何足比數」。其中劉體仁的《七頌堂詞繹》是王國維仔細閲讀過的，後面論及「鬧」字、「弄」字之妙處，也是從此而來。故本則論賀鑄，也有可能受到劉體仁的影響。而張炎在《詞源》中把賀鑄與吴文英同列爲「善於煉字面」的代表，可能正是直接催生了王國維對賀鑄詞「華贍」的感覺。王國維對賀鑄的評價當又影響到胡適《詞選》對賀鑄詞的評價態度。但在詞學家内部，對賀鑄詞的評價其實是比較高的，龍榆生曾撰專文《論賀方回詞質胡適之先生》就方回詞的評價和地位問題商榷於胡適，認爲賀鑄詞在許多方面其實是可以比肩周邦彦的，「即推爲兼有東坡、美成二派之長，似亦不爲過譽」。但從宋末以來特别是清代中期常州詞派理論家周濟編選的《宋四家詞選》流行以來，周邦彦的地位遂超乎衆上，相形之下，賀鑄也就慢慢受到冷落了。王國維對於周濟詞説的認同，從總體上説是程度頗深的。

第三十則

散文易學而難工，駢文難學而易工；近體詩易學而難工，古體詩難學而易工；[一]小令易學而難工，長調難學而易工。

【注　釋】

〔一〕「近體詩」二句，王國維可能筆誤了，句中「難」、「易」二字的位置似應互换。

【疏　證】

佛雛補校云此條頂端原加「△」，另加「五」。此校似有誤，原符號類似「○」，但較一般的「○」爲小，後并删去此符號。所加數字不是「五」，而是「十五」。

各體「學」與「工」之難易，貌似客觀評論，其實意思落在最後兩句：「小令易學而難工，長調難學而易工。」而此兩句的意思又是爲自己偏尚北宋以前詞、鄙薄北宋以後詞張本。蓋北宋以前詞以小令爲主，而北宋以後詞以長調居多。文體異同及彼此比較是王國維相當自覺的意識，難易之説自然只是一家之言，未可當真，但王國維在多則詞話中言及文體與文體之間的關係，其實是在文體體系中來考慮詞體，或者説以詞體爲基本切入角度來考察文體發展之規律。在「難」與「易」的文體判斷中，王國維以「難工」爲尚，雖然涉及多種文體的比較，而宗旨則歸諸對小令的推崇。蓋小令多佇興而作，篇幅既短小，不容從容周旋，而意味復求深長，此所以難工也。對勘第二十八則，王國維已經涉及到詩、詞、曲、傳奇等多種文體，此則更進而論及散文、駢文，《人間詞話》之非限於詞之一體之意圖更加鮮明。滕咸惠在《人間詞話新注》中認爲此則「近體詩易學而難工，古體詩難學而易工」中「近體詩」與「古體詩」的位置應該互换，因爲駢文、長調同屬形式（主要是格律）

要求較多的文體，而古體詩的形式要求顯然要少於近體詩，所以從難易角度而言，應是近體詩難學，古體詩易學，王國維是否筆誤，還是另有想法，不得而知。——何況在發表時，王國維將此則是删略的。但滕咸惠的猜測確是有道理的。

詞話撰述至此，已達三十則，其意蓋可歸納爲以下幾點：一、詞體以「深美閎約」爲本色，情真意深，别饒悲美韻味，是詞中勝境；二、詞體以小令爲優，長調爲次，蓋小令方見才分，而長調殊少真味；三、文體演變，規律存焉，北宋以前詞是極盛，此後漸衰，詞史以北宋、南宋之交爲一大斷限；四、强烈針砭當代詞風之偏尚南宋之弊端，對常州派詞學明確表示不滿；五、語涉「境」、「境界」、「意境」，但基本没有形成内涵獨特的境界説，而是傳統詞論的翻轉，其中隱具後來境界説若干内涵，如隔與不隔等；六、詩詞對勘成爲基本的説詞方式；七、略涉西學（僅第二十八則），但尚没有直接對其詞論構成直接而主流之影響。綜合來説，在前三十則詞話中，王國維尚在傳統的常州派、浙西派詞學中討生活，連藉以爲核心的「深美閎約」四字，也是借用張惠言的成語，但王國維從常州派入，又從常州派出，另立馮延巳以爲典範。其針對當代詞風之意，在在可見。

人間詞話疏證卷中

第三十一則

詞以境界爲最上。有境界則自成高格，自有名句。五代、北宋之詞所以獨絶者在此。

【疏　證】

正式提出「境界説」，也是爲此前自己的詞學取向提供理論的基石。自此之後，王國維詞論始多自己面目，也開始擁有獨立的理論話語。境界非詞之全部，只是一種高的懸格而已。手稿原稿是「有境界則不期工而自工」，立足的是詞的整體，但其後王國維將手稿原稿修改爲「有境界則自成高格，自有名句」，「高格」猶立足整體，「名句」則收束到局部。這種修改或有針對白石的意味在内，因爲「白石有格而無情」，「古今詞人格調之高，無如白石，惜不於意境上用力」。同時這種修改也是將詞話撰寫向中國古典轉變的一種姿態，因爲「名句」一向是中國古代詩話詞話談論的話題，《論語》、《孟子》、《荀子》中引詩之例甚多，《左傳》、《國語》中的賦詩言志，採用的都是一種摘句的方法，鍾嶸《詩品》、司空圖《與李生論詩書》所談論對象多爲句或聯。早期詞話的情形也與此仿佛，如《碧雞漫志》、《詞源》、《樂府指迷》、《詞旨》等，都好收拾名句以作立論之資，王國維提出「名句」一詞，其追隨傳統文學觀念和批評方式之意，是可以感受出來的。合此數則來看，王國維顯然認爲意境（境界）爲本，格調爲末，有境界自然有格調，有格調未必有境界，格調可以是「做」出來的一種姿態，境界卻是自然流淌的一種韻味。許文雨《人間詞話講疏》云：「妙手造文，能使其紛遝之情思，爲極自然之表現，望之不啻爲真實之暴露，是即作者辛勤締造之境界。若不符自然之理，妄有表現，此則幻想之果，難詣真境矣。故必真實始得謂之境界，必運思循乎自然之法則，始能造此境界。」「五代北宋之詞所以獨絕者在此」，再次從境界的角度來爲自己偏好北宋以前詞造勢。

境界説的語源甚多，陳鴻祥《「境界」探源——〈人間詞話〉續考》認爲「境界」説與孔子的「思無邪」説從學理上來説，當同出於《詩經・魯頌・駉》，詩中「思無疆」之「疆」即「界」之意，朱熹注：「思無疆，言其思之深廣無窮也。」此與前面數則所謂「深遠之致」意思也可以相通。從論詞話語而言，也頗有先例。如劉體仁《七頌堂詞繹》有「詞中境界，有非詩之所能至者也，體限之也」之語。饒宗頤《人間詞話平議》即認爲「詞中提出境界者，似以劉公勇爲最先」。「名句」一稱「秀句」，也是歷來詞學批評所强調者，劉體仁《七頌堂詞繹》即引陸機《文賦》語「惟片言而居要，乃一篇之警策」以爲作詞方略，其云：「詞有警句，則全首俱動。」所以王國維「境界」話語的直接來源是否是劉體仁，也是一個可以討論的話題。

陳廷焯的《白雨齋詞話》也當是王國維曾經關注過的著作之一，而其中論及境界、意境、詞境、造境之處就不一而足。如其論沉鬱，即多從意境角度立論：「詩詞一理，然亦有不盡同者。詩之高境，亦在沉鬱，然或以古樸勝，或以沖淡勝，或以巨麗勝，或以雄蒼勝。納沉鬱於四者之中，固是化境；即不盡沉鬱，如五七言大篇，暢所欲言者，亦別有可觀。若詞則捨沉鬱之外，更無以爲詞。」①「韋端己詞，似直而紆，似達而鬱，最爲詞中勝境」②。「余論詞則在本原。觀稼軒詞，才力何嘗不大，而意境亦何嘗不沉鬱？」③再如評詞人詞作，也多是如此，如評梅溪詞「境界獨絶」④。又如：「西麓《八寶妝》起句云：『望遠秋平。』起四字便耐人思，卻似《日湖漁唱》詞境，用作西麓全集贊語，亦無不可。」⑤「板橋詩境頗高，間有與杜陵暗合處」⑥。「二帝蒙塵，偷安南渡，苟有人心者，未有不拔劍斫地也。南渡後詞……皆慷慨激烈，髮欲上指，詞境雖不高，然足以使懦夫有立志」⑦。「易

① 陳廷焯著，屈興國校注《白雨齋詞話足本校注》，齊魯書社一九八三年版，第十頁。
② 同上，第三三頁。
③ 同上，第六〇四頁。
④ 同上，第一三九頁。
⑤ 同上，第一六一頁。
⑥ 同上，第三八九頁。
⑦ 同上，第五九七頁。

安《聲聲慢》詞……十四疊字，不過造語奇雋耳，詞境深淺，殊不在此」①。陳廷焯評自己詞也是如此：「……此余十七年前作，現詞境變而益上矣。」②「……又賦《洞僊歌》一闋……詞境皆淺，聊寄吾懷而已」③。又論詩詞境界之差異云：「詩有詩境，詞有詞境，詩詞一理也。然有詩人所辟之境，詞人尚未見者，則以時代先後遠近不同之故。」④凡此等等，或評論詩詞之異同，或專論詞人詞作，都使用過境界等詞。而況周頤《蕙風詞話》中的「詞境」理論，更是其核心内容之一。其語云：「詞境以深静爲至。韓持國《胡擣練令》過拍云：『燕子漸歸春悄。簾幕垂清曉。』境至静矣，而此中有人，如隔蓬山，思之思之，遂由淺而見深。蓋寫景與言情，非二事也。善言情者，但寫景而情在其中。此等境界，唯北宋人詞往往有之。」可見得在晚清以「境界」論詞已成風尚。尤其是況周頤以情景構成之境界來推崇北宋人詞，此與王國維堪稱不謀而合。王國維不避話語之重複，而拈出以專論詞體，蓋其别有會心者在也。此則僅標「境界」大旗，略示方向，而未界説内涵，故本則札記也只簡單考察語源，至理論闡釋，請俟以下數則。

① 陳廷焯著，屈興國校注《白雨齋詞話足本校注》，齊魯書社一九八三年版，第七〇〇頁。
② 同上，第六六四頁。
③ 同上，第七〇八頁。
④ 同上，第七八一頁。

第三十二則

有造境，有寫境，此理想與寫實二派之所由分。然二者頗難區別。因大詩人所造之境，必合乎自然，所寫之境，必鄰於理想故也。

【疏　證】

從創作方式角度提出「造境」與「寫境」之説。造境偏重理想，寫境偏重寫實。王國維雖作如此區別，但兩「境」互爲相鄰，王國維更側重這兩「境」之交叉。兩「境」的關鍵不在「境」本身，而在「造」和「寫」的不同，實際上是言創作方式之不同。「造」近乎虛構，「寫」近乎摹仿。許文雨《人間詞話講疏》把「造境」解釋爲「由創造之想像，締造文學之境界」，并引温采斯德（Winchester）「創造之想像者，本經驗中之分子，爲自然之選擇而組合之，使成新構之謂也」之語，作爲靜安「造境」説的西學背景，又將寫境直接釋爲「寫實之境」，大致應無問題。换言之，創作方式不同雖然可以導致不同的創作流派，但從境界的角度來説，其實是相似的，所以造境和寫境是殊途同歸，同歸於「自有高格，自有名句」。就話語及主要内涵而言，理想與寫實的説法當來自叔本華《作爲意志和表像的世界》，叔本華云：「實際的物象幾乎總是它們所表現的理念之極不完全的摹仿，所以天才就需要想像力以洞察事物。那不是説大自然確已創造出來的事物，而是説大自然企圖去創造，但因爲事物間自然形式的衝突而未能創造出來的東西。」又説：「美的知識絶不可能純粹是後天的，它總是先天的，至少有一部分是先天的。……只有依賴這種預料，我們纔能認識美。……這種預料就是理想。因爲它得之於先驗，至少有一半是先驗，所以它也是理念。而且它對於藝術具有實用意義，因爲它符合并且補充我們通過自然後驗地獲得的東西。」對照叔本華的這兩節言論，可以大致理解「理想」與「寫實」的基本含義：純粹的寫實或純粹的理想，其實都是一種「理念」，真正的對美的領悟，是要理想的先驗和寫實的後驗合作完成的。所以王國維雖然提出造境、寫境，并分别對應理想與寫實二派，但在他心目中的「大詩人」是需要將其彼此滲透和交融在一起的，這是發現美、認識美、表現美的一種基本前提。

不過，王國維表述寫實與理想二派的思想應該有一個漸進的過程。他在刊於一九〇四年三月《教育世界》七十號的《德國文豪格代希爾列爾合傳》一文中所提出的自然與理想的觀念，其實也隱含着寫實與理想的基本内涵。其文曰：「格代，感情的之人也，以抒情之作冠乎古今；希爾列爾，意志的之人也，以悲憤之篇鳴於宇宙。格代貴於自然，希爾列爾重理想。格代長於詠女子之衷情，希爾列爾善於寫男子之性格。格代則世界的，希爾列爾則國民的。格代之詩，詩人之詩也；希爾列爾之詩，預言者之詩也。」王國維此處所論雖然有些繁複，如感情與意志、抒情之作與悲憤之篇、女子之衷情與男子之性格、世界的與國民的、詩人之詩與預言者之詩等等。而其中關鍵則在「格代貴自然，希爾列爾重理想」二句，這也當是後來寫實與理想分類的前奏。可見王國維的這一分類確實是在對西方相關理論及創作感悟的基礎上總結提煉出來的。

理想與寫實的提法帶有西學影蹤，但造境與寫境的概念卻大體是本土固有之觀念。如吴衡照《蓮子居詞話》即云：「言情之詞，必藉景色映託，乃具深宛流美之致。白石『問後約，空指薔薇，歎如此溪山，甚時重至』，又『想文君望久，倚竹愁生步羅襪。歸來後翠尊雙飲，下了珠簾，玲瓏閒看月』。似此造境，覺秦七、黄九尚有未到，何論餘子？」此處「造境」云云，與靜安所云頗有相合之處。靜安後述詞話曾自稱自己有「專作情語而勝者」，蓋亦受此影響矣。《白雨齋詞話》卷三亦云：「西河經術湛深，而作詩卻能謹守唐賢繩墨，詞亦在五代宋初之間；但造境未深，運思多巧。境不深尚可，思多巧則有傷大雅矣。」陳廷焯之「造境」似乎重在思理開掘的深度，與王國維側重虚構的手法不盡相同，但話語上的影響之跡，也可由此略窺一二。饒宗頤《人間詞話平議》擬寫境爲寫生畫，擬造境爲文人畫，兩者之關係，則靜安言之甚明。但饒氏猶主張造境、寫境之外，貴能創境，「創境者，謂空所倚傍，别開生面。耆卿、美成，闡變於聲情；東坡、稼軒，肆奇於議論。若斯之倫，并其翹楚」。饒氏「創境」一説兼有寫境與造境之義，而立論更爲顯豁，但已逸出王國維之思理，乃别開論域了。

第三十三則

有有我之境，有無我之境。「淚眼問花花不語。亂紅飛過鞦韆去」〔一〕，「可堪孤館閉春寒，杜鵑聲裏斜陽暮」〔二〕，有我之境也；「采菊東籬下，悠然見南山」〔三〕，「寒波澹澹起，白鳥悠悠下」〔四〕，無我之境也。有我之境，物皆著我之色彩；無我之境，不知何者爲我，何者爲物。古人爲詞，寫有我之境者爲多，然非不能寫無我之境，此在豪傑之士能自樹立耳。

【注釋】

〔一〕「淚眼」二句：出自馮延巳《鵲踏枝》：「庭院深深深幾許。楊柳堆煙，簾幕無重數。玉勒雕鞍游冶處。樓高不見章臺路。雨横風狂三月暮。門掩黄昏，無計留春住。淚眼問花花不語。亂紅飛過鞦韆去。」

〔二〕「可堪」二句：出自秦觀《踏莎行》：「霧失樓臺，月迷津渡。桃源望斷無尋處。可堪孤館閉春寒，杜鵑聲裏斜陽暮。驛寄梅花，魚傳尺素。砌成此恨無重數。郴江幸自繞郴山，爲誰流下瀟湘去。」

〔三〕「采菊」二句：出自陶潛《飲酒詩》第五首：「結廬在人境，而無車馬喧。問君何能爾，心遠地自偏。采菊東籬下，悠然見南山。山氣日夕佳，飛鳥相與還。此中有真意，欲辨已忘言。」

〔四〕「寒波」二句：出自元好問《潁亭留别》：「故人重分攜，臨流駐歸駕。乾坤展清眺，萬景若相借。北風三日雪，太素秉元化。九山鬱崢嶸，了不受陵跨。寒波澹澹起，白鳥悠悠下。懷歸人自急，物態本閒暇。壺觴負吟嘯，塵土足悲吒。回首亭中人，平林淡如畫。」

【疏證】

從主客體關係角度提出「有我之境」與「無我之境」。「有我之境」舉詞例，「無我之境」舉詩例，仍是詩詞對勘的撰述方式。從所舉例證的思維方式角度來看，有我與無我都只是針對「名句」而言的，非指通篇，蓋可知也。手稿將有我與無我區别爲「主觀詩與客觀詩所由分」，而後來將此句删略，亦是主觀詩與客觀詩顯然是針對整篇而言的，而其所論并非如此，故删掉，同時也帶有抹去西方話語的意味。「主觀的」與「客觀的」原本是德國哲學家「鑄造」的哲學話語，但在十九世紀，法國詩壇上進行的一場論爭，將「主觀」與「客觀」的話題引入文學。此前的浪漫派主張詩歌必須抒情，而且這種抒情必須全部是切合自己的，「帕爾納斯」派則反對這種過於主觀的唯我主義，以致令詩變成個人怪癖的集中表現，所以主張反其道而行之，宣稱「不動情感主義」，要求詩人專從客觀的角度描寫恬靜幽美的意象，使詩歌具有雕刻般的冷静明晰。朱光潛在三十年代初期曾撰《詩的主觀與客觀》一文，結合王國維的「出入説」，而論證主觀詩與客觀詩之間雖有傾向但彼此不可須臾相離的關係。王國維删掉「主觀詩」與「客觀詩」，蓋深感西方話語與中國語境之間存在着一定的矛盾。王國維論有我之境雖只是泛指「物皆著我之色彩」，并未對「我」的情感基調下明確斷語，但通過所舉詞例，可以得出結論：起碼是偏重悲情的。而無我之境則偏重相對平静的心理和情感狀態。「古人爲詞，寫有我之境者爲多」一句，乃是回歸詞體本身，蓋詞體多以悲爲美，本色亦在悲情方面，故詞人寫此居多。對於兩「境」，王國維似乎認爲并不是在同一層次的，無我之境應在有我之境之上，所以需要「豪傑之士能自樹立」，有我之境則一般人皆可達到。王國維拈出此則發表時，又做了重要的理論概括，在有我之境後面加上「以我觀物」，在無我之境後面加上「以物觀物」，理論形態更趨周密。王國維此論在話語上多承宋代邵雍《皇極經世書》語，而裁爲己説。邵雍論聖人「反觀」之道云：「反觀者，不以我觀物，而以物觀物。」而邵雍的反觀説又顯然受到莊子「聖人無我」、「無不忘也，無不有也」①的影響。從哲學的層面而言，無我即絶對的自我否定，無不有即絶對的自我肯定，這與黑格爾所謂「純有」等於「無」的説法，也可以相通，但莊子的這種思想又是從老子而來，老子的「無爲無不爲」在基本邏輯結構上與莊子的「無不忘無不有」十分相似，老子的「無爲」只是在做人做事時完全放棄個人的主觀意志、情感和欲求，不帶有任何的目的，「無不爲」即是情感、欲求、意志的完全滿足和實現。這種以「無爲」而求「無不爲」、以「無不忘」而求「無

① 見《莊子集釋·刻意》，諸子集成本，中華書局一九五四年版，第九六頁。

不有」的理路，非常人能達到，故莊子言「聖人」方能「無我」，王國維再次言「豪傑之士」，雖相對「聖人」是降格以求了，但也非普通人士所能達致，其理論承傳，乃是脈絡清晰的。佛雛在《王國維詩學研究》一書中說：「王氏論藝，深有取於莊子。他標舉的『無我之境』，跟莊子的『喪我』、『忘己』，很有關係；『以物觀物』正與『以天合天』互爲注腳。」①饒宗頤《人間詞話平議》揭出靜安此節乃本康節語，乃是因爲邵雍多言物我之關係，在話語方式上，與靜安確有更多的相似。饒氏并由哲學以論文學，精警異常，其語云：「王氏區有我之境與無我之境爲二，意以無我之境爲高。予謂無我之境，惟作者靜觀吸收萬物之神理，及讀者虛心接受作者之情意時之心態，乃可有之。意有將迎，神有虛實，非我無我，無以悟解他人之我，他人之我亦無以投入有我之我也，此之謂物我合一。惟物我合一之爲時極暫，寖假而自我之我已浮現。此時之我，已非前此之我，亦非剛纔物我合一之我，而爲一新我——此新我即自得之境。一切文學哲學之根苗及生機，胥由是出。苟乏此新我，爲文我之靈魂已爲外物之所奪矣，爲他人之所剽矣，則我將何恃而爲文哉？故接物時可以無我，爲文之際，必須有我。尋王氏所謂無我者，殆指我相之沖淡，而非我相之絶滅。以我觀物，則凡物皆著我相，以物觀我，則渾我相於物之中。實則一現一渾。現者，假物以現我；渾者，借物以忘我。王氏所謂『無我』，亦猶莊周之物化，特以遺我而遺我於物之中，何曾真能無我耶？惟此乃哲學形上

① 佛雛著《王國維詩學研究》，北京大學出版社一九八七年版，第二五二頁。

學之態度，而非文學之態度。……是故道貴直，文貴曲。道可無我而任物，而文則須任我以入物。矢人函人，厥旨斯異。權而論之：大抵忘我之文，其長處在極高明；現我之文，其長處在通人情。及其所至，皆天地之至文也，又安有勝負於其間哉？」饒氏從哲學的層面探析物我關係，自然較王氏深入一層，然也略有過度闡釋之嫌疑。蓋王氏乃專就景物與感情二者關係而立論，固非由文學以論哲學也。

從理論的直接承傳來看，王國維可能受龔自珍與劉熙載的影響爲大。龔自珍《長短言自序》在論及情孰爲尊時，提到了「無境而有境爲尊」的命題，「有境」、「無境」的話語與王國維所論已頗爲接近。龔自珍《金孺人畫山水序》一文似可看成是對「無我之境」的一種表述，其文曰：「嘗以後世一切之言皆出於經，獨至窮山川之幽靈，嗟歎草木之華實，文人思女，或名其家，或以寄其不齊乎凡民之心，至一往而不可止，是不知其所出。嘗以叩吾客，客曰：是出於老莊耳。老莊以逍遥虚無爲宗，以養神氣爲用，故一變而爲山水草木家言。」將側重寫山川草木的思想淵源歸諸老莊的回歸自然，這當然是符合實際的，譬如魏晉玄言詩以山水爲主要描寫對象，即與以老莊爲核心的玄學的昌盛有關。龔自珍并非提出了多麽驚人的創見，而是將山川草木中所寄寓的「不齊乎凡民之心」與老莊相結合，其實是從山川草木所藴含的普遍性情感來將觀物的主體等同於一物，如此，非以物觀物，則斷難達到這一目的。就這一意義而言，龔自珍與王國維在對「無我之境」的理解上，還是十分接近的。除此之外，龔自珍《釋風》一文將人擬之爲倮蟲，認爲「天地至頑也，得倮蟲而靈;天地至凝也,得倮蟲而散」。則從哲學意義上,將人的「物性」予以了形象的表達。

龔自珍之外,劉熙載也是王國維論詞頗多取資的人物。劉熙載《藝概》卷二云:「陶詩『吾亦愛吾廬』,我亦具物之情也;『良苗亦懷新』,物亦具我之情也。」前者類似有我之境,後者類似無我之境。又云:「詩不可有我而無古,更不可有古而無我。典雅、精神,兼之斯善。」更是直揭「有我」、「無我」的話語了,劉熙載在《寤崖子傳》中稱自己「於古人志趣尤契陶淵明」,則内心想必更爲追求「無我之境」了。不過,王國維確實提煉得更爲精粹了。

第三十四則

古詩云:「誰能思不歌,誰能饑不食。」〔一〕詩詞者,物之不得其平而鳴者也〔二〕。故歡愉之辭難工,愁苦之言易巧。〔三〕

【注　釋】

〔一〕「誰能」二句:出自《子夜歌》:「誰能思不歌,誰能饑不食。日冥當户倚,惆悵底不憶。」

〔二〕「物之」句:出自韓愈《送孟東野序》:「大凡物不得其平則鳴……人之於言亦然。有不得已者而後言,其歌也有思,其哭也有懷。凡出乎口而爲聲者,其皆有弗平者乎?」王國維乃引述其意。

〔三〕「歡愉」二句：出自韓愈《荆潭唱和詩序》：「夫和平之音淡薄，而愁思之聲要妙；歡愉之辭難工，而窮苦之言易好也。」王國維乃引述其意。

【疏　證】

在連續三則言「境界」後，接以此則，初視之似令人不解，甚者或有體例不純之感，其實當與上一則言「有我之境」之偏重悲情有關。靜安論有我、無我，有我之境偏屬詞體，而無我之境偏屬詩體，此則乃承有我之境而來，其言「不平則鳴」，言「窮苦之言易巧」，意思雖殊無發明，近牙慧之談，但前後承接之處，或有微意存焉。王國維自作詞，殊多不平而鳴者，如其《浣溪沙》云：「掩卷平生有百端。飽更憂患轉冥頑。偶聽啼鴂怨春殘。坐覺無何消白日，更緣隨例弄丹鉛。閒愁無分況清歡。」此詞大概作於一九〇七年底，正是《人間詞話》著述告竣之時，其時父母先後去世，「飽更憂患」云云，或當指此。

第三十五則

境非獨謂景物也。感情亦人心中之一境界。故能寫真景物、真感情者，謂之有境界。否則謂之無境界。

【疏證】

此則回到境界説，蓋意猶未盡也。静安所論在境界之來源和構成，文學之境界來源於生活之境界，而生活之境界又有内外之分，外即景物，内即感情。具備景物和感情之「真」，則具備了基本的「境界」。静安此處言「境界」之有與無，并非言境界本身。蓋視景物與感情結合的方式不同而構結的境界各異也。認爲境界即真景物與真感情的結合，此説似是而近非，參第三十三則，可悟静安對境界的體認，重在兩者的結合方式，而非僅在兩者的客觀存在而已。此則發表時，王國維易「感情」二字爲「喜怒哀樂」四字，亦具體化也。又，融齋《藝概·詞曲概》也説「詞家先要辨得情字」，突出了「情」的價值和地位。不過融齋所謂「情」主要是指「忠臣孝子、義夫節婦」之情，受制於傳統倫理道德，静安則宣導情而未加限制，若有限制，也僅在矯情而已。在《人間詞話》學術史上，詮釋境界説者，率喜引用此句以釋基本含義，而歸諸景物與感情之真，似未得静安用心。蓋真景物與真感情能使作品「有」境界，而非「是」境界本身。静安强調感情，蓋先有感情之境界，方能在景物中發現與感情相應相合之境界，此是基礎，是前提。

《静安藏書目》中有《龔定庵全集》六本，王國維當細緻研讀過。龔自珍在《長短言自序》中説：「情之爲物也，亦嘗有意乎鋤之矣。鋤之不能，而反宥之；宥之不已，而反尊之。龔子之爲《長短言》何爲者耶？其殆尊情者耶？情孰爲尊？無住爲尊，無寄爲尊，無境而有境爲尊，無指而有指爲尊，無哀樂而有哀樂爲尊。情孰爲暢？暢於聲音。聲音如何？消瘖以終之。如之何其消沓以終之？曰：先小咽之，乃小飛之，又大挫之，乃大飛之，始孤盤之，悶悶以柔之，空闊以縱游之，而極於哀，哀而極於沓，則散矣畢矣。人之閒居也，泊然以和，頑然以無恩仇，聞是聲也，忽然而起，非樂非怨，上九天，下九淵，將使巫求之，而卒不自喻其所以然。」龔自珍之所謂尊情、暢情，其實即王國維之真景物、真感情以及對此的自然真切的表達。而「極於哀」云云，以及龔自珍在《袁通長短言序》中所説的「以怨爲軌，以恨爲旆，以無如何爲歸墟」等，其實與王國維强調詞的悲情内涵，也是大體一致的。即此而言，王國維與龔自珍在詩學理論和審美趣味上確實頗多彼此呼應之處的。

第三十六則

無我之境，人唯於靜中得之；有我之境，於由動之靜時得之。故一優美，一宏壯也。

【疏　證】

續足第三十三則之意，將有我之境與無我之境的理論形態作更細緻的描述。從「靜」中得無我之境，從「動」至「靜」的過程中得有我之境。兩境最後其實都是在「靜」中得之，亦「靜故了羣動」之意。此處動、靜之意都是針對「得」者的感情狀態而言的，這個「得」者既可以是作者，也可以是讀者。所謂「靜」是指感情和觀物的平靜狀態；所謂「動」是指感情和觀物的動盪狀態，但在表現這兩種境界或者體會這兩種境界時，則都要回歸到「靜」的心理狀態，如此方能將物我關係拿捏到位或體會細微。王國維雖然極其鄙薄吴文英，但對其「隔江人在雨聲中」一句還是十分稱賞，其實這一句的好處也正在是從靜中來觀照體察動中的景象，故總體境界仍然呈現出幽靜的特點。「優美」與「宏壯」的區別，其實正是「靜」與「動」、「無我之境」與「有我之境」的區別，而與體會和把握這種境界的具體過程没有明顯關係。劉熙載《游藝約言》云：「不論書畫、文章，須以無欲而靜爲主。」這種「無欲」與「靜」的要求與王國維「無我之境」堪稱不謀而合。劉熙載認爲最本質的心性都是需要通過靜養而靜存的，其《讀書札記》有云：「靜存，存其心性之善也；動察者，察其意之善不善，而充之、克之也。存察未明，則敬義亦無處安頓矣。」「靜養，養其固有之善也。然人自知誘物化以後，本然之善幾喪，是必有以復之，此即『靜中養出端倪』之謂。然端倪亦可於動中體驗，如見孺子將入井而惻隱，便是復時也。動中惻隱，何自來乎？」劉熙載靜養、靜存皆從固人之本的角度而言，然未嘗不可通乎藝文。「無我之境」以見本真之我，「有我之境」以見意動之我。但動靜之説，亦爲便於闡釋而已，就詩詞創作而言，也只是側重動或側重靜而已，并非動、靜之間彼此隔膜。蒲菁補箋《人間詞話》於此則下舉證頗詳，其語云：「淮海詩『風定小軒無落葉，青蟲相對吐秋絲』，是得之靜中，我靜而物亦靜。東坡詩『卷地風來忽吹散，望湖樓下水如天』，是得之動中，我動而物亦動。但靜中有動，否則死象；動中有靜，否則病態也。知『神藏於靜，精出於動』二語（東坡），至爲探本。」所言切理。

第三十七則

自然中之物，互相關係，互相限制，故不能有完全之美。然其寫之於文學中也，必遺其關係、限制之處。故雖寫實家，亦理想家也。又雖如何虚構之境，其材料必求之於自然，而其構造，亦必從自然之法則。故雖理想家，亦寫實家也。

【疏證】

續足第三十二則之意，第三十二則是就已經成形之境界及客觀之流派而言的，此則角度略有不同，專就創作者立論，側重在寫景（自然與社會）一端，分析所以形成「造境」與「寫境」不同之原因。「完全之美」是王國維的審美極境，也是一種遠離功名塵世的純文學之美。然王國維同時也明白，這種審美極境只是停留在「理想」狀態，實際是無法達到的，故拈出發表時將此句删掉。王國維此則重在説明，純粹「自然中之物」與表現在文學中的「自然中之物」本質上是不同的，因爲純粹自然中之物是「互相關係，互相限制」的，而寫之於文學，則無法將這種關係或限制之處悉盡表現出來，其中必有遺失，而創作者在這一過程中既是不自覺也是難以避免這種「遺失」，因爲表現自然是受到創作者自身思想和情感的制約的，所以完全之理想家或完全之寫實就都是不存在的。

王國維此則討論的主題適當放大，其實就是如何認識生活與文學的關係問題，王國維對此的解答是科學而辯證的。許文雨《人間詞話講疏》疏釋此條，也頗具隻眼，其語云：「考自然界各物之存在，必有其存在之條件。然此物生存之條件，與彼物生存之條件，每呈現錯綜之狀態，既有相互之關係，復有個別之限制。任舉一花一草爲例：凡此花草之種種營養條件，如天時土壤水分以及其他營養料等，皆無非此花或此草與一切外物之關係；而此花或此草又有個別之限制，以表現其各種之特徵，如所具雌雄蕊之數以及顯花隱花單子葉生雙子葉生等皆是。然此等并爲生物學家之所詳究，而爲文學家狀物時所略而不道者也。」①王國維文學思想中的科學精神，確實值得注意。在手稿初稿中，王國維在「限制之處」後原有「或遺其一部」數字，後删略，蓋「關係」與「限制」本身就包含有不完全性，則「一部」云云，確屬多餘。删後行文更爲流暢。

第三十八則

社會上之習慣，殺許多之善人；文學上之習慣，殺許多之天才。

① 許文雨，《人間詞話講疏》，成都古籍書店一九八三年版，第一七二—一七三頁。

【疏　證】

此似承上則而發揮。王國維隱有人性本善的看法，但「社會上之習慣」使天性本善的人，也不得不如同「自然中之物」一樣，受到各種「關係」和「限制」的影響，漸漸失去善性，從而失去許多善人。文學創作之思想和創作程式也有種種「關係」和「限制」，這使得文學家創作時，不能純任思想和感情的流淌，而要最大程度地約之以規範，從而使「天才」逐漸淪爲凡人。所謂「習慣」，在社會而言指限制人之本性的種種社會關係，包括思想的約束、禮節的規範、名利的誘惑等等。「習慣」在文學上的含義主要是指種種文體程式規範。從社會到文學，基本思路與上則無異，「習慣」其實即是「關係」和「限制」的另外一種表述。值得注意的是，王國維將這一條的意思在其《塵勞》詩中也曾經表現出來：「迢迢征雁過東皋，謖謖長松卷松濤。苦覺秋風欺病骨，不堪宵夢續塵勞。至今呵壁天無語，終古埋憂地不牢。投閣沈淵爭一間，子雲何事反離騷。」征雁的孤獨感與王國維内心的孤獨感，正有着對應的關係。自三十一則至此凡八則，皆就「境界」立論，而且王國維以不斷補充、修正的方式，將境界説的内涵描述得越來越清晰，境界説至此已基本形成。王國維對境界説是在不斷的思考中成型的，并非心中已有完善成型之境界説，然後付諸文字的。

第三十九則

詩之《三百篇》、《十九首》，詞之五代、北宋，皆無題也。非無題也，詩詞中之意，不獨能以題盡之也。自《花庵》〔一〕、《草堂》〔二〕每調立題，并古人無題之詞亦爲之作題。其可笑孰甚。詩有題而詩亡，詞有題而詞亡，然中材之士，鮮能知此而自振拔者矣。

【注　釋】

〔一〕《花庵》：即《花庵詞選》，亦名《絶妙詞選》，南宋黄昇編選，共二十卷，選詞一千多首。前十卷爲《唐宋諸賢絶妙詞選》，後十卷爲《中興以來絶妙詞選》。所選各家繫以小傳，間附評語，頗具卓識。

〔二〕《草堂》：即《草堂詩餘》，南宋何士信編選，共四卷，選録唐五代宋詞三百六十七首，以宋代柳永、蘇軾、秦觀、周邦彦四家詞爲最多。按内容分爲四季、節序、天文、地理、人物、器皿等十一類，詞下繫以作者名，少量詞句下有注，詞後多附録各家詞話。此書宋刊本已佚，今存最早爲元代刊本。

【疏　證】

言「題」與「意」的關係。王國維以五代北宋詞與《詩經》、《古詩十九首》并列，其依據就是「皆無題」，無題并非真的没有題目，而是「詩詞中之意不能以題盡之也」，其實是以「無題」爲題，將詩詞中的「意」以一種開放的態勢呈現出來。此則不僅承第八、九、十則言「意」之意，而且與前揭詞體「深美閎約」、「深遠之致」的特性聯繫起來。蓋以題限意，則不免將意局限於一隅。王國維認爲「中材之士」鮮能認識到題與意的關係，此與境界説類似，都是懸高格以求的。此則删改頗多，王國維手稿原稿開頭是：「詩詞之題目本爲自然和人生，自古人誤用爲美刺投贈，題目既誤，詩亦自不能佳。後人才不若古人，見古名大家亦有此等作，遂遺其獨到之處，而專學此種，不復知詩之本意。於夫豪傑之士出，不得不變其體格，如楚辭、漢初之五言詩、唐五代北宋之詞，皆是也。故此等文學皆無題。」原意并非反對製題，而是後人的「誤用」將原本是表現活潑潑自然及人生的題目，變成了單一的「美刺」用意，這種「誤用」實際上是對詩詞内涵的一種戕害，王國維從這種誤用中感到「無題」勝「有題」，在拈出此則發表時又插入一句：「如觀一幅佳山水，而即曰此某山某河，可乎？」亦可見其對以題限意的反感。王國維在詞話中雖多表現對常州詞派的不滿，此則實是對常州詞派「有寄託入，無寄託出」的一種積極回應。不過，王國維「詞之五代北宋，皆無題也」一句，卻與事實不符，五代時期大部分詞的寫作固然帶有隨意的性質，所以不著題目并不奇怪，但自馮延巳、李煜等以迄北宋，有意作詞的傾向其實是越來越明顯了，所以著題的現象也越來越普遍了，如蘇軾詞超過三分之二是有題的，名作如《念奴嬌・赤壁懷古》、《水龍吟・次韻章質夫楊花詞》、《永遇樂・夜宿燕子樓夢盼盼》以及《水調歌頭》之懷子由、《洞僊歌》記眉州老尼之語，都是有題之例。

而詩歌中的情況也大體如是，像李商隱的無題詩，其實「無題」二字正是其題了，只是難以表述或不願直説而已。李白、杜甫的詩歌也以有題爲多。所以王國維説「詩有題而詩亡，詞有題而詞亡」，雖然是在特定的語境中説的，但畢竟嫌其絶對武斷了。

以淵源而言，陳廷焯是值得關注的。其《白雨齋詞話》卷九：「古人詞大率無題者多，唐五代人多以調爲詞。自增入閨情、閨思等題，全失古人託興之旨。作俑於《花庵》、《草堂》，後世遂相沿襲，最爲可厭。至《清綺軒詞選》，乃於古人無題者，妄增入一題，誣己誣人，匪獨無識，直是無恥。」針對《花庵》、《草堂》的矛頭都是一致的，故王國維或承此而議，也未可知。

第四十則

詩詞之題目，本爲自然及人生也。自古人誤以爲美刺投贈，題目既誤，詩亦自不能佳。後人才不及古人，見古名大家亦有此等作，遂遺其獨到之處而專學此種，不復知詩之本意。於是豪傑之士出，不得不變其體格，如楚辭〔一〕、漢之五言詩、唐五代北宋之詞皆是也，故此等文學皆無題。詩有題而詩亡，詞有題而詞亡，然中材之士，鮮能知此而自振拔者矣。

【注　釋】

〔一〕楚辭：原指戰國時期以屈原爲代表的楚人創造的一種韻文體式。漢人亦簡稱爲「辭」。「楚辭」一名，最早見於《史記·酷吏列傳》。西漢末年，劉向將屈原、宋玉以及漢代淮南小山、東方朔等人文體相近的作品輯録爲《楚辭》一書。「楚辭」遂在一種韻文文體之外，兼有詩歌總集之意。屈原的《離騷》在《楚辭》中最有代表性，故楚辭也被稱爲「騷」或「騷體」，與《詩經》并稱「風騷」。

【疏　證】

此則本爲第三十九則，然寫就後，王國維將這一則至「此等文學皆無題」部分用删略號删除，并補寫「詩之《三百篇》、《十九首》」數句，再與「詩有題而詩亡」至結束一節銜接，構成新一則詞話。故手稿所存擬删除之原稿不足一節，現按照手稿原稿補成一則，亦可於此見王國維思想變動之痕跡。

第四十一則

馮夢華〔一〕《宋六十一家詞選序》〔二〕謂：「淮海、小山，真古之傷心人也。其淡語皆有味，淺語皆有致。」余謂此唯淮海足以當之。小山矜貴有餘，但稍勝方回耳。古人以秦七黄九〔三〕或小晏秦郎〔四〕并稱，不圖老子乃與韓非同傳〔五〕。

【注　釋】

〔一〕馮夢華：即馮煦（一八四三——一九二七），字夢華，號蒿庵，金壇（今屬江蘇省）人。編選有《宋六十一家詞選》，著有《蒿庵論詞》等。

〔二〕《宋六十一家詞選·序例》：《宋六十一家詞選》十二卷，清馮煦根據毛晉所刻《宋六十名家詞》編選而成，以選爲主，偶有箋注，以存詞人本色爲宗旨。《序例》數十則，陳述體例之外，對入選詞人之得失略加品騭，頗有眼光獨到之處。

〔三〕秦七黄九：秦觀與黄庭堅的并稱。

〔四〕小晏秦郎：晏幾道與秦觀的并稱。

〔五〕老子與韓非同傳：司馬遷《史記》有《老子韓非列傳》，將道家始祖老子與法家集大成者韓非列於同一傳中，引發議論紛紜。司馬遷認爲老子的政治哲學主内，韓非的政治哲學主外，内、外多有呼應之處。韓非子的《解老》、《喻老》諸篇，乃是從法術勢角度闡述老子君人南面之術，所以老子乃韓非思想之淵源。章太炎《國學講演録·諸子略説》云：「太史公以老子、韓非同傳，於學術淵源最爲明瞭。韓非解老、喻老而成法家，然則法家者，道家之别子耳。」不過王國維對此似乎認爲并不均等，蓋源、流之間，難以并列也。

【疏　證】

以詞體的悲情特性力挺少游得詞體之正。「真古之傷心人」是馮夢華對淮海和小山兩人的共同評價，王國維則認爲小山是「矜貴有餘」，少游則足以當「傷心人」之評。此與第一則言詞的「悲壯」特色、第三十三則論「有我之境」、第三十四則論「不平則鳴」彼此呼應。然淮海之傷心固是事實，小山之「傷心」亦在在可見，其詞在追憶中傷感滿懷，「矜貴」只是早期西樓宴飲時所作之特色，不能以此涵蓋全部。靜安此論，或稍有偏。

第四十一則

人能於詩詞中不爲美刺、投贈、懷古、詠史之篇，不使隸事之句，不用裝飾之字，則於此道已過半矣。

【疏證】

續足第四十則之意，反對美刺、投贈、懷古、詠史之作。靜安所重在自然和人生，而此類作品往往是受社會和文學上之「習慣」之影響，是對自然人性和創作天性的一種變異，帶有强烈的用世觀念，這與王國維所主張的文學的純粹審美意義是有矛盾的，故爲其所不取。其實在此前寫作的《論哲學家與美術家之天職》一文中，王國維就已經説：「觀詩歌之方面，則詠史、懷古、感事、贈人之題目，彌滿充塞於詩界，而抒情、叙事之作，什佰不能得一，其有美術上之價值者，僅其寫自然之美之一方面耳。甚至戲曲、小説之純文學,亦往往以懲勸爲旨,其有純粹美術上之目的者,世非惟不知貴,且加貶焉。」可見王國維反對懷古詠史一類的題材,主要是這些題材反映了詩人不能超越「無欲之我」,所以在審美意義上有欠精純。又反對隸事之句和裝飾之字,亦是因爲隸事、裝飾難免影響性情的自然表達。劉熙載《藝概》卷二云:「詩涉修飾,便可憎鄙。而修飾多起於貌爲有學而不養本體。」此與境界説也有關聯,因爲境界説的兩個基本元素就是真景物、真感情,美刺、投贈、懷古、詠史的内容和隸事、裝飾的修辭手法,都不得不面臨部分甚至全部失真的局面。此是以排除法來爲境界説固本。然細思静安此論,誠不免有因噎廢食之嫌,蓋美刺、投贈等内容及隸事、裝飾等手法,皆在人之發揮而已,其本身是無所謂好壞的。王國維在拈出此則發表時,將「懷古、詠史」四字删掉,亦見其自我修復之意。其所作詩中,正有不少懷古、詠史之作,如《讀史二十首》、《讀史二首》、《詠史五首》等,而且不乏佳作,如作於其在東文學社之時的《讀史二十首》之十二云:「西域縱横盡百城,張陳遠略遜甘英。千秋壯觀君知否? 黑海東頭望大秦。」羅振玉與王國維結緣,正賴此作。而在完成《人間詞話》後的一九一三年,王國維也寫了《詠史五首》,其五云:「少讀陶杜詩,往往説饑寒。自來誇毗子,焉知生事艱。子雲美筆札,遨游五侯間。孔璋檄豫州,矢在袁氏弦。魏臺一朝建,書記又翩翩。文章誠無用,用亦未爲賢。青春弄鸚鵡,素秋縱鷹鸇。咄咄揚子雲,今爲人所憐。」則不僅詠史懷古,而且多「隸事之句」,所以蕭艾説:「予讀其詩詞,不乏投贈之作,詩中隸事之句亦復不少,尤以辛亥革命後詠史諸什,幾乎篇篇皆有寄託,皆含譏刺。於是乃知其議論與創作固有間也。」①又融齋《藝概・詩概》倡詩品出於人品，而人品分悃款樸忠、超然高舉、誅茅力耕、送往勞來從俗富貴三類，其末類即針對文人中迎合上層社會的平庸俗套的酬酢之作而言的。靜安此論，或本於此。

第四十三則

以《長恨歌》〔一〕之壯采，而所隸之事，只「小玉」、「雙成」〔二〕四字，才有餘也。梅村〔三〕歌行，則非隸事不辦。白、吴〔四〕優劣，即於此見。不獨作詩爲然，填詞家亦不可不知也。

【注　釋】

〔一〕《長恨歌》：唐代詩人白居易所作長篇叙事詩。作於公元八〇六年。全詩形象地叙述了唐玄宗與楊貴妃的愛情悲劇，「長恨」是此詩的主題。

〔二〕「小玉」、「雙成」：出自唐代詩人白居易《長恨歌》：「忽聞海上有僊山，山在虛無縹渺間。樓閣玲瓏五雲起，其中綽約多僊子。中有一人字太真，雪膚花貌參差是。金闕西廂叩玉扃，轉教小玉

① 蕭艾箋校：《王國維詩詞箋校》，湖南人民出版社一九八四年版，第五三頁。

報雙成。聞道漢家天子使，九華帳裏夢魂驚。攬衣推枕起徘徊，珠箔銀屏邐迤開。雲鬢半偏新睡覺，花冠不整下堂來。」小玉：吴王夫差之女。雙成：即董雙成，傳説爲西王母的「蟠桃僊子」，相當於侍女，負責西王母與衆僊的溝通。詩中「小玉」、「雙成」意指楊貴妃在僊境中的侍女。

〔三〕梅村：即吴偉業（一六〇九——一六七二），字駿公，號梅村，太倉（今屬江蘇省）人。著有《梅村集》等，有《梅村詞》二卷。「梅村歌行」，當指其所作《圓圓曲》，入手即用「鼎湖」事，以下隸事句不勝指數。

〔四〕白、吴：即白居易與吴偉業。

【疏證】

以隸事與否分白吴優劣。靜安以隸事爲才不足之補充，而才有餘者，則不暇隸事。此説頗值得商榷，蓋才與學并非對立之關係，隸事能如鹽著水，也未嘗不是創作之一境界。靜安過分恃靠才華，排斥學問，殊非公論。此則并上一則，皆爲性情和景物之「真」張本，時或過論，但其境界説内涵的獨特性在這種略顯偏執的理論中倒是愈益彰顯出來。靜安不願持中庸之論，别創一家理論之用心至此昭然可感。又王國維頗不以嚴羽興趣説爲然，其實《人間詞話》有意無意之間，實多有承嚴羽之説者，即關於隸事，似也有《滄浪詩話·詩法》所謂「不必太著題，不必多使事」的影子。用事多少是否能成爲判斷優劣的標準，其實是應謹慎對待的。倒是劉熙載説得中肯，《藝概》卷四云：「詞中用事，貴無事障。晦也，膚也，多也，板也，此類皆障也。」劉熙載很贊賞姜夔《白石道人詩説》中説的用事原則：僻事實用，熟事虚用。王國維此説與姜夔、劉熙載相比，似反顯狹隘了。頗有意味的是，王國維在一九一二年撰《頤和園詞》七言古詩，意在存晚清之史，王國維自己及他的日本友人鈴木虎雄恰擬之如吴梅村的《圓圓曲》。王國維在致鈴木虎雄的信中也説：「前作《頤和園詞》一首，雖不敢上希白傅，庶幾追步梅村。蓋白傅能不使事，梅村則專以使事爲工。然梅村自有雄氣駿骨，遇白描處尤有深味，非如陳雲伯輩，但以秀縟見長，有肉無骨也。」①鈴木虎雄在回信中亦云：「日前垂示《頤和園詞》一篇，拜誦不一再次，風骨俊爽，彩華絢爛，漱王、駱之芬芳，剔元、虞之精髓，況且事該情盡，義微詞隱……高明不敢自比香山，而稱步趨梅村，若陳雲伯，則俯視遼闊。僕生平讀梅村詩，使事太繁，託興晦匿，恨無人作鄭箋者，且乏開闔變化之妙，動則有句而無篇，殆以律詩爲古詩矣……高作則異之，隱而顯，微而著，懷往感今，俯仰低回，淒婉之致，幾乎駕婁江而上者，洵近今之所罕見也。」王國維在接信次日復信鈴木虎雄曰：「此詞（按，即《頤和園詞》）於覺羅氏一姓末路之事略具，至於全國民之運命，與其所以致病之由，及其所得之果，尚有更可悲於此者……尊論梅村詩，深得中其病。至於龍跳虎卧而見起伏，鯨鏗春麗而不假典故，要唯第一流之作者能之，梅村詩品，自當在上中、上下間，然有清剛之氣，故不致如陳雲伯輩之有肉無骨也。」王

①　吴澤主編，劉寅生、袁英光編《王國維全集·書信》，中華書局一九八四年版，第二六頁。

國維與鈴木虎雄的這種信件往返，看似在討論具體作品的優劣，其實是借助作品表達着自己的創作理念。趙萬里在《王忠慤公遺墨·跋》中引用王國維致鈴木虎雄信中論吴梅村之語，認爲「此數語非於此道三折肱者不能知其甘苦，殆可爲《人間詞話》下一轉語，不得以尋常捕風捉影之談視之也」①。「轉語」之説，頗堪回味。《頤和園詞》雖寫於《人間詞話》撰述之後，但因爲與《圓圓曲》的這一層比附的關係，而同樣值得關注。從王國維的自許及鈴木虎雄的評論可以看出，王國維在《人間詞話》撰述完後，對於隸事的理解和態度也有所改變，使事而有雄氣駿骨，王國維也是認同的，非斤斤以是否用事而判優劣也。而其對梅村的定位與《人間詞話》相比，已有明顯不同。

第四十四則

詞之爲體，要眇宜修〔一〕。能言詩之所不能言，而不能盡言詩之所能言。詩之境闊，詞之言長。

【注　釋】

〔一〕「要眇宜修」語出屈原《九歌》之《湘君》篇：「君不行兮夷猶，蹇誰留兮中洲。美要眇兮宜修，沛吾

---

① 《王國維學術研究論集》（一），華東師範大學出版社一九八三年版，第三二四頁。

乘兮桂舟。」

【疏　證】

此是影響甚大的一則，然王國維并未將其録出刊載於《國粹學報》和《盛京時報》，甚可異也。在詩詞體性比較中突出詞體「要眇宜修」的特點，詩詞對勘的撰述方式在此則尤爲明顯。對於情感的隱微與表達這種隱微感情的文體特徵，王國維此前撰寫的《論哲學家與美術家之天職》一文已經有過類似的表述了。其文曰：「……以胸中惝恍不可捉摸之意境，一旦表諸文字、繪畫、雕刻之上，此固彼天賦之能力之發展。而此時之快樂，決非南面王之所能易者也。」則情感之微妙以及由表現這種微妙而帶來的愉悦，固超越於一般物質享受之上，也是文學的真正價值所在。此則未能被選載，或許是此處將「要眇宜修」定位在詞之一體，略覺心中未安的緣故，因爲《論哲學家與美術家之天職》一文指出，這其實是文藝的共同特點，固非詞之一體所獨有。再者，「要眇宜修」之内涵與「深美閎約」較爲相近，而其與境界説之關係，或不無齟齬之處。王國維很可能面臨着兩者的取捨問題。

然此則問題亦多，其一是關於「修」。此「修」若作「修飾」言，然此前兩則皆如此徹底地反對隸事與裝飾，實際上正是對「修」的一種否定，而此則把「修」作爲詞體特徵之一來看待，其間如何呼應？殊感困惑。「修」若作「長」解，則回歸到「深遠之致」的内涵。其二是關於「要眇」，其意思主要是形容細微婉轉之美，其與張惠言評温庭筠「深美閎約」之評正可相通，然静安在大體闡明「境界」說後，又擇此四字，似在表明其有關詞體理論的體系性。然「要眇宜修」與「境界」說之關係尚無明確分析，則靜安此書是以「境界」爲本，還是以「要眇宜修」爲本，就頗耐索解了。其三是有關「能言」與「不能盡言」之論的言說對象，是内容自身的限制，還是表現手段的限制，靜安此說頗顯模糊。「詞之言長」云云與靜安此前追求之「深遠之致」合拍，則要眇宜修似乎與深美閎約并無二致，靜安捨「深美閎約」而取「要眇宜修」，正可説明其詞話寫作至此，深感獨立理論話語之重要。

在「要眇宜修」四字中，解釋有歧義的主要在「修」之一字，也許把楚辭特别是屈原賦中的「修」字使用的特點總結一下，再來回看「要眇宜修」之「修」，理障就少了。如「靈修」，《離騷》中出現三次，《山鬼》中出現一次。先以《離騷》之「指九天以爲正兮，夫唯靈修之故也」爲例，審察注家釋義之變遷。王逸《楚辭章句》注云：「靈，神也。修，遠也。能神明見遠者，君德也，故以喻君。」聯繫上下文和前後注，王逸實際是以「靈修」指代懷王。朱熹《楚辭集注》略變其説曰：「靈修，言其有明智而善修飾，蓋婦悦其夫之稱，亦託詞以寓意於君也。」在「寓意於君」這一點上，朱熹與王逸意思相近，但在解釋「修」之意義上，則朱熹將王逸之「遠」意改爲「修飾」之意，此或爲葉嘉瑩後來解説之所本。清代王夫之則釋曰：「靈，善也。修，長也。稱君爲靈修者，祝其所爲善而國祚長也。」《山帶閣注楚辭》曰：「靈，明，修，長。美君之稱也。」綜合以上諸説，在解釋「靈」字上，取義幾乎是一致的，無論是神、明智、善、明，都是對「君」之品德的一種褒稱；而在解釋「修」字上，則有所分歧，或解釋爲長、遠，或解釋爲修飾，其差異是明顯的。

核諸屈原作品，作爲「修」的基本義，長、遠的義項是最爲常見的。前揭「靈修」之歷代注疏，已可見其大概。再如《離騷》之「老冉冉其將至兮，恐修名之不立」、「人生各有所樂兮，余獨好修以爲常」、「汝何博謇而好修兮，紛獨有此姱節」、「不量鑿而正枘兮，固前修以菹醢」、「路漫漫其修遠兮，吾將上下而求索」、「曰兩美其必合兮，孰信修而慕之」、「苟中情其好修兮，又何必用夫行媒」、「何昔日之芳草兮，今直爲此蕭艾？豈其有他故兮，莫好修之害也」、「邅吾道夫昆侖兮，路修遠以周流」。《遠游》之「路曼曼其修遠兮，徐弭節而高厲」，《哀郢》之「憎愠惀之修美兮，好夫人之慷慨」，《抽思》之「憍吾以爲美好兮，覽余以其修姱」。綜覽諸「修」字的用法，大旨不出美、長二意。

梳理完上述屈原語境中的「修」的使用情況，再來回看《湘君》中「要眇宜修」的内涵，或許更能切合領會其本意。王逸《楚辭章句》云：「要眇，好貌。修，飾也。言二女之貌，要眇而好，又宜修飾也。」洪興祖的《楚辭補注》則云：「此言娥皇容德之美，以喻賢臣。」兩人的解釋存在着不少的問題，其一是王逸認爲此句乃是實寫傳説，而且是針對「二女」而言的，洪興祖則認爲是虚寫傳説，而且只寫及娥皇，實喻賢臣。王逸認爲是描寫二女雖具好貌，仍宜修飾以求更美，洪興祖則認爲是以描寫娥皇來表現賢臣的「容德之美」。這是由兩家注釋不同而可以得出的結論。

在手稿第一百十九則，王國維同樣有一節與《離騷》和「修」有關的文字，其語曰：「『紛吾既有此内美兮，又重之以修能。』文學之事，於此二者，不能缺一。然詞乃抒情之作，故尤重内美。無内美而但有修能，則白石耳。」王國維所引文字出自《離騷》，乃在叙述家世生平後的一句帶有總結意味的話。屈原在《離騷》開頭二章，歷叙先祖世家之美、日月生辰之美、所取名字之美，朱熹認爲是言其「天賦我美質於内」，可謂得之。内美得乎天，修能勉乎己。洪興祖《楚辭補注》云：「能本獸名，熊屬，多力，故有絶人之才者謂之能。此讀若耐，協韻。」在王國維的語境中，當然剥離了屈原的原意，「内美」與「修能」是文學必備之二要素。王國維没有解釋内美與修能二詞之準確含義，但結合王國維的文學觀，其既然認爲文學非一般人所能從事之域，則「内美」與「高尚偉大之人格」的聯繫自可想見，而修能也意味着特殊才能之意，則「修」也是在「長」的意義上理解的。明代汪瑗《楚辭集解》即云：「修能，長才也。」内美與修能兼具，亦即才德全備之意。手稿第一百十四則云：「東坡之曠在神，白石之曠在貌。白石如王衍，口不言阿堵物，而暗中爲營三窟之計，此其所以可鄙也。」則白石作爲達官貴人之清客，其德就難免受到懷疑了。

再看「宜」字。有學者解釋爲「應該」之意，此似是以現代用法返諸古人了。屈原《山鬼》云：「若有人兮山之阿，被薜荔兮帶女蘿。既含睇兮又宜笑，子慕予兮善窈窕。」明代汪瑗《楚辭集解》云：「睇，微盼貌。含睇者，窈窕之見於目者也。宜笑者，窈窕之見於口者也。」所謂「宜笑」者，乃形容其笑容婉約得體合宜。《橘頌》：「精色内白，類任道兮。紛緼宜修，姱而不醜兮。」汪瑗《楚辭集解》云：「紛緼，盛貌。宜修，謂修飾之得宜也。」也是將「宜」作「得宜」解。

「要眇」二字的歧義相對較少。試先看如下屈原用例：《哀郢》：「心嬋媛而傷懷兮，眇不知其所蹠。」汪瑗《楚辭集解》云：「眇，猶遠也。蹠，踐也。」《悲回風》：「惟佳人之永都兮，更統世以自貺，眇遠志之所及兮，憐浮雲之相羊。介眇志之所惑兮，竊賦詩之所明。」汪瑗《楚辭集解》云：「夫志一而已矣，然曰介志，曰遠志，曰眇志，何也？介言其堅確也，遠言其高大也，眇言其幽深也。」《悲回風》：「登石巒以遠望兮，路眇眇之默默。」山小而鋭謂之巒，眇眇狀道路之幽深也。「穆眇眇之無垠兮，莽芒芒之無儀。」《遠游》：「質銷鑠以汋約兮，神要眇以淫放。」洪興祖補注：「要眇，精微貌。」許慎《説文解字》釋「眇」爲「小目也」。段玉裁注云：「眇訓小目，引伸爲凡小之稱，又引伸爲微妙之意。《説文》無『妙』字，眇即妙也。」綜合以上用例，「要眇」大致形容一種幽深精微之美。

在分别梳理「要眇」、「宜」、「修」用法的基礎上，可以回到王國維的語境中來，所謂要眇宜修，應該是指詞體在整體上呈現出來的一種精微細緻、表達適宜、饒有遠韻的美。「詞是複雜情感的産物」①。這是晚年的王國維對弟子姜亮夫説的話。這種複雜可能正是王國維要拈出「要眇宜修」來界定詞體特點的原因所在。

静安此論除了「要眇宜修」四字帶有原創意味外，其對此四字的解釋則不免承襲舊説的成分居多，如朱彝尊《陳緯雲紅鹽詞序》即云：「詞雖小技，昔之通儒巨公往往爲之，蓋有詩所難言者，委曲倚之於聲，其辭愈微，而其旨益遠。」劉體仁《七頌堂詞繹》云：「詞中境界，有非詩之所能至者，體限之也。大約自古詩『開我東閣門，坐我西閣床』等句來。」查禮《銅鼓書堂詞話》云：「情有文不能

---

① 王國維語，引自姜亮夫《憶清華國學研究院》，刊《學術集林》卷一，上海遠東出版社一九九四年版。

達，詩不能道者，而獨於長短句中，可以委宛形容之。」又宋翔鳳《浮溪精舍詞自序》引當時詞人汪全德語云：「凡情與事委折，抑塞於五七字詩，不能盡見者，詞能長短以陳之，抑揚以究之。……是以填詞之道，補詩境之窮，亦風會之所必至也。」融齋《藝概·詞曲概》也提出「詞以不犯本位爲高」，這個「本位」正是散文需要「避」的「窈眇」，因爲只有「紆徐要眇」，纔能「達難達之情」①。謝章鋌《眠琴小築詞序》云：「詩以性情，尚矣。顧余謂言情之作，詩不如詞。參差其句讀，抑揚其聲調，詩所不能達者，宛轉而寄之於詞，讀之如幽香密味，沁人心脾焉。」不僅在題材和表現方式上，詩詞具有較强的互補性，而且對詞旨深遠的强調，王國維與朱彝尊、劉體仁、查禮、汪全德并無二致。

王國維詞學與清代詞學的關聯不僅在詞學思想上，更在理論話語上，也有明顯的承傳關係。而要眇宜修與張惠言的「深美閎約」、馮煦的「詞尚要眇」②又意旨相近，則靜安詞學之折衷浙、常兩派之特色，已可見一端。即理論話語的承傳之跡，也是一一可以勘察清楚的。但此則與其「境界」説似有齟齬，從其論寫景隔與不隔之觀點來看，王國維傾心於「語語都在目前」之不隔境界，而「要眇宜修」與此似有未諧。饒宗頤《人間詞話平議》小序云：「予獨謂其取境界論詞，雖有得易簡之趣，而不免傷於質直，與意内言外之旨，輒復相乖。」此中矛盾，正是與王國維既欲自倡新説以開拓詞論新境，又沉湎於傳統詞論，時或與之相雜的矛盾心態有關。換言之，王國維的理論從嚴格意義上

① 《藝概·文概》，劉熙載著、王氣中箋注《藝概箋注》，貴州人民出版社一九八〇年版，第一三五頁。

② 馮煦《重刻東坡樂府序》，朱孝臧輯校《彊村叢書》，廣陵書局二〇〇五年版，第二一〇頁。

來説，并非完全成熟之自足體系，而是呈現出創新與守舊兩相共存的面目。《藝概》卷四云：「詞之妙，莫妙於以不言言之；非不言也，寄言也。如寄深於淺，寄厚於輕，寄勁於婉，寄直於曲，寄實於虚，寄正於餘，皆是。」這實際上也是對詞「要眇宜修」體性的一種强調。又，劉熙載《游藝約言》亦云：「『修辭』有『修潔』之『修』，有『修飾』之『修』。『潔』者，修之極；『飾』者，潔之賊也。」又云：「古人作文，視飾爲塵垢；後世作文，以塵垢爲飾。文品相去所由遠矣。」「文之不飾者，乃飾之極。蓋人飾不如天飾也，是故《易》言『白賁』」。「舉少見多，貫多以少，皆是《史記》潔處」。「『秘響旁通，伏采潛發』。『響』而曰『秘』，『采』而曰『伏』，文至此，其深矣乎！」五節文字内涵相融合，正與「要眇宜修」可通。王國維與劉熙載，在理論上彼此正是神光映照的。

王國維自己的詞，也努力追求要眇宜修的美學風格。如其《浣溪沙》之上闋：「山寺微茫背夕曛。鳥飛不到半山昏。上方孤磬定行雲。」葉嘉瑩《説静安詞〈浣溪沙〉一首》分析此詞，即以爲上闋三句乃「標舉一崇高幽美而渺茫之境界耳」①，并以爲與西洋之象徵主義彼此相似。祖保泉師解説此詞是一首「出於想像而創設特有意境的詞，這特有意境，導源於王國維的悲觀主義思想」，在藝術上帶有「玄秘感」和「神秘性」②，這種玄秘、神秘其實也部分地體現了要眇宜修的詞體特點了。

---

① 葉嘉瑩著《王國維及其文學批評》，廣東人民出版社一九八二年版，附録。

② 祖保泉著《王國維詞解説》，安徽教育出版社二〇〇六年版，第一四七——一四八頁。

第四十五則

「明月照積雪」〔一〕、「大江流日夜」〔二〕、「澄江淨如練」、「山氣日夕佳」、「落日照人旗」、「中天懸明月」〔三〕、「大漠孤煙直，黄河落日圓」〔四〕，此等境界，可謂千古壯語。求之於詞，則納蘭容若〔五〕塞上之作，如《長相思》之「夜深千帳燈」〔六〕，《如夢令》之「萬帳穹廬人醉，星影摇摇欲墜」〔七〕差近之。

【注釋】

〔一〕「明月」句：出自謝靈運《歲暮》：「殷憂不能寐，苦此夜難頽。明月照積雪，朔風勁且哀。運往無淹物，年逝覺已催。」

〔二〕「大江」句：出自謝朓《暫使下都夜發新林至京邑贈西府同僚》：「大江流日夜，客心悲未央。徒念關山近，終知返路長。秋河曙耿耿，寒渚夜蒼蒼。引顧見京室，宫雉正相望。金波麗鳷鵲，玉繩低建章。驅車鼎門外，思見昭丘陽。馳暉不可接，何況隔兩鄉？風雲有鳥路，江漢限無梁。常恐鷹隼擊，時菊委嚴霜。寄言罻羅者，寥廓已高翔。」

〔三〕「中天」句：出自杜甫《後出塞》之二：「朝進東門營，暮上河陽橋。落日照大旗，馬鳴風蕭蕭。平沙列萬幕，部伍各見招。中天懸明月，令嚴夜寂寥。悲笳數聲動，壯士慘不驕。借問大將誰，恐是霍嫖姚。」

〔四〕「大漠」二句：出自王維《使至塞上》：「單車欲問邊，屬國過居延。征蓬出漢塞，歸雁入胡天。大漠孤煙直，長河落日圓。蕭關逢候騎，都護在燕然。」王國維將「長河」誤作「黄河」。

〔五〕納蘭容若：即納蘭性德（一六五五—一六八五），原名成德，因避諱而改名性德，字容若，號楞伽山人，先世爲蒙古人。著有《通志堂集》，附詞四卷，詞集初名《側帽》，後經顧貞觀增補并易名爲《飲水詞》，今存詞近三百五十首。

〔六〕「夜深」句：出自納蘭性德《長相思》：「山一程。水一程。身向榆關那畔行。夜深千帳燈。　風一更。雪一更。聒碎鄉心夢不成。故園無此聲。」

〔七〕「萬帳」二句：出自納蘭性德《如夢令》：「萬帳穹廬人醉。星影摇摇欲墜。歸夢隔狼河，又被河聲攪碎。還睡。還睡。解道醒來無味。」

【疏　證】

類比詩詞中「壯語」，似側重在「真景物」中宏觀、豪放、開闊一端。此則在求詩詞之同，與上則析詩詞之異，理路稍異。與第一則詞話相似。王國維所舉詩句，「壯語」在在可感，而所舉詞句，則與詩句稍異。納蘭之「夜深帳燈」若無一「千」字，其實無關乎「壯」字，「穹廬人醉」若無一「萬」字，也是婉約常境，但納蘭著一「千」字、「萬」字，則集婉約而成壯觀，變幽晦而成通明，故一字可令詞婉約，一字亦可令詞豪放。點化之間，方見筆力。

第四十六則

言氣質，言格律，言神韻，不如言境界。有境界爲本也。氣質、格律、神韻爲末也。有境界而三者自隨之矣。

【疏證】

以上爲手稿最初文字，王國維在手稿上作了不少修改，如删除「言格律」三字，又將「有境界爲本也」二句中的「有」、「爲」删去，「神韻爲末也」之「爲」、「三者自隨之」之「自」也均删去。除了爲求文字精煉之外，也與理論的微調有關。

此則從理論上回到境界説，强調境界説的本體地位，此亦是在第三十七則後再次在話語上回到境界説。此則在《國粹學報》初刊本中未發表，但在手稿本上曾被標序爲「二」，《盛京時報》重刊本則將此則入選，而且位列第二，王國維對此的重視可見一斑。文字則略作修訂，如將「氣質」易爲「氣格」，可能受謝榛《四溟詩話》「詩文以氣格爲主」之説的影響。境界與傳統詩學中提到的氣質、格律、神韻相關，但氣質、格律、神韻皆各據一端而論，境界説則涵蓋諸説，懸格更高，是對傳統詩説的深化和提煉，所以彼此是「本」與「末」的關係。王國維重提境界説的話題，意在説明境界説其實是來自於中國古典詩學的。在手稿修改稿中，前面的「格律」二字是被删略掉的，而後面的「格律」二字卻得以保存，其前後之間，似未充分斟酌。其删前「格律」二字，可能是感到氣質、神韻，皆就「深遠之致」來立論，而格律乃是固定的程式，其與氣質、神韻之間，固非同一話題，故有此删略之舉。而後者得以保存，亦當爲强調境界爲本、其他爲末之意。又謝章鋌《炯甫屺雲樓詩序》亦云：「夫詩道性情，格調其末也，詞華尤其末也。」本末之論，亦相仿佛。這裏尤堪注意的是「氣質」二字，批評史上專言氣質而著稱者似并無其人。按静安此則語境，顯然將「氣質」一説視爲前人特出之論，自來注家逢此皆省略，然省略對於考察静安本意不免留有缺憾。筆者在閲讀古代文學批評文獻過程中，注意到曾被王國維反復提起過的一位批評家劉熙載，頗多有關「氣質」方面的論述，擇録數則如下：「《老子》有云：『微妙玄通，深不可測。』余謂書之道，正復如此。故氣質粗者不可以爲書。」①「學者患陷於氣質之偏，然必教者先自立於不偏，乃能化人之偏」。「有氣質之才，如凡智識、力量之過人者是也」②。録此以備參照。

① 劉熙載《游藝約言》，劉熙載著，薛正興點校《劉熙載文集》，江蘇古籍出版社二〇〇〇年版，第七五六頁。
② 劉熙載《持志塾言》卷下，劉熙載著，薛正興點校《劉熙載文集》，江蘇古籍出版社二〇〇〇年版，第二九、三一頁。

第四十七則

「紅杏枝頭春意鬧」[一]，著一「鬧」字，而境界全出。「雲破月來花弄影」[二]，著一「弄」字，而境界全出矣。

【注　釋】

〔一〕「紅杏」句：出自宋祁《玉樓春》：「東城漸覺風光好。縠皺波紋迎客棹。緑楊煙外曉寒輕，紅杏枝頭春意鬧。　浮生長恨歡娱少。肯愛千金輕一笑。爲君持酒勸斜陽，且向花間留晚照。」

〔二〕「雲破」句：出自張先《天僊子·時爲嘉禾小倅，以病眠，不赴府會》：「水調數聲持酒聽。午醉醒來愁未醒。送春春去幾時回，臨晚鏡。傷流景。往事後期空記省。　沙上并禽池上暝。雲破月來花弄影。重重簾幕密遮燈。風不定。人初靜。明日落紅應滿徑。」

【疏　證】

言境界之「出」。「鬧」是一種對場景的心理感覺，帶有密集、擁擠的意思，因爲一「鬧」字，不僅描寫出紅杏數量之多，而且也將紅杏與紅杏之間彼此擁擠、喧鬧的場景表達了出來。「弄」是一種實際動態，帶有輕撫、愛玩的意思，月光映照花叢，花叢將影子投射到地面，風吹花動，花動影動。因著這一「弄」字，將原本是一種再普通不過的自然現象，帶上了擬人化的色彩。無論是「心動」還是「物動」，王國維都强調一種動態。顧隨《人間詞話評點》因此説：「若然，則動詞須留意也。」①動詞當然在表達動態方面有着明顯的優越性。所謂「出」是針對讀者而言的，讀者由此明瞭作者的心理狀態和外物的存在狀態，則就是一種境界的直接呈現。換言之，若無這一「鬧」字，作者的心境也無由發現，而無這一「弄」字，外物的情景也無由得以再現。所以境界有的直接呈露於字面，有的婉轉深藴於筆底。如果説前者是「出」，後者就是「入」了。此與前面論歐詞「出鞦韆」之妙，用意相似，而前溯歐源於馮，則似乎也從一個側面説明，王國維的許多理論是在對馮延巳詞的感悟中提煉出來的。換言之，若「鬧」字改爲「在」字，「弄」字改爲「留」字，語意同樣可以貫通，但情景不免露出呆相，甚至引發歧義，如「在」字或已有春盡之感，則於作者欲表現春盛之意，就有了距離；「留」字不僅使畫面静止，殊失生氣，而且借景言情的意味頓減。王國維關注此二字之使用效果，確實别具識力。又，對「鬧」字的關注已先見於劉體仁《七頌堂詞繹》：「『紅杏枝頭春意鬧』，一『鬧』字卓絶千古。」劉熙載《藝概·詞曲概》也將此句「鬧」字稱爲「觸著之字」，即在不經意間由事物之本質而引發内心之感觸，兩者不期然相遇，而彼此卻極度契合。話語上對劉體仁、劉熙載的直接承

① 顧之京整理《顧隨：詩文叢論》（增訂版），天津人民出版社一九九五年版，第八三頁。

傳，既如上述，就理論的層面來説，似乎更多的可以見出劉熙載的影子。《藝概》卷四云：「『詞眼』二字，見陸輔之《詞旨》。其實輔之所謂眼者，仍不過某字工、某句警耳。余謂『眼』乃神光所聚，故有通體之眼，有數句之眼，前前後後無不待眼光照映。若捨章法而專求字句，縱爭奇競巧，豈能開闔變化，一動萬隨耶？」王國維此則雖僅論及一句之眼，但在以神光所聚照映全句上，與劉熙載此論堪稱妙合無垠。

當然，也有詞學家對「鬧」字之妙深致懷疑的。李漁《窺詞管見》云：「……有蜚聲千載上下，而不能服强項之笠翁者，『紅杏枝頭春意鬧』尚書是也。『雲破月來』句，詞極尖新，而實爲理之所有。若紅杏之在枝頭，忽然加一『鬧』字，此語殊難著解。爭鬥有聲之謂鬧，桃李爭春則有之，紅杏鬧春，予實未之見也。鬧字可用，則吵字、鬥字、打字，皆可用矣。宋子京當日以此噪名，人不呼其姓氏，意以此作尚書美號，豈由『尚書』二字起見耶？予謂鬧字極粗俗，且聽不入耳，非但不可加於此句，并不當見之詩詞。近日詞中，爭尚此字者，子京一人之流毒也。」李漁講究用字新奇但要切合於理，這觀點本身并無問題。問題是李漁能看出「雲破月來花弄影」中的「理」，卻看不出「紅杏枝頭春意鬧」中的「理」，真是咄咄怪事。至其認可桃李爭春而不認同紅杏鬧春，居然是以「予實未之見也」爲理由，就更令人驚訝了。李漁所舉之「吵、鬥、打」字，無一可與「鬧」字媲美，乃是顯見的事實。而以「鬧」字爲粗俗，真不知其何以作此想也。或故意與舊説相抗衡耶？

王國維在自己的創作中也有使用「弄」字而不失其妙處者。其《菩薩蠻》有「風枝和影弄，似妾西窗夢」之句，當即由張先此句或曹組《如夢令》之「風弄一枝花影」化出，而他人乃實寫眼前之景，王國維則擬之於夢境，堪稱翻出新意了。

第四十八則

「西風吹渭水，落日滿長安」〔一〕，美成以之入詞〔二〕，白仁甫以之入曲〔三〕，此借古人之境界爲我之境界者也。然非自有境界，古人亦不爲我用。

【注　釋】

〔一〕「西風」二句：出自賈島《憶江上吴處士》：「閩國揚帆去，蟾蜍虧復圓。秋風吹渭水，落葉滿長安。此夜聚會夕，當時雷雨寒。蘭橈殊未返，消息海雲端。」王國維將「秋風」誤作「西風」，將「落葉」誤作「落日」。

〔二〕「美成」句：參見周邦彦《齊天樂・秋思》：「緑蕪凋盡臺城路，殊鄉又逢秋晚。暮雨生寒，鳴蛩勸織，深閣時聞裁剪。雲窗靜掩。歎重拂羅裀，頓疏花簟。尚有練囊，露螢清夜照書卷。　荆江留滯最久，故人相望處，離思何限。渭水西風，長安亂葉，空憶詩情宛轉。憑高眺遠。正玉液新篘，蟹螯初薦。醉倒山翁，但愁斜照斂。」

〔三〕「白仁甫」句：參見白樸《雙調·德勝樂》（秋）：「玉露冷，蛩吟砌。聽落葉西風渭水。寒雁兒長空嘹唳。陶元亮醉在東籬。」又《梧桐雨》雜劇第二折《普天樂》：「恨無窮，愁無限。爭奈倉促之際，避不得驀嶺登山。鑾駕遷，成都盼。更哪堪瀟水西飛雁。一聲聲送上雕鞍。傷心故園，西風渭水，落日長安。」白仁甫：即白樸（一二二六—一三〇六？），原名恒，字仁甫，後改名樸，字太素，號蘭谷先生，陝州（今山西省河曲市）人，徙居真定（今河北省正定市）。著有雜劇多種，詞集名《天籟集》。

【疏　證】

此則言境界的傳承與創造。古人名句本有古人語境，但名句本身具有一定的獨立性，所以可借詩之意象直接入詞與曲。但名句在進入詞曲後，還存在與新的語境的配合問題，如果新的語境沒有獨特性，則舊的名句也就無法進行意思上的轉換和更新，則這種借用就停留在較低的層面上。王國維强調「自有境界」，即是從對原句借用後的新的意思生成之角度而言的。此說類似於黄庭堅的「點鐵成金」說。佳句點化，看似容易，其實至難。蓋佳句既已流傳，其語境也爲人所熟悉，後人必須創造新的語境以使「佳句」的生命再次得以點燃。故佳句可「借」，但古人之「語境」不可「借」，具備創意之才，纔是融合前人佳句之根本所在。王國維此則極有學理，可對勘其他言及用典之語。蓋王國維反對用典的根本原因，乃是前人往往在用典中失卻自家感情，自己没有境界，則借用之他人境界再好，也不過是他人之境界而已；但如果是在有自家境界的基礎上，則并非一定排斥典故。即如王國維稱贊辛棄疾《賀新郎》詞「語語有境界」，但其實其中頗多用典之例一樣。王國維對創作主體性和創造性的强調是其詞話的一種重要基調。

第四十九則

境界有大小，不以是而分高下。「細雨魚兒出，微風燕子斜」〔一〕，何遽不若「落日照大旗，馬鳴風蕭蕭」；「寶簾閒掛小銀鉤」〔二〕，何遽不若「霧失樓臺，月迷津渡」〔三〕也。

【注　釋】

〔一〕「細雨」二句：出自杜甫《水檻遣心二首》之二：「去郭軒楹敞，無村眺望賒。澄江平少岸，幽樹晚多花。細雨魚兒出，微風燕子斜。城中十萬户，此地兩三家。」

〔二〕「寶簾」句：出自秦觀《浣溪沙》：「漠漠輕寒上小樓。曉陰無賴似窮秋。淡煙流水畫屏幽。自在飛花輕似夢，無邊絲雨細如愁。寶簾閒掛小銀鉤。」

〔三〕「霧失」二句：出自秦觀《踏莎行》：「霧失樓臺，月迷津渡。桃源望斷無尋處。可堪孤館閉春寒，杜鵑聲裏斜陽暮。驛寄梅花，魚傳尺素。砌成此恨無重數。郴江幸自繞郴山，爲誰流下瀟湘去。」

【疏　證】

此則言境界之大小。王國維明確説大與小并非是高與下（後易爲「優劣」）的關係，意象自身無所謂好壞，但表現意象卻有好壞之分。此則與第四十四則言「千古壯語」相關，但前則專言「大」境界，此則合言大、小境界而無所軒輊。意象小巧、情感細微而構成的境界即被視爲小境界；反之，則爲大境界。境界大小之説，可能源於王夫之大景、小景之説，因爲静安之境界確實側重在「景」之方面。徐復觀甚至説：「王氏的所謂『境界』，是與『境』不分，而『境』又是與『景』通用的，此通過他全書的用辭而可見。」①徐氏此論或稍過。細參此則，王國維舉了兩組例句，第一組是詩句對照，景象之大小，直接可悟；第二組乃詞句之比較，「寶簾」句固是婉約細美之典範，以「小」視之，亦爲當然，而「霧失」句，以「霧」、「月」虚化、隱没了景象，「境界」的聯想空間因此而陡增。詩境之大小與詞境之大小，其表現形態固有不同，詞境之「大」非直接而開闊的景象，而是以虚化和聯想的方法呈現出來的「大」。王國維在第四十四則比較詩詞體性之異，即有「詩之境闊，詞之言長」的説法，故詞境之「大」并非詞境之「闊」。

---

① 徐復觀《王國維〈人間詞話〉境界説試評》，《中國文學精神》，上海書店出版社二〇〇六年版，第六五頁。

第五十則

昔人論詩詞，有景語、情語之别。不知一切景語，皆情語也。

【疏　證】

言景語與情語之關係，多承前人之論，并無新的發明。此説似針對謝榛、王夫之、李漁等人而言的。謝榛《四溟詩話》卷三云：「作詩本乎情景，孤不自成，兩不相背。」「景乃詩之媒，情乃詩之胚，合而爲詩」。王夫之論詩有景語、情語之分，更見於其多種著述，如王夫之《姜齋詩話》卷二云：「關情者景，自與情相爲珀芥也。情景雖有在心在物之分，而景生情，情生景，哀樂之觸，榮悴之迎，互藏其宅。」其《唐詩評選》卷四亦云：「景中生情，情中含景。故曰：景者情之景，情者景之情也。」李漁《窺詞管見》云：「詞雖不出情景二字，然二字亦分主客。情爲主，景是客。説景即是説情，非借物遣懷，即將人喻物。」諸家都認爲情景之間雖有一定的在心在物或爲主爲客的區分，但彼此的聯繫實更爲重要。王國維在此提出前人有關論述，但截斷話頭，并以「一切景語皆情語也」爲自我創見，似有强奪人説之嫌疑。如謝榛就認爲情景「孤不自成」，王夫之認爲情景「相爲珀芥」、「互藏其宅」，而李漁也明確説「説景即是説情」。此固已爲王國維導夫先論了。王國維在手稿修改稿中全部删掉此則，或爲後來發現此説古人固已發明，卑之無甚高論，故悉删除。然此則詞話雖删，其意思則在接下兩則續有發明。

第五十一則

「豈不爾思，室是遠而」〔一〕，孔子譏之，故知孔門而用詞，則「甘作一生拚。盡君今日歡」〔二〕等作，必不在見删之數。

【注　釋】

〔一〕「豈不」二句：出自古詩：「唐棣之華，偏其反而。豈不爾思，室是遠而。」此爲逸詩。子曰：「未之思也，夫何遠之有？」

〔二〕「甘作」二句：出自牛嶠《菩薩蠻》：「玉樓冰簟鴛鴦錦。粉融香汗流山枕。簾外轆轤聲。斂眉含笑驚。　柳蔭煙漠漠。低鬢蟬釵落。甘作一生拚。盡君今日歡。」

【疏　證】

續足「真感情」之意，以孔子譏之而未删之詩來説明詞中類似「甘作一生拚，盡君今日歡」爲

「必不在見删之數」。此與前揭「要眇宜修」、「深遠之致」之意略有隔膜，靜安述此當爲以備一格耳。後蓋爲了使「要眇宜修」理論内涵周密，故將其全部删除。然靜安自作，也頗多類似詞句，如《清平樂》之「拚取一生腸斷，消他幾度回眸」之類即是。此則再度强調了性情之「真」是其所有立説之基點。

第五十二則

詞家多以景寓情。其專作情語而絶妙者，如牛嶠〔一〕之「甘作一生拚。盡君今日歡」，顧敻〔二〕之「换我心。爲你心。始知相憶深」〔三〕，歐陽修之「衣帶漸寬終不悔。爲伊消得人憔悴」，美成之「許多煩惱，只爲當時，一餉留情」〔四〕，此等詞古今曾不多見。余《乙稿》〔五〕中頗於此方面有開拓之功。

【注　釋】

〔一〕牛嶠（八五〇？——九二〇？），字松卿，又字延峰，一稱牛給事，隴西（今屬甘肅省）人。著有《牛嶠歌詩》。王國維輯有《牛給事詞》。

〔二〕顧敻：生平不詳，曾任職五代前蜀。《花間集》録其詞五十五首。

〔三〕「换我心」三句：出自顧敻《訴衷情》：「永夜抛人何處去，絶來音。香閣掩。眉斂。月將沉。爭忍不相尋。怨孤衾。换我心。爲你心。始知相憶深。」

〔四〕「許多」三句：出自周邦彦《慶宫春》：「雲接平崗，山圍寒野，路回漸轉孤城。衰柳啼鴉，驚風驅雁，動人一片秋聲。倦途休駕，淡煙裏，微茫見星。塵埃憔悴，生怕黄昏，離思牽縈。華堂舊日逢迎。花豔參差，香霧飄零。弦管當頭，偏憐嬌鳳，夜深簧暖笙清。眼波傳意，恨密約，匆匆未成。許多煩惱，只爲當時，一餉留情。」

〔五〕《乙稿》：即《人間詞乙稿》，王國維詞集名，纂輯於一九〇七年十一月，録詞四十三首，初刊於《教育世界》雜誌。

【疏證】

此則當是在原第五十則删除後重寫，言「專作情語而絶妙者」的例子。所舉詞例多是言情而略無掩飾者，亦在「要眇宜修」之外聊備一格而已，此也是靜安自己作詞用力之處，自稱其《人間詞乙稿》中「頗於此方面有開拓之功」。「以景寓情」方是作詞之常態，然非不可以變。靜安詞如《蝶戀花》：「暗淡燈花開又落。此夜雲蹤，終向誰邊著。頻弄玉釵思舊約。知君未忍渾抛卻。妾意苦專君苦博。君似朝陽，妾似傾陽藿。但與百花相鬥作。君恩妾命原非薄。」即堪稱「專作情語」者。是否「絶妙」，則是另外一事了。詞家處理情景關係，與詩其實并無不同，《藝概》卷四云：「詞或前景後情，或前情後景，或情景齊到，相間相融，各有其妙。」持此以論詩，亦無不同。靜安試圖走「專作情語」一路，亦爲故意求「開拓之功」也。然也確爲一法。此亦靜安追蹤《花間》之一創作痕跡耳。

然此則從話語、觀念到例證，似皆出於賀裳《皺水軒詞筌》：「小詞以含蓄爲佳，亦有作決絶語而妙者。如韋莊『誰家年少足風流。妾擬將身嫁與，一生休。縱被無情棄，不能羞』之類是也。牛嶠『須作一生拚。盡君今日歡』，抑亦其次。柳耆卿『衣帶漸寬終不悔。爲伊消得人憔悴』，亦即韋意，而氣加婉矣。」故特爲拈出。

第五十三則

梅舜俞〔一〕《蘇幕遮》詞：「落盡梨花春事了。滿地斜陽，翠色和煙老。」〔二〕興化劉氏謂：少游一生似專學此種〔三〕。余謂：馮正中《玉樓春》詞：「芳菲次第長相續。自是情多無處足。尊前百計得春歸，莫爲傷春眉黛促。」〔四〕永叔一生似專學此種。

【注　釋】

〔一〕梅舜俞：即梅堯臣（一〇〇二—一〇六〇），字聖俞，王國維將「聖」誤作「舜」，世稱宛陵先生，宣州宣城(今屬安徽省)人。著有《宛陵集》。《全宋詞》存其詞二首。

〔二〕「落盡」三句:出自梅堯臣《蘇幕遮·草》:「露堤平,煙墅杳。亂碧萋萋,雨後江天曉。獨有庾郎年最少。窣地春袍,嫩色宜相照。接長亭,迷遠道。堪怨王孫,不記歸期早。落盡梨花春又了。滿地殘陽,翠色和煙老。」王國維將「又」誤作「事」,將「殘」誤作「斜」。

〔三〕「少游一生」句:出自劉熙載《藝概》卷四《詞曲概》:「此一種似爲少游開先。」乃是引録馮延巳此詞後的評語。

〔四〕「芳菲」四句:出自馮延巳《玉樓春》:「雪雲乍變春雲簇。漸覺年華堪縱目。北枝梅蕊犯寒開,南浦波紋如酒緑。芳菲次第長相續。自是情多無處足。尊前百計得春歸,莫爲傷春眉黛蹙。」按:此詞未見《陽春集》。《尊前集》作馮延巳詞,不知何據。

【疏證】

此則言詞風承傳。劉熙載言少游學梅堯臣,王國維爲補:歐陽修學馮延巳。在王國維詞學的形成過程中,劉熙載當是其中一個值得關注的人物。王國維的許多判斷或思路都可追溯到劉熙載。此則王國維從劉熙載對秦觀師法梅堯臣的分析中受到啟發,進而具體分析歐陽修對馮延巳的師法特色。這意味着劉熙載論詞方式對王國維的直接影響。

秦觀仕途坎坷而性格頗爲軟弱,其詞也因此多寫悲情,尤其擅長寫暮春的無奈與淒涼之意。

王國維曾用「淒厲」來形容秦觀詞的情感特徵。劉熙載以梅堯臣的《蘇幕遮》爲例，特别提到「落盡梨花」幾句，正是因爲這幾句寫暮春景象，突出了翠色漸老、梨花落盡的季節感，并將這種景象籠罩在斜陽曬照之下，悲涼無奈之意就更顯强烈。而秦觀的詞如「可堪孤館閉春寒，杜鵑聲裏斜陽暮」，與此神韻相似。劉熙載看出這一點，堪稱慧眼。

王國維由劉熙載此論而轉論歐陽修師法馮延巳的問題，不僅是對劉熙載論詞方式的一種推揚，而且是對歐陽修與馮延巳在情感上的相似性的一種確證。其實此前的劉熙載已經在《藝概·詞曲概》中認爲歐陽修是深得馮延巳的「深」的，也就是對自然、人生的看法比較深邃之意。馮延巳的這首《玉樓春》從一般人的傷春情緒中轉出，認爲自然季節更替乃是普遍規律，既然盼得春來，自然要送得春去，世人對這一「來」一「去」，應該坦然對待纔是。馮延巳自然平和的心境對於歐陽修産生了影響，歐陽修的《采桑子》組詞寫晚年退居潁州心境，也是如此。如「羣芳過後西湖好」，就體現了不同尋常的暮春心態。不過，王國維説歐陽修一生「專學」此種，似乎也言之過甚了。

第五十四則

人知和靖《點絳唇》〔一〕、聖俞《蘇幕遮》〔二〕、永叔《少年游》〔三〕三闋爲詠春草絶調。不知先有馮正中「細雨濕流光」〔四〕五字，皆能寫春草之魂者也。

【注　釋】

〔一〕和靖：即林逋（九六八——一〇二八），字君復，錢塘（今浙江省杭州市）人。《全宋詞》存其詞三首。林逋《點絳唇》：「金谷年年，亂生春色誰爲主。餘花落處。滿地和煙雨。　又是離歌，一闋長亭暮。王孫去。萋萋無數。南北東西路。」

〔二〕梅堯臣《蘇幕遮》：「露堤平，煙墅杳。亂碧萋萋，雨後江天曉。獨有庾郎年最少。窣地春袍，嫩色宜相照。　接長亭，迷遠道。堪怨王孫，不記歸期早。落盡梨花春又了。滿地殘陽，翠色和煙老。」

〔三〕歐陽修《少年游》：「闌干十二獨憑春，晴碧遠連雲。千里萬里，二月三月，行色苦愁人。　謝家池上，江淹浦畔，吟魄與離魂。那堪疏雨滴黄昏，更特地憶王孫。」

〔四〕「細雨」句：出自南唐詞人馮延巳《南鄉子》：「細雨濕流光。芳草年年與恨長。煙鎖鳳樓無限事，茫茫。鸞鏡鴛衾兩斷腸。　魂夢任悠揚。睡起楊花滿繡床。薄倖不來門半掩，斜陽。負你殘春淚幾行。」

【疏　證】

繼續爲馮延巳張本。評價其「細雨濕流光」爲能寫「春草之魂」，其實是得「深遠之致」之意，也即獨具神韻的意思。三首詠春草絶調，而以馮延巳爲先導，尊馮之意，一如當初。其實按照靜安的理路，也可换言爲：「細雨濕流光」，著一「濕」字而境界全出。

由梅堯臣之《蘇幕遮》，遂牽連出一彼此競勝之事。據吴曾的《能改齋漫録》記載：梅堯臣與歐陽修同座，有客提及林逋這首《點絳唇》，特别對「金谷年年，亂生春色誰爲主」兩句稱賞不已。梅堯臣遂作《蘇幕遮》，也寫春草，贏得歐陽修的贊賞。歐陽修并自作《少年游》，或有與林逋、梅堯臣彼此較勝之意。吴曾認爲歐陽修詞後出轉精，是林逋和梅堯臣所難以企及的。

如果簡單比較一下林逋、梅堯臣和歐陽修的三首詞，可以發現，林逋和梅堯臣的風格比較相似，都寫了春草的具體形態，傳神細緻，同時也寓思歸之意。歐陽修的思歸之意雖然與林、梅二人相同，但并没有描摹春草的形態，只是在隱約之間寫出春草的意境，故吴曾將歐陽修之作置於林、梅二人之上。

而王國維并無意在林、梅、歐三人之間較短論長，而是將馮延巳的「細雨濕流光」五字拈出，認爲是攝盡春草之「魂」，也就是將春草的精神意態寫出來了。顯然，在王國維看來，林、梅、歐三人之詞雖有佳處，但都是無法與馮延巳媲美的。王國維用了一個「皆」字，意在説明這五個字均非虚設，各有意思又彼此襯合，形成了一種整體的神韻。春雨濛濛，自是「細」雨；有雨自是「濕」；雨沖洗過的草，自有一種光澤；而草的細狹，自然也難以留住雨水，所以只能是「流」。如此將春草籠罩在煙雨濛濛之中，寫出視覺的光亮感、濕潤感、細微感和流動感，確實堪稱能攝春草之魂者。

馮延巳的詞被王國維譽爲「深美閎約」的典範，此則從寫景角度再次將馮延巳的地位彰顯出來。有意味的是：在引述王國維此則時，不少學者將王國維所説的「人知」林、梅、歐二詞爲「詠春草絶調」，誤解爲是王國維本人的認知。其實王國維此則恰恰是部分否定了「人知」的意思。

第五十五則

詩中體制，以五言古及五七言絶句爲最尊，七古次之，五七律又次之，五言排律〔一〕爲最下。蓋此體於寄興言情均不相適，殆與駢體文〔二〕等耳。詞中小令〔三〕如五言古及絶句，長調〔四〕如五七律，若長調之《沁園春》等闋，則近於五排矣。

【注釋】

〔一〕排律：律詩的一種，又稱長律，是按照律詩的格式加以鋪排延長而成，故稱。排律與一般律詩相同，嚴格遵守平仄、對仗、押韻等規則，韻數不少於五韻，多者可達一百韻。除首尾兩聯外，中間各聯例須對仗。各句間也都要遵守平仄粘對的格式。排律以五言爲多，七言極少。五言六韻或八韻的試帖詩也是排律的一種。

〔二〕駢體文：即駢文，亦稱駢儷文、駢偶文、四六文等。是與散文相對而言的一種文體，産生并形成於魏晉時期。因其句式兩兩相對，猶如兩馬并駕齊驅，故被稱爲駢體。其主要特點是以四六句式爲主，講究對仗；在聲韻上，運用平仄，韻律和諧；在修辭上，注重藻飾和用典。是一種相當重視形式技巧的文體。

〔三〕小令：亦稱令詞、令曲，詞體的一種。詞體分小令、中調和長調三類，明人始有此明確劃分，而將五十八字以内者稱爲小令。或認爲小令出於唐人酒令，或認爲小令最初當是音樂術語，燕樂曲破中節奏明快精煉的部分即叫小令。若干帶有「令」的詞牌有《調笑令》、《十六字令》、《如夢令》、《唐多令》等。

〔四〕長調：即慢詞，詞體的一種。一般字數較多，體制較長。明人將九十一字以上者定爲長調，但爭議頗大。

【疏　證】

此則言文體尊卑，而以「寄興言情」爲本。静安此節論文體尊卑，殊爲無謂。蓋一種文體之産生皆有其背景，一種文體所表達之對象，也皆有一定之材料。其小大、繁簡之間，因之而異。静安此節言論，無非是爲唐五代北宋詞張本，蓋其時以小令成就爲高也。同時小令在寫景言情等方面確實更能彰顯出「深美閎約」和「深遠之致」的特點。詞體尊卑之説，隱承《滄浪詩話·詩法》「律詩難於古詩，絶句難於八句，七言律詩難於五言律詩，五言絶句難於七言絶句」之説，嚴羽以古詩、絶句、律詩爲文體難易之序，王國維以古詩與絶句爲「最尊」，以律詩爲「次」爲「下」，話語略似，精神實異。王國維對律詩特別是對排律的批評，也隱約先見於王漁洋《池北偶談》，其語云：「唐人省試應制排律率六韻，載諸《英華》者可考。至杜子美、元、白諸人，始增益至數十韻或百韻。近日詞林進詩，動至百韻，誇多鬥靡，失古意矣。」排律規模的膨脹，確實容易流爲「誇多鬥靡」，王國維認爲其「於寄興言情，均不相適」，等同於駢文，即是認爲這種形式的鋪張往往意味着內涵的局促，故斥之謂詩體之「最下」。然王國維將長調《沁園春》等與五排等同，固是爲自己推崇以小令爲主體的唐五代北宋詞張目，然學理殊爲不足，蓋長調之輾轉騰挪，注重結構，自有異乎小令者在，其「寄興言情」非不相適，只是與小令之幽約迷離異其趣尚而已。而對於絶句體式的揄揚，漁洋也情同如一，其《香祖筆記》有云：「唐人五言絶句，往往入禪，有得意忘言之妙，與淨名默然，達磨得髓，同一關捩。……皆一時佇興之言，知味外味者當自得之。」其推崇五絶與靜安推崇小令，其藝術標準是非常相似的。然諸家所論，皆語意隱約，倒是劉永濟言小令與絶句之關係和特點，竊以爲最得要領。劉永濟《微睇室説詞》在評説吴文英《風入松》（聽風聽雨過清明）時説：「小令如詩中絶句。小令所爲，多係作者豐富生活中的片段。此片段在其生活中爲感受極深切者，或係作者平日聞見所及，蘊藏心中甚久，一旦爲一時序、一境地，乃至一花、一鳥所觸發，遂形成語言而表出之。使讀者能由其所已表出之片段而窺見其整體，方爲合作。清代詩家查慎行曾有句曰：『收拾光芒入小詩。』小令與絶句之佳者，即能『收拾光芒』入於短短幾句之中。其耐人尋味，反較長調爲有力。畫家論畫龍，雖東露一鱗，西露一爪，而煙雲迷漫之中，龍之全身自在。小令、絶句正當如此。」劉永濟由查慎行一句「收拾光茫入小詩」來分析小令與絶句這種片段的生活、深切的感受、偶然的觸發與隱約的整體聯想之關係和特點，堪稱細緻入微。而王國維此論仍是持小令的眼光來裁斷文體之尊卑，就《人間詞話》而言，其理論是相承接的，但就文體來説，就不免偏執了。可能此則涉獵文體過多，故在首次拈出發表時，王國維把文字斟酌爲：「近體詩體制，以五、七言絶句爲最尊，律詩次之，排律最下。蓋此體於寄興言情，兩無所當，殆有均之駢體文耳。詞中小令如絶句，長調似律詩，若長調之《百字令》、《沁園春》等，則近於排律矣。」乃將比較對象置於近體詩與詞體之間，立論也更緊湊、更具針對性。

第五十六則

長調自以周、柳、蘇、辛爲最工。美成《浪淘沙慢》二詞〔一〕，精壯頓挫，已開北曲〔二〕之先聲。若屯田之《八聲甘州》〔三〕、玉局之《水調歌頭·中秋寄子由》〔四〕，則佇興之作，格高千古，不能以常詞論也。

【注　釋】

〔一〕美成《浪淘沙慢》二詞：即周邦彦《浪淘沙慢》：「曉陰重，霜凋岸草，霧隱城堞。南陌脂車待發，東門帳飲乍闋。正拂面、垂楊堪攬結。掩紅淚、玉手親折。念漢浦離鴻去何許，經時信音絕。情切。望中地遠天闊。向露冷風清、無人處，耿耿寒漏咽。嗟萬事難忘，唯是輕別。翠尊未竭。憑斷雲、留取西樓殘月。羅帶光銷紋衾疊。連環解、舊香頓歇。怨歌永、瓊壺敲盡缺。恨春去、不與人期，弄夜色、空餘滿地梨花雪。」又一闋：「萬葉戰，秋聲露結，雁度沙磧。細草和煙尚綠，遥山向晚更碧。見隱隱、雲邊新月白。映落照、簾幕千家，聽數聲、何處倚樓笛。裝點盡秋色。脈脈。旅情暗自消釋。念珠玉、臨水猶悲感，何況天涯客。憶少年歌酒，當時蹤跡。歲華易老，衣帶寬、懊惱心腸終窄。飛散後、風流人阻。藍橋約、悵恨路隔。馬蹄過、猶嘶舊巷陌。歎往事、一一堪傷，曠望極。凝思又把闌干拍。」

〔二〕北曲：即元雜劇及散曲的合稱，因其主要流行在北方大都（今北京市）一帶，故稱「北曲」，以與同時在南方温州一帶流行的南戲相區別。

〔三〕屯田之《八聲甘州》：即北宋詞人柳永《八聲甘州》：「對瀟瀟暮雨灑江天，一番洗清秋。漸霜風淒緊，關河冷落，殘照當樓。是處紅衰翠減，苒苒物華休。惟有長江水，無語東流。不忍登高臨遠，望故鄉渺邈，歸思難收。歎年來蹤跡，何事苦淹留。想佳人、妝樓顒望，誤幾回、天際識歸舟。爭知我、倚闌干處、正恁凝愁。」

〔四〕玉局之《水調歌頭・中秋寄子由》：即北宋詞人蘇軾《水調歌頭》（丙辰中秋，歡飲達旦，大醉，作此篇，兼懷子由）：「明月幾時有，把酒問青天。不知天上宮闕，今夕是何年。我欲乘風歸去，又恐瓊樓玉宇，高處不勝寒。起舞弄清影，何似在人間。　轉朱閣，低綺户，照無眠。不應有恨，何事長向别時圓。人有悲歡離合，月有陰晴圓缺，此事古難全。但願人長久，千里共嬋娟。」

【疏　證】

評周、柳、蘇、辛四家長調爲「最工」，其中對柳永《八聲甘州》、蘇軾之《水調歌頭》評價尤高，譽爲「佇興之作，格高千古」，其實乃稱贊其性情之真及韻味深遠而已，隱回境界説。然王國維稱贊柳永、蘇軾二長調乃「佇興之作」，是仍以小令作法來評價長調，殊失學理。蓋小令字少，故不得不别求言外，而長調文字較多，故可將用意曲折安排其中。小令自可「直尋」，以使逸興遄飛；長調則須曲折致意，以見結構之渾成。王國維不辨小令、長調創作方法之不同，甚可異也。而持小令作法來評判長調，斯更可異也。此則當然也説明，王國維對長調的看法也是略有鬆動的。其「不能以常詞論」云云，即是對長調的一種有限度肯定。

由此則可知，王國維將長調分爲兩種基本形態：一種是精壯頓挫，類似元雜劇的結構方式；一種是佇興而作，類似小令作法。前者乃長調創作的常態，而後者則堪稱例外。所謂「精壯頓挫」，主要是形容其詞在情感表達上隨着結構的起承轉合而相應變化。元雜劇一般一本四折，其叙事正以起承轉合爲基本結構。長調在這方面既然與北曲相似，所以王國維認爲可將長調中的這種情況視爲北曲的先聲。他所舉的兩首周邦彦的《浪淘沙慢》中的前一首寫離别前的氛圍、離别時的心態、離别後的回憶和此時的心情，其情感的轉變確實在頓挫中具有明顯的階段性。而佇興而成的長調則别具神韻。王國維以柳永《八聲甘州》及蘇軾《水調歌頭》爲例，認爲其雖具長調之制，實用小令作法，故格調高遠、韻味深長。

第五十七則

稼軒《賀新郎》詞「送茂嘉十二弟」〔一〕，章法絶妙，且語語有境界，此能品而幾於神者。然非有意爲之，故後人不能學也。

【注　釋】

〔一〕稼軒《賀新郎》：即辛棄疾《賀新郎·别茂嘉十二弟》：「緑樹聽鵜鴂。更那堪、鷓鴣聲住，杜鵑聲切。啼到春歸無尋處，苦恨芳菲都歇。算未抵、人間離别。馬上琵琶關塞黑。更長門翠輦辭金闕。看燕燕，送歸妾。　將軍百戰身名裂。向河梁、回頭萬里，故人長絶。易水蕭蕭西風冷，滿座衣冠似雪。正壯士、悲歌未徹。啼鳥還知如許恨，料不啼清淚長啼血。誰共我，醉明月。」

【疏　證】

言創作之「非有意爲之」與「語語有境界」之關係。稼軒是南宋惟一可入靜安法眼者，此處靜安概括稼軒該篇三點特色：其一，章法絶妙；其二，語語有境界；其三，非有意爲之的創作起因。章法涉及結構，非有意爲之其實就是前則所言之「佇興之作」。此則没有解析境界説，從字面上來看，章法與境界的關係尚待考索，但語語有境界正因是「非有意爲之」所致。「非有意爲之」則其景物和性情自然較爲真切，無需苦思營構，活潑呈現，故「語語有境界」。此與第三十一則所謂「有境界則自成高格，自有名句」之論暗合。但稼軒此詞典故絡繹奔回，按照靜安反對用典的主張，似與境界有距離，再則「語語有境界」意味着「語語都在目前」，而典故則將「目前」的情景引向歷史，其間矛盾亦是顯然的。從靜安對稼軒此詞的高度評價來看，靜安對於用事也是持辯證的觀點的，正如劉熙載《藝概》卷一云：「多用事與不用事，各有其弊。善文者滿紙用事，未嘗不空諸所有；滿紙不用事，未嘗不包諸所有。」又卷四以煉章法爲「隱」，以煉字句爲「秀」。靜安稱許稼軒「章法絶妙，且語語有境界」，亦類似稱其爲篇秀、句秀耳。楊慎《詞品》引用陳子宏評論此詞是「萬古一清風」，意亦相近。但以「非有意爲之」來評價《賀新郎》，也不免出言主觀了，此詞用典如此之多，若無有意安排，勢難融合無間。大約王國維此前對南宋稼軒獨致青睞，而稼軒詞又多長調，故王國維以「語語有境界」曲爲回護。

第五十八則

「畫屏金鷓鴣」〔一〕，飛卿語也，其詞品似之；「弦上黄鶯語」〔二〕，端己〔三〕語也，其詞品亦似之；若正中詞品，欲於其詞句中求之，則「和淚試嚴妝」〔四〕，殆近之歟？

【注　釋】

〔一〕「畫屏」句：出自温庭筠《更漏子》：「柳絲長，春雨細。花外漏聲迢遞。驚塞雁，起城烏。畫屏金鷓鴣。香霧薄，透簾幕。惆悵謝家池閣。紅燭背，繡簾垂。夢長君不知。」

〔二〕「弦上」句：出自韋莊《菩薩蠻》：「紅樓别夜堪惆悵。香燈半卷流蘇帳。殘月出門時。美人和淚辭。琵琶金翠羽。弦上黄鶯語。勸我早歸家。緑窗人似花。」

〔三〕端己：即韋莊（八三六？—九一〇），字端己，京兆杜陵（今屬陝西省西安市）人，唐代詩人韋應物四世孫。其詞與温庭筠并稱「温韋」。著有《浣花集》，乃其弟韋藹所編。

〔四〕「和淚」句：出自馮延巳《菩薩蠻》：「嬌鬟堆枕釵横鳳。溶溶春水楊花夢。紅燭淚闌干。翠屏煙浪寒。錦壺催畫箭。玉佩天涯遠。和淚試嚴妝。落梅飛曉霜。」

以摘句的方式評詞。此則評温庭筠、韋莊、馮延巳三人，從理路上看，皆從各人詞中摘取一句以回評各人，貌似平等，其實暗下臧否。「畫屏金鷓鴣」乃温庭筠《更漏子》詞句。《更漏子》詞寫春夜閨思，以塞雁、城烏的驚起與畫屏鷓鴣的漠然形成對比，表達一種怨慕之意。「弦上黄鶯語」乃韋莊《菩薩蠻》詞句。《菩薩蠻》詞寫韋莊早年紅樓相别之情形及别後相思，弦上黄鶯之語其實是勸韋莊早日歸家之意，寫出了一種别情和歸思。馮延巳的《菩薩蠻》也是寫閨情，「和淚試嚴妝」一句雖亦寫悲懷，但更注重表現自我珍惜之意。三詞主題雖然相近，但其實有着怨慕、歸思與自賞的不同。

但王國維各拈詞句評論詞人未必是考慮到詞的整體内容和語境，而當有其一己之體認。試略加推想：以「畫屏金鷓鴣」爲温庭筠詞品，喻其無生機也，情景非真，了無境界；以「弦上黄鶯語」爲韋莊詞品，喻其似真而實假也，蓋黄鶯語似清脆婉轉，不過是弦上發出耳，故似有境界實無境界也；以「和淚試嚴妝」爲馮延巳詞品，則其悲情婉轉，恰與「要眇宜修」的詞體特徵及有我之境契合。故馮延巳詞方爲得詞體之正。此則與第四則以「深美閎約」評馮延巳詞已有稍許不同，蓋至此王國維境界説已内涵豐盈，其評論詞人，亦漸漸向境界説靠近，境界説的核心地位也由此而奠定。此則受融齋「三品」説影響最爲明顯。顧隨《人間詞話評點》云：「作品正代表作者。故以其人之句評其人之詞，最爲的當。」「最爲的當」言或有過，但這種評論方法確有其長處，即在審美心態上會比較接近。特别是擇其詞語以評其詞，若非胸中别具世界，斷難慧眼識句以涵蓋全體。然其不足也是明顯的，就是「玄」了，頗費讀者一番思量了。

第五十九則

「莫雨瀟瀟郎不歸」〔一〕，當是古詞，未必即白傅〔二〕所作。故白詩云「吴娘夜雨瀟瀟曲，自别蘇州更不聞」〔三〕也。

【注　釋】

〔一〕「莫雨」句：傳出自白居易《長相思》：「深畫眉。淺畫眉。蟬鬢鬅鬙雲滿衣。陽臺行雨回。巫山高，巫山低。暮雨瀟瀟郎不歸。空房獨守時。」「莫雨」即「暮雨」。

〔二〕白傅：即白居易。

〔三〕「吴娘」二句：出自白居易《寄殷協律》：「五歲優游同過日，一朝消散似浮雲。琴詩酒伴皆抛我，雪月花時最憶君。幾度聽雞歌白日，亦曾騎馬詠紅裙。吴娘暮雨瀟瀟曲，自别江南更不聞。」王國維將「暮」作「夜」，「江南」作「蘇州」。

【疏證】

此則言「古詞」與白詩之關係。王國維特地拈出古詞「莫雨瀟瀟郎不歸」來作爲白居易詩的來源，似在以早期詞來闡明詞體「要眇宜修」特點的淵源。而且「莫雨瀟瀟」當爲真景物，「郎不歸」當爲真感情，也符合境界説的基本要求。此則屬於簡單辨證的文字。《長相思》（深畫眉）一詞，《吟窻雜録》所引以爲吴二娘作，黄昇《花庵詞選》列於白居易名下。王國維由白居易《寄殷協律》「吴娘暮雨瀟瀟曲，自别江南更不聞」之句，似感覺此「夜雨瀟瀟曲」應是「吴娘」所作。卓人月《古今詞統》即因此列爲吴二娘所作。此屬於專門考證，此暫不多涉及。但葉申薌的《本事詞》的一則相關記載或可以作爲參考：「吴二娘，江南名姬也，善歌。白香山守蘇時，嘗製《長相思》（深畫眉）詞云……吴善歌之，故香山有『吴娘暮雨瀟瀟曲，自别江南久不聞』之詠，蓋指此也。」《樂府紀聞》的記載也與此相同。則吴二娘其實是以「善歌」得名而已，而且《本事詞》已經直言此詞乃白居易所「製」。若無特别有力的證據，似不宜輕易質疑其作者問題的。

第六十則

稼軒《賀新郎》詞：「柳暗淩波路。送春歸、猛風暴雨，一番新緑。」[一]又《定風波》詞：「從此酒酣明月夜。耳熱。」[二]「緑」、「熱」二字，皆作上去用。與韓玉[三]《東浦詞》《賀新郎》以

「玉」、「曲」叶「注」、「女」〔四〕，《卜算子》以「夜」、「謝」叶「食」、「月」〔五〕，已開北曲四聲通押之祖。

【注釋】

〔一〕「柳暗」三句：出自辛棄疾《賀新郎》：「柳暗淩波路。送春歸、猛風暴雨，一番新緑。千里瀟湘葡萄漲，人解扁舟欲去。又檣燕、留人相語。艇子飛來生塵步，唾花寒、唱我新番句。波似箭，催鳴櫓。黄陵祠下山無數。聽湘娥、泠泠曲罷，爲誰情苦。行到東吴春已暮。正江闊、潮平穩渡。望金雀、觚棱翔舞。前度劉郎今重到，問玄都、千樹花存否。愁爲倩，么弦訴。」

〔二〕「從此」二句：出自辛棄疾《定風波·自和》：「金印纍纍佩陸離。河梁更賦斷腸詩。莫擁旌旗真個去。何處。玉堂元自要論思。且約風流三學士。同醉。春風看試幾槍旗。從此酒酣明月夜。耳熱。那邊應是説儂時。」

〔三〕韓玉：生卒年不詳，本金國人。與辛棄疾等多有唱和，其生活年代應相近。著有《東浦詞》一卷。

〔四〕以「玉」、「曲」叶「注」、「女」：參見韓玉《賀新郎·詠水僊》：「綽約人如玉。試新妝、嬌黄半緑，漢宮匀注。倚傍小欄閒佇立，翠帶風前似舞。記洛浦、當年儔侶。羅襪塵生香冉冉，料征鴻、微步淩波女。驚夢斷，楚江曲。春工若見應爲主。忍教都、閒亭笛管，冷風淒雨。待把此花都折取，和淚連香寄與。須信道、離情如許。煙水茫茫斜照裏，是騷人、九辨招魂處。千古恨，與誰語。」

〔五〕以「夜」、「謝」叶「食」、「月」：參見韓玉《卜算子》：「楊柳緑成陰，初過寒食節。門掩金鋪獨自眠，哪更逢寒夜。强起立東風，慘慘梨花謝。何事王孫不早歸，寂寞鞦韆月。」按，按照韻腳，「食」應作「節」。

【疏　證】

此則以若干宋詞之例，説明詞律與曲律之遞嬗。四聲通押是元代散曲的慣例，由於散曲多承宋詞而來，所以這種四聲通押也可以在宋詞中找到例證。王國維列舉了辛棄疾《賀新郎》、《定風波》，韓玉《賀新郎》、《卜算子》等例，具體説明了四聲通押的情況。辛棄疾、韓玉之詞乃是屬於入聲與上去通押，因爲辛棄疾詞中的「緑」、「熱」，韓玉詞中的「玉」、「曲」、「節」、「月」等字，都屬入聲。而北曲中「入派三聲」已是通例。其實後來王國維在爲敦煌發現的《雲謡集》而寫的跋文中，也再次强調了詞律本寬的事實。王國維當是以此來説明詞與曲在文體嬗變中的若干承傳痕跡。不過，僅憑這些例子，還不足以完全説明宋詞的詞律之寬，比之於王國維所舉四聲通押之例，宋人明辨四聲之例仍是占着絶對大的比例。

静安此則無非是對晚清拘於聲律、一字不易之創作風氣的一種否定。王國維詞話屢次表露出來的對詞律的輕視，正可見其詞學對當時詞風具有明顯的反悖意味。但綜其學術領域，王國維對於音韻，不僅鑽研久，而且用力深，特别是一九一六年從日本回到上海後，因爲沈曾植的緣故，而開始比較深入地介入音韻學的研究。詞話撰述之時，王國維固然談不上對音韻學有精深的研究，而且因詞話主要倡言境界之説，所以對音律問題著墨不多，但王國維注意到詞律與曲律的一致性，也是揭示由詞到曲的文體嬗變規律。王國維後來撰述《宋元戲曲史》，便十分注意曲對詞在音樂性以及其他審美觀念上的承襲。聯繫王國維後來將手稿選擇若干發表在《國粹學報》、《盛京時報》時，皆以論元曲小令或套數者結尾，其深意或亦在此。

第六十一則

稼軒中秋飲酒達旦，用《天問》〔一〕體作送月詞，調寄《木蘭花慢》云：「可憐今夕月，向何處、去悠悠。是别有人間，那邊纔見，光景東頭。」①〔二〕詩人想像，直悟説月輪繞地之事，與科學上密合，可謂神悟。

---

① 此詞汲古閣刻《六十家詞》失載，黄蕘圃所藏元大德本亦闕，後屬顧澗蘋就汲古閣鈔本補之，今歸聊城楊氏海源閣。王半塘四印齋所刻者是也。但汲古鈔本與刻本不符，殊不可解，或子晉於刻詞後始得鈔本耳。

【注釋】

〔一〕《天問》：屈原所作，就天地、自然、靈異、人文等疑難一氣問了一百七十多個問題。題目爲「天問」，大概是因爲天的地位尊崇，不可「問天」，只能「天問」。

〔二〕「可憐」數句：出自南宋詞人辛棄疾《木蘭花慢》（中秋飲酒將旦，客謂：前人詩詞，有賦待月，無送月者。因用《天問》體賦）：「可憐今夕月，向何處、去悠悠。是別有人間，那邊纔見，光景東頭。是天外空汗漫，但長風、浩浩送中秋。飛鏡無根誰繫，姮娥不嫁誰留。謂經海底問無由。恍惚使人愁。怕萬里長鯨，縱横觸破，玉殿瓊樓。蝦蟆故堪浴水，問云何、玉兔解沈浮。若道都齊無恙，云何漸漸如鉤。」

【疏證】

以稼軒詞爲例，説明文學想像與現代科學的一致性，此説看似隨筆所札，其實深沉意蕴仍是求一「真」字。與前面所説寫實、理想云云亦正相合。但王國維此説，乃姑妄言之，稼軒出於想像，所謂「神思」是也，當非出自科學之猜想。王國維接受了西方的科學思想，故以科學之眼讀詞，居然也能讀出科學之理。此實爲巧合，而非稼軒之神悟，若勉强言之，或可稱静安之神悟也。接下言及數種版本，當可據以校勘詞話中所引録詩詞文字，也可與此前完成的《詞録》一書對勘。

第六十二則

譚復堂《篋中詞選》〔一〕謂：蔣鹿潭《水雲樓詞》〔二〕與成容若、項蓮生〔三〕二百年間分鼎三足〔四〕。然《水雲樓詞》小令頗有境界，長調唯存氣格。《憶雲詞》亦精實有餘，超逸不足，皆不足與容若比。然視皋文、止庵輩，則倜乎遠矣。

【注　釋】

〔一〕譚復堂：即譚獻（一八三二—一九〇一），初名廷獻，字仲修，號復堂，仁和（今浙江省杭州市）人。著有《復堂詞》等。《篋中詞選》：即《篋中詞》，清詞選本，譚獻編選，正集六卷，續集四卷。選評合一，其中評語由其門人徐珂輯爲《復堂詞話》之一部分。

〔二〕蔣鹿潭：即蔣春霖（一八一八—一八六八），字鹿潭，江陰（今屬江蘇省）人。著有《水雲樓詞》，爲作者自定本，共二卷。蔣春霖去世後，其未刻詞被輯爲《水雲樓詞續》一卷。

〔三〕項蓮生：即項鴻祚（一七九八—一八三五），後改名廷紀，字蓮生，錢塘（今浙江省杭州市）人。著有《水僊亭詞》、《憶雲詞甲乙丙丁稿》及「補遺」一卷等。

〔四〕「蔣鹿潭」句：出自譚獻《篋中詞》卷五：「文字無大小，必有正變，必有家數。《水雲樓詞》固清商變徵之聲，而流別甚正，家數頗大，與成容若、項蓮生二百年中分鼎三足。」王國維此處是間接引用。

【疏　證】

引譚獻清詞三家鼎立之説，以納蘭性德爲最高，亦以其詞哀感頑豔，得詞體之正，而蔣春霖小令有境界，長調則惟存氣格，項蓮生「超逸不足」，其實即乏「深遠之致」耳。故鼎立三足，王國維以納蘭爲第一，蔣春霖爲第二，項蓮生爲第三，其標準即是前揭之所謂「深美閎約」、「要眇宜修」耳。此則結尾再次表明對張惠言和周濟創作的輕視，其中對張惠言詞學也多有非議，對周濟詞學則頗多引述。王國維區别而論理論與創作的思路甚明。

此則由譚獻評語而引出清詞名家地位的衡定問題。作爲清詞選本，譚獻《篋中詞》影響甚大，而譚獻以納蘭性德、蔣春霖、項鴻祚分鼎清詞三足之説，更是馳名學界。其《篋中詞》選録三家詞分别爲二十五、二十二、二十一首，是選詞最多的三家。但王國維認爲蔣春霖詞中的小令堪當「境界」二字，而長調只是有氣象有格調而已，而氣象、格調與境界尚有距離。項鴻祚的詞只能當得起「精實」二字。如此，與納蘭性德以自然之眼觀物、以自然之舌言情的詞相比，二者就都顯得遜色了。

第六十三則

昭明太子〔一〕稱陶淵明〔二〕詩「跌宕昭彰，獨超衆類。抑揚爽朗，莫之與京」〔三〕。王無功〔四〕稱薛收〔五〕賦「韻趣高奇，辭義晦遠。嵯峨蕭瑟，真不可言」〔六〕。詞中惜少此二種氣象，前者唯東坡，後者唯白石略得一二耳。

【注　釋】

〔一〕昭明太子：即蕭統（五〇一—五三一），字德施，小字維摩，蘭陵（今江蘇省常州市）人。梁武帝蕭衍長子。諡昭明，世稱昭明太子。曾編選周代以迄梁朝詩文成《文選》三十卷，其創作由後人輯爲《昭明太子集》。

〔二〕陶淵明：即陶潛（三六五—四二七），字元亮，别號五柳先生，私諡靖節，入宋後始改名爲「潛」，潯陽柴桑（今江西省九江市）人。著有《陶淵明集》。

〔三〕「跌宕」四句：出自蕭統《陶淵明集序》：「有疑陶淵明詩篇篇有酒，吾觀其意不在酒，亦寄酒爲跡者也。其文章不羣，詞采精拔，跌宕昭彰，獨超衆類，抑揚爽朗，莫之與京。横素波而傍流，干青雲而直上。語實事則指而可想，論懷抱則曠而且真。加以貞志不休，安道苦節，不以躬耕爲恥，不以無財爲病，自非大賢篤志，與道汙隆，孰能如此乎？」

〔四〕王無功：即王績（五八五—六四四），字無功，號東皋子，絳州龍門（今山西省河津市）人。著有《王無功集》五卷。

〔五〕薛收（五九一？—六二四）：字伯褒，蒲州汾陰（今山西省萬榮縣）人。薛道衡之子。著有文集十卷。

〔六〕「韻趣」四句：出自王績《王無功集》卷下《答馮子華處士書》。所稱薛收賦，係《白牛溪賦》。

【疏　證】

續足第四十三則之意，具體分析詞體「不能盡言詩之所能言」之處。蕭統對陶淵明詩文「跌宕昭彰，獨超衆類。抑揚爽朗，莫之與京」的評價，與其説是評其詩文，不如説是評其爲人。因爲蕭統在《陶淵明集序》中還稱贊陶淵明爲人的「貞志不休，安道苦節」，譽其爲志向篤實之「大賢」。這種在人格與文風上的超拔衆類，爽朗逸懷，使其卓然挺立而無人能敵。而薛收的《白牛溪賦》，在王績看來，也有一種因寓意晦遠而表現出來的高奇韻趣。所謂「嵯峨蕭瑟」，意即出人意表岸然自立之致。王國維認爲，陶淵明詩和薛收賦中的這兩種「氣象」在詞體中是很少出現的。王國維認爲前者惟東坡，後者惟白石略得一二。蘇軾的灑脱不羣自非一般詞人可及，而其詞風的抑揚爽朗如《念奴嬌》（大江東去）、《江城子》（老夫聊發少年狂），也頗有陶淵明《詠荆柯》、《讀〈山海經〉》以及《歸園田居》等詩錯綜而成的整體風範。姜夔的詞素以「清空」馳名，託旨遥深，只以清氣盤旋，也自有一種「嵯峨蕭瑟」的意趣。詩、詞兩種文體，雖然彼此聯繫甚多，但也確實各擅勝場，王國維比較後得出此一結論，大體可以成立。但陶詩的特質似并非如昭明太子所言的「跌宕昭彰」、「抑揚爽朗」。而「辭義晦遠」在南宋詞裏其實也是有着比較充分的體現的，如夢窗之密實，即大致可以歸入這一類，王國維認爲後者僅以白石爲代表，殊不耐人思。

第六十四則

詞之雅鄭，在神不在貌。永叔、少游雖作豔語，終有品格。方之美成，便有貴婦人與倡伎之别。

【疏　證】

此則言詞之雅、鄭之區别。手稿「神理」二字後删掉「理」字，「貌」也原爲「骨相」，後易爲今字。王國維提倡「作豔語終有品格」，即文可豔而心不可豔之意，其實是針對詞人人品而言的。王國維在這裏把歐陽修、秦觀與周邦彦比作「貴婦人與倡伎之别」，未免過論。但王國維試圖要表達的似乎是：貴婦人也會放浪，但是真情湧動之時，而倡伎之時時孟浪，只是一種職業性的作假而已，兩者之間，真假判然。所以雅鄭之論其實是真假之論。具體到對周邦彥的評價上，王國維認知不免有偏，後來王國維作《清真先生遺事》又把周邦彥稱之爲「兩宋之間，一人而已」，即是對早期詞話的一種修正。此則對劉熙載之意的承襲十分明顯，《藝概》卷四即評美成詞「當不得個『貞』字」、「周旨蕩」，皆由人品以判詞品，批評方法與劉熙載如出一轍。

「雅鄭」本是音樂術語，指雅樂和鄭聲。古代音樂由五聲十二律交錯而成，大致分爲雅樂和鄭聲兩類。揚雄《法言·吾子》説「中正則雅，多哇則鄭」，所以雅和鄭其實是正與邪、雅與俗的關係，而古代儒家推崇雅樂，所以把鄭聲視爲淫邪之音。李世民《帝京篇十首》就有「去兹鄭衛聲，雅音方可悦」之説。其實鄭衛之聲本是鄭、衛兩國的民間音樂，以熱烈而綺靡著稱，但周王朝卻認爲這種「靡靡之音」擾亂了雅樂的傳播，所以極力加以排斥。王國維言及雅鄭，但并非意在其音樂上之區分，而是著眼於內質和外貌的不同。但如此辨析歐陽修、秦觀與周邦彥的不同，不免有爲歐、秦曲爲回護，而對周邦彥「何患無辭」之嫌疑了。

第六十五則

賀黄公裳〔一〕《皺水軒詞筌》云：「張玉田樂府指迷，其調叶宮商，鋪張藻繪，抑亦可矣，至於風流蘊藉之事，真屬茫茫。如啖官廚飯者，不知牲牢〔二〕之外別有甘鮮也。」〔三〕此語解頤。

【注　釋】

〔一〕賀黄公：即賀裳，字黄公，清代康熙年間詞人。著有《紅牙詞》、《皺水軒詞筌》等。

〔二〕牲牢：猶牲畜，鄭玄曰：「牛羊豕爲牲，繫養者曰牢。」

〔三〕「張玉田」數句：出自賀裳《皺水軒詞筌》：「詞誠薄技，然實文事之緒餘，往往便於伶倫之口者，不能入文人之目。張玉田《樂府指迷》，其詞叶宫商，鋪張藻繪，抑以可矣。至於風流蘊藉之事，真屬茫茫，如啖官廚飯者，不知牲牢之外，别有甘鮮也。」王國維將「其詞」誤作「其調」，將「抑以可矣」之「以」誤作「亦」。

【疏　證】

手稿原稿以「此語解頤」作結，後删此四字。賀裳原文似是針對張炎詞的創作特點而言的。在賀裳的觀念裏，詞不過是文事的「緒餘」，往往但求聲調婉轉、詞義通俗，而難當文章之義。「張玉田樂府指迷」一句似可理解爲：張炎自己的詞也只是在合律可誦和潤色詞采上略有勝處，如果要追究其詞中的風雅意趣和深遠之致，就很茫然了。

何謂「風流蘊藉」？其實賀裳《皺水軒詞筌》也已大致作了解釋：「小詞須風流蘊藉，作者當知三忌：一不可入漁鼓中語言；二不可涉演義家腔調；三不可像優伶開場時叙述。偶類一端，即成俗劣。顧時賢犯此極多，其作俑者，白石山樵也。」王國維引用此則詞話，亦爲詞之本色張本之意。而與風流藴藉相反的則是單一和乏味。王國維以「官廚飯」相喻，意亦在此。所謂「官廚」，乃官府爲官員提供膳食的機構。《文苑英華》卷八一二所載唐代鄭吉《楚州修城南門記》有云：「掾曹有公膳，牙門有常饔，胥史有官廚，衛卒有給食。」可知唐代官府根據官職類别及等級各有不同的膳食機構，而官廚乃是爲胥吏提供膳食之所。宋代的情况大體與此相似，宋代竇儀《刑統疏議》卷九云：「百官常食以上皆官廚所營，名爲外膳。」官廚的服務對象似更寬泛了。但更寬泛帶來的效果可能是製作的簡單和乏味，所以宋代王庭珪《盧溪集》卷十五有「密雲初識雨前春，未羨官廚送八珍」之句。王國維以此爲比喻，正以其意味單一淺薄，而乏味外之味也。

第六十六則

周保緒（濟）《詞辨》云：「玉田，近人所最尊奉，才情詣力亦不後諸人，終覺積穀作米，把纜放船，無開闊手段。」又云：「叔夏所以不及前人處，只在字句上著功夫，不肯換意。……近人喜學玉田，亦爲修飾字句易，換意難。」

【疏證】

引周濟評語二則，未加按語，但引用本身即有贊同之意。此則矛頭針對張炎，清代浙西詞派盛行，一度「家白石而户玉田」，常州詞派理論家周濟則起而辟之。二節引文都在説明張炎詞缺乏「换意」，此與前面批評周邦彦「創意之才少」同一理路，王國維以「意」爲主的詞學觀由此愈益得以昭示，其不苟同浙西派和常州派，蓋亦緣此。

周濟對張炎的批評大致集中在「修飾字句」與「不肯换意」兩個方面，所謂「無開闔手段」云云，也是意思逼仄之意，故難以有深遠之致。但周濟對張炎的「才情」也是認同的，并認爲「其清絶處，自不易到」，「若其用意佳者，即字字珠輝玉映，不可指摘」。評説相對比較客觀。而王國維引述周濟的話卻將其中肯定之語删去，只留否定之評，其引述的傾向性因此而更爲突出。從這一則引述周濟評論張炎詞的内容，也可見前一則引述賀裳評論張炎詞「鋪張藻繪」、「不知牲牢之外别有甘鮮」的評價，與此是彼此呼應的。王國維對張炎詞的評價從這兩則引文已見端倪了。

第六十七則

詞家時代之説，盛於國初。竹垞〔一〕謂：詞至北宋而大，至南宋而深。〔二〕後此詞人，羣奉其説。然其中亦非無具眼者。周保緒曰：「南宋下不犯北宋拙率之病，高不到北宋渾涵之詣。」又曰：「北宋詞多就景叙情，故珠圓玉潤，四照玲瓏。至稼軒、白石，一變而爲即事叙景，使深者反淺，曲者反直。」〔三〕潘四農德輿〔四〕曰：「詞濫觴於唐，暢於五代，而意格之閎深曲摯，則莫盛於北宋。詞之有北宋，猶詩之有盛唐。至南宋則稍衰矣。」〔五〕劉融齋熙載曰：「北宋詞用密亦疏，用隱亦亮，用沈亦快，用細亦闊，用精亦渾。南宋只是掉轉過來。」〔六〕可知此事自有公論。雖止庵詞頗淺薄，潘、劉尤甚；然其推尊北宋，則與明季雲間諸公〔七〕同一卓識，不可廢也。

【注　釋】

〔一〕竹垞：即朱彝尊（一六二九—一七〇九），字錫鬯，號竹垞，又號金風亭長，秀水（今浙江省嘉興市）人。與汪森合編《詞綜》。著有詞集《静志居琴趣》、《江湖載酒集》等。

〔二〕「詞至」二句：意出清代詞學家朱彝尊《詞綜·發凡》：「世人言詞，必稱北宋。然詞至南宋始極其工，至宋季而始極其變。」

〔三〕「南宋」數句：出自清代詞學家周濟《介存齋論詞雜著》。

〔四〕潘四農：即潘德輿（一七八五—一八三九），字彦輔，一字四農，山陽（今屬江蘇省）人。著有《養一齋集》。

〔五〕「詞濫觴」數句：出自清代文學家潘德輿《養一齋集》卷二十二《與葉生名澧書》。

〔六〕「北宋詞」數句：出自清代詞學家劉熙載《藝概》卷四《詞曲概》。

〔七〕雲間諸公：即明末詞人陳子龍、宋徵輿、李雯，三人均爲松江（今屬上海市）人，松江舊稱「雲間」，故稱他們爲「雲間三子」。

【疏證】

爲偏尊北宋詞繼續尋找證據。此則主要針對朱彝尊，朱彝尊提出的南宋詞「極變極工」説，對清詞和清代詞學曾經産生廣泛的影響。静安從撰述詞話之初，即力主以北宋詞爲典範。此則援引周濟、潘德輿、劉熙載諸人之論，都是爲其「北宋説」尋找「公論」。王國維詳列這些詞論家的觀點，也客觀顯示了其詞學淵源。本則最後特别提到明末雲間諸公，既爲這一脈的清代詞學尋找源頭，也是自明根底之論。同時這一則也再次闡明其對當代詞學的糾弊動機，手稿原稿在引述朱彝尊之語後的文字本是「近人爲所欺者大半」，而改爲「後此詞人羣奉其説」，將「近人」的觀念模糊化了。但手稿原稿既能明辨，則手稿修改稿不過是措辭委婉而已，其本意固未嘗稍變。

此則引述數家詞論，不僅表明其崇尚北宋詞的基本立場，也示其詞學淵源所在。作爲浙西詞派的領袖，朱彝尊的詞學思想曾廣泛影響到清初詞壇，他與汪森合編的《詞綜》更是成爲當時詞人競相師法的範本。浙西詞派的理論以南宋詞爲極致，所以其導引的詞風也就成了「家白石而户玉田」的局面。王國維在前面兩則極力貶低張炎詞，也是爲這一則的正面立説提供依據。

周濟、潘德輿、劉熙載三家之論詞雖然都偏尚北宋，但周濟是在北宋與南宋的直接比較中顯現出北宋詞珠圓玉潤的「渾涵」之境；潘德輿則立足詞史發展過程，而將北宋詞比喻爲盛唐詩；劉熙載則是從北宋詞的藝術手法和審美感受上，彰顯了北宋詞的獨特魅力。三家角度略異，但殊途同歸，都將北宋作爲詞體發展的巔峰時期，并以北宋詞爲詞體典範。王國維認爲此三家言論實淵源於明末雲間詞派的理論，因爲以陳子龍爲代表的雲間詞派就是高舉五代北宋的旗幟的。王國維應該是完全認同周濟、潘德輿、劉熙載三家詞論的，但對這三家的填詞水準卻評價甚低，以此來說明理論眼光與創作水準，不一定存在着某種必然的聯繫。

第六十八則

唐五代北宋之詞，所謂「生香真色」〔一〕。若雲間諸公，則彩花〔二〕耳。湘真〔三〕且然，況其次也者乎？

【注　釋】

〔一〕生香真色：似出自清代詞學家王士禎《花草蒙拾》：「『生香真色人難學』，爲『丹青女易描，真色人難學』所從出。千古詩文之訣，盡此七字。」

〔二〕彩花：似出自清代詞學家謝章鋌《雙鄰詞鈔序》：「詞也者，意内言外者也。言勝意，剪彩之花；意勝言，道情之曲也。顧與其言勝，無寧意勝，意勝則情深。」

〔三〕湘真：即陳子龍（一六〇八——一六四四），字人中，又字卧子，號大樽，松江華亭（今屬上海市）人。著有《陳忠裕公詞》等。因其詞集名《湘真閣稿》，故以「湘真」代稱其人。

【疏 證】

以「生香真色」評唐五代北宋之詞，仍是續足上則之意，但上則是從理論層面列舉清代推尊北宋之論説，而追溯至明末雲間諸子，此則則是從創作層面批評雲間諸子創作與理論的疏離。連接理論與創作兩端來立論是王國維撰述詞話相當自覺的做法，前則在推崇周、潘、劉諸人之論有「卓識」的同時，也認爲「止庵詞頗淺薄，潘、劉尤甚」，而未涉雲間諸子，此則續補，而矛頭對準以陳子龍爲代表的雲間派，「彩花」云云正是與「生香真色」相對立的，所謂「生香真色」，即指作品體現出來的生動而真切、活潑而豐富的審美特點。「香」和「色」更多的是形容作品的文采，而「生」和「真」則是對這種文采所表現的情感特點的概括。换言之，「生香真色」其實是對「境界説」的一種感性描述。王國維將「境界」作爲唐五代北宋詞人「卓絶」的標誌，「生香真色」也具有同樣的標誌性意義。「生香真色」源於鮮活的生命，而「彩花」只是徒具外表之美而已。第十四則曾以「映夢窗，凌亂碧」形容夢窗，以「玉老田荒」形容張炎，第五十七則以「畫屏金鷓鴣」形容飛卿詞，以「弦上黄鶯語」形容端己詞，與此對勘，亦與「彩花」仿佛耳。從境界一端而言，「生香真色」即與第四十六則論「鬧」字、「弄」字意思相近，境界由此而得以彰顯；彩花則無境界矣。生香真色，堪稱「不隔」，而彩花則「隔」矣。王國維此前在第四則中曾奪張惠言評温庭筠「深美閎約」之評而移論馮延巳詞，此則奪王士禛《花草蒙拾》語而移評唐五代北宋之詞，其借筏過岸，借古人之境界爲我之境界之方法運用，堪稱融化無痕。東進西突，都把「境界」説之纜以放船，收縱之間，神明自如。以「彩花」喻詞，已見謝章鋌《雙鄰詞鈔序》：「詞也者，意内言外者也。言勝意，剪彩之花；意勝言，道情之曲也。顧與其言勝，無寧意勝，意勝則情深。」謝章鋌從言意關係來區别「剪彩之花」與「道情之曲」的不同，王國維則從真與假的角度來區分，然對「深遠之致」的追求則是一致的。

第六十九則

《衍波詞》[一]之佳者，頗似賀方回。雖不及容若，要在錫鬯、其年[二]之上。

【注　釋】

〔一〕《衍波詞》：王士禛詞集名，共二卷。

〔二〕其年：即陳維崧（一六二五—一六八二），字其年，號迦陵，宜興（今屬江蘇省）人。著有《湖海樓集》，詞集名《湖海樓詞》，曾與朱彝尊合刻《朱陳村詞》。

【疏　證】

此則最爲幽約，意旨隱微。王國維在第四十五則把「境界」視爲「本」，而以「神韻」爲「末」，可見其對神韻説的基本態度。這裏把神韻説的宣導者王士禛的《衍波詞》定位在納蘭與朱彝尊、陳其年之間，似評價不低，其實當别有深意。第二十九則曾説：「北宋名家以方回爲最次，其詞如歷下、新城之詩，非不華贍，惜少真味。」把方回的詞比作明代李攀龍和清代王士禛的詩，以「華贍」稱之，其實正似「彩花」耳，因爲「真」纔是境界之基礎。故「頗似賀方回」一語方是真正露出本相者，其餘將王士禛游離在納蘭和朱彝尊之間，乃蠱惑之語也。隱爲境界説張本。

第七十則

近人詞如《復堂詞》之深婉，《彊村詞》之隱秀，皆在吾家半塘翁〔一〕上。彊村〔二〕學夢窗，而情味較夢窗反勝。蓋有臨川〔三〕、廬陵〔四〕之高華，而濟以白石之疏越者。學人之詞，斯爲極則。然古人自然神妙處，尚未夢見。

【注　釋】

〔一〕半塘翁：即王鵬運（一八四八—一九〇四），字佑遐，一字幼霞，自號半塘老人，晚年又號鶩翁、半塘僧鶩，臨桂（今廣西省桂林市）人。校刻有詞集叢編《四印齋所刻詞》，著有詞集《半塘定稿》等。

〔二〕彊村：即朱孝臧（一八五七—一九三一），一名祖謀，字古微，一字藿生，號漚尹、上彊村民，歸安（今浙江省湖州市）人。校刻有詞集叢編《彊村叢書》，著有詞集《彊村語業》等。

〔三〕臨川：即王安石（一〇二一—一〇八六），字介甫，號半山，臨川（今屬江西省）人。因其籍貫臨川，故以「臨川」代指王安石。著有詞集《臨川先生歌曲》，一名《半山詞》。

〔四〕盧陵：即歐陽修。以其籍貫盧陵（今江西省吉安市），故稱。

【疏　證】

又是意味深長之一則，論近人詞而文筆曲折如此，蓋別有深衷者在焉。「近人詞」在王國維的語境中一直是處於被批評的地位。此則列舉譚獻、朱祖謀、王鵬運，將譚之「深婉」和朱之「隱秀」列於王鵬運之上，然王鵬運之特色，并没有提煉出來，此是幽微處所在。按照此前王國維屢次推崇的詞的「深美閎約」、「要眇宜修」、「深遠之致」等特點，譚獻詞之「深婉」和朱祖謀詞之「隱秀」正是符合詞體特點的，特别是譚獻更幾乎是典範了。然王國維排列詞家順序後，略去一頭（譚獻）一尾（王鵬運），專就朱祖謀一家展開深論，實爲「擒賊先擒王」之意也。王國維認爲朱祖謀詞兼有王安石、歐陽修之「高華」和姜夔之「疏越」，總體「情味」超過夢窗，譽之爲「學人之詞」的「極則」，似乎推崇頗力，但接下筆鋒陡轉，認爲「古人神妙處，尚未夢見」則先揚原爲後抑，實以「破體」視之。手稿原稿在「斯爲極則」下面原有「惜境界稍深」等數字，後又易「深」爲「劣」字，再又全部删略。「境界稍深」語尚婉轉，因爲過深則境界自然難「出」，而境界的「出」又是王國維極爲强調的，而易爲「劣」字，則乾脆將其「境界」否定掉了。其推崇之「自然神妙」正是「境界説」的另外一種表達而已。學人之詞與境界説有着不可調和的矛盾，作爲當時詞壇領袖的朱祖謀在王國維的語境中，便不能不作爲「反面形象」而出現了。朱祖謀尚如此，其他追隨朱祖謀的詞人就更是如此了。换言之，「近人詞」在王國維的眼中，走的完全是一條「破體」之路。

第七十一則

宋尚木〔一〕《蝶戀花》：「新樣羅衣渾棄卻。猶尋舊日春衫著。」〔二〕譚復堂《蝶戀花》：「連理枝頭儂與汝。千花百草從渠許。」〔三〕可謂寄興深微。

【注　釋】

〔一〕宋尚木：即宋徵璧，字尚木，松江（今屬上海市）人。著有《歇浦倡和香詞》等。此處「宋尚木」應作「宋徵輿」。宋徵輿（一六一八—一六六七），字直方，松江（今屬上海市）人。與陳子龍、李雯等并稱「雲間三子」。宋徵輿乃宋徵璧從弟，兩人時有「大小宋」之稱。

〔二〕「新樣」二句：出自宋徵輿《蝶戀花》：「寶枕輕風秋夢薄。紅斂雙蛾，顛倒垂金雀。新樣羅衣渾棄卻。猶尋舊日春衫著。　偏是斷腸花不落。人苦傷心，鏡裏顏非昨。曾誤當初青女約。至今霜夜思量着。」

〔三〕「連理」二句：出自譚獻《蝶戀花》：「帳裏迷離香似霧。不燼爐灰，酒醒聞餘語。連理枝頭儂與汝。千花百草從渠許。　蓮子青青心獨苦。一唱將離，日日風兼雨。豆蔻香殘楊柳暮。當時人面無尋處。」

【疏　證】

續足上則評譚獻詞「深婉」之意。并舉宋直方（手稿誤爲「宋尚木」）、譚獻兩人《蝶戀花》詞，譽爲「寄興深微」，其實是將上則未被闡發的譚獻「深婉」之詞補充例證而已。然在後來王國維編選《人間詞話選》時，又將末句改爲「最得風人之旨」，似乎回歸到傳統詩論裏。上則意在否定朱祖謀，爲集中此「意」，故不暇論及譚獻，此則似把譚獻認爲是居「近代」而不染「近代人」氣息者。境界説與常州詞派寄託説之關係，確實是一個饒有意味的問題。王國維一方面批評常州詞派，一方面又合理選取其中觀點，加以適當採用。境界説與傳統詞學之關係，真是觸目可見。宋徵與的《蝶戀花》寫女子秋夜相思，「新樣」二句寫薄夢醒後，翻尋舊日春衫，乃重温當日相聚情景之意。譚獻的《蝶戀花》寫男子追憶當日情事，「連理」二句極寫情意之深篤。「新樣」二句與「連理」二句，分别以舊日春衫、連理枝頭、千花百草起興，以表達彼此相戀之深情。但王國維卻認爲别有一種「深微」的寄興在。「深微」在何處呢？可能與兩人的生存時代相關。宋徵與生當明末清初，譚獻則生活在清代末年。故兩人的沉迷往日之意，或許有這樣的時代背景在内。

第七十二則

半唐《丁稿》〔一〕和馮正中《鵲踏枝》十闋〔二〕，乃鶩翁詞之最精者。「望遠愁多休縱目」〔三〕等闋，鬱伊惝怳，令人不能爲懷。《定稿》只存六闋〔四〕，殊爲未允也。

【注　釋】

〔一〕半唐《丁稿》：即王鵬運晚年所編之《鶩翁集》。

〔二〕王鵬運依次屬和馮延巳《鵲踏枝》十四首詞，《鶩翁詞》中僅收録十首，故稱「十闋」。王鵬運《鵲踏枝》（馮正中《鵲踏枝》十四闋，鬱伊惝怳，義兼比興，蒙耆誦焉。春日端居，依次屬和。就均成詞，無關寄託，而章句尤爲凌雜。憶雲生云：「不爲無益之事，何以遣有涯之生？」三復前言，我懷如揭矣。時光緒丙申三月二十八日。録十）：

「落蕊殘陽紅片片。懊恨比鄰，盡日流鶯轉。似雪楊花吹又散。東風無力將春限。慵把香羅裁便面。換到輕衫，歡意垂垂淺。襟上淚痕猶隱見。笛聲催按梁州遍。」其一

「斜日危闌凝佇久。問訊花枝，可是年時舊。濃睡朝朝如中酒。誰憐夢裏人消瘦。香閣簾櫳煙閣柳。片霎氤氳，不信尋常有。休遣歌筵回舞袖。好懷珍重三春後。」其二

「譜到陽關聲欲裂。亭短亭長，楊柳那堪折。挑菜濺裙春事歇。帶羅羞指同心結。千里孤光同皓月。畫角吹殘，風外還嗚咽。有限墜歡爭忍説。傷生第一生離別。」其三

「風蕩春雲羅衫薄。難得輕陰，芳事休閒卻。幾日啼鵑花又落。緑箋莫忘深深約。老去吟情渾寂寞。細雨簷花，空憶燈前酌。隔院玉簫聲乍作。眼前何物供哀樂。」其四

「漫説目成心便許。無據楊花，風裏頻來去。悵望朱樓難寄語。傷春誰念司勳誤。枉把游絲牽弱縷。幾片閒雲，迷卻相思路。錦帳珠簾歌舞處。舊歡新恨思量否。」其五

「晝日懨懨驚夜短。片霎歡娛，那惜千金換。燕睨鶯顰春不管。敢辭弦索爲君斷。隱隱輕雷聞隔岸。暮雨朝霞，咫尺迷雲漢。獨對舞衣思舊伴。龍山極目煙塵滿。」其六

「望遠愁多休縱目。步繞珍叢，看筍將成竹。曉露暗垂珠簏簌。芳林一帶如新浴。簷外春山

森碧玉。夢裏驂鸞，記過清湘曲。自定新弦移雁足。弦聲未抵歸心促。」其七

「誰遣春韶隨水去。醉倒芳尊，忘卻朝和暮。換盡大堤芳草路。倡條都是相思樹。　蠟燭有心燈解語。淚盡唇焦，此恨消沈否。坐對東風憐弱絮。萍飄後日知何處。」其八

「對酒肯教歡意盡。醉醒懨懨，無那忺春困。錦字雙行箋別恨。淚珠界破殘妝粉。　輕燕受風飛遠近。消息誰傳，盼斷烏衣信。曲几無憀閒自隱。鏡奩心事孤鸞鬢。」其九

「幾見花飛能上樹。難繫流光，枉費垂楊縷。箏雁斜飛排錦柱。只伊不解將春去。　漫許心情黏地絮。容易飄颻，那不驚風雨。倚遍闌干誰與語。思量有恨無人處。」其十

今《半塘定稿·鶩翁集》中存《鵲踏枝》六闋，計删第三、第六、第七、第九等四闋。

〔三〕「望遠」句：出自王鵬運《鵲踏枝》之七。

〔四〕《定稿》只存六闋：指王鵬運《半塘定稿》只收録了六闋和馮延巳《鵲踏枝》詞，删去了《鶩翁集》中所收録十闋中的第三、六、七、九等四闋。

【疏　證】

續足第六十九則之意。至此三則，都圍繞「近人詞」而論，第一則重在論朱祖謀，後兩則分别評説譚獻、王鵬運。與第七十則基本否定朱祖謀不同，這兩則都是正面論説譚、王二人詞之特色，且以肯定爲主。静安深意，明晰可辨。第七十則在譚獻、朱祖謀、王鵬運三家評比中，以王鵬運位

居最下，而此則引用其和馮延巳《鵲踏枝》十闋爲「鬱伊徜怳」，與前則評譚獻「寄興深微」以及論詞體之「深美閎約」、「要眇宜修」諸説彼此呼應。以此而知，静安品評詞人高下，其依據正在境界説，合者爲上，離者爲下。

王鵬運和馮延巳《鵲踏枝》詞共有十四首，收録在《鶩翁集》中僅十首，而收録在《半塘定稿》中則只有六首。其求精之意於此可見。馮延巳的詞被王國維稱爲「堂廡特大，開北宋一代之風氣」。「堂廡」云云，其實就是指其寄託高遠之意。王鵬運在小序中稱馮延巳此組詞「郁伊惝怳，義兼比興」，與王國維此論也可以對勘。不過，王國維認爲王鵬運評價馮延巳的話，也可移評王鵬運自己。「鬱伊惝怳，令人不能爲懷」云云，其實就是指其由内蘊情感的豐富迷離而引發深沉感慨。王國維此前論譚獻有「深婉」二字，論朱祖謀有「隱秀」二字，此處則以「鬱伊惝怳」四字評價王鵬運詞。而對其後來僅删存六闋，尤爲耿耿，可見其傾慕之意。

第七十三則

固哉，皋文之爲詞也！飛卿《菩薩蠻》〔一〕、永叔《蝶戀花》〔二〕、子瞻《卜算子》〔三〕，皆興到之作，有何命意？皆被皋文深文羅織。阮亭《花草蒙拾》謂：「坡公命宫磨蠍〔四〕，生前爲王珪、舒亶輩〔五〕所苦，身後又硬受此差排。」〔六〕由今觀之，受差排者，獨一坡公已耶？

【注釋】

〔一〕飛卿《菩薩蠻》：即温庭筠《菩薩蠻》：「小山重疊金明滅。鬢雲欲度香腮雪。懶起畫蛾眉。弄妝梳洗遲。　照花前後鏡。花面交相映。新帖繡羅襦。雙雙金鷓鴣。」張惠言《詞選》評：「此感士不遇也，篇法仿佛《長門賦》。……『照花』四句，《離騷》初服之意。」

〔二〕永叔《蝶戀花》：即歐陽修《蝶戀花》：「庭院深深深幾許。楊柳堆煙，簾幕無重數。玉勒雕鞍游冶處。樓高不見章臺路。　雨横風狂三月暮。門掩黄昏，無計留春住。淚眼問花花不語。亂紅飛過鞦韆去。」按，此詞當爲馮延巳作。張惠言《詞選》評：「『庭院深深』，閨中既以邃遠也。『樓高不見』，哲王又不寤也。『章臺游冶』，小人之徑。『雨横風狂』，政令暴急也。『亂紅飛去』，斥逐者非一人而已，殆爲韓、范作乎？」

〔三〕子瞻《卜算子》：即蘇軾《卜算子·黄州定慧院寓居作》：「缺月掛疏桐，漏斷人初靜。誰見幽人獨往來，縹緲孤鴻影。　驚起卻回頭，有恨無人省。揀盡寒枝不肯棲，寂寞沙洲冷。」張惠言《詞選》評：「此東坡在黄州作。鮦陽居士云：『缺月』，刺明微也。『漏斷』，暗時也。『幽人』，不得志也。『獨往來』，無助也。『驚鴻』，賢人不安也。『回頭』，愛君不忘也。『無人省』，君不察也。『揀盡寒枝不肯棲』，不偷安於高位也。『寂寞沙洲冷』，非所安也。此詞與《考槃》詩極相似。」

〔四〕命宫磨蠍：即命運多舛之意。磨蠍，星宿名。蘇軾《東坡志林》卷一云：「退之詩云：『我生之辰，月宿直斗。』乃知退之磨蠍爲身宫，而僕乃以磨蠍爲命。平生多得謗譽，殆是同病也。」此當是王士禛《花草蒙拾》之所本。

〔五〕王珪、舒亶輩：即王珪、舒亶等北宋御史，他們將蘇軾詩歌斷章取義，誣陷蘇軾借詩歌以譏諷新法，歷史上著名的「烏臺詩案」即由此形成。

〔六〕「坡公」數句：出自清代詞學家王士禛《花草蒙拾》：「僕嘗戲謂：坡公命宫磨蠍，湖州詩案，生前爲王珪、舒亶輩所苦，身後又硬受此差排耶？」王國維引文漏「湖州詩案」四字。

【疏　證】

批評張惠言説詞「深文羅織」。王國維雖然推崇「寄興深微」的詞，但這是針對確有寄託的作品而言的，并非主張將所有作品都從「寄託」一端作引申。此則也可視爲對前面數則的補充説明，也藉以表明其詞學與常州派之間有離有合之關係。王國維《宋刊〈分類集注杜工部詩〉跋》亦云：「杜詩須讀編年本，分類本最可恨。偶閲數篇注，支離可哂。少陵名重，身後乃遭此酷，真不幸也。」其批評心態與此則頗近。静安詞《浣溪沙》開篇即有「本事新詞定有無，斜行小草字模糊」之句，倒是與此暗合。静安此則除了明言王士禛《花草蒙拾》的影響之外，與謝章鋌《賭棋山莊詞話》的觀點似乎更爲接近。其「續編」卷一云：「詞本於詩，當知比興，固已。究之《尊前》、《花外》，豈無即境之篇？必欲深求，殆將穿鑿。夫杜少陵非不忠愛，今抱其全詩，無字不附會以時事，將『漫興』、『遺興』諸作，而皆謂其有深文，是温柔敦厚之教，而以刻薄譏諷行之。彼烏臺詩案，又何怪其鍛煉周内哉！即如東坡之『乳燕飛』，稼軒之《祝英臺近》，皆有本事，見於宋人之記載。今竟一概抹殺之，而謂我能以意逆志，是爲刺時，是爲歎世，是何異讀《詩》者盡去小序，獨創新説，而自謂能得古人之心，恐古人可起，未必任受也。前人之記載不可信，而我之懸揣遂足信乎？故皋文之説不可棄，亦不可泥也。」與謝説相比，王國維的觀點承接明顯，但又似略有後退，蓋謝非一概反對深求，認爲只是即境之篇，不必周納而已。

第七十四則

周介存謂：「梅溪詞中，喜用『偷』字，足以定其品格。」〔一〕劉融齋謂：「周旨蕩而史意貪。」〔二〕此二語令人解頤。

【注釋】

〔一〕「梅溪」三句：出自周濟《介存齋論詞雜著》：「梅溪甚有心思，而用筆多涉尖巧，非大方家數，所謂一鉤勒即薄者。梅溪詞中，喜用『偷』字，足以定其品格矣。」

〔二〕「周旨蕩」句：出自劉熙載《藝概》卷四《詞曲概》：「周美成律最精審，史邦卿句最警煉，然未得爲君子之詞者，周旨蕩而史意貪也。」

【疏　證】

引周濟評史達祖和劉熙載評周邦彦、史達祖之語，以爲「令人解頤」。周濟之所謂「偷」與劉熙載所謂「貪」，意思其實都是相近的，都是就「意」而言的，都是批評其創意之才少耳，此與前面評説周邦彦善創調而不善創意，用意亦同。周濟譏其暗襲人意，劉熙載則批評其明奪人意，「明」「暗」之間，都緣於意旨單薄耳。「周旨蕩」非本則重點，手稿第六十四則已先言之：「詞之雅鄭，在神不在貌。永叔、少游雖作豔語，終有品格。方之美成，便有貴婦人與倡伎之别。」乃引劉熙載語而順帶提及耳，所謂「蕩」亦如第七十一則將「寄興深微」改爲「風人之旨」之意，乃歎其用意不夠雅正也。亦此前比較歐陽修、秦觀與周邦彦而稱爲「貴婦人與倡伎之别」的意思。周濟、劉熙載皆重人品與詞品之關係，此則在否定其人品乏君子之風也。《藝概》卷四又云：「周美成詞，或稱其無美不備。余謂論詞莫先於品。美成詞信富豔精工，只是當不得個『貞』字。」對照此數論，王國維對詞人人格之强調已可概見。周濟、劉熙載二人之詞學乃王國維持論之重要淵源也。余素持王國維詞學思想主要淵源於中國古典之説，即緣於王國維撰述詞話之初，其立論基石和評價標準多從古典詞論中翻變而出，此不僅有王國維一一引録之詞論家和詞論著作可證明，而且不少條目也在話語或觀念上有暗用或化用古代詞論的痕跡在。只是爲了佐證若干理論，纔援引西學以相印證。手稿中這種痕跡就更爲明顯了。

周濟從史達祖詞中頻繁使用「偷」字來形容其品格如「偷」，也屬别有會心者。史達祖用「偷」字之例如「千里催偷春暮」、「渾欲便偷去」、「籬落翠深偷見」、「春翠偷聚」、「猶將淚點偷藏」、「偷黏草甲」、「偷理綃裙」等等。不僅數量多，而且用法各有不同，以描寫動作爲主，如「偷去」、「偷見」、「偷聚」、「偷藏」、「偷黏」、「偷理」等。這種以「偷」的心理來描寫動作，其實是表達了史達祖在宋末艱難時世的一種特殊心理，故其動作有這樣的謹慎和膽怯特徵。據實説，這些「偷」字的使用是不乏其精妙之處的。但周濟認爲這個「偷」字可以定其品格，并非對其「偷」字使用的非議，而是因爲史達祖的詞意往往暗襲他人，故姑且用史達祖好用的這個「偷」字來形容這種創意的匱乏。因爲匱乏，所以「偷」意現象便不一而見了。所以史達祖與周濟兩人是在不同的概念上使用這個「偷」字的。但周濟的這一説法畢竟比較模糊了，所以劉熙載以「史意貪」來點化周濟使用的這個「偷」字，就更準確更鮮明了。而王國維的「解頤」，則表明了他對周濟、劉熙載二人之説的認同。

第七十五則

賀黄公謂：「姜論史詞，不稱其『軟語商量』，而稱其『柳昏花暝』，固知不免項羽學兵法之恨。」〔一〕然「柳昏花暝」〔二〕自是歐、秦輩吐屬。吾從白石，不能附和黄公矣。

【注　釋】

〔一〕「姜論史詞」數句：出自清代詞學家賀裳《皺水軒詞筌》。原文「稱其『柳昏花暝』」之「稱」作「賞」。「姜論史詞」，是指黄昇《中興以來絶妙詞選》卷七於史達祖《雙雙燕》後注云：「姜堯章極稱其『柳昏花暝』之句。」

〔二〕「柳昏花暝」：出自史達祖《雙雙燕・詠燕》：「過春社了，度簾幕中間，去年塵冷。差池欲往，試入舊巢相并。還相雕梁藻井，又軟語商量不定。飄然快拂花梢，翠尾分開紅影。芳徑，芹泥雨潤。愛貼地爭飛，競誇輕俊。紅樓歸晚，看足柳暗花暝。應自棲香正穩，便忘了、天涯芳信。愁損翠黛雙娥，日日畫欄獨憑。」

【疏　證】

引賀裳語而表示異議，爲其未能得詞人之本色。賀裳認爲姜夔評史達祖詞，欣賞其「柳昏花暝」之句，而不喜其「軟語商量」之言，是取其下者。但王國維認爲「柳昏花暝」正是從北宋歐陽修、秦觀一派風格而來，是得詞體之正，而「軟語商量」云云，其實與姜夔「數峰清苦，商略黄昏雨」的用法相似，有「如霧裏看花，終隔一層」的感覺，情、景相隔，所以不取，而認爲姜夔所評頗具隻眼。王國維後加入「前後有畫工化工之殊」來形容兩個詞語的差别。此則仍是偏尊北宋之意。手稿原稿在「固知不免項羽學兵法之恨」後有「然二句境界自以後句爲勝」數字，後删略，但其持境界説以裁斷詞作優劣的思路還是脈息可聞的。將創作與理論分開評論，是王國維常用的批評方法，如周濟詞學觀點常常爲其所引用，但對周濟之詞，則評價甚低。姜夔在詞話中基本上也屬於反面人物，王國維論及隔與不隔之理論時，姜夔就是「隔」的代表。但此處評論，仍區别對待。這也是王國維值得稱道之處。「吾從白石」，在王國維口中說出，原本應該是一句很艱難的話。王國維手稿援引了兩則賀裳的《皺水軒詞筌》，手稿第六十五則，王國維以賀裳之論爲解頤，而此則表示不苟同。傳統詞話對其詞學思想之影響，可見一斑。

第七十六則

詠物之詞，自以東坡《水龍吟·詠楊花》爲最工，邦卿《雙雙燕》〔一〕次之。白石《暗香》、《疏影》〔二〕，格調雖高，然無片語道着，視古人「江邊一樹垂垂發」〔三〕、「竹外一枝斜更好」〔四〕、「疏影横斜水清淺」〔五〕等作何如耶？

【注　釋】

〔一〕邦卿《雙雙燕》：即史達祖《雙雙燕·詠燕》（過春社了）。

〔二〕白石《暗香》、《疏影》：即姜夔題作「辛亥之冬，予載雪詣石湖。止既月，授簡索句，且徵新聲，作此兩曲。石湖把玩不已，使工妓隸習之，音節諧婉，乃名之曰暗香、疏影」者。《暗香》：「舊時月色。算幾番照我，梅邊吹笛。喚起玉人，不管清寒與攀摘。何遜而今漸老，都忘卻、春風詞筆。但怪得、竹外疏花，香冷入瑶席。江國。正寂寂。歎寄與路遥，夜雪初積。翠尊易泣。紅萼無言耿相憶。長記曾攜手處，千樹壓西湖寒碧。又片片、吹盡也，幾時見得。」姜夔《疏影》：「苔枝綴玉。有翠禽小小，枝上同宿。客里相逢，籬角黄昏，無言自倚修竹。昭君不慣胡沙遠，但暗憶、江南江北。想佩環、月夜歸來，化作此花幽獨。猶記深宫舊事，那人正睡裏，飛近蛾緑。莫似春風，不管盈盈，早與安排金屋。還教一片隨波去，又卻怨、玉龍哀曲。等恁時、重覓幽香，已入小窗横幅。」

〔三〕「江邊」句：出自杜甫《和裴迪登蜀州東亭送客逢早梅相憶見寄》：「東閣官梅動詩興，還如何遜在揚州。此時對雪遥相憶，送客逢春可自由。幸不折來傷春暮，若爲看去亂鄉愁。江邊一樹垂垂發，朝夕催人自白頭。」

〔四〕「竹外」句：出自蘇軾《和秦太虚梅花》：「西湖處士骨應槁，只有此詩君壓倒。東坡先生心已灰，爲愛君詩被花惱。多情立馬待黄昏，殘雪消遲月出早。江頭千樹春欲暗，竹外一枝斜更好。孤山山下醉眠處，點綴裙腰紛不掃。萬里春隨逐客來，十年花送佳人老。去年花開我已病，今年對花還草草。不如風雨卷春歸，收拾餘香還畀昊。」

〔五〕「疏影」句：出自林逋《山園小梅》：「衆芳摇落獨暄妍，占盡風情向小園。疏影横斜水清淺，暗香浮動月黄昏。霜禽欲下先偷眼，粉蝶如知合斷魂。幸有微吟可相狎，不須檀板共金樽。」

【疏　證】

從詠物詞角度言及詞的「隔」與「不隔」之别。王國維把蘇軾《水龍吟》與史達祖《雙雙燕》譽爲詠物之甲乙，稱歎有加。然何以如此贊賞，則未加分析説明。倒是接下以白石之《暗香》、《疏影》爲「格調雖高，然無片語道着」，由此逆推，可知王國維當是以蘇軾、史達祖詠物詞之兼備形神，而列爲詠物之典範的。相形之下，姜夔詠梅花二詞，可能用典過多，以至與所詠之物有了游離的感覺，故王國維稱其「無片語道着」。手稿原稿在「格調雖高」下面有「而情味索然」數字，而又改爲「境界極淺」，復將其删略，最後又易爲「然無片語道着」，可見「情味」與「境界」原本近似。聯繫第七十則手稿原稿批評學人之詞的代表人物朱祖謀「境界稍深」，則境界的過深與過淺，都不能被王國維所認同，只有表現適度的境界，纔是王國維心目中的理想境界。王國維對姜夔梅花詞的貶評，一方面與其用典過多有關，另一方面與南宋詞整體較爲雕琢的特點有關。然詞史發展，各有其背景，王國維據北宋以衡南宋，難免論有偏至了。

第七十七則

白石寫景之作，如「二十四橋仍在，波心蕩、冷月無聲」〔一〕、「數峰清苦，商略黄昏雨」〔二〕、「高樹晚蟬，説西風消息」〔三〕，雖格韻高絶，然如霧裏看花，終隔一層。梅溪、夢窗諸家寫景之病，皆在一「隔」字。北宋風流，過江遂絶。抑真有風會存乎其間耶？

【注　釋】

〔一〕「二十四橋」二句：出自姜夔《揚州慢》（淳熙丙申至日，予過維揚。夜雪初霽，薺麥彌望。入其城，則四顧蕭條，寒水自碧。暮色漸起，戍角悲吟。予懷愴然，感慨今昔，因自度此曲。千巖老人以爲有黍離之悲也）：「淮左名都，竹西佳處，解鞍少駐初程。過春風十里，盡薺麥青青。自胡馬、窺江去後，廢池喬木，猶厭言兵。漸黄昏清角，吹寒都在空城。　杜郎俊賞，算而今、重到須驚。縱豆蔻詞工，青樓夢好，難賦深情。二十四橋仍在，波心蕩、冷月無聲。念橋邊紅藥，年年知爲誰生。」

〔二〕「數峰」二句：出自姜夔《點絳唇》：「燕雁無心，太湖西畔隨雲去。數峰清苦。商略黄昏雨。第四橋邊，擬共天隨住。今何許。憑欄懷古，殘柳參差舞。」

〔三〕「高樹」二句：出自姜夔《惜紅衣》：「簟枕邀涼，琴書换日，睡餘無力。細灑冰泉，并刀破甘碧。牆頭唤酒，誰問訊、城南詩客。岑寂。高柳晚蟬，説西風消息。虹梁水陌，魚浪吹香，紅衣半狼藉。維舟試望故國。眇天北。可惜渚邊沙外，不共美人游歷。問甚時同賦，三十六陂秋色。」

【疏　證】

從寫景角度言及「隔」與「不隔」之别。上則言詠物，貴在形神兼備、情味雋永，此則言寫景，貴在真切自然。王國維批評姜夔《揚州慢》、《點絳脣》、《惜紅衣》諸詞寫景「如霧裏看花，終隔一層」，又説史達祖、吴文英等人寫景之病「皆在一隔字」，以此可見，王國維推崇北宋詞當更多出於其寫景之自然。手稿原稿在引述白石、梅溪詞句後有「然皆未得五代北宋人自然之妙」，可見「自然」二字，乃是「境界説」的基本特徵之一。王國維後將對南宋詞人寫景之病的正面批評改爲：「北宋風流，過江遂絶，抑真有風會存乎其間耶！」則將視野擴大至時代變换與文體嬗變的角度，學理意味更爲深刻。南北宋詞風差異，《藝概》卷四言之頗得其要：「北宋詞用密亦疏，用隱亦亮，用沈亦快，用細亦闊，用精亦渾；南宋只是掉轉過來。」然融齋軒輊尚不明朗，静安則態度分明了。自來解説王國維此則詞話者，多以寫景之明晰爲宗旨，此固是主要意思，但研味王國維原意，當是强調對實際景物的描寫程度而言的，其中既有清朗之景物，也有原本模糊之景物。若是原本模糊之景物，能寫出其模糊之狀，也是一種寫景的清晰。其所謂「霧裏看花」當是指未能將景物如實展現之意，以致讀者不能明瞭實際景物的特徵，則若要由景煥情，就莫明所以了。對於情景二者之關係，王國維大體持分別叙寫之立場，以釐清作品脈絡。姜夔此數詞，按當今之審美觀念，其以一種擬人的手法來寫，自有一種風韻。而王國維認爲景物過染情韻，反使景物的特徵無法彰顯出來。這是王國維的理論特色所在，當然也是其局限所在。

頗有意味的是，王國維自己的詞似乎也不避這種「隔」的，如其《點絳唇》即有「數峰著雨，相對青無語」之句。王國維若認爲姜夔之「數峰清苦，商略黄昏雨」「如霧裏看花，終隔一層」的話，則其《點絳唇》云云，乃從姜夔句化出，自亦正蹈此弊。此王國維理論與創作之距離，也可見一斑。

第七十八則

問「隔」與「不隔」之別，曰：淵明之詩不隔，韋、柳〔一〕則稍隔矣；東坡之詩不隔，山谷〔二〕則稍隔矣。「池塘生春草」〔三〕、「空梁落燕泥」〔四〕等句，妙處唯在不隔。詞亦如是。即以一人一詞論，如歐陽公《少年游》詠春草，上半闋曰：「闌干十二獨憑春，晴碧遠連雲。二月三月，千里萬里，行色苦愁人。」語語都在目前，便是不隔。至云「謝家池上，江淹浦畔」〔五〕，則隔矣。白石《翠樓吟》「此地。宜有詞僊，擁素雲黄鶴，與君游戲。玉梯凝望久，歎芳草、萋萋千里」，便是不隔。至「酒祓清愁，花消英氣」〔六〕，則隔矣。然南宋詞雖不隔處，較之前人，自有深淺厚薄之别。

【注釋】

〔一〕柳：指柳宗元（七三七—八一九），字子厚，河東（今山西省永濟市）人，著有《柳河東集》。

〔二〕山谷：即黄庭堅（一〇四五—一一〇五），字魯直，號山谷道人，又號涪翁，洪州分寧（今江西省修水縣）人。著有詞集《山谷琴趣外篇》等。

〔三〕「池塘」句：出自謝靈運《登池上樓》：「潛虬媚幽姿，飛鴻響遠音。薄霄愧雲浮，棲川怍淵沈。進德智所拙，退耕力不任。徇禄反窮海，卧痾對空林。衾枕昧節候，褰開暫窺臨。傾耳聆波瀾，舉目眺嶇嶔。初景革緒風，新陽改故陰。池塘生春草，園柳變鳴禽。祁祁傷豳歌，萋萋感楚吟。索居易永久，離羣難處心。持操豈獨古，無悶徵在今。」

〔四〕「空梁」句：出自薛道衡《昔昔鹽》：「垂柳覆金堤，蘼蕪葉復齊。水溢芙蓉沼，花飛桃李蹊。采桑秦氏女，織錦竇家妻。關山别蕩子，風月守空閨。恒斂千金笑，長垂雙玉啼。盤龍隨鏡隱，彩鳳逐帷低。飛魂同夜鵲，倦寢憶晨雞。暗牖懸蛛網，空梁落燕泥。前年過代北，今歲往遼西。一去無消息，那能惜馬蹄。」

〔五〕「謝家」二句：出自歐陽修《少年游》：「闌干十二獨憑春，晴碧遠連雲。千里萬里，二月三月，行色苦愁人。　謝家池上，江淹浦畔，吟魄與離魂。那堪疏雨滴黄昏，更特地憶王孫。」

〔六〕「酒祓」二句：出自姜夔《翠樓吟》：「月冷龍沙，塵清虎落，今年漢酺初賜。新翻胡部曲，聽氈幕、元戎歌吹。層樓高峙。看檻曲縈紅，簷牙飛翠。人姝麗。粉香吹下，夜寒風細。　此地。宜有詞僊，擁素雲黄鶴，與君游戲。玉梯凝望久，歎芳草、萋萋千里。天涯情味。仗酒祓清愁，花銷英氣。西山外。晚來還卷，一簾秋霽。」

【疏　證】

總結「隔」與「不隔」的基本理論。前此三則以「隔」與「不隔」爲批評視角，側重在詠物與寫景兩個方面，此則予以理論總結。隔與不隔既可以以「人」論，也可以以「作品」論，還可以以「句」論，但主要是針對「句」而言的。「語語都在目前，便是不隔」，「不隔」在語言上的體現尤爲鮮明，參諸前面三則，則寫情寫景寫物能給人以自然、直接、鮮明、真切、生動的印象，使讀者能直接切入到特定的情境之中，則堪稱「不隔」。陶淵明、謝靈運、蘇軾等人之詩，多直寫心境和自然，所以被王國維譽爲不隔，而顔延之、黄庭堅好用典故，用典往往導致詩意曲折隱晦，無法予人以直接之感動，尤其黄庭堅喜歡「點鐵成金」，故意在他人詩句中翻新出奇，難免銷蝕真氣，故有「稍隔」之評。王國維手稿此則略有删改之痕，一字之易，也不無深意，如「不隔」在手稿原稿中爲「真」字，而且在前三處出現「不隔」的地方，原本均爲「真」字，可見「不隔」原本由「真」字而來。又「語語都在目前」一句在手稿原稿中也是「語語可以直觀」，也可見「不隔」與「直觀」也是相通的，特别是隔與不隔的讀者接受角度也由此凸現出來。綜合而言，不隔乃是對真實情、景、物的自然直觀，以及由此而形成的語言率真自如、意象鮮明真切的藝術效果，用典和雕琢則是不隔的對立面。此則結尾，王國維又回復到偏尊北宋的話題上來，也是以「隔」與「不隔」爲標準，回護舊説。但正是此則，暴露出王國維理論的自相矛盾之處，蓋其無論是借鑒前人之「深遠之致」，還是後來自鑄之「要眇宜修」，皆在追求言外之意，而不隔則意盡言中，無復韻味。靜安詞學之内部矛盾由此可見一斑。饒宗頤對於靜安偏尚「不隔」，也殊不謂然，其《人間詞話平議》云：「王氏論詞，標隔與不隔，以定詞之優劣……予謂『美人如花隔雲端』，不特未損其美，反益彰其美，故『隔』不足爲詞之病。……詞之性質，『深文隱蔚，秘響旁通』，故以曲爲妙，以複見長，不能單憑直覺，以景證境。吾故謂王氏之説，殊傷質直，有乖意内言外之旨。若夫『晦塞爲深，雖奥非隱』，如斯方爲詞之疵累。質言之，詞之病，不在於隔而在於晦。」堪稱切情合體之論。唐圭璋《評人間詞話》亦云：「王氏既倡境界之説，而對於描寫景物，又有隔與不隔之説，此亦非公論。推王氏之意，在專尚賦體，而以白描爲主，故舉『池塘生春草』、『采菊東籬下』爲不隔之例。夫詩原有賦比興三體，賦體白描，固是一法，然不能除此一法外，即無他法。比興從來亦是一法，用來言近旨遠，有含蓄，有寄託，香草美人，寄慨遥深，固不能謂之隔也。東坡之《卜算子》詠鴻、放翁之《卜算子》詠梅、碧山之《齊天樂》詠蟬，詠物即以喻人，語語雙關，何能以隔譏之？若盡以淺露直率爲不隔，則亦何貴有此不隔？」唐圭璋從中國古典詩歌的傳統説起，自然更具説服力，靜安論詞之逼仄也相形而出。又第八十則，曾有評嚴羽興趣説爲皮相之見者，然此則論隔與不隔，以自然直觀爲審美趨向，實與嚴羽同一旨意，《滄浪詩話·詩評》云：「漢魏古詩，氣象混沌，難以句摘。晉以還方有佳句，如淵明『采菊東籬下，悠然見南山』，謝靈運『池塘生春草』之類。謝所以不及陶者，康樂之詩精工，淵明之詩質而自然耳。」其理論略加對照，即可窺見其同，而且所舉詩句、詩人，也幾乎如出一轍。又《詩法》亦云：「意貴透徹，不可隔靴搔癢。」也是以不隔爲尚。劉熙載《藝概》卷二亦云：「凡詩，迷離者要不間，切實者要不盡，廣大者要不廓，精微者要不僻。」「不間」近乎「不隔」，「不盡」則與「深遠之致」意思相通。值得一提的是，王國維對隔與不隔的理論，在一九一五年初的《盛京時報》本《人間詞話》又作了進一步的提煉和修正，將手稿中多以人以句來裁斷隔與不隔的基本方法，改變爲以句段或篇爲基本單位，并將手稿中的「稍隔」形態在修訂本中作了結構上的説明，使原本似乎處於兩極對立的隔與不隔説細化爲「不隔、隔之不隔、不隔之隔、隔」四種結構形態，尤其是對中間兩種形態分析更爲著意，可見得「不隔」是一種審美理想，懸格甚高；「隔」則是失敗之例，不遑多論；更常見的倒是介乎其中的隔與不隔錯綜的形態。换言之，手稿本中的「稍隔」纔是文學創作的常態。

王國維在諸説中，對「隔與不隔」的關注程度僅次於境界説。俞平伯《重印〈人間詞話〉序》已將其與境界説并稱爲「持平入妙。銖兩悉稱，良無間然」。盧前《飲紅簃論清詞百家》云：「人間世，『境界』義昭然。北宋清音成小令，不須引慢已能傳。『隔』字最通圓。」葉恭綽《廣篋中詞》也并稱「境界」與「隔與不隔」之説爲「尤徵精識」。當然這是稱譽之論，至批評之論也所在多有，凡此皆足徵此說之受關注的情形。

第七十九則

少游詞境最爲淒婉。至「可堪孤館閉春寒，杜鵑聲裏斜陽暮」〔一〕，則變而淒厲矣。東坡賞其後二語〔二〕，猶爲皮相。

【注釋】

〔一〕「可堪」二句：出自秦觀《踏莎行》：「霧失樓臺，月迷津渡。桃源望斷無尋處。可堪孤館閉春寒，杜鵑聲裏斜陽暮。驛寄梅花，魚傳尺素。砌成此恨無重數。郴江幸自繞郴山，爲誰流下瀟湘去。」

〔二〕「東坡賞其後二語」句：出自胡仔《苕溪漁隱叢話》前集卷五十引惠洪《冷齋夜話》：「少游到郴州，作長短句。東坡絶愛其尾兩句，自書於扇曰：『少游已矣，雖萬人何贖！』」所謂「尾兩句」即「郴江幸自繞郴山，爲誰流下瀟湘去」二句。

【疏　證】

重提詞的「淒婉」本色。手稿第一則即以《詩經・蒹葭》與晏殊「昨夜西風」詞作對比，認爲詩可「灑落」而詞宜「悲壯」，這與傳統詞學認爲詞體應該具有「哀感頑豔」的特色也是一致的。其於五代詞人，最推崇馮延巳，而以馮延巳之「和淚試嚴妝」作爲馮延巳的詞品，并以此與温庭筠的「畫屏金鷓鴣」和韋莊的「弦上黄鶯語」相區别，則悲情是王國維持以衡量詞人甲乙的重要依據之一。以歐、秦爲代表的北宋詞在王國維眼中有着無可替代的位置，特别是秦觀，在王國維有關「有我之境」的分析中，更是被拈出過。王國維并曾引馮煦語，以爲秦觀方能當得起「古之傷心人」的美譽。此處再次將其「可堪孤館閉春寒，杜鵑聲裏斜陽暮」拈出，許爲詞境「淒婉」以至「淒厲」的典範。「淒婉」猶在「要眇宜修」的體制之内，「淒厲」則程度更深，近似「悲壯」，在表現詞體的「悲情」特點上更具典型性。孤館、春寒、杜鵑、斜陽皆是表達哀情之景象，而秦觀復以「可堪」、「閉」、「暮」等加强色彩的詞，將情感向縱深開掘，所以超越了一般性的悲情，是「淒厲」了。王國維在末二句，批評蘇軾欣賞末二句「郴江幸自繞郴山，爲誰流下瀟湘去」是「皮相」，其實是對應前兩句而言的，并非王國維不能欣賞這類深於情韻之句，而是在表現情感的深度上，或者説在體現「有我之境」上，「可堪」兩句確乎比「郴江」兩句要顯得集中而有震撼力。王國維此則矚目所在是抒發情感的力度上，故有批評蘇軾的言論。朱光潛《詩的隱與顯——關於王靜安的〈人間詞話〉的幾點意見》一文基本贊同王國維對秦觀詞句的抑揚。但認爲「可堪」兩句之妙，并非妙在情感的「淒厲」上，而是在於這兩句「能以情禦才而才不露」，「郴江」兩句「雖亦具深情，究不免有露才之玷」，亦可備一説。朱光潛持「詩的最大目的在抒情不在逞才」之説，其立説之根本在此。

第八十則

嚴滄浪〔一〕《詩話》曰：「盛唐諸公，唯在興趣。羚羊掛角，無跡可求。故其妙處，透澈玲瓏，不可湊拍。如空中之音、相中之色、水中之影、鏡中之象，言有盡而意無窮。」〔二〕余謂：北宋以前之詞，亦復如是。但滄浪所謂興趣，阮亭〔三〕所謂神韻，猶不過道其面目，不如鄙人拈出「境界」二字，爲探其本也。

【注釋】

〔一〕嚴滄浪：即嚴羽（一一九二？—一二六五？），字儀卿，又字丹丘，自號滄浪逋客，福建邵武人，著有《滄浪詩話》等。

〔二〕「盛唐諸公……言有盡而意無窮」數句：出自南宋詩論家嚴羽《滄浪詩話》：「盛唐諸人，唯在興趣。羚羊掛角，無跡可求。故其妙處，透徹玲瓏，不可湊泊，如空中之音、相中之色、水中之月、鏡中之象，言有盡而意無窮。」王國維或憑記憶援引，故與原文頗有出入，如「人」作「公」，「徹」作

「澈」，「泊」作「拍」，「月」作「影」等。

〔三〕阮亭：即王士禛（一六三四——一七一一），字子真，又字貽上，號阮亭，晚號漁洋山人，因避清世宗諱，而改名士禎，新城（今山東省桓臺縣）人。著述繁多，後人將其論詩之語彙輯爲《帶經堂詩話》。

【疏　證】

言「境界」説之淵源與地位。此則述及滄浪興趣説、阮亭神韻説和静安自己的境界説，但有本與末之分、面目與内質之分。檢手稿原稿，有幾處删改值得注意：其一是在引述滄浪之語後，本爲：「阮亭曰：『滄浪此論，遂拈出神韻二字，然神韻二字……』後易爲「滄浪所謂興趣，阮亭所謂神韻」；其二是「不如」與「境界二字」之間原無字，後增入「鄙人拈出」四字。這兩點修改可見出王國維思想之演變，王國維原意是將境界與神韻對舉的，因爲神韻來自於興趣，但修改後則變爲興趣、神韻與境界三説對舉。而境界説此前王國維雖屢有發明，但一直是純粹的理論分析，至此境界説的内涵已趨於豐富與穩定，王國維以「鄙人」的角色參與進來，不僅是顯示境界説已可據爲定説，而且以此説的創造者自居。《人間詞話》以境界爲核心的思想至此堪稱完全形成。饒宗頤《人間詞話平議》説：「觀堂標境界之説以論詞，闡發精至；惟自道『境界』二字由其拈出，恐未然耳。」又列江順詒《詞學集成》卷七「詞境」之始境、又境、終境之分，陳廷焯《白雨齋詞話》論詞境等等，以爲靜安先鞭。此從論詞之語源而言，固無問題。然靜安所謂「拈出」者，乃擇其名詞以作論詞之基點耳，點檢前人，雖偶有語及「詞境」或「境界」者，多爲對具體作品之分析，至其特以「境界」爲本體建構體系，縱論詞史者，實所罕見，則靜安自詡首創，其實亦無不可。不宜以「境界」二字已由「他人之我先」①而曲解靜安之意。從靜安詞話中所涉前人詞話來看，靜安對前人之論確實浸染頗多，有不少條目，更是對前人詞話條目的點評，則靜安當未必不知「境界」二字原爲古典詩學之常用之語，其修改後特意加上「鄙人拈出」四字，正在强調自己對傳統詩學概念的重新啟動而已。手稿初稿言及阮亭也有「拈出神韻」云云，其意相似。修改後將阮亭「拈出神韻」之「拈出」二字删略，而在「境界」二字前面加上「鄙人拈出」，兩相對照，正爲突出「末」和「本」的區别耳。撇開「鄙人拈出」這類敏感的話語不談，靜安將三説强分爲本末，亦殊困人思，其接引前説之「深遠之致」，其實與神韻、興趣并無大的區别，而隔與不隔之説，又似與「深遠之致」、「深美閎約」形成理論上的反悖，其間唐突不安之處，正由靜安自創新説之願望所致。唐圭璋《評人間詞話》云：「嚴滄浪專言興趣，王阮亭專言神韻，王氏專言境界，各執一説，未能會通。王氏自以境界爲主，而嚴、王二氏又何嘗不各以其興趣、神韻爲主，入主出奴，孰能定其是非？要之，專言興趣、神韻，易流於空虛；專言境界，易流於質實，合之則醇美，離之則不免偏頗。」顧隨認爲詩學有

① 陸機《文賦》，蕭統編、李善等注，《六臣注文選》，中華書局一九八七年版，第三一三頁。

「玄」與「常」之分，興趣、神韻偏於「玄」，亦如「飯有飯香而飯香非飯」，境界則偏於「常」，本末之論，可由此得以解釋①，可備一説。但靜安本末之説的不足，確乎顯而易見。三説各有側重，也是事實，所以能各執一説，也各擅風流。但三説也不無暗渡陳倉之處，則求其異同，參合諸説，裁斷新論，也是需要引起研究者的注意的。又靜安持滄浪之「興趣」以論北宋以前詞，與其持「境界」以論五代北宋詞，正相仿佛耳。滄浪「以妙遠言詩，掃除美刺，獨任心靈」②，與靜安之「深遠之致」、「要眇宜修」，也是十分接近的。靜安出於滄浪而反責乎滄浪，心態頗耐玩味。本末之論，蒙所未解。其實無論是從理論的本質而言，還是從爲人之自信而言，靜安與滄浪，都堪稱隔世知音的。此則靜安「鄙人拈出」之自信甚或輕狂，似已先見於嚴羽《答出繼叔臨安吴景僊書》中了，其語云：「僕之《詩辨》，乃斷千百年公案，誠驚世絶俗之談，至當歸一之論。其間説江西詩病，真取心肝劊子手。以禪喻詩，莫此親切。是自家實證實悟者，是自家閉門鑿破此片田地，即非傍人籬壁、拾人涕唾得來者。李、杜復生，不易吾言矣。」言語之間，頗以探得詩學本體爲自得。即此而論，靜安不僅遠紹滄浪詩説，甚且法其爲人，神韻何其相似乃爾！又劉熙載對「狂」似乎也頗爲欣賞，其《莊子題辭》云：「《南華》自道是荒唐，我道《南華》語太莊。應爲世間莊語少，狂人多謂不狂狂。」此外猶有可説者，王漁洋

---

① 參見《論王靜安》，顧之京整理《顧隨：詩文叢論》（增訂版），天津人民出版社一九九五年版，第六八頁。

② 《福建通志》總卷三十九，轉引自陳玉定輯校《嚴羽集》，中州古籍出版社一九九七年版，第四二八頁。

「神韻」説沾丐嚴羽《滄浪詩話》者甚多，而漁洋不避淵源，其《漁洋詩話》云：「余於古人論詩，最喜鍾嶸《詩品》、嚴羽《詩話》、徐禎卿《談藝録》。」《蠶尾續文》亦云：「嚴滄浪以禪喻詩，余深契其説。」《漁洋文》云：「嚴滄浪論詩云：『盛唐諸人，唯在興趣。羚羊掛角，無跡可求，透徹玲瓏，不可湊泊。如空中之音，相中之色，水中之月，鏡中之象，言有盡而意無窮。』司空表聖論詩亦云：『味在酸鹹之外。』康熙戊辰春杪，日取開元、天寶諸公篇什讀之，於二家之言，别有會心。録其尤雋永超詣者，自王右丞而下四十二人，爲《唐賢三昧集》，釐爲三卷。」又如其對司空圖詩説，也是極致贊賞，《香祖筆記》云：「表聖論詩有二十四品，予最喜『不著一字，盡得風流』八字。又云：『采采流水，蓬蓬遠春。』二語形容詩境亦絶妙。」劉熙載《藝概》卷四亦云：「司空表聖云：『梅止於酸，鹽止於鹹，而美在酸鹹之外。』嚴滄浪云：『妙處透徹玲瓏，不可湊泊。如水中之月，鏡中之象。』此皆論詩也，詞亦以得此境爲超詣。」引述以上諸語，除了以明三者之聯繫之外，也試圖從一個角度展現靜安與漁洋、融齋在對待前人學説上態度之不同。

第八十一則

「生年不滿百，常懷千歲憂。晝短苦夜長，何不秉燭游」〔一〕，「服食求神僊，多爲藥所誤。不如飲美酒，被服紈與素」〔二〕，寫情如此，方爲不隔。「采菊東籬下，悠然見南山。山氣日夕佳，飛鳥相與還」〔三〕，「天似穹廬，籠蓋四野。天蒼蒼。野茫茫。風吹草低見牛羊」〔四〕，寫景如此，方爲不隔。

【注　釋】

〔一〕「生年」四句：出自《古詩十九首》第十五：「生年不滿百，常懷千歲憂。晝短苦夜長，何不秉燭游。爲樂當及時，何能待來兹。愚者愛惜費，但爲後世嗤。僊人王子喬，難可與等期。」

〔二〕「服食」四句：出自《古詩十九首》第十三：「驅車上東門，遥望郭北墓。白楊何蕭蕭，松柏夾廣路。下有陳死人，杳杳即長暮。潛寐黄泉下，千載永不寤。浩浩陰陽移，年命如朝露。人生忽如寄，壽無金石固。萬歲更相送，聖賢莫能度。服食求神僊，多爲藥所誤。不如飲美酒，被服紈與素。」

〔三〕「采菊」四句：出自陶潛《飲酒詩》第五首：「結廬在人境，而無車馬喧。問君何能爾，心遠地自偏。采菊東籬下，悠然見南山。山氣日夕佳，飛鳥相與還。此中有真意，欲辨已忘言。」

〔四〕「天似」五句：出於北朝斛律金《敕勒歌》：「敕勒川，陰山下。天似穹廬，籠蓋四野。天蒼蒼。野茫茫。風吹草低見牛羊。」

【疏　證】

續足第七十六、七十七、七十八則之意，舉例説明「隔」與「不隔」的區别。此前論不隔多側重於寫景，此則兼顧情景二者。寫情率直而無掩飾，即爲不隔，寫「秉燭游」、「飲美酒」等人生態度，王國維其實是不贊成的，但在美學上卻具有特殊的魅力，所以王國維依然加以欣賞。《古詩十九首》被稱爲是東漢末期文人五言詩的代表之作，比較典型地體現了在動盪之世文人或對於人生短暫的感慨，或對於功名的强烈渴望，而且在表達這種感慨和願望時，往往直言不諱，肆口而發，形成了一種自然、直率、暢達的文風，呈現的是一種未加任何掩飾、包裝的感情。劉熙載《游藝約言》云：「《古詩十九首》，喜怒哀樂，無不親切高妙，所以令人味之無極。」與此仿佛。寫景直觀而又生活化，則爲不隔。王國維所舉的例子，都最大程度地反映了生活的真實，所以被稱爲「不隔」。此則重點仍是突出「不隔」與「真」的關係。但「真」的表現也是形態各異的，既有一種坦誠赤裸的真，也有一種深藏婉曲的真，尚此一真而棄另一真，也殊可不必。

人間詞話疏證卷下

第八十二則

「池塘春草謝家春〔一〕，萬古千秋五字新。傳語閉門陳正字〔二〕，可憐無補費精神。」〔三〕此遺山〔四〕論詩絶句也。夢窗、玉田輩當不樂聞此語。

【注 釋】

〔一〕「池塘」句：出自南朝詩人謝靈運《登池上樓》「池塘生春草」之句。

〔二〕陳正字：即陳師道（一〇五二—一一〇一），字履常、無己，號後山居士，曾任秘書省正字，故稱「陳正字」，彭城（今江蘇省徐州市）人。黄庭堅《病起荆江亭即事十首》之八有「閉門覓句陳無己」之句。

〔三〕「池塘」四句：出自元好問《論詩絶句三十首》之二十九。

〔四〕遺山：即元好問（一一九〇—一二五七），字裕之，號遺山，太原秀容（今山西省忻縣）人。著有

《遺山樂府》等。

【疏　證】

引元好問論詩絶句説明「不隔」之意義。謝靈運《登池上樓》「池塘生春草，園柳變鳴禽」二句，乃是他在政治上遭受打擊，身體上久病初愈後的登樓即見之初春景象，以此唤起自己的生活意趣。所以「池塘」一句中包含着詩人的敏鋭感覺和欣喜之情。其萬古流傳的原因就在於這句詩没有雕琢的痕跡，而情景融合，轉換卻十分自然。鍾嶸《詩品》卷中引《謝氏家録》説：「康樂每對惠連，輒得佳語。後在永嘉西堂，思詩竟日不就，寤寐間忽見惠連，即成『池塘生春草』。故常云：『此語有神助，非吾語也。』」鍾嶸《詩品》又評謝靈運「寓目輒書，内無乏思，外無遺物」，以説明其佇興而成的創作特點。而陳師道則受江西詩派影響，一味講究點鐵成金，奪胎换骨，心中既横亘着他人，難免要局限着自身，於真實直觀一路，自然愈來愈遠。王國維把吴文英、張炎比作陳師道，也是由於吴、張之詞好雕琢、多用典的緣故，帶有「閉門覓句」的特點，他們試圖通過結構的安排和精心的構思，將主題曲折表現出來，但實際上往往造成的是情感的流失和景物的模糊，與「境界」也就愈趨愈遠了。

第八十三則

白仁甫《秋夜梧桐雨》劇〔一〕，奇思壯采，爲元曲〔二〕冠冕。然其詞乾枯質實，但有稼軒之貌，而神理索然，曲家不能爲詞，猶詞家之不能爲詩。讀永叔、少游詩可悟。

【注　釋】

〔一〕《秋夜梧桐雨》劇：即白樸所作雜劇《唐明皇秋夜梧桐雨》，簡稱《梧桐雨》。此劇描寫唐明皇、楊貴妃兩人的愛情故事，抒情濃鬱，詩味醇厚，文辭華美。劇本取材於唐代陳鴻的傳奇小説《長恨歌傳》和白居易的詩歌《長恨歌》，題目也因其中「春風桃李花開日，秋雨梧桐葉落時」之詩句而得名。

〔二〕元曲：是元代雜劇和散曲的合稱。王國維此處則專指雜劇。

【疏　證】

此則言文體難兼勝而易獨工。認爲白樸工曲而其詞「乾枯質實」，永叔、少游工詞，而詩難稱人意。就作者而言是才有偏至，就文體而言是體難兼工。詩與曲皆非靜安討論之重點，其用意猶在詞體的獨特性一端，不過借詩詞曲三者比較而出之耳。手稿原稿有「竹垞尊之，以比玉田。余謂其淺薄正與玉田等耳」數句，後删略。手稿原稿仍是回到貶斥宋末張炎、清初朱彝尊，二人在王國維思想體系中一直被樹爲靶子，但王國維最後將這幾句感情直露的話删掉，也是希望儘量彰顯其詞學理論的理性色彩，因爲類似這種感情外露但未必能體現理性的話語，在此之前已是多次出現。王國維在較爲系統地闡述了境界説後，這種感性話語有可能破壞其詞學理論本身合理内核。

此是首次發表在《國粹學報》六十四則中的最後一則，但發表時作了較大改動：「白仁甫《秋夜梧桐雨》劇沈雄悲壯，爲元曲冠冕。然所作《天籟詞》粗淺之甚，不足爲稼軒奴隸。豈創者易工，而因者難巧歟？抑人各有能有不能也？讀者觀歐、秦之詩遠不如詞，足透此中消息。」王國維極意要説明的是元代乃是雜劇的時代，故其詞已難再鑄輝煌，其對白樸《天籟集》的評價應該納入到這一文體觀念中，纔能得到更切實的理解。但平心而論，《天籟集》中也頗多率意而發、真實自然的優秀之作，一味以「不足爲稼軒奴隸」而整體否定，也是不符合事實的。朱彝尊在《天籟集·跋》中即稱其「自是名家」。《四庫全書總目》也稱《天籟集》「清雋婉逸，調適韻諧」。爲了佐證自己的這一説法，王國維又將歐陽修、秦觀的詩詞作了對比，認爲他們的詩遠不如詞。其實這種「遠不如」的結論背後，與其説是創作成就的比較，不如説是文體觀念的較量。宋詩的「寄興言情」固然不及宋詞，但從詩體發展的角度而言，宋詩的説理議論，正是其可與唐詩并驅的原因所在。

王國維在揭出這種文體創作不平衡現象的同時，對於何以形成這種不平衡的原因也作了初步探討。他認爲原因主要有二：其一，「創者易工，因者難巧」。一種文體在初始階段，因爲文體束縛較少，故寄興言情能以一種自然方式進行，所以能呈現出蓬勃的文體活力。而後人沿襲這種文體，受限於越來越多的文體限制，所以反而容易遮蔽了性情，而多在技巧上追新逐能，文體之衰落遂不可阻擋。其二，「人各有能有不能」，即詩人只能對切合自己秉性的文體發揮出自己的水準，而對其他的文體，只能成就一般，故文學史兼擅多體的文學家是十分罕見的。這種思想來源於陸游的《花間集·跋》，王國維在多則詞話中反復舉例，正印證了陸游「能此不能彼」的説法。除此之外，譬如時代審美觀念的變化等，王國維就不暇關注了。

第八十四則

朱子〔一〕《清邃閣論詩》〔二〕謂：「古人有句，今人詩更無句，只是一直説將去。這般一日作百首也得。」〔三〕余謂北宋之詞有句，南宋以後便無句。如玉田、草窗之詞，所謂「一日作百首也得」者也。

【注 釋】

〔一〕朱子：即朱熹（一一三〇——一二〇〇），字元晦，一字仲晦，號晦庵，别號紫陽，婺源（今屬江西省）人。著有《朱子語類》、《四書章句》等。

〔二〕《清邃閣論詩》：朱熹論詩之語輯録專卷，載《朱子語類》卷第一百三十九、一百四十。

〔三〕「古人有句」數句：出自朱熹《清邃閣論詩》。王國維引文在「古人」後漏「詩中」二字，在「這般」後漏一「詩」字。

【疏 證】

此則隱回境界説，有句無句正是境界有無的一種體現。第三十一則在手稿原稿的基礎上特意把「自成高格，自有名句」八字替换「不期工而自工」六字，正是强調境界説的基本表現就是「名句」。王國維此則引朱熹論詩之語，來説明「北宋之詞有句，南宋以後便無句」，可以説是再次强調這一觀點。有句無句的具體内涵，這裹没有闡釋，但結合前面論有我之境與無我之境、隔與不隔等，可作領會，因爲都是以「句」爲基本分析單位的。以此而言，有句無句其實就是境界有無的另外一種表述。參諸前面數則，所謂「有句」當是言情寫景真切自然、直觀率性的句子，而「無句」不僅在用典和雕琢的修辭手法方面有過甚之處，而且可能有一定的叙事性，所以「出彩」的地方被遮蔽掉了。「有句」乃「有秀句」之意。朱熹反對作詩「一直説將去」，也就是反對平鋪直叙而無波瀾的寫法。朱熹所説的情況與宋詩中有不少詩人追求「平易」風格有關。如果一味以平易爲貴，則作詩變成了一種類似於整齊句式的散文了，詩歌所需要講究的秀句和波瀾也就容易被淡化了。王國維從秀句之有無——實際上是境界之有無，爲其擡高北宋詞貶低南宋詞提供新的依據。

第八十五則

朱子謂：「梅聖俞詩，不是平淡，乃是枯槁。」〔一〕余謂草窗、玉田之詞亦然。

【注　釋】

〔一〕「梅聖俞詩」三句：出自朱熹《清邃閣論詩》。

【疏　證】

此與第八十三則可以對勘，其評白樸詞「乾枯質實」，與這裏以「枯槁」評梅聖俞詩，蓋出於同一機杼。平淡是淡而有味，是一種舒緩真實的生命形態；枯槁則是缺乏生命律動的形態。真實而有生命力是王國維境界説的内涵之一。王國維在此引朱熹語，目的不在評梅堯臣的詩，而在由此移評草窗、玉田之詞，仍是爲偏尊北宋詞張目。王國維在前一則就説張炎、周密等作詞「一日作百首也得」，即以其文字平易之故。此則再以朱熹評論梅堯臣詩歌貌似平淡，其實枯槁，來説明張炎、周密等人之詞在情感内涵方面的貧瘠與淺薄。王國維并非反對平淡之風，對於講究即興的創作方式和自然的審美風格的王國維來説，「平淡」也必然是符合其審美理念的要素之一。只是王國維所要求的平淡是要以深厚的情感作爲底蘊，以精妙而自然的藝術表達作爲形式特徵，所以形成的「平淡」也就是淡而有味，耐人尋索的。以此要求來看待張炎、周密的詞，就很容易發現他們在平淡之下仍是平淡的事實了。王國維對南宋詞似乎總是以挑剔的眼光來衡量，故往往誇大其不足而遮蔽其優點。這也使得王國維的《人間詞話》不免帶有比較明顯的感性特徵。

第八十六則

「自憐詩酒瘦，難應接、許多春色」〔一〕，「能幾番游，看花又是明年」〔二〕，此等語亦算警句耶？乃值如許費力！

【注　釋】

〔一〕「自憐」二句：出自史達祖《喜遷鶯》：「月波疑滴。望玉壺天近，了無塵隔。翠眼圈花，冰絲織練，黄道寶光相值。自憐詩酒瘦，難應接、許多春色。最無賴，是隨香趁燭，曾伴狂客。蹤跡。

謾記憶。老了杜郎，忍聽東風笛。柳院燈疏，梅廳雪在，誰與細傾春碧。舊情拘未定，猶自學、當年游歷。怕萬一，誤玉人夜寒簾隙。」

〔二〕「能幾番游」二句：出自張炎《高陽臺·西湖春感》：「接葉巢鶯，平波卷絮，斷橋斜日歸船。能幾番游，看花又是明年。東風且伴薔薇住，到薔薇、春已堪憐。更淒然，萬緑西泠，一抹荒煙。當年燕子知何處，但苔深韋曲，草暗斜川。見説新愁，如今也到鷗邊。無心再續笙歌夢，掩重門、淺醉閒眠。莫開簾，怕見飛花，怕聽啼鵑。」

【疏　證】

「警句」與「名句」的意思相近，它們都是作品是否有境界的標誌。但警句或名句應該是在直觀真實的基礎上自然呈現出來的，如果用思太深太巧，則失去了警句的自然魅力。王國維這裏分別引用史達祖和張炎詞句，意圖説明南宋詞縱有警句，但雕琢過甚，而自損境界。王國維此則似針對陸輔之《詞旨》而言的，在《詞旨》裏，陸輔之正是把這些句子列爲「警句」的。王國維由此表明其所謂「名句」與其他人所謂「警句」，在審美内涵上是各有其不同的。《詞旨》除了前面七條詞説之外，就是列舉屬對、奇對、警句、詞眼等。而「自憐」二句、「能幾」二句皆在「警句」之列。但在王國維看來，所謂警句應該是準確表現真景物真感情、出於自然、獨出全篇的句子。換言之，警句要在自然中透出韻味，若是露出用力雕琢的痕跡，則已失自然之趣，就遑論警句了。史達祖和張炎將情感的表現用一種大力的轉折表達出來，句中如「自憐、瘦、難應接、能幾番、又是」等，均是力度明顯的字詞，如此，情感的微妙與深沉反而被遮蔽了。這樣的「警句」只是「警」在字面，而非「警」在内裏。王國維的質疑確實是有道理的，以此也將自己代表着「境界」的名句與詞學史上的「警句」區别開來。

第八十七則

文文山〔一〕詞，風骨甚高，亦有境界，遠在聖與〔二〕、叔夏、公謹諸公之上。亦如明初誠意伯〔三〕詞，非季迪〔四〕、孟載〔五〕諸人所敢望也。

【注　釋】

〔一〕文文山：即文天祥（一二三六——一二八三），初名雲孫，字天祥，以字行，改字宋瑞、履善，號文山，吉水（今江西省吉安市）人。著有《文山集》等。

〔二〕聖與：即王沂孫，字聖與，號碧山、中僊，會稽（今浙江省紹興市）人。著有詞集《花外集》等。

〔三〕誠意伯：即劉基（一三一一——一三七五），字伯温，曾被封誠意伯，青田（今屬浙江省）人。著有《誠意伯文集》等。

〔四〕季迪：即高啟（一三三六——一三七四），字季迪，長洲（今江蘇省蘇州市）人。著有《鳧藻集》等。

〔五〕孟載：即楊基（一三二六——？），字孟載，號眉庵，原籍嘉州（今四川省樂山市），生於吳中（今江蘇省蘇州市）。著有《眉庵集》等。

【疏　證】

首次評及明詞。此則手稿原稿是以「明詞如劉誠意詞」開頭的，後改爲「文文山詞」，把「風骨甚高，亦有境界」八字贈予文天祥和劉基，而將處於其間的王沂孫、張炎、周密等宋末諸公置於其下，這是對南宋詞的又一次降格。蓋此前都是在與北宋詞的比較中貶斥南宋詞，此則更將其位置降至元、明之下，王國維對南宋詞的「惡感」真是到了極致。《藝概》卷四有云：「文文山詞有『風雨如晦，雞鳴不已』之意，不知者以爲變聲，其實乃變之正也，故詞當合其人之境地以觀之。」風骨、境界乃需要結合其人品境遇而綜合觀之，方能中肯到位，風骨與境界之關係，頗耐玩索。王國維以劉基擬之如文天祥，而以高啟、楊基擬之如王沂孫、周密、張炎等人。這可能與劉基在明初備受猜忌，最後憂憤而死的經歷有關。由此則可以看出，王國維評述詞人詞史，頗爲重視人格境界的高低的，甚至在某種程度上以人格高低來決定詞品高低。

第八十八則

和凝〔一〕《長命女》詞：「天欲曉。宮漏穿花聲繚繞。窗裏星光少。冷霞寒侵帳額，殘月光沈樹杪。夢斷錦闈空悄悄。强起愁眉小。」此詞前半，不減夏英公《喜遷鶯》〔二〕也。此詞見《樂府解詞》〔三〕，《歷代詩餘》〔四〕選之。

【注釋】

〔一〕和凝（八九八—九五五），字成績，被稱爲「曲子相公」，須昌（今山東省東平縣）人。著有《紅葉稿》等。

〔二〕夏竦《喜遷鶯》詞：「霞散綺，月垂鉤。簾卷未央樓。夜涼銀漢截天流。宮闕鎖清秋。瑶臺樹。金莖露。鳳髓香盤煙霧。三千珠翠擁宸游。水殿按涼州。」

〔三〕《樂府解詞》：當爲《樂府雅詞》之誤，詞集選本，南宋曾慥編，正編三卷，《拾遺》二卷，録宋代詞人五十家，始於歐陽修，訖於李清照，是宋人選宋詞而流傳至今較早的一部，因爲編選時有涉諧謔者皆去之，故名《樂府雅詞》。

〔四〕《歷代詩餘》：即《御選歷代詩餘》，清康熙皇帝領銜主編，侍讀學士沈辰垣等編選，共一百二十卷，選録唐五代以迄明代各家詞九千〇九首。以風華典麗不失其正者爲選録原則，分詞選、詞人姓氏、詞話三部分，前一百卷爲詞選，一百〇一至一百十卷爲詞人姓氏，一百十一至一百二十卷爲詞話彙輯。

【疏　證】

以和凝詞説明自然勝工巧之意。和凝此詞上片語言純任白描，無一語有雕琢痕，但下片用思就較深，語言也顯出安排的痕跡。換言之，上片語語都在目前，所以不隔，下片則稍隔矣。此處提及夏英公《喜遷鶯》，其實在手稿第三則中，王國維先已道及此篇。第三則云：「太白純以氣象勝。『西風殘照，漢家陵闕』，寥寥八字，獨有千古，後世唯范文正之《漁家傲》，夏英公之《喜遷鶯》，差堪繼武，然氣象已不逮矣。」從氣象一端來對照三詞的高下，這裏面潛在的標準或即是境界之闊大與狹小的問題。因爲李白之「西風殘照，漢家陵闕」乃以西風夕陽、帝王陵墓爲背景，言及生與死的話題，從而爲從一己之離別中解脱，提供歷史和現實的依據，在時空的涵蓋上確實非僅僅言及情人相思的話題所能及。王國維没有解釋「氣象」的定義，但從其對境界高遠的强調，可知其氣象也是在境界統攝的範圍之内的。

第八十九則

宋李希聲《詩話》曰:「唐人作詩,正以風調高古爲主。雖意遠語疏,皆爲佳作。後人有切近的當、氣格凡下者,終使人可憎。」〔一〕余謂北宋詞亦不妨疏遠。若梅溪以降,正所謂切近的當、氣格凡下者也。

【注釋】

〔一〕「唐人」數句:出自李錞《李希聲詩話》,「唐人」應作「古人」,見魏慶之《詩人玉屑》卷十引。

【疏證】

此以唐詩高格喻北宋詞,隱有以空靈與質實對舉之意。第三十一則首倡境界説,即有「有境界則自成高格」之語。此則專言格調,語言閒淡,意思深遠,即是唐詩風調高古之處;所謂「切近的當,氣格凡下」,即是題材淺近,意思平實,無高遠之胸襟和言外之遠致者,故而格調凡近,感情局促。此以格調分兩宋之尊卑。李希聲《詩話》所云與王國維所推崇的審美趣味正相一致,故援引以爲淵源,而王國維區别兩宋詞之高下,固有「風調高古」的標準在内。

第九十則

《提要》〔一〕：「王明清《揮麈録》〔二〕載曾布〔三〕所作《馮燕歌》，已成套數，與詞律殊途。」〔四〕毛西河《詞話》〔五〕謂趙德麟令時作商調鼓子詞〔六〕譜「西廂」傳奇，爲雜劇之祖。〔七〕然《樂府雅詞》卷首所載秦少游、晁補之、鄭彦能（名僅）〔八〕《調笑轉踏》，首有致語〔九〕，末有放隊〔一〇〕，每調之前有口號詩〔一一〕，甚似曲本體例。無名氏《九張機》〔一二〕亦然。至董穎道宫《薄媚》大曲〔一三〕詠西子事，凡十隻曲，皆平仄通押，則竟是套曲。此可與《弦索西廂》〔一四〕同爲曲家之蓽路。曾氏置諸《雅詞》〔一五〕卷首，所以别之於詞也。穎字仲達，紹興初人，從汪彦章〔一六〕、徐師川〔一七〕游，彦章爲作《字説》。見《書録解題》〔一八〕。

【注　釋】

〔一〕《提要》：即《四庫全書總目提要》。

〔二〕王明清（一一二七——一二一四），字仲言。著有《揮麈録》、《清林詩話》等。《揮麈録》，分《揮麈前録》四卷、《後録》十一卷、《三録》三卷、《餘話》二卷等。

〔三〕曾布：字子宣，曾鞏之弟。

〔四〕「王明清」數句：出自《四庫全書總目》之《欽定曲譜》提要。王國維引文在「已成」二字間缺一「漸」字。

〔五〕毛西河：即毛奇齡（一六二三—一七一六），字大可，號秋晴，以郡望西河，故稱「西河先生」，蕭山（今屬浙江省）人。「《詞話》」即其所著《西河詞話》。

〔六〕趙德麟令時：即趙令時，字德麟，號聊復翁。著有《侯鯖録》等。商調鼓子詞：即商調《蝶戀花》鼓子詞，按照元稹《會真記》而以説唱方式敷衍故事。

〔七〕「趙德麟」數句：出自毛奇齡《西河詞話》卷二：「宋末有安定郡王趙令時者，始作商調鼓子詞，譜西廂傳奇，則純以事實譜詞曲間，然猶無演白也。」王國維乃間接引用其意而已。西廂傳奇：即唐代傳奇小説《會真記》，一名《鶯鶯傳》，因其愛情故事主要發生於「西廂」，故稱「西廂」傳奇。後世《西廂記》雜劇即據此命名。

〔八〕鄭彦能：即鄭僅，字彦能，彭城（今江蘇省徐州市）人。作有《調笑轉踏》等。

〔九〕致語：原指宋代詞人在聯章詞開頭所作的駢文。宋代朝廷諸多活動如朝賀、令節、宴會等，往往合唱、説、演、舞等爲一體。後亦流行於民間，程式也因此略有簡化。致語爲開場語，多爲四六文，略述活動意義，亦有舞隊表演前有致語的。因其位於活動之首，也有將整個活動的内容稱爲「致語」或「樂語」的。

〔一〇〕放隊：即舞隊表演結束，以詩歌或駢文加以宣示。

〔一〕口號詩：唐詩中即有「口號詩」一種，此處指宋代樂語的一部分，多位於致語之後，一般爲七律，也有作七絶的。

〔二〕無名氏《九張機》：宋代無名氏所作《九張機》，屬於才章體。據此前小序，《九張機》屬於才子之新調，以與樂府舊名如《醉留客》相區别。内容是「章章寄恨，句句言情」。詞長不録。

〔三〕董穎道宫《薄媚》大曲：董穎，字仲達，南宋初年詞人，其所作道宫《薄媚》大曲，收録於《樂府雅詞》中。

〔四〕《弦索西廂》：即《西廂記諸宫調》，亦稱「董西廂」，金代董解元著。

〔五〕《雅詞》：即南宋曾慥所編選之《樂府雅詞》。曾慥，字端伯，自號至游子，晉江（今屬福建省）人。

〔六〕汪彦章：即汪藻（一〇七九——一一五四），字彦章，德興（今屬江西省）人。著有《浮溪集》等。

〔七〕徐師川：即徐俯（一〇七五——一一四一），字師川，洪州分寧（今江西省修水市）人。爲黄庭堅甥。

〔八〕《書録解題》：即《直齋書録解題》，南宋陳振孫著。

【疏　證】

明由詞變曲之端倪。此則無關理論，主要引《提要》和《西河詞話》，説明詞曲嬗變之軌跡。曾布的《馮燕歌》、趙德麟的《商調鼓子詞》、秦觀等人的《調笑轉踏》、無名氏《九張機》、董穎道宫《薄媚》等，不僅在形式上是散曲套數的規模，而且平仄通押，與詞律不合，曲由詞出，北宋已顯其跡象。王國維此則及以下數則，話鋒多涉及詞與曲之關係，這也是王國維手稿以及後來的《國粹學報》、《盛京時報》兩本《人間詞話》理路一致的地方。

第九十一則

宋人遇令節、朝賀、宴會、落成等事，有「致語」一種。宋子京[一]、歐陽永叔、蘇子瞻、陳後山、文宋瑞集中皆有之。《嘯餘譜》[二]列之於詞曲之間。其式：先「教坊致語」（四六文），次「口號」（詩），次「勾合曲」（四六文），次「勾小兒隊」（四六文），次「隊名」（詩二句），次「問小兒」、「小兒致語」，次「勾雜劇」（皆四六文），次「放隊」（或詩或四六文）。若有女弟子隊，則勾女弟子隊如前。其所歌之詞曲與所演之劇，則自伶人定之。少游、補之之《調笑》乃并爲之作詞。元人雜劇乃以曲代之，曲中楔子、科白、上下場詩猶是致語、口號、勾隊、放隊之遺也。此程明善《嘯餘譜》所以列「致語」於詞曲之間者也。

【注　釋】

〔一〕宋子京：即宋祁（九九八——一〇六一），字子京，開封雍丘（今河南省杞縣）人。近人趙萬里爲輯《宋景文公長短句》一卷。

〔二〕《嘯餘譜》：明代程明善撰，共十一卷，其中詞譜三卷。以「歌行題」、「天文題」等分類爲題，并注韻協、句式等等。程明善，字若水，號玉川子，新安（今安徽省歙縣）人。

【疏　證】

此則列出詞——致語——曲的演變軌跡，補足上文，從體制上説明詞、曲之聯繫與區別。點明「致語」創作與令節、朝賀、宴會、落成等事有關，因事關喜慶，故衍詞成曲時參雜若干故事，以唤起興趣。從文體演變的角度來看，致語在從詞到曲的變化過程中擔任着「過渡」的角色，其語言形式近似詞，而結構特徵近似曲——尤其是散曲中的套數。收録於《續修四庫全書》的《嘯餘譜》類似於一部音樂文學作品集，其總目爲嘯旨、聲音數、律吕、樂府原題、詩餘譜、致語、北曲譜、中原音韻、務頭、南曲譜、中州音韻、切韻。在體例上，致語列於「詩餘譜」與「北曲譜」之間，帶有文體過渡意義，這是王國維關注《嘯餘譜》的原因所在。程明善在《嘯餘譜·凡例》中説：「今之傳奇本戾家把戲，而關漢卿爲『我輩生活』，亦伶人《簡兮》之遺意，不若致語且歌且舞有腔有韻有古遺風，存之以見一斑云。」其實是注意到致語文體的綜合特點。在《嘯餘譜》中「致語」（目録中作「樂語」）序列作品是：宋祁《春宴樂語》、王珪《秋宴樂語》、蘇軾《興龍節集英殿宴樂語》、歐陽修《聖節五方老人祝壽人》、蘇軾《黄樓落成致語》、歐陽修《西湖念語》、歐陽修《會老堂致語》、蘇軾《寒食宴致語》、文天祥《宴交代寧國孟知府致語》、文天祥《宴朱衡守致語》及不明撰人之《吉席婚宴致語》，共十一套。從標題上看，樂語、致語、念語、祝壽文都納入到「致語」名下；從内容看，既有在朝廷上舉行的春宴、秋宴、興龍節宴等大型宴會，也有祝壽宴會；有宴請地方官員的，也有宴請一般友人的；有一般喜慶的如黄樓落成、吉席婚宴，也有節慶的如寒食節等；有專爲系列寫景之詞撰寫的念語，也有爲一般性聚會撰寫的致語。從致語的這些標題和内容看，致語的表現領域還是頗爲廣泛的，「頌贊」是其主要情感特徵。因爲這些致語——特别是在宋代朝廷三大節的盛宴上表演的致語，包含着駢文寫成的致語、以詞調吟誦的詞、帶有俳諧意義的雜劇以及舞蹈表演等等，這種綜合性的文藝表演中其實正藴含着新文體的産生，所以值得注意。程明善認爲歌之源出於嘯，故把凡是與音樂有關的文學統納入「嘯餘」之中，并以此名書。但《四庫全書總目提要》認爲此説有誤，在此書提要中説：「考古詩皆可以入樂。唐代教坊伶人所歌，即當時文士之詞。五代以後，詩流爲詞。金、元以後，詞又流爲曲。故曲者詞之變，詞者詩之餘。源流雖遠，本末相生。詩不本於嘯，詞曲安得本於嘯。命名已爲不確。首列嘯旨，殊爲附會。」王國維只是援引《嘯餘譜》之文體序列而已。在《人間詞話》中，王國維不僅用了不少篇幅論析詩歌，甚至一些重要的理論命題也是以詩歌作爲解説之例的；對於曲，王國維也是頗爲關注，《國粹學報》和《盛京時報》兩本《人間詞話》皆以曲結尾，其重視文體嬗變的意味自然是昭然可見的。録蘇軾《集英殿秋宴教坊詞致語口號》如下，以作文體範例：

臣聞天無言而四時成，聖有作而萬物睹。清淨自化，雖仰則於帝心；愷悌不回，亦俯同於衆樂。屬此九秋之候，粲然萬寶之成。吾王不游，何以勞農而休老；君子如喜，則必大烹以養賢。恭惟皇帝陛下，孝通神明，仁及草木。行堯、禹之大道，守成、康之小心。華夷來同，天地并應。以爲福莫大於無事，瑞曷加於有年。南極呈祥，候秋分而老人見；西夷慕義，涉流沙而天馬來。嘉與臣工，肅陳燕俎。禮元侯於三夏，諧庶尹於九成。宣示御觴，聳近臣之榮觀；臚傳天語，溢兩廡之歡聲。臣等親覲昌辰，叨塵法部。采謡言於擊壤，助蒙瞍之陳詩。仰奉威顔，敢進口號：

霜霏碧瓦尚生煙，日泛彤庭已集僊。靄靄四門多吉士，熙熙萬國屢豐年。

高秋爽氣明宫殿，元祐和聲入管弦。菊有芳兮蘭有秀，從臣誰和白雲篇。

【勾合曲】

西風入律，間歌秋報之詩；南籥在廷，備舉德音之器。弦匏一倡，鐘鼓畢陳。上奉宸嚴，教坊合曲。

【勾小兒隊】

皇慈下逮，罄百執以均歡；衆技畢陳，示四方之同樂。宜進垂髫之侣，來修秉翟之儀。上奉威顔，教坊小兒入隊。

【隊名】

登歌依頌磬，下管舞成童。

【問小兒隊】

大君有命，肆陳管磬之音；童子何知，入造工師之末。欲詳來意，宜悉奏陳。

【小兒致語】

臣聞天行有信，歲得秋而萬寶成；君德無私，日將旦而羣陰伏。清風應律，廣樂在庭。占歲事於金穰，望天顔之玉粹。沐浴膏澤，詠歌升平。恭惟皇帝陛下，天縱聰明，日躋聖知。無一物之失所，得萬國之歡心。雖擊壤之民，固何知於帝力；而後天之祝，亦各抒於下情。臣等幸以齠齔之年，得居仁壽之域。詠舞雩於沂水，久樂聖時；唱銅鞮於漢濱，空慚郢曲。願陳舞綴，少奉宸歡。未敢自專，伏候進止。

【勾雜劇】

朱弦玉管，屢進清音；華翟文竿，少停逸綴。宜進詼諧之技，少資色笑之歡。上悦天顔，雜劇來歟。

【放小兒隊】

回翔丹陛，已陳就日之誠；合散廣庭，曲盡流風之妙。歌鐘告闋，羽籥言旋。再拜天階，相將好去。

【勾女童隊】

錦薦雲舒，來九成之丹鳳；霞衣鱗集，隱三疊之靈鼉。上奉宸嚴，教坊女童入隊。

【隊名】

香雲浮繡扆，花浪舞彤庭。

【問女童隊】

清禁深嚴，方縉紳之雲集；僊音嘽緩，忽簪珥之星陳。徐步香茵，悉陳來意。

【女童致語】

妾聞鈞天廣樂，空傳帝所之游；閶闔清風，理絶庶人之共。夫何僊聖，靡隔塵凡。仰瞻八采之威，共慶千齡之運。恭惟皇帝陛下，乾健而粹，離明而文。規摹六聖之心，人將自化；儀刑文母之德，天且不違。樂茲大有之年，申以宗慈之會。虞韶既畢，夏籥將興。妾等分綴以須，審音而作；願俟工歌之闋，少同率舞之歡。未敢自專，伏取進止。

【勾雜劇】

弦匏迭奏，干羽畢陳。洽聞舜樂之和，稍進齊諧之技。金絲徐韻，雜劇來歟。

【放女童隊】

羽觴湛湛，方陳既醉之詩；鼉鼓淵淵，復奏言歸之曲。峨鬟佇立，斂袂卻行。再拜天階，相將好去。

以上是一篇完整的教坊詞致語口號，乃記元祐二年九月丁卯大宴集英殿之事，集英殿乃朝廷宴殿，故凡涉朝廷重大宴事，多擇此殿而舉行，全文收録於《蘇軾詩集》卷四十六。內容無非是歌頌風調雨順、政治清和、皇帝聖明、民衆安樂等升平之事。從結構上説，「教坊詞致語口號」除了前面的致語、口號之外，凡内製之曲，往往還接續有勾合曲、勾小兒隊、隊名、問小兒隊、小兒致語、勾雜劇、放小兒隊，及勾女童隊、隊名、問女童隊、女童致語、勾雜劇、放女童隊各詞，與前面的致語口號合爲一部。王文誥解釋説：「致語口號者，乃排場之始，叙此日之樂也。口號既畢，而後勾合曲。勾者，勾出之業。既奏勾合曲，而後教坊合樂，樂畢，勾小兒隊。小兒入隊，而後演其隊名，且問其入隊之來意，故小兒又致語。蓋因問以陳此日之頌辭，與前面之致語，合成章法也。既訖事，始勾雜劇，雜劇出而無所不有，科諢戲謔，寓諷寓諫，皆教坊主之。及終，則放小兒隊，謂放之使還而樂終也。如或勾女童隊，則又再起，合兩部爲一部也。」按其解釋，開篇之致語及口號當無音樂伴奏，只是以駢文或詩歌的形式略述當日表演之內容，既是排場之始，也有總括下文的意思。勾合曲類似於音樂前奏，教坊合樂畢，則小兒或女童入場，略釋隊名，然後有問有答，再由小兒致語，其致語內容與開篇之致語內容相互呼應。雜劇是綜合性的演出，不過在「科諢戲謔」中「寓諷寓諫」。雜劇演出畢，則小兒隊亦放還。若一部未盡興，則再增女童隊，基本程式則與小兒隊無異。

大體明乎致語的結構體例及內容特點，再來看王國維此則，可推知致語的成套形式、句式的長短錯綜、雜劇的科諢調笑等等，都不免有一種似詞而非詞、似曲而非曲的文體特點。王國維注意及此，只能説明文體觀念一直是這部《人間詞話》持以論説的核心。

第九十二則

自竹垞痛貶《草堂詩餘》而推《絶妙好詞》〔一〕，後人羣附和之。不知《草堂》雖有褻諢之作，然佳詞恒得十之六七。《絶妙好詞》則除張、范、辛、劉〔二〕諸家外，十之八九皆極無聊賴之詞。甚矣，人之貴耳賤目也。

【注　釋】

〔一〕《絶妙好詞》：詞集選本，南宋周密編選，共七卷，凡一百三十二家近四百首詞，專收南宋人詞作，始於張孝祥，終於仇遠。以符合格律而清麗婉約爲選録標準。

〔二〕張、范、辛、劉：即張孝祥、范成大、辛棄疾、劉過。范成大（一一二六—一一九三），字至能，一字幼元，號此山居士，晚號石湖居士，吴縣（今屬江蘇省）人，著有《石湖詞》等。

【疏　證】

朱彝尊以南宋詞爲極工，所以對於選録南宋詞較多的《絶妙好詞》評價較高，而對選北宋詞較多的《草堂詩餘》則評價爲低，其意蓋在崇雅抑俗耳。朱氏之説確實得到了清代不少學者的附議，如錢曾《述古堂藏書題詞》即評價《絶妙好詞》云：「選録精允，清言秀句，層見疊出，誠詞家之南董也。」柯煜《絶妙好詞序》也有「得此一編，如逢拱璧」之評。《四庫全書總目提要》不僅認爲《絶妙好詞》「去取謹嚴」，而且將其價值和地位置於曾慥《樂府雅詞》和黄昇《花庵詞選》之上，推崇之意甚爲明顯。王國維「後人羣附和之」之説未爲無據。王國維詞論反浙派的意圖一向是分明的，此則從選本的角度對朱彝尊詞學痛下針砭，手稿原稿并引韓愈語「小好小慚，大好大慚」以爲例證。蓋在王國維而言，《草堂詩餘》所寫情感多屬青樓買醉之類，然不加掩飾，率性而發，其情感或當不得一個「雅」字，但尚不失一個「真」字，故縱有褻諢之作，亦不失爲有境界；《絶妙好詞》則多南宋人作品，用典偏多，是王國維心目中的「羔雁之具」，因爲注重創作的模式化，使性情被有意地遮蔽起來，性情遮蔽其實也就遠離乎真實了，而遠離真實的作品在王國維的觀念中是價減其半的，也偏離了詞體固有之本色與本位了。王國維把南宋人心目中的「絶妙好詞」看作是「十之八九皆極無聊賴之詞」，可見得對南宋詞的摒斥之力。俗而至於褻諢，雅而至於無聊，其實都不是王國維詞學的駐足處，蓋去其兩極而折衷其間，方是王國維心儀之高境。此則結句「甚矣，人之貴耳賤目也」，可見其對傳統詞學陳陳相因而不自出手眼的批評。此則亦可略窺王國維詞學之思想背景之一斑，因爲在商榷朱彝尊之説中雖有《四庫全書總目提要》的影子，即其對《草堂詩餘》的好評也未嘗不是受到《四庫全書總目提要》的影響。《四庫全書總目提要·類編草堂詩餘》有云：「朱彝尊作《詞綜》，稱《草堂》選詞可謂無目，其垢之甚至。今觀所録，雖未免雜而不純，不及《花間》諸集之精善，然利鈍互陳，瑕瑜不掩，名章俊句亦錯出其間。一概詆排，亦未爲公論。」由「總目」中的這一節話返觀王國維此則，其承傳之意確實是昭然在焉。

第九十三則

明顧梧芳刻《尊前集》〔一〕二卷，自爲之引并云：明嘉禾顧梧芳編次。毛子晉刻《詞苑英華》疑爲梧芳所輯。朱竹垞跋稱：吴下得吴寬手鈔本，取顧本勘之，靡有不同，固定爲宋初人編輯。《提要》兩存其説。案《古今詞話》〔二〕云：「趙崇祚《花間集》載温飛卿《菩薩蠻》甚多，合之吕鵬《尊前集》不下二十闋。」今考顧刻所載飛卿《菩薩蠻》五首，除「詠淚」一首外，皆《花間》所有，知顧刻雖非自編，亦非復吕鵬所編之舊矣。《提要》又云張炎《樂府指迷》雖云唐人有《尊前》、《花間》集，然《樂府指迷》「真出張炎與否，蓋未可定。陳振孫《書録解題》『歌詞類』以《花間集》爲首，注曰『此近世倚聲填詞之祖』，而無《尊前集》之名。不應張炎見之而陳振孫不見」。然《書録解題》「陽春録」條下引高郵崔公度語曰：「《尊前》《花間》往往謬其姓氏。」公度元祐間人，《宋史》有傳。北宋固有，則此書不過直齋未見耳。又案：

黄昇《花庵詞選》李白《清平樂》下注云：「翰林應制。」又云「案唐呂鵬《遏雲集》載應制詞四首，以後二首無清逸氣韻，疑非太白所作」云云。今《尊前集》所載太白《清平樂》有五首，豈《尊前集》一名《遏雲集》，而四首五首之不同，乃花庵所見之本略異歟？又，歐陽炯〔三〕《花間集序》謂：「明皇朝有李太白應制《清平樂》四首。」則唐末時只有四首，豈末一首爲梧芳所羼入，非呂鵬之舊歟？

【注　釋】

〔一〕《尊前集》：編者不詳，蓋爲北宋初人所編，録詞人三十六人詞作二百八十九首，以五代詞爲主。今傳最早版本爲明吴訥《唐宋名賢百家詞》一卷本。

〔二〕《古今詞話》：清代沈雄編撰，分詞話、詞品、詞辨、詞評四個部分，每一部分分上下兩卷，共八卷。

〔三〕歐陽炯（八九六—九七一），五代後蜀詞人，益州華陽（今四川省成都市）人，王國維爲輯有《歐陽平章詞》。

【疏　證】

此則爲純粹考證文字，考證《尊前集》之作者、編定時間、别名。作者是呂鵬，還是顧梧芳？

是吕鵬原編，顧梧芳重編？編定時間是唐末、北宋初，還是明代？是否别名爲《遏雲集》？王國維提出疑問，簡單引述有關文字，但未作定論。按，此則内容已大體先見於王國維編撰的《詞録》中，至撰寫詞話之時，則略作修改。《庚辛之間讀書記》亦有一長篇叙説，大意同此。王國維大約因爲輯録唐五代之詞，又在吴昌綬《宋金元詞集見存卷目》的基礎上編纂《詞録》一書，故對歷代詞選多有留意，在閲讀材料過程中遇有問題遂略作考證耳。手稿寫作，較爲隨意，故時有這類考證文字雜乎其中，而在王國維選録後的本子中，這類帶有純粹考證色彩的詞話条目基本被删略掉了。這也從一個方面説明，王國維撰述詞話最初其實是意圖彙纂自己的詞學見解及有關史料的考訂，故理論闡述與單純性的考證文字夾雜一書之中。王國維在拈出發表之時，之所以要經過數度斟酌、調整、删改，也是要加强其理論色彩而已。

第九十四則

《提要》載：「《古今詞話》六卷，國朝沈雄纂。雄字偶僧，吴江人。是編所述上起於唐，下迄康熙中年。」然維見明嘉靖前白口本《箋注草堂詩餘》林外《洞僊歌》下引《古今詞話》云：「此詞乃近時林外題於吴江垂虹亭。」（明刻《類編草堂詩餘》亦同）案：升庵〔一〕《詞品》云：「林外字豈塵，有《洞僊歌》書於垂虹亭畔。作道裝，不告姓名，飲醉而去。人疑爲吕洞賓。傳入宫中。孝宗笑曰：『雲崖洞天無鎖，鎖與老叶均，則鎖音掃，乃閩音也。』偵問之，果閩人林外也。」（《齊東野語》所載亦略同）則《古今詞話》宋時固有此書。豈雄竊此書而復益以近代事歟？又《季滄葦書目》〔二〕載《古今詞話》十卷，而沈雄所纂只六卷，益證其非一書矣。

【注　釋】

〔一〕升庵：即楊慎（一四八八——一五五九），字用修，號升庵，新都（今屬四川省）人，著有《升庵長短句》、《詞品》等，編有《詞林萬選》等。

〔二〕《季滄葦書目》：清代季振宜撰。

【疏　證】

王國維以明刻《箋注草堂詩餘》和《詞品》二書曾引述《古今詞話》之語，因而考證宋代與清代有兩種《古今詞話》，結論基本正確，但認爲沈雄可能竊取楊湜原書，卻屬妄加猜度。其實，沈雄《古今詞話·凡例》已言之甚明：「詞話者，舊有《古今詞話》一書，撰述名氏久矣失傳，又散見一二則於諸刻。兹仍舊名，而斷自六朝，分爲四種，據舊輯及新鈔者，前後登之，一表製詞之原委，一見命調之異同。僭爲纂述，以鳴一時之盛。」王國維可能未曾寓目沈雄此書，故起考證之心。楊湜《古今詞話》，原書久佚，最早見引於胡仔《苕溪漁隱叢話》。近人趙萬里從所引諸書中輯得六十七則。此書所記多五代以來詞壇逸事，側重傳聞豔事，近於説部。沈雄所撰《古今詞話》則分詞話、詞品、詞辨、詞評四個部分，以薈萃各家評語爲主。王國維論詞多參酌《四庫全書總目提要》，此則亦一證也。

第九十五則

陸放翁跋《花間集》謂：「唐季五代詩愈卑，而倚聲者輒簡古可愛。」「能此不能彼，未可以理推也」。〔一〕《提要》駁之，謂：「猶能舉七十斤者，舉百斤則蹶，舉五十斤則運掉自如。」〔二〕其言甚辨。然謂詞格必卑於詩，余未敢信。善乎陳卧子之言曰：「宋人不知詩而强作詩，故終宋之世無詩。」「然其歡愉愁苦之致，動於中而不能抑者，類發於詩餘，故其所造獨工」。〔三〕唐季、五代之詞獨勝，亦由此也。

【注　釋】

〔一〕「唐季」數句：出自陸游《花間集・跋》：「唐自大中後，詩家日趣淺薄，其間傑出者亦不復有前輩閎妙渾厚之作，久而自厭，然梏於俗尚，不能拔出。會有倚聲作詞者，本欲酒間易曉，頗擺落故態，適與六朝跌宕意氣差近，此集所載是也。故歷唐季五代，詩愈卑而倚聲輒簡古可愛。……

筆墨馳騁則一，能此而不能彼，未易以理推也。」王國維將「未易」誤作「未可」。

〔二〕「猶能」數句：出自《四庫提要》集部詞曲類一《花間集》：「後有陸游二跋。……其二稱：『唐季五代，詩愈卑，而倚聲者輒簡古可愛。能此不能彼，未易以理推也。』不知文之體格有高卑，人之學力有强弱。學力不足副其體格，則舉之不足。學力足以副其體格，則舉之有餘。律詩降於古詩，故中晚唐古詩多不工，而律詩則時有佳作。詞又降於律詩，故五季人詩不及唐，詞乃獨勝。此猶能舉七十斤者，舉百斤則蹶，舉五十則運掉自如，有何不可理推乎？」

〔三〕陳卧子：即陳子龍。「宋人」數句，出自陳子龍《王介人詩餘序》：「宋人不知詩而强作詩。其爲詩也，言理而不言情，故終宋之世無詩焉。然宋人亦不可免於有情也。故凡其歡愉愁怨之致，動於中而不能抑者，類發於詩餘，故其所造獨工，非後世可及。蓋以沈至之思而出之必淺近，使讀之者驟遇如在耳目之表，久誦而得沈永之趣，則用意難也。以儇利之詞，而製之實工煉，使篇無累句，句無累字，圓潤明密，言如貫珠，則鑄詞難也。其爲體也纖弱，所謂明珠翠羽，尚嫌其重，何況龍鸞？必有鮮妍之姿，而不藉粉澤，則設色難也。其爲境也婉媚，雖以警露取妍，實貴含蓄，有餘不盡，時在低回唱歎之際，則命篇難也。惟宋人專力事之，篇什既多，觸景皆會。天機所啟，若出自然。雖高談大雅，而亦覺其不可廢。何則？物有獨至，小道可觀也。」王國維將「愁怨」誤作「愁苦」，又衍「然其」二字。

【疏　證】

所謂「能此而不能彼」其實是爲其「一代有一代之文學」的思想張本。此從晚唐五代説起，在文體上，詞替代詩已初呈端倪，且不可遏制。引陳子龍語，意在由情感一端來説明，宋詞之勝宋詩，勝在情感。宋詩好議論説理，偏離詩歌本體，所以被認爲「終宋之世無詩」。此則也從一個角度説明，王國維所謂一代有一代之文學，主要是指情感的載體隨時代變遷而發生變化的規律性。王國維偏愛唐五代北宋詞，正是由於這是一個把情感充分在詞體中表現的時期，而到了南宋，則情感的表現失去了自然與真率，詞之衰落遂不可避免。此則連引陸游《花間集跋》、《四庫提要》、陳子龍《王介人詩餘序》三文，意脈是一貫的，都在强調文體何以在某代「獨勝」的原因所在。陸游認爲這種現象「未易以理推」，四庫館臣作了初步分析，而陳子龍則從學理上予以準確剖析。王國維援引三家之説，固然是爲其偏尚唐五代北宋之詞張本，但其實也是自道其詞學淵源所在，值得重視。引緒雖遠，但未嘗不可落脚到境界説。

第九十六則

「君王枉把平陳業，换得雷塘數畝田」〔一〕，政治家之言也；「長陵亦是閒丘隴，異日誰知與仲多」〔二〕，詩人之言也。政治家之眼，域於一人一事；詩人之眼，則通古今而觀之。詞人觀物，須用詩人之眼，不可用政治家之眼。故感事、懷古等作當與壽詞同爲詞家所禁也。

【注　釋】

〔一〕「君王」二句：出自羅隱《煬帝陵》：「入郭登橋出郭船，紅樓日日柳年年。君王忍把平陳業，只换雷塘數畝田。」王國維引文將「只换」誤作「换得」。

〔二〕「長陵」二句：出自唐彦謙《仲山·高祖兄仲山隱居之所》：「千載遺蹤寄薜蘿，沛中鄉里漢山河。長陵亦是閒丘隴，異日誰知與仲多。」

【疏　證】

提倡純文學觀念。王國維引用羅隱的《煬帝陵》和唐彦謙的《仲山》詩，其實都是屬於懷古詩一類，但王國維把羅隱的詩當作「政治家之言」，而把唐彦謙的詩當作「詩人之言」，其間原因就是羅隱詩句始終是圍繞隋煬帝一人之命運，而唐彦謙詩句則由劉邦之沉浮而聯想到「異日」和「誰知」，把對帝王個人命運的歎息擴大爲對人生變换的普遍意義上的思考，這種區别也就是王國維所説的「域於一人一事」與「通古今而觀之」的區别。羅隱的詩句是意盡言中，唐彦謙的詩句是意在言外，其對讀者情感的觸發和引申是頗爲不同的。所謂「政治家之眼」是立足於一朝一姓之興衰，并非其身份一定是政治家，即羅隱曾自謂「自己卯（八五九）至於庚寅（八七〇），一十二年，看人變化」①，曾十上而不中第，廣明中更避亂而隱居池州等地，政治上應該算是不太成功的一類；而所謂「詩人之眼」則是由具體之「物」而起興，理解和闡釋的層面、幅度由此而得以深化和擴展。

王國維在此則結尾所説的詞家禁寫感事、懷古、祝壽一類的題材，與第四十二則所論應有呼應，其文曰：「人能於詩詞中不爲美刺、投贈、懷古、詠史之篇，不使隸事之句，不用裝飾之字，則於此道已過半矣。」本則在詞家所禁中增入一壽詞，大意仍是一貫，反對功利的應酬的文學而已。不過本則乃是就寫作而局限於具體人、事、物的情形而言的，王國維肯定唐彦謙的懷古詩句，就是一個明證，所以「詞家所禁」其實就是詞家作法所禁，而非對某一類題材的簡單否定。其實壽詞也從一個獨特的角度反映了詞人的生命意識，是中國生命文化的一個組成部分。《詩經・豳風・七月》已有「爲此春酒，以介眉壽」之句，東漢《古詩十九首》也有「人生非金石，豈能長壽考」的困惑和疑問，因此重視生命就成爲中國文學的一個基本價值取向。即詞而論，敦煌詞中《拜新月》（國泰時清晏）、《感皇恩》（四海天下及諸州），就是賀壽之詞。唐代自唐明皇以自己生日爲千秋節之後，慶壽之風由此蔓延，其中賀壽詩文更成洋洋大觀。兩宋時期——特别是北宋後期至南宋時期，創作壽詞更成一時風氣。如何評判一代壽詞的價值，其實是一個饒有學理的學術命題。黄文吉在《壽詞與宋人的生命理想》一文中説：

---

① 羅隱《湘南應用集序》，《文苑英華》第五册，中華書局一九六六年版，第三六四八頁。

宋人爲慶生祝壽所寫的詞作，在頌禱祈福聲中，反映出他們的生命理想，其内容有的是健康長壽的期望，代表宋人對有限生命的珍惜；有的是歌頌美滿家庭，表達夫妻恩愛，代表宋人如何享受生命；有的是重視功名德業的追求，代表宋人如何發揚生命，以達不朽；有的是社會責任的承擔，代表宋人想要燃燒一己之生命，以照亮羣體；有的則是樂天適性的體悟，表現出宋人優游生命，以求安度此生；他們處在不同的情境中，則有不同的反映，這些都是生命底層的聲音，我們豈可因它的酬酢功能而等閒視之呢？

對宋詞的内容和地位都作了相當高的評價。我們翻檢宋代壽詞，其實也常常爲一些優秀的壽詞感動着，其藝術品味固非「酬酢」二字可盡。如辛棄疾的《水龍吟·爲韓南澗尚書壽甲辰》：

渡江天馬南來，幾人真是經綸手。長安父老，新亭風景，可憐依舊。夷甫諸人，神州沈陸，幾曾回首。算平戎萬里，功名本是，真儒事、君知否。況有文章山斗。對桐陰、滿庭清晝。當年墮地，而今試看，風雲奔走。緑野風煙，平泉草木，東山歌酒。待他年，整頓乾坤事了，爲先生壽。

此詞作於淳熙十一年（一一八四），六十七歲的韓元吉與四十五歲的辛棄疾都閒居在江西上饒，一在南澗，一在帶湖，同屬抑鬱失意之人。但詞中所表述的無非是對「神州沈陸」的悲涼，對經綸之手的自許和對「整頓乾坤」的豪情，祝壽之意反而隱退在這種悲涼、自許和豪情的背後，使生命的價值和潛能在這種看似隱退中强烈反彈出來，極具情感力度。如此壽詞，其價值何嘗在他詞之下？再如陳亮的壽内人詞，情意繾綣深至，令人動容。其《天僊子》詞云：

一夜秋光先著柳。暑力平明羞失守。西風不放入簾幃，饒永畫。沈煙透。半月十朝秋定否。　指點芙蕖凝佇久。高處成蓮深處藕。百年長共月團圓，女進酒。男稱壽。一點浮雲人似舊。

寫景寫情，融合無間，而夫妻相濡以沫的情感也與日俱增。所以壽詞其實是不乏優秀之作，不宜一概抹煞。王國維自己也曾染指壽詞，如《霜花腴·用夢窗韻補壽彊村侍郎己未》即爲一九一九年與朱祖謀同受聘爲沈曾植主持《浙江通志》編纂時所作，朱祖謀生於一八五七年，時年六十二歲，王國維題曰「補壽」，蓋補六十之壽也。

當然壽詞的主題往往有預設的成分，其程式化的特徵確實容易影響到個人情感的藝術表現。張炎《詞源》卷下云：「難莫難於壽詞。倘盡言富貴，則塵俗；盡言功名，則諛佞；盡言神僊，則迂闊虚誕。當總此三者而爲之，無俗忌之詞，不失其壽可也。」沈義父《樂府指迷》亦云：「壽曲最難作。切宜戒壽酒、壽香、老人星、千春百歲之類。須打破舊曲規模，只形容當人事業才能，隱然有祝頌之意方好。」張炎和沈義父都意識到壽詞之難，都追求一種語言之雅，這些都是中肯之論。不過，在如何破俗爲雅上，兩人的主張其實是有差異的。張炎似乎要求在内容上兼寫多種，以避免偏仄，流於或塵俗或諛佞或迂闊虚誕的毛病，但他的解決之道是將富貴、功名、神僊「總此三者」而爲之，則其實是仍難脱俗套的。沈義父明確要求打破「舊曲規模」，其理念是值得關注的，但要求轉以被壽之人的「事業才能」爲描寫對象，其實也是從一種俗套變成另外一種俗套，倒是「隱然有祝頌之意」一句，頗得壽詞之旨意。但如何隱然？如何既不失祝頌之意，又能將祝頌者個人情懷融通進來？這些關鍵問題，都未見論列。其實這些問題要回到文學本身纔能得到確解的。王漁洋《香祖筆記》揭出「詩文三昧」當在「偶然欲書」，而非「牽率應酬」，其實强調的也正是一種「詩人之眼」。政治家著眼當世，故與功利乃有着不可分割的關係；詩人著眼於審美，其與功利之間，正如水火之不容。所謂「通古今而觀之」正是反對「域於一人一事」。王國維此意在早年《靜安文集》中的多篇文章中皆有所涉及，明顯受到康德、叔本華等人的影響。

第九十七則

宋人小説，多不足信。如《雪舟脞語》謂：台州知府唐仲友眷官妓嚴蕊奴，朱晦庵繫治之。及晦庵移去，提刑岳霖行部至台，蕊乞自便。岳問曰：去將安歸？蕊賦《卜算子》詞云「住也如何住」云云。〔一〕案：此詞係仲友戚高宣教作，使蕊歌以侑觴者，見朱子「糾唐仲友奏牘」〔二〕。則《齊東野語》所紀朱、唐公案〔三〕，恐亦未可信也。

【注　釋】

〔一〕「台州」數句：參見陶宗儀《説郛》卷五十七引邵桂子《雪舟脞語》：「唐悦齋仲友字與正，知台州。朱晦庵爲浙東提舉，數不相得，至於互申。壽皇問宰執二人曲直。對曰：秀才爭閒氣耳。悦齋眷官妓嚴蕊奴，晦庵捕送囹圄。提刑岳商卿霖行部疏決，蕊奴乞自便。憲使問去將安歸，蕊奴賦《卜算子》，末云：『住也如何住，去又終須去。若得山花插滿頭，莫問奴歸處。』憲笑而釋之。」

〔二〕朱子「糾唐仲友奏牘」：參見朱熹《朱子大全》卷十九《按唐仲友第四狀》：「五月一六日筵會，仲友親戚高宣教撰曲一首，名《卜算子》，後一段云：『去又如何去，住又如何住。待得山花插滿頭，休問奴歸處。』」

〔三〕《齊東野語》所紀朱、唐公案：參見周密《齊東野語》卷十七「朱唐交奏本末」：「朱晦庵按唐仲友事，或言吕伯恭嘗與仲友同書會有隙，朱主吕，故抑唐，是不然也。蓋唐平時恃才輕晦庵，而陳同父頗爲朱所進，與唐每不相下。同父游台，嘗狎籍妓，囑唐爲脱籍，許之。偶郡集，唐語妓曰：『汝果欲從陳官人耶？』妓謝。唐云：『汝須能忍饑受凍仍可。』妓聞大恚。自是陳至妓家，無復前之奉承矣。陳知爲唐所賣，亟往見朱。朱問：『近日小唐云何？』答曰：『唐謂公尚不識字，如何作監司？』朱銜之，遂以部内有冤案，乞再巡按。既至台，適唐出迎少稽，朱益以陳言爲信。立索郡印，付以次官。乃摭唐罪具奏，而唐亦以奏馳上。時唐鄉相王淮當軸。既進呈，上問王。王奏：『此秀才爭閒氣耳。』遂兩平其事。詳見周平園《王季海日記》。而朱門諸賢所作《年譜道統録》，乃以季海右唐而并斥之，非公論也。其説聞之陳伯玉式卿，蓋親得之婺之諸吕云。」

【疏證】此則考辨作者問題，雖與理論無直接之關係，但涉及到如何區分傳説與史實之關係問題，反映出王國維作爲史學家的基本立場。此則所謂「小説」非現代文體意義上的小説，而是類似於本事詞一類的野史和筆記，即朱自清《論雅俗共賞》中所言及之「記述雜事的趣味作品」，這類作品往往依據某些傳説將詞敷演成一段故事，但往往誤歌者與作者爲一人。如《雪舟脞語》所記台州知府唐仲友所眷官妓嚴蕊作《卜算子》一詞，據朱熹所記，實是唐仲友之戚高宣教所作，嚴蕊不過是歌唱此詞而已。王國維認爲這類「宋人小説」多不可信，是從史實的角度而言的，這其實涉及到如何合理采信歷史資料的問題。今存宋人筆記即多有此類。王國維此則要求慎重對待宋人小説筆記，即對於今人研究宋人文史也是富有啓發意義的。王國維從中年以後轉向史學研究，其實也與他早年深潛的史學立場有一定的關係。

第九十八則

唐五代之詞，有句而無篇；南宋名家之詞，有篇而無句；有篇有句，唯李後主降宋後之作，及永叔、子瞻、少游、美成、稼軒數人而已。

【疏證】

此則重回境界説。在第三十一則，王國維即有「有境界……自有名句」之説，則此處「有句」云云乃是指「名句」而言。「篇」在王國維的語境中并不受重視，其所述「有我」、「無我」、「隔」與「不隔」之境等，所舉以爲例者，皆以「句」爲基本單位。此則在「句」之外，復提「篇」，乃是對此前理論的一種補充。所謂「篇」當是指詞作整體所呈現出來的渾成自然的風貌。王國維把李煜、歐陽修、蘇軾、秦觀、周邦彦、辛棄疾六人列爲「有篇有句」的典範，乃是對此前境界説偏重「句」的一種修正，在「有篇」的前提下「有句」，纔是境界之高格。劉熙載《藝概》卷四云：「詞以煉章法爲隱，煉字句爲秀。秀而不隱，是猶百琲明珠，而無一綫穿也。」劉熙載主張「隱」和「秀」的結合，亦即篇與句的結合。王國維則在「句」與「篇」不能兼備的情況下，仍是以「句」爲首務。此則尤其值得注意的是：王國維對周邦彦態度的轉變。這意味着王國維在相當程度上接受了周濟以「渾化」來概括清真詞的特色，并懸爲填詞極境的理論。又金應珪《詞選後序》將「有句而無章」視爲「游詞」特徵之一，則重視篇章確實是常州詞派的理論傾向之一，王國維詞學中的「常州」因素，雖語多逸出，但其實是不無暗渡陳倉之處的。又，此則也可以説明，王國維在撰述詞話的過程中，對自己提出的理論其實是一直處於一種斟酌調整的狀態之中的，也因此欲整體把握王國維詞學的本質特徵，需要綜合全書而言，注意其各則的側重以及則與則之間的互補和調節。

第九十九則

唐五代北宋之詞家，倡優也；南宋後之詞家，俗子也。二者其失相等。然詞人之詞，寧失之倡優，不失之俗子。以俗子之可厭，較倡優爲甚故也。

【疏　證】

此則手稿略有删改，「倡優」前原有「侏儒」二字，後删；「俗子」原作「鄙夫俗吏」，後删去「鄙夫」，改「俗吏」爲「俗子」。這一删改正可見出王國維「倡優」之意原本是與「侏儒」合并而言。觀王國維《論哲學家與美術家之天職》所論，王國維十分反對「凡哲學家無不欲兼爲政治家」這一現象，因其致世人皆以具備政治家情懷的詩人爲「大詩人」，「至詩人之無此抱負者，與夫小説、戲曲、圖畫、音樂諸家，皆以侏儒、倡優自處，世亦以侏儒、倡優蓄之。所謂『詩外尚有事在』、『一命爲文人，便無足觀』，我國人之金科玉律也。嗚呼！美術之無獨立之價值也久矣，此無怪歷代詩人多託於忠君愛國、勸善懲惡之意，以自解免，而純粹美術上之著述，往往受世之迫害，而無人爲之昭雪者也。此亦我國哲學、美術不發達之一原因也」。從王國維的這一節分析來看，所謂侏儒倡優其實就是無意兼爲政治家的詩人，他們的作品以抒發一己之情感爲主，缺乏高遠之主題，有的更流於玩賞風月，所以世人以「侏儒倡優」視之。而「鄙夫俗吏」則將詩歌與政治結合起來，所以其作品中往往寄寓了忠君愛國、勸善懲惡之意，而將個人的情感泯滅在這種政治的意蘊之下，實際上失去了文學獨立的抒情功能。王國維在《殷虚書契考釋·後序》中説：「俗儒鄙夫不通字例、未習舊藝者，輒以古文所託者高，知之者鮮，利荆棘之未開，謂鬼魅之易畫，遂乃肆其私臆，無所忌憚。」此處所謂「俗儒鄙夫」雖然是就小學與古文的關係而言的，但實際也是對於才學淺薄而妄呈臆説者的一種貶稱。王國維對於文學與政治關係的判斷與「世人」不同，他認爲唐五代北宋之詞雖然有言情過甚流爲「倡優」者，但畢竟是將抒發詞人主體的感情置於首位，而俗子則多攀乎政治主題，其實是失去了文學的方向，所以兩者相比，「俗子」之失要遠在「倡優」之下了。王國維終究是要爲純文學而鼓吹的。此則與上則仍屬於對詞史的價值裁斷，上則就篇與句的關係立論，此則就「倡優」與「俗子」的對比與譬喻來説明詞人之詞的取捨之道。王國維對唐五代北宋詞的青睞貫穿在整部詞話當中，而且這種青睞除了有學理的分析之外，還帶上了一定的感情色彩。平心而論，「倡優」與「俗子」的比方并未見其妙處，王國維借此而喻，大意不過强調文學之「真」與「純」的重要。因爲倡優之俗乃坦誠無隱，而俗子之俗則不免虚驕和僞飾了，兩者固皆屬於「失」，但也有失之多與失之少、失之本與失之末的區别。

第一百則

讀東坡、稼軒詞，須觀其雅量高致，有伯夷〔一〕、柳下惠〔二〕之風。白石雖似蟬蜕塵埃，然如韋、柳之視陶公，非徒有上下床〔三〕之别。

【注　釋】

〔一〕伯夷：商代末年孤竹君之子，被孟子譽爲「聖之清者」。

〔二〕柳下惠：即展獲（前七二〇—前六二一），字子禽，春秋時期魯國人。「柳下」是他的食邑，「惠」則是他的謚號，故稱「柳下惠」。被孟子譽爲「聖之和者」。

〔三〕上下床：喻高低懸殊之意。典出《三國志·魏志·陳登傳》：漢末許汜遭亂過下邳，見陳登，登輕視汜，自上大床卧，使汜卧下床。後汜以此事告劉備，備曰：「君求田問舍，言無可采，是元龍所諱也，何緣當與君語？如小人，欲卧百尺樓上，卧君於地，何但上下床之間邪？」元龍，爲陳登字。

【疏　證】

言境界與胸襟之關係。蘇軾和辛棄疾的詞都是被王國維譽爲「有篇有句」的典範，即是境界的代表，此則將境界與詞人個人的精神品格聯繫起來，提出「雅量高致」的説法，將境界説從原先比較純粹的創作特徵擴大到作爲創作主體的詞人身上，其詞論的周延得到了强化。「雅量高致」的説法與宋代胡寅《題酒邊詞》所謂「逸懷浩氣」，王灼《碧雞漫志》所謂「指出向上一路」云云，意頗相承。伯夷、柳下惠在《孟子》中被譽爲「百世之師」，能使「頑夫廉」、「懦夫有立志」、「薄夫敦」、「鄙夫寬」，其精神品格澤被衆人。王國維此處以伯夷、柳下惠比喻蘇軾、辛棄疾，正因其詞中的精神魅力有不可形容者，其詞正是這種真性情的自然反映。伯夷是商代末年孤竹君的長子，本有繼位的資格，但孤竹君有意讓次子繼位。而在孤竹君去世之後，其次子又堅讓伯夷繼位。伯夷以父命不可違爲由拒絶。後并隱居首陽山，因恥食周粟而餓死。柳下惠雖然在魯國仕途蹭蹬，但不改直道事人的秉性，後隱居而成「逸民」。伯夷和柳下惠在古代都屬於有氣節、有胸襟、不慕名利之人，素被視爲隱逸君子的典範。王國維在這裏將蘇軾和辛棄疾比擬爲伯夷和柳下惠，只是就其氣度高逸、情致脱俗而言的。而姜夔雖也貌似品格超卓，其實非其性情之真，故判定詞人高下，猶須契入内心，燭照無隱，方能不爲詞的表面所惑。此即所謂「非徒有上下床之别」之意落脚處。王國維以蘇軾、辛棄疾比喻陶淵明，而以姜夔比喻韋應物、柳宗元，其標準正在於性情之博人與狹隘和真實與虚假耳。把蘇、辛與姜三者并提，在手稿中時或見到，而其抑揚高下則如出一轍。值得注意的是，静安論詞，時或兼及於詩，而論詩又往往心折於陶淵明，静安詞論之根本，頗有從陶詩感悟而移之於詞者。此一思路亦宛然見諸劉熙載，其《游藝約言》云：「淵明少欲，屈子多情，此就兩家文而論其跡也。」「陶淵明詩文，幾於知道。至語氣真率，亦不誇，亦不讓，亦令人想見其爲人」。「陶詩『誰謂形跡拘，任真無所先』，《五柳先生傳》大意，即此可括」。皆意在明其雅量高致，有非同尋常者在。劉熙載論東坡、太白，無不持此以説，如「東坡之文，近於太白之詩，此由高亮灑落，胸次略同，非可以其跡象論離合也」。靜安甄綜其説以論詞，承傳之跡固可視而察之。

第一百一則

東坡、稼軒，詞中之狂；白石，詞中之狷也。夢窗、玉田、西麓、草窗之詞，則鄉愿〔一〕而已。

【注　釋】

〔一〕鄉愿：即媚於世俗、不講道德的僞善者、僞君子之意。孔子曾把「鄉愿」看成是「德之賊」。

【疏　證】

以狂、狷、鄉愿爲詞人三種品第。上則言論詞當兼觀其人，此則便論人兼及其詞。狂者、狷者、鄉愿三者并提蓋始於孔子。其實這三者并非孔子心目中的理想人格，孔子將能踐履「中行」——即中庸之道的人纔稱爲君子。但芸芸衆生，能當得起「君子」稱號的能有幾人？所以孔子退而求其次，對狂者和狷者也表示了部分認同。因爲這兩者雖然不合「中行」，但狂者的進取無畏和狷者的有所不爲，畢竟仍有可取之處。但「鄉愿」卻是孔子極力反對的，因爲狂者和狷者偏離「中行」乃是人所共知的，而「鄉愿」之人貌似忠信廉潔，其實是與堯舜之道背道而馳的，帶有更大的欺騙性，所以孔子用「德之賊」來形容鄉愿之人，可見其憎恨之態度。劉熙載《游藝約言》云：「詩文書畫之品，有狂，有狷。若鄉愿，無是品也。」可見鄉愿根本是不入品的。王國維此論，不僅在人品與詞品的關係上可見劉熙載的影響，即在具體話語上也是如此，對勘兩説，跡象甚著。

王國維列東坡、稼軒爲第一等，蓋不僅其詞有句有篇，而且其詞中真氣鬱勃，有不可抑制者；列白石爲第二等，蓋其格調雖高，但寫之於詞，如野雲孤飛，不著痕跡，不免有未落到實處之感，此之謂「狷」。此也可以與王國維所云「古今詞人格調之高，無如白石。惜不於意境上用力，故覺無言外之味，弦外之響。終不能與於第一流之作者也」彼此對勘；列夢窗、玉田、西麓、草窗爲第三等，則并人品詞品一齊否定。三等分人，標準仍在境界二字。此則對蘇軾、辛棄疾、姜夔分以狂、狷相評，大體合實。惟以「鄉愿」評夢窗以下諸人，仍帶有一定的感情色彩。《論語・陽貨》云：「子曰：鄉愿，德之賊也。」《孟子・盡心下》記孟子對此的解釋説：「非之無舉也，刺之無刺也，同乎流俗，合乎汙世，居之似忠信，行之似廉潔，衆皆悦之，自以爲是，而不可與入堯舜之道，故曰德之賊也。」從孟子的闡釋可以看出，鄉愿云云是就「德」而言的，而「德」又與傳統的堯舜之道結合起來。聯繫上一則「雅量高致」的説法，這一則仍是就詞人之「品」來立論的，人品之高下與詞品之高下，形成了一種大致對應的關係。

第一百二則

《蝶戀花》「獨倚危樓」一闋，見《六一詞》，亦見《樂章集》。余謂屯田輕薄子，只能道「奶奶蘭心蕙性」〔一〕耳。「衣帶漸寬終不悔。爲伊消得人憔悴」，此等語固非歐公不能道也。

【注釋】

〔一〕「奶奶」句：出自北宋詞人柳永《玉女搖僊佩》：「飛瓊伴侣，偶别珠宫，未返神僊行綴。取次梳妝，尋常言語，有得幾多姝麗。擬把名花比。恐旁人笑我，談何容易。細思算，奇葩豔卉，惟是深紅淺白而已。爭如這多情，占得人間，千嬌百媚。須信畫堂繡閣，皓月清風，忍把光陰輕棄。自古及今，佳人才子。少得當年雙美。且恁相偎倚。未消得，憐我多才多藝。願奶奶蘭心蕙性，枕前言下，表余深意。爲盟誓。今生斷不孤鴛被。」

【疏證】

柳永可能是在《人間詞話》中被深度誤讀的人物之一。王國維推崇北宋詞，但對北宋名家柳永的評價并不高，僅評價其長調較工，尤其是對《八聲甘州》詞，以爲可與蘇軾《水調歌頭》媲美，是「格高千古」之作，於北宋排序或僅在賀鑄之上耳。然王國維在此犯了一個文獻上的錯誤，而且因爲這個文獻上的錯誤而導致了其境界説内涵的不周延。其實「奶奶蘭心蕙性」固是柳永語，「衣帶漸寬終不悔。爲伊消得人憔悴」，也同樣是柳永語，蓋一人而有不同創作面貌也。王國維多次引用「衣帶」二句，并以此作爲若干理論之基，因爲誤認作者之名，也導致在詞人判斷上的輕率，這是一個遺憾。

其實歐公詞頗有香豔程度超過柳永者，《醉翁琴趣外篇》所録多有。爲此還在宋代引起一樁公案，爭辯是歐公自作，還是小人嫁名。則柳永言情未必輕浮，而歐公言情未必深摯也。王國維以此來考證，恐冤假錯案在所難免也。詞話中文獻諸多失誤，與王國維此種理念殊有關聯。其「三種境界」之第二種正是「衣帶」兩句，而注曰：歐陽永叔。則王國維此誤實由來已久。王國維欣賞這一類的句子，與他推崇的「精神强固」的人格是有關係的。只是因爲心目中對柳永詞品之低與歐陽修詞品之高的評價已先存其念，故在文獻真僞的勘察上不免受這種先念的情緒的影響。王國維數度斟酌詞話文字，可能只是側重理論表述的精謹方面，而不暇一一核對引述之文獻了。

第一百三則

讀《會真記》〔一〕者，惡張生之薄倖，而恕其奸非。讀《水滸傳》者，恕宋江之横暴，而責其深險。此人人之所同也。故豔詞可作，唯萬不可作儇薄語。龔定庵〔二〕詩云：「偶賦淩雲偶倦飛，偶然閒慕遂初衣。偶逢錦瑟佳人問，便説尋春爲汝歸。」〔三〕其人之涼薄無行，躍然紙墨間。余輩讀耆卿、伯可詞，亦有此感。視永叔、希文小詞何如耶？

【注釋】

〔一〕《會真記》：一名《鶯鶯傳》，元稹作，唐代傳奇名作，是後來描寫張珙與崔鶯鶯愛情故事的詩詞、諸宫調、雜劇之所本。

〔二〕龔定庵：即龔自珍（一七九二——一八四一），字璱人，號定庵，仁和（今浙江省杭州市）人。著有《定庵文集》等。

〔三〕「偶賦」四句：出自清代詩人龔自珍《己亥雜詩》。

【疏　證】

此則承續前則，乃由詞以論人。前則僅舉例以明柳永與歐陽修詞之區別，而未曾點破人格之本原，此則便説破。「儇薄語」源於作者之「涼薄無行」，乃由人格缺失而導致的作品缺失。張生之「奸非」可恕，乃因爲沉迷困惑於情，而其「薄倖」，則是背離於真情；宋江之「横暴」，乃是其血性之表現，而其「深險」，則是虚僞之表現。張生、宋江其源於真實情感之表現，皆在可以接受和理解之中，而兩人背離情感的舉動，則在宜深加鞭撻之列。以此回視上則，柳永之「奶奶蘭心蕙性」不過假意應承，而歐陽修（實爲柳永）之「衣帶漸寬終不悔。爲伊消得人憔悴」，則真情鬱勃。此兩則回護境界説之「真」。宋末張炎《詞源》之感歎「淳厚日變成澆風」，與王國維此則神韻略似。此則説傳奇、説小説、説詩、説詞，一則之中涉及四種文體，亦可見出王國維論詞的泛文學背景。惟其中對龔自珍似貶抑過甚，其實龔自珍的「人間」意識及文學觀念對王國維應該也是有所影響的，其《静庵藏書目》中即收有《龔定庵全集》。此處蓋以主題故而偏立其論而已。

第一百四則

詞人之忠實，不獨對人事宜然，即對一草一木，亦須有忠實之意；否則所謂「游詞」〔一〕也。

【注 釋】

〔一〕「游詞」：參見金應珪《詞選後序》云：「近世爲詞，厥有三蔽：……規模物類，依託歌舞，哀樂不衷其性，慮歎無與乎情，連章累篇，義不出乎花鳥，感物指事，理不外乎酬應，雖既雅而不豔，斯有句而無章，是謂游詞，其蔽三也。」

【疏 證】

從「游詞」概念的使用，即知王國維此則乃由金應珪《詞選後序》引發而來，但金應珪只是描述游詞之外在跡象，所謂「哀樂不衷其性，慮歎無與乎情」，以應酬爲能事。王國維則直揭游詞之本原在於無「忠實」的創作態度。而「忠實」云云，大意仍是爲境界之「真」張本，「忠實」不過是「真」的另外一種表述。前兩則集中在對「人事」之「忠實」之考慮上，凡忠實人事者，無論其奸非或横暴，皆在可以理解之範圍，而非忠實人事者，則會引起讀者厭惡之感情。王國維此則由前兩則之言人事之忠實而擴大至「一草一木」，則情、景、物之真，乃是王國維時時强調的重點所在，「真」是指向一切主體或客體的。所謂「忠實」，就是忠於人、事、物的本來面目而予以如實之反映，涉及到如何反映出事物的本質以及以怎樣的心態來進行創作的問題。在王國維看來，哪怕人性原本惡劣、事物一直醜陋，詞人只要將這種原生形態的東西真切地寫入作品中，則無愧於「忠實」之名。忠實之詞人，自有境界，否則只能流爲游詞，宕失境界。此則可與「境非獨謂景物也，喜怒哀樂，亦人心中之一境界，故能寫真景物、真感情者，謂之有境界，否則謂之無境界」對勘，理出一路。王國維有《郭春榆宫保七十壽序》之文，素來不爲人所重，然其中對郭春榆人格的贊賞正在「忠實」二字。其文曰：「自壬、癸以後，朝廷既謝政事，每元正聖節，舊臣趨朝行禮者可屈指計，獨宫保十餘年來，每朝會未嘗不在列，三時賞齎未嘗不親拜賜也。」這種「忠實」，王國維在文章結尾處用「心事純白」、「精神强固」來概括，可見「忠實」的意思，不僅包含對人事、草木的純潔真誠之心，而且包括對人事、草木的執著專注之意。

「忠實」的意思或與楚辭有關，王逸《楚辭章句》解釋《離騷》「荃不察余之中情」之「中情」爲「忠信之情」。「情」本身就有「實」的意思，如高誘注《戰國策・秦策》「請謁事情」之「情」就是「實也」，鄭玄注《禮記・大學》「無情者不得盡其辭」之「情」也是「猶實也」。所以「忠實」也有忠於情之意。屈原《離騷》所謂「覽察草木其猶未得兮，豈珵美之能當」。是説觀覽草木如果尚不能得其實，就更不用説要當透徹自照的美玉了。孔穎達疏解《相玉書》「珽玉六寸，明自炤」云：「明自炤者，玉體瑜不掩瑕，瑕不掩瑜，善惡露見，是其忠實，君子於玉比德焉。」無論是觀覽草木，還是自我觀照，都以得其實爲宗旨。王國維此則强調對草木、人事都需要忠實，可以與屈原的這一種追求聯繫起來考察。

第一百五則

温飛卿之詞，句秀也；韋端己之詞，骨秀也；李重光之詞，神秀也。

【疏證】

此則話語較爲抽象，但細繹其旨，當有對境界説略作突破之意。此前各則言及境界，多就句而論，鮮有論及全篇，更少論及全人的。王國維在此對比温庭筠、韋莊、李煜三人，分别以句秀、骨秀、神秀形容之，句秀猶落在「境界」的範圍中，骨秀、神秀則似已在此前解説的「境界」之外了。劉勰《文心雕龍·隱秀》云：「隱者，文外之重旨；秀者，篇中之獨拔。隱以複意爲工，秀以卓絶爲巧。」合諸静安此前所論，「隱」相當於「深遠之致」、「要眇宜修」，「秀」則從「獨拔」角度而言的。如果從句、骨、神三者遞進的關係來看，句秀是言詞句之美，而骨秀當是立足全篇，而神秀也是就全篇之神韻而言的。返觀三人，温庭筠精於煉句，乃爲批評界公認；韋莊致力叙事，故結構井然，骨架端正，李煜感慨深邃，故時時超越於一般情景之描寫，而寄意於人生之終極拷問。三者由句到篇，由篇内到篇外，而其終極指向實與王士禛神韻説暗合，以言外之意爲藝術之極境。《詞話》附録有云：「端己詞情深語秀，雖規模不及後主、正中，要在飛卿之上。」對勘此則，可以得以下結論：飛卿句秀，主要指語言而言，居下；端己骨秀，乃根植於情深而外現於語言修辭，居中；後主、正中在「情深語秀」的規模（深度和廣度）上超越端己，居上。此也宛然是「秀」的三種境界。王國維對李煜詞的這種評價并非空谷足音，此前多有論及此意者，如胡應麟《詩藪》譽李煜詞爲「清便宛轉，詞家王孟」；譚獻在評論周濟《詞辨》時，稱李煜《虞美人》二首爲「神品」；王鵬運《半塘老人遺稿》也稱李煜詞「超逸絶倫，虚靈在骨」。這些評價都注意到李煜詞在風格上形神超逸的特點，與王國維所謂「神秀」意旨相近。大致從本則開始，對李煜的評價漸趨上升之勢，將撰述詞話之初對馮延巳、韋莊等人的美評而逐漸移之於李煜身上，這也是其詞學調整的重要内容之一。

第一百六則

詞至李後主而眼界始大，感慨遂深，遂變伶工之詞而爲士大夫之詞。周介存置諸温韋之下〔一〕，可謂顛倒黑白矣。「自是人生長恨水長東」〔二〕、「流水落花春去也，天上人間」〔三〕，《金荃》、《浣花》〔四〕能有此種氣象耶？

【注　釋】

〔一〕周濟《介存齋論詞雜著》云：「李後主詞如生馬駒，不受控捉。毛嬙、西施，天下美婦人也，嚴妝佳，淡妝亦佳，粗服亂頭，不掩國色。飛卿，嚴妝也；端己，淡妝也；後主則粗服亂頭矣。」

〔二〕「自是」句：出自李煜《相見歡》：「林花謝了春紅。太匆匆。無奈朝來寒雨晚來風。　胭脂淚。留人醉。幾時重。自是人生長恨水長東。」

〔三〕「流水」句：出自李煜《浪淘沙》：「簾外雨潺潺。春意闌珊。羅衾不耐五更寒。夢裏不知身是客，一晌貪歡。　獨自莫憑欄。無限江山。别時容易見時難。流水落花春去也，天上人間。」

〔四〕《金荃》、《浣花》：《金荃集》，乃温庭筠詩文集，而非詞集，詞亦未附録在後，後人輯録温庭筠詞，遂以《金荃詞》名之。《浣花集》爲韋莊詩集，王國維、劉毓盤等輯録韋莊詞，遂以《浣花詞》名之。王國維此則乃以《金荃》、《浣花》指代温庭筠、韋莊二人之詞。

【疏　證】

續足上則之意，將李煜從詞史中凸顯出來，重點説明李煜對詞史轉境的重要意義，并借此詮釋李煜詞「神秀」之内涵。上則揭出温庭筠句秀、韋莊骨秀、李煜神秀的概念，雖有軒輊，但不免隱微。此則便將三人高下直揭出來，所謂「神秀」，其實就是由詞人「眼界」之大而帶來的作品「感慨」之深。此與前面言觀蘇、辛詞當觀其「雅量高致」的道理是一樣的。所謂「眼界始大」就是超越一事一物，有「通古今而觀之」的趨勢，也就是具備「詩人之眼」的意思。王國維列舉李煜「自是」、「流水」兩句來説明，前者「人生長恨」并非李煜一人之感受，而是全體人類都共同擁有的；而「流水落花」也非李煜一人所見，而是自然界普遍之現象。當然李煜也在「長恨」之列，也在「流水落花」的觀者當中，則李煜的詞確實有一種將個人之見聞感受融入到整個歷史、人類和自然之中的氣魄。因爲這樣的描寫超越於一般凡近情景之外，纔能造就境界之「大」，故此則與論境界之大小一則，也可對勘。不過，彼側重在由寫景之大小而帶來的情感之細微與闊大。王國維明言，彼不以境界大小分優劣，此則以「大」境爲優，其餘爲次之。其批評《金荃》、《浣花》氣象局促，亦以此也。「伶工之詞」與「士大夫之詞」對舉，頗能見出詞體抒情角色的轉變軌跡，也正是因爲這種身份的轉變從而導致了眼界和感慨的轉變。胡應麟《詩藪》稱李煜爲「宋人一代開山祖」，當亦是有此類似體認，只是王國維的理論話語更爲具體，更具影響力而已。

第一百七則

詞人者，不失其赤子之心者也。〔一〕故生於深宮之中，長於婦人之手，是後主爲人君所短處，亦其爲詞人所長處。

【注釋】

〔一〕「詞人者」二句：或出自王國維在《叔本華與尼采》一文中引用叔本華之語云：「天才者，不失其赤子之心者也。蓋人生至七年後，知識之機關即腦之質與量已達完全之域，而生殖之機關尚未發達。故赤子能感也，能思也，能教也。其愛知識也較成人爲深，而其受知識也，亦視成人爲易。」

【疏　證】

此則重申境界之「真」的重要性。王國維從詞體的特殊性角度提出詞人真純自然人格的重要性。李煜生於深宫，長於婦人，故對一切事物，都抱持坦誠真率之心，而對於一般社會上之奸詐詭計，則一概不通。故以此治理國家，不免亡國；而以此治詞，則自然會擁有「詩人之眼」而遠離乎功利，觀物無礙而性情洋溢，合乎詞之體性，故能成就其詞業之大。其評清代納蘭容若「未染漢人習氣」，意也同此。關於「赤子之心」的話題，應該有中西兩種淵源。就西學淵源來説，王國維編定於一九〇五年之《静安文集》，有《叔本華與尼采》一文，即曾對叔本華的天才論多有發揮，而天才論其實與赤子之心是彼此關聯的。葆有「赤子之心」被叔本華認爲是天才的基本特徵。王國維翻譯的叔本華《意志和表像的世界》有云：「赤子能感也，能思也，能教也，其愛知識也較成人爲深，而其受知識也亦視成人爲易。一言以蔽之，曰：彼之知力盛於意志而已，即彼之知力之作用遠過於意志之所需要而已。故自某方面觀之，凡赤子皆天才也，又凡天才自某點觀之皆赤子也。」①

① 轉引自佛雛著《王國維哲學譯稿研究》，社會科學文獻出版社二〇〇六年版，第八四頁。

「赤子」能感能思能教的特點，正源於其深度的求知欲望以及曾無障礙的接受能力，故更易得境界之真。

就中國淵源而言，《孟子》論「大人」，袁枚《隨園詩話》論「詩人」等等，都以「不失其赤子之心者」爲基本内核，話語方式也頗相似，試作一對勘：

天才者，不失其赤子之心者也。（叔本華）

大人者，不失其赤子之心者也。（孟子）

詩人者，不失其赤子之心者也。（袁枚）

詞人者，不失其赤子之心者也。（王國維）

如此對勘，要從話語上明確分出淵源所自，確實是一件比較棘手的事。天才、詩人、詞人的意思比較顯豁，可不置論，而「大人」之意則需要略作闡釋。《孟子·離婁下》還有一句言及「大人」，不妨與此對勘：「大人者，言不必信，行不必果，惟義所在。」「大人」即「有德行的人」①。「惟義所在」是「大人」的基本品格特徵，而對於言、行的結果不必介意，關鍵是其言其行與「義」的關係。換言之，「大人」的初衷中所包孕的「義」纔是衡量「大人」的惟一標準。按此解釋，「大人」的内涵自然要歸結到「赤子之心」上了。趙岐注《孟子》云：「赤子，嬰兒也。少小之心，專一未變化，人能不失

① 參見楊伯峻《孟子譯注》上，中華書局一九六〇年版，第一八九頁。

其赤子時心，則爲貞正大人也。」這個解釋雖然是趙岐轉載的，但要比趙岐自己將「大人」解釋爲「國君」，將赤子之心理解爲「國君視民當如赤子，不失其民心之謂也」，反而顯得更契合語境。除了這類相似的話語之外，李贄的「童心」説在内涵上也應該可以與「赤子之心」暗渡陳倉。李贄主張童心説，反對詩文中的做作風氣，其實與對「真人」和真文學的追求是一脈相承的。此則手稿結尾原有「故後主之詞，天真之詞也；他人，人工之詞也」之句，而「他人」兩字原作「温飛卿」，也可能接寫「韋莊」，而「卿」字尚未落墨，便不欲再在字面上糾葛温、韋等人，而以「他人」兩字模糊而過。不過這被删掉的「天真」與「人工」的對舉，倒是提醒我們，王國維的赤子之心，除了作爲詞人人格的基本特徵之外，也與將這種人格真實表現於作品，并形成一種自然真切的風格有關。而人工雕琢的作品風格，其實也是虚僞人格的一種體現。

第一百八則

客觀之詩人不可不閲世，閲世愈深，則材料愈豐富、愈變化，《水滸傳》、《紅樓夢》之作者是也；主觀之詩人不必多閲世，閲世愈淺，則性情愈真，李後主是也。

【疏　證】

手稿「不可不閱世」的初稿文字爲「不可不知世事」，而在發表時，在「閱世」前復加一「多」字，從表達來看，是愈趨周密了。

此則續上則之意，將「後主」與「他人」的區別上升爲「主觀之詩人」與「客觀之詩人」的區別。王國維撰述詞話，往往先述幾則現象的分析，接着專用一則上升到理論的概括，然後再依據理論本身的特點，以若干則補充説明之。客觀之詩人相當於叙事詩人，因爲涉及廣泛，現象紛繁，需要作者具備極强的理性思維能力，纔能洞識真假，條叙清晰；主觀之詩人相當於抒情詩人，情感以真率爲可貴，而閱世繁多，則易因人間種種利害關係而導致性情之真的流失，以此種性情寫詩，則難免矯情，錯失性情之真。明清時期産生的兩部長篇小説《水滸傳》和《紅樓夢》，在西方的文體語境中，可以歸入叙事文學一類，而傳統詩詞則歸入抒情文學之類。叙事文學講究反映現實生活的深廣世界，追求題材和内容的豐富和複雜性，所以其作者需要有豐厚的閱世經歷和大量的創作素材，而且這些經歷和素材愈紛繁變化，便愈能爲真實、全面、深刻地反映世界和人生提供充分的基礎。《水滸傳》和《紅樓夢》雖分别以梁山英雄和四大家族爲重點描寫對象，但從中反映折射出的正是其所處時代的一個縮影，如果作者見聞不廣，思慮不深，判斷不明，要深度駕馭這樣的題材顯然是不可能的。從此則落結到李煜身上來看，此則仍是在詞的體制上强調一個「真」字。王國維雖然没有將「主觀之詩人」直接定位爲「詞人」，但從前後語境來看，其實就是針對詞體而言的。王國維在詞話中一方面注重詩詞體性之同，另一方面也注意兩者的區别。王國維對主觀之詩人與客觀之詩人的劃分以及對於閲世深淺的分辨，顯然受到叔本華美學思想的影響。不過，分類的目的仍是爲其推崇李煜詞提供理論背景。王國維的撰述理路決定了這種相對集中、散點分析、指向一致的結構方式，故將此則與前面數則結合起來綜合考察，就可以明白王國維爲什麽在某些連續的詞話中，會突然涉及到衆多方面或理論。這其實是從立論周延的角度來思考的，也因此這部手稿雖然詞史綫索有跳躍，有迴旋，理論立場有變化，甚至有反悖，但這種跳躍、迴旋、變化、反悖，其實正反映了王國維詞學思想在斟酌調整中趨於成熟定型的過程特點。

第一百九則

尼采〔一〕謂：一切文學，余愛以血書者〔二〕。後主之詞，真所謂「以血書者」也。宋道君皇帝〔三〕《燕山亭》詞〔四〕亦略似之。然道君不過自道身世之感，後主則儼有釋迦〔五〕、基督〔六〕擔荷人類罪惡之意，其大小固不同矣。

【注　釋】

〔一〕尼采（一八四四——一九〇〇），德國哲學家，著有《悲劇的誕生》、《查拉特拉圖斯如是説》等。

〔二〕「一切」二句：出自尼采《蘇魯支語録》：「凡一切已經寫下的，我只愛其人用血寫下的。用血寫書，然後你將體會到，血便是精義。」

〔三〕宋道君皇帝：即宋徽宗趙佶（一〇八二——一一三五），建中靖國元年（一一〇一）至宣和七年（一一二五）在位。因被尊爲教主道君太上皇帝，故有「宋道君」之稱。近人曹元忠輯有《宋徽宗詞》。

〔四〕宋徽宗《燕山亭·北行見杏花》：「裁翦冰綃，輕疊數重，淡著燕脂匀注。新樣靚妝，豔溢香融，羞殺蕊珠宫女。易得凋零，更多少無情風雨。愁苦。閒院落淒涼，幾番春暮。　憑寄離恨重重，這雙燕何曾，會人言語。天遥地遠，萬水千山，知他故宫何處。怎不思量，除夢裏有時曾去。無據。和夢也、新來不做。」

〔五〕釋迦：即釋迦牟尼（前五六五—前四八六），簡稱釋迦，乃佛教始祖。本姓喬達摩，名悉達多。釋迦是其種族名，意思是「能」；牟尼意思是「仁」、「儒」、「忍」、「寂」。釋迦牟尼合起來就是「能仁」、「能儒」、「能忍」、「能寂」等，也即是「釋迦族的聖人」之意。他是古印度北部迦毗羅衛國（今尼泊爾境内）的王子。在二十九歲時，釋迦牟尼有感於人世生、老、病、死等諸多苦惱，遂捨棄王族生活，出家修行。三十五歲時，他在菩提樹下大徹大悟，遂創立佛教，隨即在印度北部、中部恒河流域一帶傳教。佛教爲當今世界三大宗教之一。

〔六〕基督：即耶穌基督，乃基督教始祖。基督是「基利斯督」的簡稱，意思是上帝差遣來的受膏者。耶穌出生之年被定爲公元紀年的開始，教會并以耶穌出生的十二月二十五日爲耶誕節。耶穌自稱是上帝的兒子，以肉身來到人世，擔負着救世主的職責。他三十歲左右在巴勒斯坦地區傳教，以愛上帝、愛人如己爲教義核心。基督教的經典是《聖經》，由《舊約全書》和《新約全書》兩部分組成。十字架是基督教的標誌。基督教也是當今世界三大宗教之一。

【疏證】

此則可與第一百五、一百六則對勘，繼續詮釋「神秀」與境界之大的關係。直接引述尼采的話，意味着王國維建構自身詞學已不局限於傳統中國文論，而注重從西方文論中汲取營養。所謂「以血書者」是指最本質的性情之體現，而最本質的性情是可以貫通所有人的。王國維在《人間嗜好之研究》中說：「若夫真正之大詩人，則又以人類之感情爲其一己之感情。彼其勢力充實不可以已，遂不以發表自己之感情爲滿足，更進而欲發表人類全體之感情。彼之著作實爲人類全體之喉舌，而讀者於此得聞其悲歡啼笑之聲，遂覺自己之勢力亦爲之發揚而不能自已。」故王國維把李煜與宋徽宗作了比較後，得出的結論就是：宋徽宗《燕山亭》詞不過說的是個人的「身世之感」，其愁苦，其離恨，其思量，都是針對一己之感情；而李煜則突破個人之情感，王國維曾引用其「自是人生長恨水長東」、「流水落花春去也，天上人間」等句，認爲《金荃》、《浣花》諸集中作是缺乏這種跨越時空、涵蓋衆生的氣象的，而有承擔人類普遍性情感的意味，所謂「眼界始大，感慨遂深」，也是包涵了這一層意思的，李煜因此而堪當「大詩人」之名。詩詞中以「淚」書者爲多，而以「血」書者爲少，王國維特地引尼采此語，乃説明詞體在言説悲情方面的特殊性。境界之大小，亦視詞人理想之遠近和作品内涵之廣狹而定也。饒宗頤《人間詞話平議》云：「余意以血書者，結沉痛於中腸，哀極而至於傷矣。詞則貴輕婉，哀而不傷，其表現哀感頑豔，以『淚』而不以『血』；故『淚』一字，最爲詞人所慣用。」饒氏所論，自藴學理，然不免膠着於「血」、「淚」二字了。静安引用尼采之語，乃在用情深至角度而借用，非必强調哀極而傷也，其「要眇宜修」云云，皆可證其對言情方式的講究。王國維在此前數則都引用西學話語，但正如陳寅恪《王静安先生遺書序》所謂「取外來之觀念，與固有之材料互相參證」，類似於嚴羽之「以禪喻詩」，而非以禪説詩，是藉以爲話頭而已，其立論之本，猶在「固有之材料」方面。

第一百十則

楚辭之體，非屈子之所創也。「滄浪」〔一〕、「鳳兮」〔二〕之歌已與《三百篇》異，然至屈子而最工。五七律始於齊、梁而盛於唐。詞源於唐而大成於北宋。故最工之文學，非徒善創，亦且善因。

【注　釋】

〔一〕「滄浪」：即《孺子歌》：「滄浪之水清兮，可以濯我纓。滄浪之水濁兮，可以濯我足。」

〔二〕「鳳兮」：參見《論語・微子》：「楚狂接輿歌而過孔子曰：『鳳兮鳳兮，何德之衰？往者不可諫，來者猶可追。已而已而，今之從政者殆而！』」

【疏　證】

補足「一代有一代之文學」之説的理論内涵。一代文學之盛往往源於前代文學之奠基與積累，然後可成。楚辭成於屈原而創自《滄浪》、《鳳兮》之歌，五七律盛於唐而肇端於齊梁，填詞大成於北宋而萌芽於唐。所謂「一代之文學」，也即「最工之文學」，而「最工之文學」皆是「善因」與「善創」的結合。此則頗富學理。不過否定屈原對楚辭之體的「創」，還是有問題的，《滄浪》、《鳳兮》之歌固然已初具楚辭文體的句式特徵，但無論是在情感和結構特徵，還是比興、想像等藝術手法方面，《滄浪》、《鳳兮》二歌都無法與屈原的作品相媲美。换言之，若無屈原，《滄浪》、《鳳兮》的文體形態可能就一直停留在這種簡單而不穩定的狀態。只有屈原纔使得楚辭的文體真正走出這種民歌的形態而走向文人化、穩定化。從這一意義上説，屈原完全可以説是楚辭這一文體樣式的開創者。不過王國維可能强調的是一種新文體的形成需要經過一個比較長的形態模糊的階段，纔能達致最後的文體輝煌——即作爲「最工之文學」的「一代之文學」。王國維提出的其實是文體演變和創造的規律問題，其「善創善因」之説，不僅可以從文體歷史中得到實證，而且其提煉的理論確實極具概括性。清代葉燮《原詩》在文體發展規律上也提出過文體「相承相成」之説。前後之間，或有淵源在焉。然在稍後之《戲曲考原》中，王國維又將詞之源頭追溯至齊梁樂府詩，其語云：「楚辭之作，《滄浪》《鳳兮》之歌先之；詩餘之興，齊梁小樂府先之。」如何將「源於唐」修訂爲源於齊梁小樂府，轉變原因尚待考證。

第一百十一則

「風雨如晦，雞鳴不已」〔一〕，「山峻高以蔽日兮，下幽晦以多雨。霰雪紛其無垠兮，雲霏霏而承宇」〔二〕，「樹樹皆秋色，山山盡落暉」〔三〕，「可堪孤館閉春寒，杜鵑聲裏斜陽暮」，氣象皆相似。

【注　釋】

〔一〕「風雨」二句：出自《詩經・鄭風・風雨》：「風雨淒淒，雞鳴喈喈。既見君子，云胡不夷。風雨瀟瀟，雞鳴膠膠。既見君子，云胡不瘳。風雨如晦，雞鳴不已。既見君子，云胡不喜。」

〔二〕「山峻高」四句：出自《楚辭・九章・涉江》：「……苟余心其端直兮，雖僻遠之何傷。入漵浦余儃佪兮，迷不知吾所如。深林杳以冥冥兮，乃猿狖之所居。山峻高以蔽日兮，下幽晦以多雨。霰雪紛其無垠兮，雲霏霏而承宇。哀吾生之無樂兮，幽獨處乎山中。吾不能變心而從俗兮，固將愁苦而終窮……」

〔三〕「樹樹」二句：出自王績《野望》：「東皋薄暮望，徙倚欲何依。樹樹皆秋色，山山唯落暉。牧人驅犢返，獵馬帶禽歸。相顧無相識，長歌懷采薇。」王國維將「唯」誤作「盡」。

【疏　證】

明詩詞體性之同。詞話第三則即曾從氣象角度來比較李白、范仲淹、夏英公之不同，此則引《詩經・鄭風・風雨》、《楚辭・九章・涉江》、王績《野望》、秦觀《踏莎行》等句，以示其「氣象」之相似。具體相似在何處呢？一是景的衰颯，如風雨如晦，雞鳴不已；山高蔽日，幽晦多雨，霰雪紛迷，雲霏承宇；秋色滿樹，落暉遍山；孤館閉寒，杜鵑斜陽。凡此皆爲令人苦悶、壓抑之景；二是詩人在描寫這種景物之時，用了不少表示極限程度的詞，來顯示其景之促迫到了詩人所能忍受的極致程度，如「如晦、不已、多、紛、無垠、霏霏、皆、盡、可堪、閉、暮」等；三是這種景物所包含的「情」也是處於一種極度低沉、淒涼的狀況，景之極度衰颯其實正是來自於情的極度消沉。此與王國維所謂「有我之境」説正相合。劉熙載《藝概》卷四曾以「風雨如晦，雞鳴不已」八字來比喻文文山詞，亦是借此而言其情感特色。不過王國維舉了三首詩一首詞，與此前言及有我之境與無我之境一則頗可對勘，如第三十三則即引「淚眼問花花不語，亂紅飛過鞦韆去」，「可堪孤館閉春寒，杜鵑聲裏斜陽暮」之句來作爲「有我之境」的典範；而引用「采菊東籬下，悠然見南山」，「寒波澹澹起，白鳥悠悠下」之句來作爲「無我之境」的範例。似以有我之境屬詞爲多，以無我之境屬詩爲多。此則因此可以看成是對第三十三則的補充，説明詩與詞兩種文體在有我之境中彼此氣象類似的情況也是頗爲常見的，其引用詩句尤多，蓋有此微意存焉。王國維至此已三次言及氣象，只是或明或暗而已。此則之外，有第三則和第八十八則：

太白純以氣象勝。「西風殘照，漢家陵闕」，寥寥八字，獨有千古，後世唯范文正之《漁家傲》，夏英公之《喜遷鶯》，差堪繼武，然氣象已不逮矣。（第三則）

和凝《長命女》詞：「天欲曉。宮漏穿花聲繚繞。窗裏星光少。冷霞寒侵帳額，殘月光沈樹杪。夢斷錦闈空悄悄。强起愁眉小。」此詞前半，不減夏英公《喜遷鶯》也。此詞見《樂府解詞》，《歷代詩餘》選之。（第八十八則）

三則雖均言氣象，但言説重點各不相同，第三則言境界之闊大，第八十八則言自然不隔之美，此則言詩詞兩種文體在有我之境方面的相似之處。同一「氣象」，但内涵各異，也因此考量氣象與境界之關係，是頗需一番斟酌裁斷之工夫的。

第一百十二則

「滄浪」、「鳳兮」二歌已開楚辭體格。然楚辭之最工者推屈原、宋玉〔一〕，而後此王褒〔二〕、劉向〔三〕之詞不與焉。五古之最工者實推阮嗣宗〔四〕、左太沖〔五〕、郭景純〔六〕、陶淵明，而前此曹、劉〔七〕，後此陳子昂〔八〕、李太白不與焉。詞之最工者實推後主、正中、永叔、少游、美成，而前此温、韋，後此姜、吴、張，皆不與焉。

【注釋】

〔一〕宋玉：戰國後期楚國鄢（今湖北省宜城縣）人，著有《九辨》、《高唐賦》等。

〔二〕王褒（？—前六一），字子淵，資中（今四川省資陽市）人，著有《洞簫賦》、《九懷》等。

〔三〕劉向（前七七—前六），本名更生，字子政，著有《九歎》、《新序》、《説苑》等。

〔四〕阮嗣宗：即阮籍（二一〇—二六三），字嗣宗，陳留尉氏（今屬河南省）人，著有《阮嗣宗集》等。

〔五〕左太沖：即左思（二五〇？—三〇五？），字太沖，臨淄（今山東省淄博市）人，著有《左太沖集》等。

〔六〕郭景純：即郭璞（二七六—三二四），字景純，河東聞喜（今屬山西省）人，著有《郭弘農集》等。

〔七〕曹、劉：即曹植、劉楨。曹植（一九二—二三二），字子建，沛國譙（今安徽省亳州市）人，著有《曹子建集》。劉楨（？—二一七），字公幹，東平寧陽（今屬山東省）人，著有《劉公幹集》等。

〔八〕陳子昂（六六一—七〇二），字伯玉，梓州射洪（今屬四川省）人，著有《陳伯玉文集》等。

【疏證】

續足第一百十則之意，然彼重點言欲成就一代之文學必有前代相近文體之鋪墊，而方能臻於成功，此則言某種文體既成一代之文學之後，此前所創或有氣象，但難成規模，後世因襲，也往往盛極難繼。兩則對勘，可以比較完整地看出王國維對於文體嬗變的規律性體認。屈原、宋玉成楚辭一代之文學，而前此《滄浪》、《鳳兮》二歌，雖略具體格，但終究未成獨特之文體，而後此王褒、劉向也無力繼盛；阮籍、左思、郭璞、陶潛成五古之高峰，前此曹植、劉楨，後此陳子昂、李白，或居前則體格未成，或居後則精彩已過；詞之最高則在五代北宋，代表詞人爲李煜、馮延巳、歐陽修、秦觀、周邦彦，而此前晚唐之温庭筠、韋莊，後此南宋之姜夔、吴文英等，都未臻詞體高境。王國維此兩則雖以「最工」來代替「一代之文學」，但學理是一脈相承的。從文學史的發展實際來看，王國維此論大體是符合文體發展規律的。此文體演變之軌跡與時代發展的趨勢相合，則可成「一代之文學」。王國維關於文體漸變的規律，在其《戲曲考原》中也有類似表述：「楚詞之作，《滄浪》、《鳳兮》二歌先之；詩餘之興，齊梁小樂府先之。」其文體變遷之理念在詞曲著作中是一脈相承的。就楚辭而言，雖然頗有學者將《詩經》中的「二南」特別是《漢廣》、《江有汜》等篇作爲楚地的詩歌，但既然被編入《詩經》，自然會經過王官或太師等的斟酌修訂，「楚」地的色彩便不免會受到削弱，而散落在各處的楚歌則保留更多的原生態，因此，從淵源上説，「楚歌」顯然與楚辭的關係更爲密切。姜書閣曾有《先秦楚歌叙録》，列有楚歌十篇，可以參考。值得注意的是，王國維在言及「詞之最工」者時，李煜已悄然位居第一，這與詞話撰述之初對馮延巳的最高評價，已見異趣。當然這種異趣在前數則專論李煜時已現端倪，在此不過在詞史的麒麟閣里正式將李煜的位置擺正而已。

第一百十三則

讀《花間》、《尊前》集，令人回想徐陵《玉臺新詠》〔一〕；讀《草堂詩餘》，令人回想韋縠《才調集》〔二〕；讀朱竹垞《詞綜》，張皋文、董晉卿〔三〕《詞選》，令人回想沈德潛「三朝詩別裁集」〔四〕。

【注　釋】

〔一〕徐陵（五〇七—五八三），字孝穆，東海郯（今屬山東省郯城縣）人。所編詩歌總集《玉臺新詠》，爲東周至南朝梁代詩歌總集，共十卷，録詩六百六十九首，以風格綺靡之豔詩居多。

〔三〕韋縠，五代後蜀文學家，編有《才調集》十卷，選録唐詩一千首，以韻高詞麗爲選録標準。爲現存唐人選唐詩存詩最多的一種。

〔四〕董晉卿：應爲「董子遠」之誤。董子遠：即董毅，字子遠，張惠言外孫，繼張惠言、張琦《詞選》之後，編《續詞選》三卷，録五十二家詞人一百二十二首詞。

〔五〕沈德潛（一六七三—一七六九），字確士，號歸愚，長洲（今江蘇省蘇州市）人，編有《唐詩別裁集》、《明詩別裁集》、《清詩別裁集》，合稱「三朝詩別裁集」，以温柔敦厚的詩教爲選録標準。

【疏　證】

以詩詞對勘的方式，明詩詞在題材、内容和風格等方面的體性之同。詞集中的《尊前》、《花間》與詩集中的《玉臺新詠》相似處在於風格的輕和柔靡方面；《草堂詩餘》與《才調集》的彙合處在於題材和風格俗豔上；《詞綜》、《詞選》與「三朝詩別裁集」的一致處在於對風雅和詩教的推崇上。「晉卿」當爲「子遠」之誤，即應是編輯《續詞選》的張惠言外孫董毅。但《詞綜》之醇雅與《詞選》之寄託本有舉例，王國維統以沈德潛之「三朝詩別裁集」概括言及，似未妥當。王國維自稱「予於詞，於五代喜李後主、馮正中，而不喜《花間》」，所以其對《花間》的「回想」也不盡符合實際，蓋《花間》以清豔爲宗，與《玉臺新詠》之俗豔猶有異趣。歐陽炯在《花間集序》中對六朝「秀而不實」的創作狀況是持批評態度的，對「清」的崇尚是貫穿整個序言文字的，從開頭部分的「金母詞清」到晉朝詩的歌「清絶之詞」，話語指向是十分明確的。如果再結合序中提到的「凜然清潔，雪竹琳琅之音」的《白雪》等典故來考察，則清美意識就更爲突出了。《花間集》選入的不少重要詞人也在後人的評述中，以其清豔的詞風得到了很大程度的認同。如温庭筠的「深美閎約」①、皇甫松的「措詞閒雅」②、韋莊的「清豔絶倫」③、和凝的「清秀」、「富豔」④、李珣的「清疏」⑤，等等皆是其例。歐陽炯本人的八首《南鄉子》也被近人李冰若《花間集評注》評爲：「一洗綺羅香澤之態而爲寫景紀俗之詞，與李珣可謂笙磬同音者矣。」《花間集》中具備清美風格的作品，不煩例舉，尤其寫景之作，更是清麗者居多。而主張雅正清空的張炎《詞源》卷下更將《花間集》中温庭筠、韋莊詞的結句作爲「有有餘不盡之意」的典範來推崇。在這種學術史背景中來考量王國維的這三番「回想」，可以見出王國維的感性色

① 張惠言《詞選序》，唐圭璋編《詞話叢編》，中華書局二〇〇五年版，第一六一七頁。
② 陳廷焯著，屈興國校注《白雨齋詞話足本校注》，齊魯書社一九八三年版，第七〇三頁。
③ 周濟《介存齋論詞雜著》，唐圭璋編《詞話叢編》，中華書局二〇〇五年版，第一六三一頁。
④ 李冰若《栩莊漫記》，張璋、職承讓等編纂《歷代詞話續編》下，大象出版社二〇〇五年版，第八八一頁。
⑤ 況周頤《歷代詞人考略》，況周頤著，孫克强輯考《蕙風詞話・廣蕙風詞話》，中州古籍出版社二〇〇三年版，第二一三頁。

彩。或許正是因爲這一種感性，王國維例外地未作直接的理論分析，而只是用三個「回想」來模糊表現出此數種詩集與詞集在風格題材上的相似之處。

第一百十四則

明季國初諸老之論詞，大似袁簡齋〔一〕之論詩，其失也纖小而輕薄；竹垞以降之論詞者，大似沈歸愚，其失也枯槁而庸陋。

【注　釋】

〔一〕袁簡齋：即袁枚（一七一六——一七九七），字子才，號簡齋、隨園老人，清代詩人、詩論家，著有《小倉山房詩集》、《隨園詩話》等。

【疏　證】

續足上則之意，從「失」的角度分析清代詩論與詞論的相似性。所謂「明季國初諸老」，當主要是指以陳子龍爲代表的雲間詞派和以朱彝尊爲代表的浙西詞派，雲間派偏尚《花間》詞風，浙西派偏重描寫個人之情趣，此與袁枚論詩之「性靈」説相似，以個人生活心性爲本位，故其纖小，又喜歡寫文人譃浪趣味，時見輕薄，故王國維相并以論。所謂「竹垞以降之論詞者」，當指以張惠言、周濟爲代表的常州詞派，其論詞主寄託，解説作品也務求深解，此與沈德潛以詩教「温柔敦厚」論詩旨意相似，王國維以「枯槁而庸陋」形容之，亦在於其對於藝術意味的輕視也，且其執此以衡諸詞，不免有强作解人之感。「纖小而輕薄」當然眼界不大，感慨不深，更談不上「有釋迦、基督擔荷人類罪惡之意」，境界之狹仄可見；「枯槁而庸陋」當然與深美閎約、神秀判然兩途，詞之「要眇宜修」之體性無由得現。第八十五則曾引用朱熹之語云：「梅聖俞詩，不是平淡，乃是枯槁。」王國維認爲草窗、玉田之詞也屬於這種看似平淡其實枯槁之列，枯槁不是淡遠，而是内容庸陋的表現。從此則來看，王國維對於浙西和常州兩大詞派都有不滿，兩派之中，對常州詞派的不滿要更多一些，也更爲强烈一些。而這正是晚清詞學從單一流派中宕出，在諸多流派中擇取合理成分，并試圖能融合而成新的更有時代特色的理論的反映。清代的詩學與詞學發展到王國維的時代，也確實到了總結時期，王國維諸多評論都潛在地以有清一代爲評述背景，因其眼界深遠，所以言其得失纔能準確到位。

第一百十五則

東坡之詞曠，稼軒之詞豪，無二人之胸襟而學其詞，猶東施之效捧心也〔一〕。

【注　釋】

〔一〕東施之效捧心：典出《莊子·天運》：「西子病心而矉其里，其里之醜人見之而美之，歸亦捧心而矉其里。其里之富人見之，堅閉門而不出；貧人見之，挈妻子而去走。彼知矉美，而不知矉之所以美。」

【疏　證】

言胸襟與學詞之關係，猶是人品與文品相結合的理路，與此前論蘇軾、辛棄疾之「雅量高致」一則可以對勘。要求先學爲人之方，繼求作詞之法。以「曠」和「豪」分别形容東坡和稼軒兩人的詞風，頗爲貼切。所謂「胸襟」，是指人的性格、氣質、精神和學養凝合成的一種人格境界。胸襟高遠，纔能脱略凡俗，超越凡境，而成就自身的卓越。在王國維看來，蘇軾與辛棄疾都屬於胸襟高遠之人，其人既非常人可以效法，其詞也非常人可以摹仿。若勉强效法摹仿，不過如東施效法西施「捧心」之狀，不僅没有西施的美，反而彰顯出自己的醜來。因爲西施的「胸襟」在「病心」，因病心而捧心，故不失自然；東施既然没有病心之事，則在形式上「捧心」，就不免貽人以笑柄了。王國維所舉此例不一定十分契合其語境，但其意義指向的方式是相近的。

王國維此論或受成於陳廷焯。陳廷焯《白雨齋詞話》云：「東坡心地光明磊落，忠愛根於性生，故詞極超曠，而意極和平。稼軒有吞吐八荒之概，而機會不來……故詞極豪雄，而意極悲鬱。蘇、辛兩家各自不同，後人無東坡胸襟，又無稼軒氣概，漫爲規模，適形粗鄙耳。」不僅「曠」、「豪」的基本學術判斷來自於此，而且先得其胸襟再求學其詞的基本方法，也是由此而來。手稿「無二人」一句初作「白石之曠在文字而不在胸襟」，後删略，蓋不欲由論蘇、辛而枝蔓於姜夔，故於下則重點轉論姜夔。以豪、曠分論作家，劉熙載《藝概》卷二已有其例，其語云：「東坡、放翁兩家詩，皆有豪有曠。但放翁是有意要做詩人，東坡雖爲詩，而仍有夷然不屑之意，所以尤高。」「退之詩豪多於曠，東坡詩曠多於豪。豪曠非中和之則，然賢者亦多出入於其中，以其與齷齪之腸胃固遠絶也」。兩説相較，大體略同，只是易放翁、退之而爲稼軒也。王國維此則引用了《莊子》中東施捧心的典故，莊子使用此典，意在説明禮義法度「應時而變」的道理，理解「變」的根由在「時」，亦如理解西施之矉(皺眉)乃緣於病心，東施無病心而作捧心狀，不免徒得其表。未得蘇軾、辛棄疾之雅量高致，如何能摹仿其詞？王國維提出的其實是一個重要的詞人胸襟問題，也是針對晚近詞人漫學蘇、辛的風氣而言的。

第一百十六則

東坡之曠在神，白石之曠在貌。白石如王衍，口不言阿堵物，而暗中爲營三窟之計，此其所以可鄙也。〔一〕

【注　釋】

〔一〕「白石」數句：參見劉義慶《世説新語·規箴第十》：「王夷甫雅尚玄遠，常疾其婦貪濁，口未嘗言『錢』字。婦欲試之，令婢以錢繞床，不得行。夷甫晨起，見錢閡行，呼婢曰：『舉卻阿堵物！』」王衍，字夷甫。阿堵物：這個東西，文中指錢。又，《戰國策·齊策》記馮諼爲孟嘗君營構三窟：其一，燒毁債券以贏得薛地百姓民心；其二，游説梁惠王聘請孟嘗君爲相，從而使齊王情急之下重新任命孟嘗君爲相；其三，請求齊王同意在薛地建立宗廟。此前後三計，終究確立了孟嘗君在齊國穩固的政治地位。所謂三窟，即指三個使人可以退守而立於不敗之地的政治資本。

【疏　證】

續足上則之意。可與「讀東坡、稼軒詞，須觀其雅量高致，有伯夷、柳下惠之風。白石雖似蟬蜕塵埃，然終不免局促轅下」一則對勘。有曠之胸襟，方有曠之神韻；無曠之胸襟，則縱强作曠態，也徒得其形似，僅有表徵之曠而已。即如王衍，雖口中不言阿堵物（錢幣），似甚曠達，而家中蓄財萬貫，妻妾成羣，以通老莊之道自許，言行未免相隔太遠。與馮諼爲孟嘗君營構三窟，但卻以放誕自任一樣，存在着明顯的矛盾。白石心中無雅量高致，所以其曠，也不過故作姿態耳。此則涉及到詞人心性的真實與虛驕問題，其對王衍、馮諼之惡評，亦緣於此。王國維結合人品以論文品的理念，在數則中都曾拈出，可見其思想之一貫。王國維對於姜夔的心態頗顯複雜：一方面欣賞其若干詞作；另一方面又深惡其爲人之虛驕。從此也可見出，境界説在人品的要求上其實是頗爲苛刻的。劉熙載《游藝約言》以東坡詩有「華嚴界」，列子文有「華胥界」，陶潛詩有「桃源界」，三者并稱，亦并重其神曠而已。又云：「東坡文有與天爲徒之意，前此則莊子、淵明、太白也。」

第一百十七則

永叔「人間自是有情癡，此恨不關風與月」、「直須看盡洛城花，始與東風容易別」〔一〕，於豪放之中有沉著之致，所以尤高。

【注釋】

〔一〕「人間」二句與「直須」二句：出自歐陽修《玉樓春》：「尊前擬把歸期説，未語春容先慘咽。人生自是有情癡，此恨不關風與月。　離歌且莫翻新闋，一曲能教腸寸結。直須看盡洛城花，始共春風容易別。」王國維引文將「人生」誤作「人間」，將「始共春風」誤作「始與東風」。

【疏證】

歐陽修是王國維十分推崇的人物，他人或猶有一二微辭，惟對歐陽修，贊譽有加。甚者以柳永名句錯置歐陽修名下，并對柳永本人貶抑之甚。此則以「豪放之中有沉著之致」評價其《玉樓春》，實際上也有爲歐陽修總體定論的意思。歐陽修此詞言離別之情，但與一般人多寫傷感之情景和意興不同，而是離别未至先言歸期，故能寫出一種離别之豪情，既是風月無關情感，故洛城之花也就失去了對離别之情的感召和渲染，前面的判斷毫無疑問，「自是」、「不關」，語斷似鐵，而有一種沉著的韻味；也正因爲先有此沉著的斷語，後面的豪情始無障礙，「直須」、「看盡」，皆可見其豪興的極致程度。然如果一味豪興勃發，便也不具自家面目，歐陽修畢竟肯定了「情癡」的存在，也無法拋開「别」的話題，則豪興當中也蘊繞着一絲若隱若現的、暫時被冷置卻無法消逝的離情，則回味沉思，也别有一縷愁情升騰在心中。王國維揭出歐陽修的這一特色，其實也是對此前他屢次提及的「深美閎約」、「深遠之致」的一次再回應，不過是將「沉著」融於「豪放」之中，與陳廷焯《白雨齋詞話》所提出的「沉鬱頓挫」説頗可呼應。

第一百十八則

詩人對自然人生，須入乎其内，又須出乎其外。入乎其内，故能寫之；出乎其外，故能觀之。入乎其内，故有生氣；出乎其外，故有高致。美成能入而不能出；白石以降，於此二事皆未夢見。

【疏　證】

此則乃由境界説而拓展其理論外延。所謂「入乎其内」，不僅僅是指接觸宇宙人生，而且强調宇宙人生之「内」，即最爲本質和最爲真實的東西，同時由這種「入」而帶來作者鮮明而具有個性的感受，如此纔能寫出有境界有生氣的作品；所謂「出乎其外」，是指跳出具體的一事一物，從一個更爲廣泛和更高的角度來認知入乎其内所考察到的種種現象。如此纔能使作品所包孕的情感和理性更有代表性，更具普遍意義，也更顯高致。「入乎其内」是一個詩人的基礎，爲物所感，觸物生情，「與花鳥共憂樂」；「出乎其外」則是從一般性的詩人上升到「大詩人」的行列，從而可以「以奴僕命風月」。所以「入」與「出」雖然是同一個審美主體，其實内涵各不相同，前者重在個人化的生命體驗，而後者則超越於個體之上，成爲更具時空通貫性的審美觀照。當然，後者是前者的提升。王國維對於李煜詞「眼界始大，感慨遂深」的評價，應該就是基於李煜能將個人之命運上升到人類之普遍命運的角度來説的。從帶有普遍意義的情感和理性角度來審視個人或個别的事物，自然能審察細微，燭照無隱，此即所謂「能觀」也。王國維認爲周邦彦能將一己的情感寫得真切婉轉，但也只是局限於自身而已，故乏「高致」；白石諸人則情隔語隔，離此道已遠。此則總體仍是爲境界説張本，其求真、求大、求深的基本思想正是源於境界説的基本要求。但值得注意的是：手稿原稿開頭的「詩人」，原作「詞人」，易詞爲詩，而「詩人」的概念其實就是創作主體的意思，雖只是一字之改，王國維將詞學理論上升爲一般文藝學之努力，還是可以感受得到的。文藝學上的審美距離説等，即與此説可以相通。

此則雖自身理論内涵即已較爲圓足，但其實應納入到王國維詞學體系中來考量，方能得其確解。從此則結尾來看，其立論的落腳處本在周邦彦和姜夔二人。因爲王國維直言姜夔以下之詞人於出、入二事均未夢見，暫將姜夔撇開不論。「美成能入而不能出」到底是何意？試對勘數則詞話，便可略窺一二。如《人間詞話》手稿本第八則云：

美成詞深遠之致不及歐、秦。唯言情體物，窮極工巧，故不失爲第一流之作者。但恨創調之才多，創意之才少耳。

手稿本第十則云：

詞最忌用替代字。美成《解語花》之『桂華流瓦』，境界極妙。惜以『桂華』二字代『月』耳。……其所以然者，非意不足，則語不妙也。蓋語妙則不必代，意足則不暇代。

手稿本第六十四則云：

詞之雅鄭，在神不在貌。永叔、少游雖作豔語，終有品格。方之美成，便有貴婦人與倡伎之别。

以上這些詞話當然并非王國維論周邦彦之全部，但大意已約略在此。王國維評價周邦彦「能入」，按其語境，當是指「言情體物，窮極工巧」、「真能得荷之神理」這一方面，即在寫景詠物方面，能做到寫實而體察入微，揭示出景和物的神韻所在。而所謂「不能出」，則是太過膠執於景物，不能由實到虛，升華景物的内涵，從而缺乏「深遠之致」。王國維數條評論都提到周邦彦詞的創意之才的缺乏，也是因此而起。所以出入説的本質正在於虚實關係的合理運用，周邦彦屬於能入不能出，偏於實寫，而姜夔則偏於虛，所謂「隔霧看花」等等，皆意在於此。朱熹曾談及林逋「疏影横斜水清淺，暗香浮動月黄昏」説：「這十四個字，誰人不曉得？然而前輩直恁地稱歎，説他形容得好，是如何？這個便是難説，須要自得言外之意始得，須是看得那物事有精神方好。」又説：「須是踏翻了船，通身都在那水中，方看得出。」①「通身都在那水中」當然是一種「入」，要如周邦彦這樣描寫出荷花之「神理」，斷少不了這種「下水」的功夫。但也并非下水之詩人均能言出所觀之物之神采，所以朱熹説要「自得」言外之意，這個自得就與詩人個人的修養密切相關了。不過不「下水」，則修養功夫再好，也難揭出事物神韻，這就是「入」的重要性所在了。在這種「入」的前提之下，再能跳出一事一物，升華出事物的精神，則創作之能事畢矣。陳伯海詮釋王國維之「出入」説與朱熹所要求的「通身都在那水中」、「自得言外之意」一脈相承。他説：「『入』和『出』的具體内涵又是指什麽呢？……『入乎其内』意味着『重視外物』，它要求詩人全身心地融入對象世界（『與花鳥共憂樂』），給予真切地表達（『能寫之』），這纔能使寫出的作品具有活生生的情趣（『有生氣』）；『出乎其外』則意味着『輕視外物』，要以超越的姿態對待所描寫的事象（『以奴僕命風月』），通過凝神觀

① 黎靖德《朱子語類》，中華書局一九九四年版，第二七五五—二七五六頁。

照(『能觀之』),以求得對宇宙人生更深一層的領會(『有高致』)。這兩者都是説的審美主體與審美客體之間的關係,不過一注重在生命的内在體驗,一著眼於精神的超越性觀照,於是有了『入』和『出』的分别,而又共同構成完整的審美活動所不可缺少的兩個環節。」①先實後虚的過程特點確實是非常清晰的。

「出入説」的淵源非一,如論詞觀點爲王國維引述的周濟,就曾提出過「非寄託不入,專寄託不出」的觀點。周濟《宋四家詞選目録序論》云:

夫詞,非寄託不入,專寄託不出。一物一事,引而伸之,觸類多通。驅心若游絲之罥飛英,含毫如郢斤之斫蠅翼。以無厚入有間。既習已,意感偶生,假類畢達,閲載千百,謦欬弗達,斯入矣。賦情獨深,逐境必寤,醖釀日久,冥發妄中,雖鋪叙平淡,摹繢淺近,而萬感横集,五中無主,讀其篇者,臨淵窺魚,意爲魴鯉,中宵驚電,罔識東西。赤子隨母笑啼,鄉人緣劇喜怒,抑可謂能出矣。

周濟討論如何從帶着寄託作詞逐漸發展爲將寄託隱於詞中,以求言外之深意,并非針對某次獨立的審美活動而言。龔自珍在其《尊史》一文中,也從治史的角度提出了「善入」與「善出」之説。《尊史》云:

① 陳伯海《生命體驗的審美超越——〈人間詞話〉「出入」説索解》,刊《文藝理論研究》二〇〇二年第一期。

史之尊非其職語言、司謗譽之謂，尊其心也。心何如而尊？善入。何者善入？天下山川形勢，人心風氣，土所宜，姓所貴，皆知之。國之祖宗之令，下逮吏胥之所守，皆知之。其於言禮、言兵、言政、言獄、言掌故、言文體、言人賢否，如其言家事，可謂入矣。又如何而尊？善出。何者善出？天下山川形勢，人心風氣，土所宜，姓所貴，國之祖宗之令，下逮吏胥之所守，皆有聯事焉，皆非所專官。其於言禮、言兵、言政、言獄、言掌故、言文體、言人賢否，如優人在堂下號咷舞歌，哀樂萬千，堂上觀者，肅然踞坐，眄睞而指點焉，可謂出矣。不善入者，非實録垣外之耳，烏能治堂中之優也耶？則史之言，必有餘囈。不善出者，必無高情至論。優人哀樂萬千，手口沸羹，彼豈復能自言其哀樂也耶？則史之言，必有餘喘。

此節文字頗長，節引易致意思流失，故備引於上。龔自珍的善入是爲了對歷史史實、人物言行、政治事件等進行實録，明悉如同自家之事；而善出則是就整個朝代、彼此聯繫，超越具體的高度來進行是非評説，不爲具體哀樂所惑，把「皆有聯事」與「皆非專官」結合起來，心地明晰而超越，故能有高情至論。龔自珍的這一番「出入」之論，批評的是「有餘囈」、「有餘喘」的史官及相關著述，他希望的史官「毋囈毋喘，自尊其心」，因爲心尊方能官尊、言尊，其人亦尊。在尊史的基礎上從而臻至「出乎史，入乎道」的所謂「大出入」。龔自珍立足於史學，他的《古史鉤沉論二》即提出以「史」存「代」之説，所謂「史存而周存，史亡而周亡」，即此意也。在龔自珍心目中，「史」的地位在「經」之上，所以他把「五經」看作是「周史之大宗」，而把「諸子」看作是「周史之小宗」，凡此都可看出其「尊史」之心。王國維「出入説」在基本理念上，與龔自珍有相似之處，不過是立足於文學而已。龔自珍此論，未在《人間詞話》引文中露出痕跡。倒是屢爲靜安稱引的劉熙載，也有與「出入説」有關的言論，或許更值得注意。《游藝約言》云：「道家『養嬰兒』，書亦應爾。嬰兒養成，則入乎形内，出乎形外，莫非是物。豈復可尋行數墨以求之？」「養嬰兒」云云其實是講「順生」的道理，氣血充盈，嬰兒自養，出乎母體，皆順生之理。所以「養嬰兒」即是養元神，如此纔能有臻生命之境界。當然這些語源與王國維之「出入」説之間，并非一定有意義上的承接。只是王國維既然使用了「出入」這樣的話語，則對這種話語的歷史考察自然是應予關注的。

第一百十九則

「我瞻四方，蹙蹙靡所騁」[一]，詩人之憂生也；「昨夜西風凋碧樹。獨上高樓，望盡天涯路」似之。「終日馳車走，不見所問津」[二]，詩人之憂世也；「百草千花寒食路。香車繫在誰家樹」[三]似之。

【注釋】

[一]「我瞻」二句：出自《詩經·小雅·節南山》：「駕彼四牡，四牡項領。我瞻四方，蹙蹙靡所騁。」

〔二〕「終日」二句：出自東晉詩人陶潛《飲酒》第二十首：「羲農去我久，舉世少復真。汲汲魯中叟，彌縫使其純。鳳鳥雖不至，禮樂暫得新。洙泗輟微響，漂流逮狂秦。詩書復何罪，一朝成灰塵。區區諸老翁，爲事誠殷勤。如何絶世下，六籍無一親。終日馳車走，不見所問津。若復不快飲，空負頭上巾。但恨多謬誤，君當恕醉人。」

〔三〕「百草」二句：出自南唐詞人馮延巳《鵲踏枝》：「幾日行雲何處去。忘卻歸來，不道春將暮。百草千花寒食路。香車繫在誰家樹。　淚眼倚樓頻獨語。雙燕來時，陌上相逢否。撩亂春愁如柳絮。悠悠夢裏無尋處。」

【疏　證】

以詩詞對勘的方式，揭示詩詞在憂生、憂世主題方面的相似性。注重詩詞內涵的相通是王國維撰述詞話的一個基本理路，詞話開篇即以《詩經·蒹葭》與晏殊《蝶戀花》對照，説明其「意」的相近和風格的「灑落」與「悲壯」的區别，此則以《詩經·小雅·節南山》與晏殊《蝶戀花》、陶潛《飲酒二十首》之二十與馮延巳《鵲踏枝》摘句以對照，以昭示詩詞的相似性。此則所拈之《節南山》，毛詩小序認爲其主題是「家父刺幽王」。「我瞻四方，蹙蹙靡所騁」之前尚有「駕彼四牡，四牡項領」二句，陳子展《詩經直解》卷十九即認爲這兩句的喻義是：「蓋馬久不得駕且勞，則有肥頸之患，喻賢者有才而久不得試也。」又在詩後加按語云：「《節南山》，大夫家父刺幽王任用師尹，聽政不平之作。詩似刺師尹，《序》説『刺幽王』，自是推本之詞，以責重在王耳。」所論頗可資參考。按此解釋，憂生實兼有憂世之意。下引陶淵明「終日馳車走，不見所問津」詩句也是從個人角度而言的，湯漢注《陶靖節先生詩》即解釋此二句説：「『不見所問津』，蓋自況於沮溺，而歎世無孔子之徒也。」蘇軾《書淵明詩》認爲此詩末二句「但恨多謬誤，君當恕醉人」乃：「未醉時説也，若已醉，何暇憂誤哉！」葉夢得《石林詩話》卷下亦云：「晉人多言飲酒，有至沉醉者，此未必意真在酒。蓋時方艱難，人各懼禍，惟託於醉，可以粗遠世故。」綜合以上數論，則憂世也當兼有憂生之意。王國維專拈憂生、憂世的話題，實際上偏重在詞的體性方面，因爲悲情是詞體的本體特性，其對秦觀予以高度評價，正是基於這一點。相比較而言，憂生側重在對個人——尤其是士大夫命運之憂慮，因爲其眼界大感慨深，憂世則側重在對於國家、社會命運之擔憂。此則可與王國維論詞體「要眇宜修」聯繫而論，對詞「能言詩之所不能言，而不能盡言詩之所能言」之交叉部分的内容，作了交待。王國維詞學的現實内涵可見一斑。王國維自作如《浣溪沙》下闋之「試上高峰窺皓月，偶開天眼覷紅塵。可憐身是眼中人」，《采桑子》下闋之「人生只似風前絮，歡也飄零，悲也飄零。都作連江點點萍」等等，憂生憂世情懷，在在可感。其作於一九一九年之《沈乙庵先生七十壽序》稱贊沈曾植「趣博而旨約，識高而議平，其憂世之深，有過於龔、魏，而擇術之慎，不後於戴、錢」。在《東山雜記》中，王國維曾評價沈曾植《秋懷》詩三首「意境深邃而寥廓」，并認爲其中第一首「見憂時之深」。《秋懷》其一云：「秋葉脱且摇，秋蟲吟復喑。秋宵無旦氣，秋嘯無還音。寸寸死月魄，分分析星心。天人目共眴，海客珠方沉。惇史執簡槁，日車還濘深。寄聲寂寞濱，乞我膏肓針。」憂生、憂世之説，明顯受到劉熙載的影響，其《藝概》卷二云：「《大雅》之變，具憂世之懷；《小雅》之變，多憂生之意。」劉熙載乃就「變雅」一端區分大雅與小雅的差異，王國維則從詩詞兩種文體來對勘其詩人及創作主題的相似性。「『心之憂矣，其誰知之』，此詩人之憂過人也」①。所謂詩人，自然是憂樂過人了。劉熙載的《昨非集》中收有《讀楚辭》一文，其文曰：

性爲陽，陽主施。主施者，悲世者也。情而不純乎性則爲陰，陰主受。主受者，悲己者也。夫古人有悲不遇者，悲世不能收吾道之用也。不用吾道，非世之幸也。然必殫吾所以願效於世者，而後無惡於志。不然而戚戚焉者，必志牽於得失者也。吾讀屈子之言，曰「余既不難乎離别兮，傷靈修之數化」，又曰「雖萎絶其亦何傷乎，哀衆芳之蕪穢」，反復玩之，乃知屈之辭雖極之千百言之多，其志亦猶是也。若宋玉所作者，其意可以兩言見之，曰「惆悵兮而私自憐」，曰「私自憐兮何極」。宋固學於屈，且欲推屈之意以爲言者，而其言若此，非其悲世與悲己異乎？則所以致此者，抑可思矣。吾昔與學者論詩，嘗以性情、陰陽、施受喻之，病未能達也。今乃由論屈、宋而及之，曰：悲世者自屈以上見於《三百篇》者，其至善也；若悲己，則宋玉以下，至魏晉人爲甚矣。

---

①《藝概·詩概》，劉熙載著、王氣中箋注《藝概箋注》，貴州人民出版社一九八〇年版，第一四四頁。

引述如此長段的文字，意在由憂生憂世與悲己悲世之相通而追溯其創作淵源，劉熙載對屈原、宋玉的分析，無疑是精辟的，尤其是將悲世悲己與詩人性情結合起來，釐清創作的兩種模式，則對於解析作品，具有一定的指導意義。劉熙載從閱讀楚辭中得出的感受與詞的體性正有着密切的關係，王國維在第一則言及的「悲壯」以及以「要眇宜修」來爲詞定體，都與其有着關聯。應當引起重視。倒是劉熙載《游藝約言》中所説的「詩之哀也，有憂生之意。六朝、晚唐皆然」，提示我們：憂世的價值似乎在憂生之上，因爲「君子憂世，小人便己，此所以治必生於君子，亂必生於小人也」①。

第一百二十則

「紛吾既有此内美兮，又重之以修能。」〔一〕文學之事，於此二者，不可缺一。然詞乃抒情之作，故尤重内美。無内美而但有修能，則白石耳。

【注　釋】

〔一〕「紛吾」二句：出自屈原《離騷》：「帝高陽之苗裔兮，朕皇考曰伯庸。攝提貞於孟陬兮，惟庚寅吾以降。皇覽揆余初度兮，肇錫余以嘉名：名余曰正則兮，字余曰靈均。紛吾既有此内美兮，又重之以

① 劉熙載《持志塾言》卷下，劉熙載著，薛正興點校《劉熙載文集》，江蘇古籍出版社二〇〇〇年版，第三八頁。

修能。扈江離與辟芷兮，紉秋蘭以爲佩。汨余若將不及兮，恐年歲之不吾與。朝搴阰之木蘭兮，夕攬洲之宿莽。日月忽其不淹兮，春與秋其代序。惟草木之零落兮，恐美人之遲暮。不撫壯而棄穢兮，何不改乎此度？乘騏驥以馳騁兮，來吾道夫先路！」

【疏　證】

引屈原《離騷》句，以文學乃由作者兼備德才方能臻高境。「内美」的本義當是「天賦我美質於内」①之意，即先天賦予的美好品質，在《離騷》中具體是指屈原家世之美、生辰日月之美和所取名字之美等，有此種種之「美」，故以「紛」來形容，《方言》、《廣雅》都釋「紛」爲「怡喜」之意，原屬楚語；「修能」即特殊才能的意思，按照揚雄《方言》的解釋，陳楚一帶都稱「長」爲「修」，而「能」則是「絶人之才」②的意思，在《離騷》中具體是指屈原在承傳優良家世之外個人獨具的特殊才能，王逸《楚辭章句》釋「修能」爲「謀足以安社稷，智足以解國患，威能制强禦，仁能懷遠人」。合言之，文學就是天賦美質與特殊才能的結合。王國維把詞定位在「抒情之作」，所以對於情感的本質——品德特予强調，因爲失卻品德的情感是没有價值和生命力的。王國維此則重在求作者品質之「真」，爲境界

① 朱熹集注《楚辭集注》第一册，上海古籍出版社一九七九年版，第三頁。
② 洪興祖《楚辭補注》第一册，中華書局一九八五年版，第三頁。

説鋪墊基礎。亦即《文學小言》所説：「無高尚偉大之人格而有高尚偉大之文學者，殆未之有也。」其批評白石「無内美」，可能與白石長期幕僚的生涯有關，因爲這一層幕僚的關係，所以不免有言不從心出、遮遮掩掩之處，甚至「暗中營三窟之計」，爲人已是「隔」，何況爲文？

第一百二十一則

詩人必有輕視外物之意，故能以奴僕命風月。又必有重視外物之意，故能與花鳥同憂樂。

【疏　證】

此則言物我關係，既要明辨我與物之間的主奴關係，以昌明我心；又要適時淡化物我界限，以抉發物情。文學創作需要準確表現客觀對象内藴的獨特物性，而這種對物性的體察，又是以作者對「物」的重視爲前提的。浮光掠影，連物之外貌都未能端詳，更遑論物——風月花鳥憂樂之内情了。但準確展示外物之情，其根本目的還是由此來表現、襯託作者之所欲表達之情意，或者説是作者眼中和意中之「物」，則外物與作者之間，不過是利用和被利用、需要和被需要的關係，如果混淆了這種主次關係，則文學之生命也就消散無形了。王國維此説淵源於傳統的物感説，但更强調詩人的主體地位，因爲物感而重視外物，因爲重視詩人的主體地位，所以要有「輕視」外物之意。在承傳舊説的基礎上又發展了舊説。此則也可與第一百十八則「入乎其内，出乎其外」之説對勘，然彼則重點言文學創作的一般性規律，此則已進入構思階段，從創作過程來説，已較彼推進一層。從構思的順序來看，「重視外物」應該在前。所謂重視外物，其實就是前則所謂對宇宙人生「入乎其内」之意。這種「重視」不僅僅是一種創作態度，更是一種審美方式。只有審美主體心境虛静，將物我之間的種種關係、限制之處排除掉，纔能與花鳥——審美客體融爲一體，體察出審美客體中所藴含着的情感内涵。

只有曾經重視了外物，并曾經感受過外物的憂樂，纔能進一步談論輕視外物的話題。所謂「輕視外物」，乃是强調審美主體的主體性地位。詩人觀物的目的不在於外物本身，而在於通過詩人的審美眼光發掘出外物所包含的精神内涵。詩人的眼光越純粹，則對外物物性的把握便越準確越充分。可見，在觀物的過程中，詩人的眼光始終是占據着主導地位的。借助最準確的物性來表達詩人最深刻的感情，這纔是詩人觀物的意義所在。所以，詩人在與花鳥共憂樂之後，便是要以奴僕命風月了。如此，纔能將物我的生命交流彰顯爲更高的高度。王國維對構思階段性的描述確實是精確而到位的。

此則若干文字修改之跡象，也值得注意，「故能以奴僕命風月」一句，手稿原作「清風明月役之如奴僕」，原稿側重在説明主體與客體之間的主從關係，而删改後的文字，其主從關係雖未變，但與首句「詩人必有輕視外物之意」的因果關係得到了强化。「同憂樂」之「同」，在手稿中雖無删改痕跡，但王國維擇此發表時，卻將「同」易爲「共」，蓋「同」側重在物我「憂樂」本身的相似性方面，而「共」則更强調物我之間的憂樂共鳴。

第一百二十二則

詩人視一切外物，皆游戲之材料也。然其游戲，則以熱心爲之，故詼諧與嚴重二性質，亦不可缺一也。

【疏　證】

仍就物我關係立論。所謂視外物爲「游戲之材料」，乃意在分清物我之界限，既是游戲之材料，則詩人與外物的主從關係自然得以確立。然此作爲「游戲之材料」的外物畢竟是詩人藉以表現自我情意之基礎，不明外物之情，自然難通詩人之情，故熱心游戲於外物之中，乃爲必不可少之階段。熱心於游戲，故稱詼諧；嚴分别物我，故名嚴重。先以游戲，繼以區别，乃成功之文學創作必經之途徑，故王國維以爲「不可缺一」。此則仍是第一百十五、一百十八則意思的延續。在此前撰寫的《文學小言》第二則，王國維對此已有相似的論述：

文學者，游戲的事業也。人之勢力用於生存競爭而有餘，於是發而爲游戲。婉孌之兒，有父母以衣食之，以卵翼之，無所謂爭存之事也。其勢力無所發洩，於是作種種之游戲。逮爭存之事亟，而游戲之道息矣。唯精神上之勢力獨優，而又不必以生事爲急者，然後終身得保其游戲之性質。而成人以後，又不能以小兒之游戲爲滿足，於是對其自己之情感及所觀察之事物而摹寫之，詠歎之，以發洩所儲蓄之勢力。故民族文化之發達，非達一定之程度，則不能有文學；而個人之汲汲於爭存者，決無文學家之資格也。

在《人間嗜好之研究》一文中，王國維再次强調游戲心態的重要説：

若夫最高尚之嗜好，如文學、美術，亦不外勢力之欲之發表。希爾列爾既謂兒童之游戲存於用剩餘之勢力矣。文學、美術亦不過成人之精神的游戲，故其淵源之存於剩餘之勢力，無可疑也。且吾人內界之思想感情，平時不能語諸人，或不能以莊語表之者，於文學中，以無人與我一定之關係故，故得傾倒而出之。易言以明之，吾人之勢力所不能於實際表出者，得以游戲表出之是也。

對勘這兩則文字可知，王國維所謂「游戲」的心態——不汲汲於爭存，其實是王國維心目中「詩人」的基本前提。把現實生活中限於種種「關係」而無法表述之內容，在文學的天地裏盡情揮灑，王國維的純文學觀念由此可見一斑。在王國維的觀念裏，文學美術既然是傾訴平時不能語諸人之精神游戲，自然可以徹底擺脱功利的束縛而呈現出如同游戲的色彩。

王國維的游戲説和純文學觀念，自然受康德、叔本華的美學思想影響很深，而其現實指向尤其值得關注。王國維在《論近年之學術界》一文中已經對咸豐、同治以來的對西方學術文化的譯述提出絶大懷疑，認爲是多立足於功利的形而下學，出自政治的目的居多，而本於學術宗旨的爲少。其文曰：「觀近數年之文學，亦不重文學自己之價值，而唯視爲政治教育之手段，與哲學無異。

如此者，其褻瀆哲學與文學之神聖之罪，固不可逭。欲求其學説之有價值，安可得也！故欲學術之發達，必視學術爲目的，而不視爲手段而後可。」目的與手段之論，其實即是政治本位與學術本位之論。王國維提倡學術獨立之價值，所以相應地在文學上亦提倡游戲説，讓文學停留在文學本身，是這一則的核心意思。「游戲」一詞亦見於第二十四則：「余填詞不喜作長調，尤不喜用人韻。偶爾游戲，作《水龍吟·詠楊花用質夫、東坡倡和均》，作《齊天樂·詠蟋蟀用白石均》，皆有與晉代興之意。」不過，這裏的「游戲」乃是就長調之次韻而言的，針對的是文體形式，而非創作態度。

第一百二十三則

納蘭容若以自然之眼觀物，以自然之筆寫情。此由初入中原，未染漢人風氣，故能真切如此。同時朱、陳、王、顧〔一〕諸家，便有文勝則史〔二〕之弊。

【注　釋】

〔一〕朱、陳、王、顧：指朱彝尊、陳維崧、王士禛、顧貞觀四人。顧貞觀（一六三七—一七一四），字華峰，號梁汾，江蘇無錫人，著有《彈指詞》。

〔二〕文勝則史：語出《論語·雍也》：「子曰：質勝文則野，文勝質則史。文質彬彬，然後君子。」

【疏　證】

此則拈出「自然」，而意在求「真」，與境界説相呼應。納蘭容若性情與李煜相似，屬於「閲世淺」、「性情真」之「主觀之詩人」，主觀之詩人的最大特點就是對於人情和物性皆持自然之態度，不暇掩飾或曲解，因而物性與人情得到了最大程度的保護和呈現。所謂「以自然之眼觀物」，即是在物我之間不設障礙，不參功利，所以物性的體現也最直接、最徹底；所謂「以自然之筆寫情」，即是在觀物基礎上所引發之詩人之感情，在付諸文學創作時，亦純任感情之流淌而無意遮掩或强化。不隔、自然、真切在此則匯合成説。但以自然與否來判斷滿、漢民族之别，亦屬無謂。以朱、陳、王、顧爲孔子所謂「文勝質則史」的代表，其實也正是言説其修飾太甚，反掩性情之真的創作特徵。此則手稿僅删掉「後此如《冰蠶詞》便無餘味」一句，蓋明納蘭後期與前期也有不同，所謂「自然之眼」、「自然之筆」，僅指前期作品而言的。但拈以發表時，又易「筆」爲「舌」，「寫」爲「言」，蓋與前句「眼」、「觀」二字作直接對應也。而又將「同時朱、陳」直至結尾之句改爲「北宋以來，一人而已」，亦示其注重在理論之建構，而非具體之批評也。王國維的「自然」與「意境」、「境界」，意思是彼此可通的，在《宋元戲曲史》第十五章，王國維説：「元南戲之佳處，亦一言以蔽之，曰自然而已矣。故元代南北二戲，佳處略同，唯北劇悲壯沉雄，南戲清柔曲折，此外殆無區别。」「自然」等乎「意境」，風格則不限一格，出於悲壯沉雄可，出於清柔曲折亦可。後來胡適推行新文化運動，大力創作新詩，持爲理論依據之一的便是自然之説，這種理論上的契合，也是胡適能走近晚年王國維的原因之一。

第一百二十四則

「昔爲倡家女，今爲蕩子婦。蕩子行不歸，空床難獨守」〔一〕，「何不策高足，先據要路津。無爲久貧賤，轗軻長苦辛」〔二〕，可爲淫鄙之尤。然無視爲淫詞、鄙詞者，以其真也。五代北宋之大詞人亦然，非無淫詞，然讀之者但覺其沈摯動人；非無鄙詞，然但覺其精力彌滿。可知淫詞與鄙詞之病，非淫與鄙之爲病，而游〔三〕之爲病也。「豈不爾思，室是遠而」，而子曰：「未之思也，夫何遠之有？」惡其游也。

【注釋】

〔一〕「昔爲」四句：出自《古詩十九首》之二：「青青河畔草，鬱鬱園中柳。盈盈樓上女，皎皎當窗牖。娥娥紅粉妝，纖纖出素手。昔爲倡家女，今爲蕩子婦。蕩子行不歸，空床難獨守。」

〔二〕「何不」四句：出自《古詩十九首》之四：「今日良宴會，歡樂難具陳。彈箏奮逸響，新聲妙入神。令德唱高言，識曲聽其真。齊心同所願，含意俱未申。人生寄一世，奄忽若飆塵。何不策高足，先據要路津。無爲守窮賤，轗軻長苦辛。」王國維將「守窮賤」誤作「久貧賤」。

〔三〕游：即游詞，指游離於真性情之外的應酬或詠物之作。出自清代詞人金應珪《詞選·後序》：「……規模物類，依託歌舞。哀樂不衷其性，慮歎無與乎情。連章累篇，義不出乎花鳥。

感物指事，理不外乎酬應。雖既雅而不豔，斯有句而無章。是謂游詞。」

【疏　證】

此則改動頗多，其最初文字爲：「金朗甫作《詞選後序》，分詞爲淫詞、鄙詞、游詞三種。詞之弊盡是矣。五代、北宋之詞，其失也淫。辛、劉之詞，其失也鄙。姜、張之詞，其失也游。」此本爲獨立之一則，但其後整則删掉。後又撰「五代北宋之大詞人」至「惡其游也」一則，也是獨立一則。撰完此則，遂爲納蘭容若一則。此後又爲「昔爲倡家女」一則，待此則寫完，又將「五代北宋之大詞人」一則整體移至此則之後，至此三則，删掉一則，合并兩則爲一則，其意思方調整完畢。王國維花費如此多的心思來調整、合并、删略此三則，説明其用心有非同尋常者在，值得重視。簡而言之，此則初衷乃由金朗甫《詞選後序》所謂「詞有三弊」而來，但三弊之中，王國維認爲淫詞、鄙詞猶可接受，以其真也，惟獨游詞乃在萬劫不復之列，必置之死地而後快。王國維所謂游詞，從創作角度來説，乃在於有「詼諧」而無「嚴重」，有「入内」而無「出外」，略有「修能」而幾無「内美」，故物性、人情兩失。此説當可置之於境界説中而尋到理論之支撑。在王國維看來，坦誠追求名利色相，猶可恕也；以虚詞濫語粉飾情感，則不可恕也。但境界説之缺失也由此現出端倪，蓋情感未可籠統而論，其間真純與虚假，固可判然而辨，而其高雅與低俗，也宜深加辨析，以維護文學之純潔也。

就此則所舉《古詩十九首》之例而言，以「淫鄙之尤」相評，很可能是有問題的。「倡家女」即歌舞妓，「蕩子」即游子，倡家女與蕩子婦這兩重身份都使得這位思婦在今昔的對照中感覺生活的空虛和無聊，獨守空床之「難」便從這種對比中顯現出來。但這是否就説明此思婦不是貞婦呢？朱自清在《古詩十九首釋》中便不贊同這種説法，他認爲此詩的「作意只是怨」，不過是把怨寫得「刻露」了。朱自清説：「豔妝登樓跟『空床難獨守』并不算賣弄、淫、放濫無恥。那樣説的人只是憑了『昔爲倡家女』一層，將後來關於『娼妓』的種種聯想附會上去，想着那蕩子婦必有種種壞念頭壞打算在心裏。那蕩子婦會不會有那些壞想頭，我們不得而知，但就詩論詩，卻只説到『難獨守』就戛然而止，還只是怨，怨而不至於怒。這并不違背温柔敦厚的詩教。至於將不相干的成見讀進詩裏去，那是最足以妨礙瞭解的。」應該説，朱自清的解讀確實是值得重視的。如果本朱自清此論，則王國維的「淫鄙之尤」，確實有出語孟浪的地方了。雖然王國維從「真」的角度肯定了這種「淫鄙之尤」，但在「真」的本身内涵上，王國維的理解或許是有欠缺的。

第一百二十五則

四言〔一〕敝而有楚辭〔二〕，楚辭敝而有五言〔三〕，五言敝而有七言〔四〕，古詩〔五〕敝而有律絶，律絶敝而有詞。蓋一體通行既久，染指遂多，自成陳套，豪傑之士，亦難於中自出新意，故往往遁而作他體，以發表其思想感情。一切文體所以始盛終衰者，皆由於此。故謂文學今不如古，余不敢信。但就一體論，則此説固無以易也。

【注　釋】

〔一〕四言：上古歌謡及《周易》中的部分韻語，已初具四言詩的形態。我國第一部詩歌總集《詩經》即是以四言體爲主，雜有少量三、五、七、八、九言之句。

〔二〕楚辭：漢代劉向把屈原、宋玉以及帶有楚辭風格的作品彙編爲《楚辭》一書。楚辭對漢賦的形成産生了重要影響。

〔三〕五言：大約起源於西漢而在東漢末年趨於成熟。

〔四〕七言：秦漢時期的民間歌謡已有七言詩的雛形，唐代七言詩全面興盛。

〔五〕古詩：古詩最初得名大概始於魏晉時期，將此前無名氏所作的無題五言詩統稱爲「古詩」，即今天所説的《古詩十九首》。

【疏　證】

此爲手稿最後一則，言文體興替，自成規律，其間有無可如何者在。所謂「敝」乃指文體「自成陳套」之狀。王國維在此則主要表達四個觀點：一、無亘古常青之文體，始盛終衰爲所有文體必經之途徑；二、一文體之衰，非文體本身所致，而與習者衆多、漸成陳套有關，一文體發展至陳套，則一文體生命即告結束；三、一文體之衰必有一文體之興相率而起，故文體興替或無盡時，此與人類不能缺乏「發表其思想感情」的載體有關，而漸成陳套之文體，已不能自如而暢達地表達情思，故新文體不得不生；四、以時代論，一時代有一時代之文學，無所謂古今優劣，以一體論，則盛極難繼，此前已經成熟之文體，則今不如古。王國維此則雖没有將文體興衰與時代直接相對應，但稍後則於其《宋元戲曲史》序發其餘緒。其語云：「凡一代有一代之文學：楚之騷，漢之賦，六代之駢語，唐之詩，宋之詞，元之曲，皆所謂一代之文學，而後世莫能繼焉者也。」王國維本就一代一體之盛而論，固非以一體遮蔽一代其餘各體之意也。所以王國維明確説自己不相信文學「今不如古」之説。正如錢鍾書《談藝録》所云：「王靜安《宋元戲曲史》序有『漢賦、唐詩、宋詞、元曲』之説。謂某體至某朝而始盛，可也；若用意等於理堂，謂某體限於某朝，作者之多，即證作品之佳，則又買菜求益之見矣。元詩固不如元曲，漢賦遂能勝漢文，相如高出子長耶？唐詩遂能勝唐文耶？宋詞遂能勝宋詩若文耶？兼擅諸體如賈生、子雲、陳思、靖節、太白、昌黎、柳州、廬陵、東坡、遺山輩之集固在，盍取而按之？乃有作《詩史》者，於宋元以來，只列詞曲，引靜安語爲解。惜其不知《歸潛志》、《雕菰集》，已先發此説也。」又説：「夫文體遞變，非必如物體之有新陳代謝，後繼則須前仆。譬之六朝儷體大行，取散體而代之，至唐則古文復盛，大手筆多捨駢取散。然儷體曾未中絶，一綫綿延，雖極衰於明，而忽盛於清。駢散并峙，各放光明，陽湖、揚州文家，至有倡奇偶錯綜者。幾見彼作則此亡耶？」竊以爲錢鍾書的這兩節話堪稱是靜安關於文體演變的最佳注腳。後者雖僅以駢文、散文爲例，實可通於其他文體。而前者不僅就一代各體之高低略作分析，而且就一人兼擅多種文體的情况對「彼作則此亡」的偏見提出了質疑。所論極富學理，甚契靜安學説。錢鍾書援引金代劉祁《歸潛志》卷十三所謂「唐以前詩在詩，至宋則多在長短句，今之詩在俗間俚曲」之説，以及清代焦循《雕菰集》卷十四所謂「詩亡於宋而遁於詞，詞亡於元而遁於曲」之説，以爲靜安淵源，但靜安對於劉祁、焦循之説確實更多了一種學理上的圓滿。

王國維以此則收束全書，或有深意在焉，既爲他推崇唐五代北宋詞提供文體自身嬗變規律的理論支援，同時潛在地批評晚清追慕南宋詞之風氣，也爲新的韻文文體的産生提供理論依據。王國維言文體代興至「詞」而止，此後新文體未言及，而詞體在南宋已成陳套，則新文體之産生，似已是無可避免之事，但遺憾的是王國維没有對這一新文體做出預測或憧憬。一九二五年四月，日本青木正兒謁王國維於清華園，當王國維聽説青木正兒有意研究明以後的戲曲史時，便直言告誡：「明以後的戲曲没意思，元曲是活文學，明清之曲是死文學。」①則王國維對於元以後戲曲的評價理念與此前對詩詞嬗變的理念是完全一致的。王國維花費如許多的精力來建構境界説，不僅要從詞學一端來建構文藝本體論，而且從煞末一則來看，也是爲文學史的整體定位以及尋繹文學史的發展規律，提供一個詞體發展的角度。外在散漫的批評方式，藴含的卻是在對既往詞體發展的歷史加以勾勒的基礎上，爲文學的後續發展提供文體依據，也爲文學研究揭示出一種質的規定性。

① 青木正兒《王靜安先生的辮髮》，轉引自袁英光、劉寅生《王國維年譜長編》，天津人民出版社一九九六年版，第四四一頁。

附録

人間詞話(初刊本)①

一

詞以境界爲最上。有境界則自成高格,自有名句。五代、北宋之詞所以獨絶者在此。

二

有造境,有寫境,此理想與寫實二派之所由分。然二者頗難分別。因大詩人所造之境,必合乎自

① 此《人間詞話》於一九〇八、一九〇九年之交分三期初刊於上海《國粹學報》,凡六十四則,其中第六十三則係發表之時臨時補寫而成,而其他各則都是從手稿本中選録的,文字略有調整潤色而已。具體刊發條目及時間是: 第一—二十一則,刊發於《國粹學報》第四十七期(一九〇八年十一月十三日); 第二十二—三十九則,刊發於《國粹學報》第四十九期(一九〇九年一月十一日); 第四十—六十四則,刊發於《國粹學報》第五期(一九〇九年二月二十日)。

然，所寫之境，亦必鄰於理想故也。

三

有有我之境，有無我之境。「淚眼問花花不語，亂紅飛過鞦韆去」、「可堪孤館閉春寒，杜鵑聲裏斜陽暮」，有我之境也；「采菊東籬下，悠然見南山」、「寒波澹澹起，白鳥悠悠下」，無我之境也。有我之境，以我觀物，故物皆著我之色彩；無我之境，以物觀物，故不知何者爲我，何者爲物。古人爲詞，寫有我之境者爲多，然未始不能寫無我之境，此在豪傑之士能自樹立耳。

四

無我之境，人惟於靜中得之。有我之境，於由動之靜時得之。故一優美，一宏壯也。

五

自然中之物，互相關係，互相限制。然其寫之於文學及美術中也，必遺其關係、限制之處。故雖寫實家，亦理想家也。又雖如何虛構之境，其材料必求之於自然，而其構造，亦必從自然之法則。故雖理想家，亦寫實家也。

六

境非獨謂景物也，喜怒哀樂，亦人心中之一境界。故能寫真景物、真感情者，謂之有境界；否則謂之無境界。

七

「紅杏枝頭春意鬧」，著一「鬧」字，而境界全出。「雲破月來花弄影」，著一「弄」字，而境界全出矣。

八

境界有大小，不以是而分優劣。「細雨魚兒出，微風燕子斜」，何遽不若「落日照大旗，馬鳴風蕭蕭」！「寶簾閒掛小銀鉤」，何遽不若「霧失樓臺，月迷津渡」也！

九

嚴滄浪《詩話》曰：「盛唐諸公，唯在興趣。羚羊掛角，無跡可求。故其妙處，透澈玲瓏，不可湊拍。如空中之音、相中之色、水中之影、鏡中之象，言有盡而意無窮。」余謂：北宋以前之詞，亦復如是。然滄浪所謂興趣，阮亭所謂神韻，猶不過道其面目，不若鄙人拈出「境界」二字，爲探其本也。

一〇

太白純以氣象勝。「西風殘照，漢家陵闕」，寥寥八字，遂關千古登臨之口。後世唯范文正之《漁家傲》，夏英公之《喜遷鶯》，差足繼武，然氣象已不逮矣。

一一

張皋文謂飛卿之詞「深美閎約」。余謂此四字唯馮正中足以當之。劉融齋謂飛卿「精豔絶人」，差近之耳。

一二

「畫屏金鷓鴣」，飛卿語也，其詞品似之；「弦上黄鶯語」，端己語也，其詞品亦似之；正中詞品，若欲於其詞句中求之，則「和淚試嚴妝」，殆近之歟？

一三

南唐中主詞「菡萏香銷翠葉殘，西風愁起緑波間」，大有衆芳蕪穢、美人遲暮之感。乃古今獨賞其「細雨夢回雞塞遠，小樓吹徹玉笙寒」，故知解人正不易得。

一四

温飛卿之詞，句秀也；韋端己之詞，骨秀也；李重光之詞，神秀也。

一五

詞至李後主而眼界始大，感慨遂深，遂變伶工之詞而爲士大夫之詞。周介存置諸温、韋之下，可爲顛倒黑白矣。「自是人生長恨水長東」，「流水落花春去也，天上人間」，《金荃》、《浣花》，能有此氣象耶？

一六

詞人者，不失其赤子之心者也。故生於深宫之中，長於婦人之手，是後主爲人君所短處，亦即爲詞人所長處。

一七

客觀之詩人，不可不多閲世。閲世愈深，則材料愈豐富，愈變化，《水滸傳》、《紅樓夢》之作者是也。主觀之詩人，不必多閲世。閲世愈淺，則性情愈真，李後主是也。

一八

尼采謂：一切文學，余愛以血書者。後主之詞，真所謂以血書者也。宋道君皇帝《燕山亭》詞亦略似之。然道君不過自道身世之戚，後主則儼有釋迦、基督擔荷人類罪惡之意，其大小固不同矣。

一九

馮正中詞雖不失五代風格，而堂廡特大，開北宋一代風氣。與中、後二主詞皆在《花間》範圍之外，宜《花間集》中不登其隻字也。

二〇

正中詞除《鵲踏枝》、《菩薩蠻》十數闋最煊赫外，如《醉花間》之「高樹鵲銜巢，斜月明寒草」，余謂韋蘇州之「流螢渡高閣」，孟襄陽之「疏雨滴梧桐」不能過也。

二一

歐九《浣溪沙》詞「綠楊樓外出鞦韆」。晁補之謂：只一「出」字，便後人所不能道。余謂此本於正中《上行杯》詞「柳外鞦韆出畫牆」，但歐語尤工耳。

一二

梅舜俞《蘇幕遮》詞：「落盡梨花春事了。滿地斜陽，翠色和煙老。」劉融齋謂：少游一生似專學此種。余謂：馮正中《玉樓春》詞：「芳菲次第長相續，自是情多無處足。尊前百計得春歸，莫爲傷春眉黛促。」永叔一生似專學此種。

一三

人知和靖《點絳脣》、舜俞《蘇幕遮》、永叔《少年游》三闋爲詠春草絶調。不知先有正中「細雨濕流光」五字，皆能攝春草之魂者也。

一四

《詩·蒹葭》一篇，最得風人深致。晏同叔之「昨夜西風凋碧樹。獨上高樓，望盡天涯路」，意頗近之。但一灑落，一悲壯耳。

一五

「我瞻四方，蹙蹙靡所騁」，詩人之憂生也；「昨夜西風凋碧樹。獨上高樓，望盡天涯路」似之。「終日馳車走，不見所問津」，詩人之憂世也；「百草千花寒食路。香車繫在誰家樹」似之。

二六

古今之成大事業、大學問者，必經過三種之境界：「昨夜西風凋碧樹。獨上高樓，望盡天涯路。」此第一境也。「衣帶漸寬終不悔，爲伊消得人憔悴。」此第二境也。「衆裏尋他千百度，回頭驀見，那人正在，燈火闌珊處。」此第三境也。此等語皆非大詞人不能道。然遽以此意解釋諸詞，恐爲晏、歐諸公所不許也。

二七

永叔「人間自是有情癡，此恨不關風與月」、「直須看盡洛城花，始與東風容易別」，於豪放之中有沈著之致，所以尤高。

二八

馮夢華《宋六十一家詞選·序例》謂：「淮海、小山，古之傷心人也。其淡語皆有味，淺語皆有致。」余謂此唯淮海足以當之。小山矜貴有餘，但可方駕子野、方回，未足抗衡淮海也。

二九

少游詞境最爲淒婉。至「可堪孤館閉春寒，杜鵑聲裏斜陽暮」，則變而淒厲矣。東坡賞其後二語，猶爲皮相。

三〇

「風雨如晦，雞鳴不已」，「山峻高以蔽日兮，下幽晦以多雨。霰雪紛其無垠兮，雲霏霏而承宇」，「樹樹皆秋色，山山盡落暉」，「可堪孤館閉春寒，杜鵑聲裏斜陽暮」，氣象皆相似。

三一

昭明太子稱陶淵明詩「跌宕昭彰，獨超衆類。抑揚爽朗，莫之與京」。王無功稱薛收賦「韻趣高奇，詞義晦遠。嵯峨蕭瑟，真不可言」。詞中惜少此二種氣象，前者唯東坡，後者唯白石，略得一二耳。

三二

詞之雅鄭，在神不在貌。永叔、少游雖作豔語，終有品格。方之美成，便有淑女與倡伎之别。

三三

美成深遠之致不及歐、秦。唯言情體物，窮極工巧，故不失爲第一流之作者。但恨創調之才多，創意之才少耳。

三四

詞忌用替代字。美成《解語花》之「桂華流瓦」，境界極妙，惜以「桂華」二字代月耳。夢窗以下，則用代字更多。其所以然者，非意不足，則語不妙也。蓋意足則不暇代，語妙則不必代。此少游之「小樓連苑」、「繡轂雕鞍」，所以爲東坡所譏也。

三五

沈伯時《樂府指迷》云：「説桃不可直説桃，須用『紅雨』、『劉郎』等字。詠柳不可直説破柳，須用『章臺』、『灞岸』等字。」若惟恐人不用代字者。果以是爲工，則古今類書具在，又安用詞爲耶？宜其爲《提要》所譏也。

三六

美成《青玉案》詞：「葉上初陽乾宿雨。水面清圓，一一風荷舉。」此真能得荷之神理者。覺白石《念奴嬌》、《惜紅衣》二詞，猶有隔霧看花之恨。

三七

東坡《水龍吟》詠楊花，和均而似元唱。章質夫詞，原唱而似和均。才之不可強也如是！

三八

詠物之詞，自以東坡《水龍吟》最工，邦卿《雙雙燕》次之。白石《暗香》、《疏影》，格調雖高，然無一語道着。視古人「江邊一樹垂垂發」等句何如耶？

三九

白石寫景之作，如「二十四橋仍在，波心蕩、冷月無聲」、「數峰清苦，商略黄昏雨」、「高樹晚蟬，説西風消息」，雖格韻高絶，然如霧裏看花，終隔一層。梅溪、夢窗諸家寫景之病，皆在一「隔」字。北宋風流，渡江遂絶。抑真有運會存乎其間耶？

四〇

問「隔」與「不隔」之別，曰：陶、謝之詩不隔，延年則稍隔已；東坡之詩不隔，山谷則稍隔矣。「池塘生春草」、「空梁落燕泥」等二句，妙處唯在不隔。詞亦如是。即以一人一詞論，如歐陽公《少年游》詠春草上半闋云：「闌干十二獨憑春，晴碧遠連雲。千里萬里，二月三月，行色苦愁人。」語語都在目前，便是不隔。至云「謝家池上，江淹浦畔」，則隔矣。白石《翠樓吟》「此地。宜有詞僊，擁素雲黄鶴，與君游戲。玉梯凝望久，歎芳草、萋萋千里」，便是不隔。至「酒祓清愁，花消英氣」，則隔矣。然南宋詞雖不隔處，比之前人，自有淺深厚薄之别。

四一

「生年不滿百，常懷千歲憂。晝短苦夜長，何不秉燭游」，「服食求神僊，多爲藥所誤。不如飲美酒，被服紈與素」，寫情如此，方爲不隔。「采菊東籬下，悠然見南山。山氣日夕佳，飛鳥相與還」，「天似穹廬，籠蓋四野。天蒼蒼。野茫茫。風吹草低見牛羊」，寫景如此，方爲不隔。

四二

古今詞人格調之高，無如白石。惜不於意境上用力，故覺無言外之味，弦外之響，終不能與於第一流之作者也。

四三

南宋詞人，白石有格而無情，劍南有氣而乏韻。其堪與北宋人頡頏者，唯一幼安耳。近人祖南宋而祧北宋，以南宋之詞可學，北宋不可學也。學南宋者，不祖白石，則祖夢窗，以白石、夢窗可學，幼安不可學也。學幼安者率祖其粗獷、滑稽，以其粗獷、滑稽處可學，佳處不可學也。幼安之佳處，在有性情，有境界。即以氣象論，亦有「橫素波」、「干青雲」之概，寧後世齷齪小生所可擬耶？

四四

東坡之詞曠，稼軒之詞豪。無二人之胸襟而學其詞，猶東施之效捧心也。

四五

讀東坡、稼軒詞，須觀其雅量高致，有伯夷、柳下惠之風。白石雖似蟬蜕塵埃，然終不免局促轅下。

四六

蘇、辛，詞中之狂。白石猶不失爲狷。若夢窗、梅溪、玉田、草窗、中麓輩，面目不同，同歸於鄉愿而已。

四七

稼軒中秋飲酒達旦，用《天問》體作《木蘭花慢》以送月曰：「可憐今夕月，向何處、去悠悠。是别有人間，那邊纔見，光景東頭。」詞人想像，直悟月輪繞地之理，與科學家密合，可謂神悟。

四八

周介存謂：「梅溪詞中，喜用『偷』字，足以定出其品格。」劉融齋謂：「周旨蕩而史意貪。」此二語令人解頤。

四九

介存謂夢窗詞之佳者，如「水光雲影，摇盪緑波，撫玩無極，追尋已遠」。余覽《夢窗甲乙丙丁稿》中，實無足當此者。有之，其「隔江人在雨聲中，晚風菰葉生秋怨」二語乎？

五〇

夢窗之詞，吾得取其詞中一語以評之曰：「映夢窗，凌亂碧。」玉田之詞，余得取其詞中之一語以評之曰：「玉老田荒。」

五一

「明月照積雪」、「大江流日夜」、「中天懸明月」、「黄河落日圓」，此種境界，可謂千古壯觀。求之於詞，唯納蘭容若塞上之作如《長相思》之「夜深千帳燈」、《如夢令》之「萬帳穹廬人醉，星影摇摇欲墜」差近之。

五二

納蘭容若以自然之眼觀物，以自然之舌言情。此由初入中原，未染漢人風氣，故能真切如此。北宋以來，一人而已。

五三

陸放翁《花間集》謂：「唐季五代，詩愈卑，而倚聲者輒簡古可愛。……能此不能彼，未可以理推也。」《提要》駁之謂：猶能舉七十斤者，舉百斤則蹶，舉五十斤則運掉自如。其言甚辨。然謂詞必易於詩，余未敢信。善乎陳卧子之言曰：「宋人不知詩而强作詩，故終宋之世無詩。……然其歡愉愁苦之致，動於中而不能抑者，類發於詩餘，故其所造獨工。」五代詞之所以獨勝，亦以此也。

五四

四言敝而有楚辭，楚辭敝而有五言，五言敝而有七言，古詩敝而有律絶，律絶敝而有詞。蓋文體通行既久，染指遂多，自成習套。豪傑之士，亦難於其中自出新意，故遁而作他體，以自解脱。一切文體所以始盛終衰者，皆由於此。故謂文學後不如前，余未敢信。但就一體論，則此説固無以易也。

五五

詩之《三百篇》、《十九首》，詞之五代、北宋，皆無題也。非無題也，詩詞中之意，不能以題盡之也。自《花庵》、《草堂》每調立題，并古人無題之詞亦爲之作題。如觀一幅佳山水，而即曰此某山某河，可乎？詩有題而詩亡，詞有題而詞亡。然中材之士，鮮能知此而自振拔者也。

五六

大家之作，其言情也必沁人心脾，其寫景也必豁人耳目，其辭脱口而出，無矯揉妝束之態。以其所見者真，所知者深也。詩詞皆然。持此以衡古今之作者，可無大誤也。

五七

人能於詩詞中不爲美刺投贈之篇，不使隸事之句，不用粉飾之字，則於此道已過半矣。

五八

以《長恨歌》之壯采，而所隸之事，只「小玉」、「雙成」四字，才有餘也。梅村歌行，則非隸事不辦。白、吴優劣，即於此見。不獨作詩爲然，填詞家亦不可不知也。

五九

近體詩體制，以五、七言絶句爲最尊，律詩次之，排律最下。蓋此體於寄興言情，兩無所當，殆有均之駢體文耳。詞中小令如絶句，長調似律詩，若長調之《百字令》、《沁園春》等，則近於排律矣。

六〇

詩人對宇宙人生，須入乎其内，又須出乎其外。入乎其内，故能寫之；出乎其外，故能觀之。入乎其内，故有生氣；出乎其外，故有高致。美成能入而不出；白石以降，於此二事皆未夢見。

六一

詩人必有輕視外物之意，故能以奴僕命風月；又必有重視外物之意，故能與花鳥共憂樂。

六二

「昔爲倡家女，今爲蕩子婦。蕩子行不歸，空床難獨守。」「何不策高足，先據要路津？無爲久貧賤，轗軻長苦辛。」可爲淫鄙之尤。然無視爲淫詞、鄙詞者，以其真也。五代、北宋之大詞人亦然。非無淫詞，讀之者但覺其親切動人；非無鄙詞，但覺其精力彌滿。可知淫詞與鄙詞之病，非淫與鄙之病，而游詞之病也。「豈不爾思，室是遠而」。而子曰：「未之思也，夫何遠之有？」惡其游也。

六三

「枯藤老樹昏鴉。小橋流水平沙。古道西風瘦馬。夕陽西下。斷腸人在天涯。」此元人馬東籬《天淨沙》小令也。寥寥數語，深得唐人絶句妙境。有元一代詞家，皆不能辦此也。

六四

白仁甫《秋夜梧桐雨》劇，沈雄悲壯，爲元曲冠冕。然所作《天籟詞》，粗淺之甚，不足爲稼軒奴隸。豈創者易工，而因者難巧歟？抑人各有能有不能也？讀者觀歐、秦之詩遠不如詞，足透此中消息。

人間詞話（重編本）①

余於七八年前，偶書詞話數十則。今檢舊稿，頗有可采者，摘録如下。

一

詞以境界爲最上。有境界則自成高格，自有名句。五代北宋之詞所以獨絶者在此。

二

言氣格，言神韻，不如言境界。境界，本也；氣格、神韻，末也。境界具，而二者隨之矣。

① 此重編本是王國維從《人間詞話》手稿本、《國粹學報》初刊本以及《宋元戲曲考》若干文字中摘録、合并、删訂而成，凡三十一則，分七期連載於一九一五年一月十三、十五、十六、十七、十九、二十、二十一日的《盛京時報》，具體是：小序以及第一至五則，一月十三日刊出；第六至九則，一月十五日刊；第十至十五則，一月十六日刊；第十六至二十則，一月十七日刊；第二十一至二十五則，一月十九日刊；第二十六、二十七、二十八則，一月二十日刊；第二十九、三十、三十一則，一月二十一日刊。這三十一則詞話統列於「二牖軒隨録」名下，王國維未再另起名。但小序既曰「偶書詞話」，則此次壓縮後的版本自可視爲王國維《人間詞話》的最終定本。

三

有造境，有寫境，此理想與寫實二派之所由分。然二者頗難區别。因大詩人所造之境，必合乎自然；所寫之境，必鄰乎理想故也。

四

境非獨謂景物也。情感亦人心中之一境界。故能寫真景物、真感情者，謂之有境界；否則謂之無境界。

五

「紅杏枝頭春意鬧」，著一「鬧」字，而境界全出；「雲破月來花弄影」，著一「弄」字，而境界全出矣。

六

境界有大小，然不以是而分優劣。「細雨魚兒出，微風燕子斜」，何遽不若「落日照大旗，馬鳴風蕭蕭」。「寶簾閒掛小銀鉤」，何遽不若「霧失樓臺，月迷津渡」也。

七

《詩・蒹葭》一篇最得風人深致。晏同叔之「昨夜西風凋碧樹。獨上高樓，望盡天涯路」，意頗近之。但一灑落，一悲壯耳。

八

「我瞻四方，蹙蹙靡所騁」，詩人之憂生也。「昨夜西風凋碧樹。獨上高樓，望盡天涯路」似之。「終日馳車走，不見所問津」，詩人之憂世也。「百草千花寒食路。香車繫在誰家樹」似之。

九

成就一切事，罔不歷三種境界：「昨夜西風凋碧樹。獨上高樓，望盡天涯路」，此第一境也；「衣帶漸寬終不悔。爲伊銷得人憔悴」，此第二境也；「衆裏尋他千百度。回頭驀見，那人正在、燈火闌珊處」，此第三境也。此等語均非大詞人不能道。然遽以此意解諸詞，恐爲晏、歐諸公所不許也。

一〇

太白詞純以氣象勝。「西風殘照，漢家陵闕」，寥寥八字，遂關千古登臨之口。後世唯范文正之《漁家傲》、夏英公之《喜遷鶯》，差堪繼武。然氣象已不逮矣。

一一

温飛卿之詞，句秀也；韋端己之詞，骨秀也；李後主之詞，神秀也。詞至李後主而境界始大，感慨遂深，遂變伶工之詞，而爲士大夫之詞。宋初晏、歐諸公皆自此出，而《花間》一派微矣。

一二

馮正中詞除《鵲踏枝》、《菩薩蠻》數十闋最煊赫外，如《醉花間》之「高樹鵲銜巢，斜月明寒草」，雖韋蘇州之「流螢度高閣」、孟襄陽之「疏雨滴梧桐」，不能過也。

一三

「畫屏金鷓鴣」，飛卿語也，其詞品似之；「弦上黄鶯語」，端己語也，其詞品亦似；若正中詞品，欲於其詞求之，則「和淚試嚴妝」，殆近之歟。

一四

歐陽公《浣溪沙》詞「緑楊樓外出鞦韆」，晁補之謂只一「出」字，便後人所不能道。余謂此本於正中《上行杯》詞「柳外鞦韆出畫牆」，但歐語尤工耳。

一五

少游詞境最爲淒婉。至「可堪孤館閉春寒，杜鵑聲裏斜陽暮」，則變而淒厲矣。東坡賞其後二語，尤爲皮相。

一六

「風雨如晦，雞鳴不已」，「山峻高以蔽日兮，下幽晦以多雨；霰雪紛其無垠兮，雲霏霏而承宇」，「樹樹皆秋色，山山盡落暉」，「可堪孤館閉春寒，杜鵑聲裏斜陽暮」，氣象皆相似。

一七

美成詞深遠之致不及歐、秦，唯言情體物，窮極工巧，故不失爲第一流之作者。但恨創調之才多，創意之才少耳。

一八

詞最忌用替代字。美成《解語花》之「桂華流瓦」，境界極妙，惜以「桂華」二字代「月」耳。夢窗以下，則用代字更多。其所以然者，非意不足，則語不妙也。蓋語妙，則不必代，意足則不暇代。此少游之《水龍吟》首二語，所以爲東坡所譏也。

一九

美成《青玉案》詞「葉上初陽乾宿雨。水面清圓，一一風荷舉」，此真能得荷之神理者。覺白石《念奴嬌》、《惜紅衣》二詞猶有隔霧看花之恨。

二〇

南宋詞人，白石有格而無情，劍南有氣而乏韻。其堪與北宋人頡頏者，唯一幼安耳。近人祖南宋而祧北宋，以南宋之詞可學，北宋不可學也。學南宋者，不祖白石，則祖夢窗，以白石、夢窗可學，幼安不可學也。學幼安者，率祖其粗獷、滑稽，以其粗獷、滑稽處可學，佳處不可學也。同時白石、龍洲學幼安之作且如此，況其他乎？其實幼安詞之佳者，俊偉幽咽，獨有千古。其他豪放之處，亦有「橫素波、干青雲」之概，豈夢窗輩齷齪小生所可語耶？

二一

東坡之詞曠，稼軒之詞豪。無二人之胸襟，而學其詞，猶東施之效捧心也。

二二

讀東坡、稼軒詞，須觀其雅量高致，有伯夷、柳下惠之風。白石雖似蟬蛻塵埃，終不免局促轅下。

二三

昭明太子稱陶淵明詩「跌宕昭彰，獨超衆類。抑揚爽朗，莫之與京」。王無功稱薛收賦「韻趣高奇，詞義晦遠。嵯峨蕭瑟，真不可言」。詞中惜少此二種氣象。前者坡詞近之，後者唯白石略得一二耳。

二四

白石寫景之作，如「二十四橋仍在，波心蕩、冷月無聲」，「數峰清苦，商略黄昏雨」，「高樹晚蟬，説西風消息」，雖格韻高絶，然如霧裏看花，終隔一層。梅溪、夢窗諸家寫景之作，其病皆在一「隔」字。北宋風流，過江遂絶，抑真有風會存乎其間耶？

二五

東坡、稼軒，詞中之狂；白石，詞中之狷；若梅溪、夢窗、草窗、玉田、西麓、竹山之詞，則鄉愿而已。

二六

問「隔」與「不隔」之别。曰：「生年不滿百，常懷千歲憂。晝短苦夜長，何不秉燭游。」「服食求神僊，多爲藥所誤。不如飲美酒，被服紈與素。」寫情如此，方爲不隔。「采菊東籬下，悠然見南山。山氣日夕佳，飛鳥相與還。」「天似穹廬，籠蓋四野。天蒼蒼。野茫茫。風吹草低見牛羊。」寫景如此，方爲不隔。詞亦如之。如歐陽公《少年游》詠春草云：「闌干十二獨憑春，晴碧遠連雲。二月三月，千里萬里，行色苦愁人。」語語皆在目前，便是不隔；至换頭云：「謝家池上，江淹浦畔，吟魄與離魂。」使用故事，便不如前半精彩。然歐詞前既實寫，故至此不能不拓開。若通體如此，則成笑柄。南宋人詞則不免通體皆是「謝家池上」矣。

二七

國朝人詞，余最愛宋尚木《蝶戀花》「新樣羅衣渾棄卻。猶尋舊日春衫著」及譚復堂之「連理枝頭儂與汝。千花百草從渠許」，以爲最得風人之旨。

二八

近人詞，如復堂之深婉，彊村之隱秀，當在吾家半塘翁之上。彊村學夢窗，而情味較夢窗反勝。蓋有臨川、廬陵之高華，而濟以白石之疏越者。學人之詞，斯爲極則。然於古人自然神妙處，尚未夢見。《半唐丁稿》和馮正中《鵲踏枝》十闋，乃鶩翁詞之最精者。「望遠愁多休縱目」等闋，鬱伊惝怳，令人不能爲懷。《定稿》只存六闋，殊爲未允。

二九

詞總集如《花間》、《尊前》，行於宋世。南宋迄明，盛行《草堂詩餘》。自朱竹垞力詆《草堂》，而推重周草窗之《絶妙好詞》。其實《草堂》瑕瑜互見，宋人名作大抵在焉。《絶妙好詞》則如碱砆，無瑕可指，而可觀之詞甚少。竹垞《詞綜》自唐宋以後，其病略同。皋文《詞選》又揚其波，固陋彌甚矣。

三〇

詞至元人，皆承南宋緒餘，殆無足觀。然曲中小令卻有絶妙者。如無名氏《天淨沙》云：「枯藤老樹昏鴉。小橋流水人家。古道西風瘦馬。夕陽西下。斷腸人在天涯。」此等語非當時詞家所能道也。

三一

元人曲中小令以無名氏《天淨沙》爲第一。套數則以馬東籬之《雙調·夜行船》爲第一。兹録其詞如左：「〔夜行船〕百歲光陰如夢蝶。重回首，往事堪嗟。昨日春來，今朝花謝。急罰盞夜闌燈滅。

〔喬木查〕想秦宫漢闕，都做了衰草牛羊野。不恁漁樵無話説。縱荒墳横斷碑，不辨龍蛇。〔慶宣和〕投至狐蹤與兔窟，多少豪傑。鼎足三分半腰折，魏耶，晉耶。〔落梅花〕天教富，不待奢。無多時，好天良夜。看錢奴，硬將心似鐵，空辜負錦堂風月。〔風入松〕眼前紅日又西斜，疾似下坡車。曉來青鏡添白髮，上床和鞋履相别。莫笑鳩巢計拙，葫蘆提一就妝呆。〔撥不斷〕利名竭，是非絶。紅塵不向門前惹，緑樹偏宜屋角遮。青山正補牆東缺，竹籬茅舍。〔離亭宴煞〕蛩吟一枕方寧貼，雞鳴萬事無休歇。爭名利，何年是徹。密匝匝，蟻排兵；亂紛紛，蜂釀蜜；急穰穰，蠅爭血。裴公緑野堂，陶令白蓮社。愛秋來，那些和露摘黄花，帶霜烹紫蟹，煮酒燒紅葉。人生有限杯，幾個登高節。囑付與頑童記者，便北海探吾來，道東籬醉了也。」周德清《中原音韻》中載此劇，以爲萬中無一，不虚也。

王國維詞論彙録①

一

蕙風詞小令似叔原，長調亦在清真、梅溪間，而沈痛過之。彊村雖富麗精工，猶遜其真摯也。天以百凶成就一詞人，果何爲哉！

二

蕙風《洞僊歌·秋日游某氏園》及《蘇武慢·寒夜聞角》二闋，境似清真。集中他作，不能過之。

三

彊村詞，余最賞其《浣溪沙》「獨鳥沖波去意閒」二闋，筆力峭拔，非他詞可能過之。

---

① 此處彙録的王國維詞論綜合了趙萬里、徐調孚、陳乃乾、陳鴻祥等人從王國維其他著述、序跋、批點、題扇、談話中選録的内容。筆者也新增了七則，其中從王國維《詞録》的序例及諸版本下的説明文字中摘録了六則，從藏於日本東洋文庫王國維批注詞曲集中選録了一則《壽域詞跋》。

四

蕙風「聽歌」諸作，自以《滿路花》爲最佳。至題《香南雅集圖》諸詞，殊覺泛泛，無一言道着。

五

黄叔暘稱其（注：指皇甫松）《摘得新》二首，爲有達觀之見。余謂不若《憶江南》二闋，情味深長，在樂天、夢得上也。

六

端己詞情深語秀，雖規模不及後主、正中，要在飛卿之上。觀昔人顔、謝優劣論可知矣。

七

其（注：指毛文錫）詞比牛、薛諸人，殊爲不及。葉夢得謂：「文錫詞以質直爲情致，殊不知流於率露。諸人評庸陋詞者，必曰：此仿毛文錫之《贊成功》而不及者。」其言是也。

八

其（注：指魏承班）詞遜於薛昭藴、牛嶠，而高於毛文錫，然皆不如王衍。五代詞以帝王爲最工，豈不以無意於求工歟？

九

夐（注：指顧夐）詞在牛給事、毛司徒間。《浣溪沙》（春色迷人）一闋，亦見《陽春録》。與《河傳》、《訴衷情》數闋，當爲夐最佳之作矣。

一〇

周密《齊東野語》稱其（注：指毛熙震）詞新警而不爲儇薄。余尤愛其《後庭花》，不獨意勝，即以調論，亦有雋上清越之致，視文錫蔑如也。

一一

其（注：指閻選）詞唯《臨江僊》第二首有軒翥之意，餘尚未足與於作者也。

一二

昔沈文愨深賞泌（注：指張泌）「緑楊花撲一溪煙」爲晚唐名句。然其詞如「露濃香泛小庭花」，較前語似更幽豔也。

一三

昔黄玉林賞其（注：指孫光憲）「一庭花雨濕春愁」爲古今佳句。余以爲不若「片帆煙際閃孤光」，尤有境界也。

一四

先生（注：指周邦彦）於詩文無所不工，然尚未盡脱古人蹊徑。平生著述，自以樂府爲第一。詞人甲乙，宋人早有定論。惟張叔夏病其意趣不高遠。然北宋人如歐、蘇、秦、黄，高則高矣，至精工博大，殊不逮先生。故以宋詞比唐詩，則東坡似太白，歐、秦似摩詰，耆卿似樂天，方回、叔原則大曆十子之流。南宋惟一稼軒可比昌黎。而詞中老杜，則非先生不可。昔人以耆卿比少陵，猶爲未當也。

一五

先生（注：指周邦彦）之詞，陳直齋謂其多用唐人詩句檃括入律，渾然天成。張玉田謂其善於融化詩句，然此不過一端。不如强焕云「模寫物態，曲盡其妙」爲知言也。

一六

山谷云：「天下清景，不擇賢愚而與之，然吾特疑端爲我輩設。」誠哉是言！抑豈獨清景而已，一切境界，無不爲詩人設。世無詩人，即無此種境界。夫境界之呈於吾心而見於外物者，皆須臾之物。惟詩人能以此須臾之物，鐫諸不朽之文字，使讀者自得之。遂覺詩人之言，字字爲我心中所欲言，而又非我之所能自言，此大詩人之秘妙也。境界有二：有詩人之境界，有常人之境界。詩人之境界，惟詩人能感之而能寫之，故讀其詩者，亦高舉遠慕，有遺世之意。而亦有得有不得，且得之者亦各有深淺焉。若夫悲歡離合、羈旅行役之感，常人皆能感之，而惟詩人能寫之。故其入於人者至深，而行於世也尤廣。先生（注：指周邦彦）之詞，屬於第二種爲多。故宋時别本之多，他無與匹。又和者三家，注者二家（强焕本亦有注，見毛跋）。自士大夫以至婦人女子，莫不知有清真，而種種無稽之言，亦由此以起。然非入人之深，烏能如是耶？

一七

樓忠簡謂先生（注：指周邦彦）妙解音律。惟王晦叔《碧雞漫志》謂：「江南某氏者，解音律，時時度曲。周美成與有瓜葛。每得一解，即爲製詞，故周集中多新聲。」則集中新曲，非盡自度。然「顧曲名堂，不能自已」，固非不知音者。故先生之詞，文字之外，須兼味其音律。惟詞中所注宫調，不出教坊十八調之外。則其音非大晟樂府之新聲，而爲隋、唐以來之燕樂，固可知也。今其聲雖亡，讀其詞者，猶覺拗怒之中，自饒和婉；曼聲促節，繁會相宣；清濁抑揚，轆轤交往。兩宋之間，一人而已。

一八

《天僊子》詞（注：《雲謡集》所録「燕語啼時三月半」一首）特深峭隱秀，堪與飛卿、端己抗行。

一九

有明一代，樂府道衰。《寫情》、《扣舷》，尚有宋、元遺響。仁、宣以後，茲事幾絶。獨文潞（夏言）以魁碩之才，起而振之。豪壯典麗，與于湖、劍南爲近。

二〇

歐公(注:指歐陽修)《蝶戀花》「面旋落花」云云,字字沈響,殊不可及。

二一

《片玉詞》「良夜燈光簇如豆」一首,乃改山谷《憶帝京》詞爲之者,似屯田最下之作,非美成所宜有也。

二二

温飛卿《菩薩蠻》:「雨後卻斜陽。杏花零落香。」少游之「雨餘芳草斜陽。杏花零落燕泥香」,雖自此脱胎,而實有出藍之妙。

二三

白石尚有骨,玉田則一乞人耳。

二四

美成詞多作態,故不是大家氣象。若同叔、永叔雖不作態,而一笑百媚生矣。此天才與人力之别也。

二五

周介存謂：「白石以詩法入詞，門徑淺狹，如孫過庭書，但便後人模仿。」予謂近人所以崇拜玉田，亦由於此。

二六

予於詞，於五代喜李後主、馮正中而不喜《花間》。於北宋喜同叔、永叔、子瞻、少游而不喜美成。於南宋只愛稼軒一人，而最惡夢窗、玉田。介存此選，頗多不當人意之處。然其論詞則頗多獨到之語。始有知天下固有具眼人，非予一人之私見也。

二七

王君靜安將刊其所爲《人間詞》，詒書告余曰：「知我詞者莫如子，敘之亦莫如子宜。」余與君處十年矣。比年以來，君頗以詞自娱。余雖不能詞，然喜讀詞。每夜漏始下，一燈熒然，玩古人之作，未嘗不與君共。君成一闋，易一字，未嘗不以訊余。既而暌離，苟有所作，未嘗不郵以示余也。然則，余於君之詞，又烏可以無言乎？夫自南宋以後，斯道之不振久矣！元、明及國初諸老，非無警句也，然不免乎局促者，氣困於雕琢也。嘉、道以後之詞，非不諧美也，然無救於淺薄者，意竭於摹擬也。君之於詞，於五代喜李後主、馮正中，於北宋喜永叔、子瞻、少游、美成，於南宋除稼軒、白石外，所嗜蓋鮮矣。尤痛詆夢窗、玉田。謂夢窗砌字，玉田壘句。一雕琢，一敷衍。其病不同，而同歸於淺薄。六百年來詞之不振，實自此始。其持論如此。及讀君自所爲詞，則誠往復幽咽，動搖人心，快而沈，直而能曲，不屑屑於言詞之末，而名句間出，殆往往度越前人。至其言近而指遠，意決而辭婉，自永叔以後，殆未有工如君者也。君始爲詞時，亦不自意其至此，而卒至此者，天也，非人之所能爲也。若夫觀物之微，託興之深，則又君詩詞之特色。求之古代作者，罕有倫比。嗚呼！不勝古人，不足以與古人并，君其知之矣。世有疑余言者乎，則何不取古人之詞，與君詞比類而觀之也？光緒丙午三月，山陰樊志厚叙。

一八

去歲夏，王君靜安集其所爲詞，得六十餘闋，名曰《人間詞甲稿》，余既叙而行之矣。今冬，復彙所作詞爲《乙稿》，丐余爲之叙。余其敢辭。乃稱曰：文學之事，其内足以攄己，而外足以感人者，意與境二者而已。上焉者意與境渾，其次或以境勝，或以意勝。苟缺其一，不足以言文學。原夫文學之所以有意境者，以其能觀也。出於觀我者，意餘於境。而出於觀物者，境多於意。然非物無以見我，而觀我之時，又自有我在。故二者常互相錯綜，能有所偏重，而不能有所偏廢也。文學之工不工，亦視其意境之有無與其深淺而已。自夫人不能觀古人之所觀，而徒學古人之所作，於是始有僞文學。學者便之，相尚以辭，相習以模擬，遂不復知意境之爲何物，豈不悲哉！苟持此以觀古今人之詞，則其得失，可得而言焉。温、韋之精豔，所以不如正中者，意境有深淺也。《珠玉》所以遜《六一》，《小山》所以愧《淮海》者，意境異也。美成晚出，始以辭采擅長，然終不失爲北宋人之詞者，有意境也。南宋詞人之有意境者，惟一稼軒，然亦若不欲以意境勝。白石之詞，氣體雅健耳，至於意境，則去北宋人遠甚。及夢窗、玉田出，并不求諸氣體，而惟文字之是務，於是詞之道熄矣。自元迄明，益以不振。至於國朝，而納蘭侍衛以天賦之才，崛起於方興之族。其所爲詞，悲凉頑豔，獨有得於意境之深，可謂豪傑之士，奮乎百世之下者矣。同時朱、陳，既非勁敵；後世項、蔣，尤難鼎足。至乾、嘉以降，審乎體格韻律之間者愈微，而意味之溢於字句之表者愈淺。豈非拘泥文字，而不求諸意境之失歟？抑觀我觀物之事自有天在，固難期諸流俗歟？余與靜安，均夙持此論。靜安之爲詞，真能以意境勝。夫古今人詞之以意勝者，莫若歐陽公；以境勝者，莫若秦少游；至意境兩渾，則惟太白、後主、正中數人足以當之。靜安之詞，大抵意深於歐，而境次於秦。至其合作，如《甲稿》《浣溪沙》之「天末同雲」、《蝶戀花》之「昨夜夢中」、《乙稿》《蝶戀花》之「百尺朱樓」等闋，皆意境兩忘，物我一體，高蹈乎八荒之表，而抗心乎千秋之間，駸駸乎兩漢之疆域，廣於三代，貞觀之政治，隆於武德矣。方之侍衛，豈徒伯仲！此固君所得於天者獨深，抑豈非致力於意境之效也。至君詞之體裁，亦與五代、北宋爲近。然君詞之所以爲五代、北宋之詞者，以其有意境在。若以其體裁故，而至遽指爲五代、北宋，此又君之不任受。固當與夢窗、玉田之徒，專事摹擬者，同類而笑之也。光緒三十三年十月，山陰樊志厚叙。

二九

長夏苦熱，不耐深沉之思，偶得仁和吴昌綬伯宛所作《宋金元現存詞目》，歎其蒐羅之勤，因思仿朱竹垞《經義考》之例，存佚并録，勒爲一書。蒐録考訂，月餘而成，聊用消夏，不足云著述也。

一、明人及國朝人詞多散在别集，既鮮總彙之編，亦罕單行之本，一人見聞既慚狹隘，諸家著録亦一毫芒，故以元人爲斷。

一、諸家詞集有刻本者著刻本，無刻本者著鈔本。刻本有以詞單行者著單行本，無者著全集本。亦有刻本罕見而著某氏鈔本者，單行本不足而著全集本者，求其當也。

一、海内藏書家收藏詞曲者昔不多覯，近惟錢唐丁氏、歸安陸氏藏詞最富。乃一歲之中，陸氏之書歸日本巖崎氏，丁氏書亦爲金陵圖書館所購。然近於廠肆又屢見丁氏之書，知金陵典守并未嚴密，此後又不知流落何所。所幸丁氏藏詞除元三數家外，仁和吴氏皆有副本。陸氏藏詞與丁氏别出者亦不多，吴氏亦間録之。欲逐録者，尚可問津耳。

一、竹垞《詞綜·序例》所舉前人集中附詞，如《林處士集》附詞、劉子翬《屏山集》附詞，皆僅三首。羅願《鄂州小集》、顧瑛《玉山璞稿》附詞僅一首。以不能成書，故不録。餘鄙人所未見，不能定其多少者，仍著於篇，亦遇而廢之，不若遇而存之之意也。

一、詞人字里、官閥，其詞無通行本者略注於下；有刻本者闕之，間有考證亦輒附入。

一、諸家詞集或注「佚」，或注「未見」。然注「未見」者非無已佚，注「佚」者，亦或能發見，固不能定精密之界限也。

一、長夏畏熱，終日簡出，參考之書無多，商榷之益尤鮮，尚冀大雅君子匡其不逮，幸甚。

光緒戊申秋七月　海甯王國維識

三〇

唐人詩詞尚未分界，故《調笑》、《三臺》、《憶江南》諸詞皆入詩集，不獨《竹枝》、《柳枝》、《浪淘沙》諸詞本係七言絶句也。致光（注：指韓偓）詞之見於《尊前集》者僅《浣溪沙》二闋，然《香奩集》中之近似長短句者尚若干闋，余故寫爲一卷。《憶眠時》本沈約創調，隋煬帝繼之，升庵視爲詞之濫觴，惟致光詞少一韻耳。「春樓處子」三首，比《三臺》多二韻，比馮延巳《壽山曲》少一韻。……《玉合》、《金陵》二首皆致光創調，而《金陵》尤純乎詞格。兹於原題之下各加「子」字，以别之於詩。《木蘭花》本係七古，然飛卿詩之《春曉曲》、《草堂詩餘》已改爲《木蘭花》，固非自我作古也。

三一

其(注：指尹鶚)《金浮圖》一調長至九十四字，五代詞除唐莊宗《歌頭》外，以此爲最長，然頗似康伯可、柳耆卿手筆也。

三二

《樂府紀聞》謂其(注：指鹿虔扆)國亡不仕，詞多感慨之音，蓋指《臨江僊》一調言之。然此詞載《花間集》，《花間集》選於後蜀廣政三年，此時去後蜀之亡尚二十年。若云傷前蜀，則虔扆固仕於昶。《紀聞》之言實無所據。

三三

陳直齋謂：「世傳伯可詞鄙褻之甚，此集頗多佳語。」黄叔暘亦云：「書市刊本皆假託其名，今得官本……篇篇精妙。」是宋時康伯可詞已有數本。余從古人選本中輯爲一卷。其詞實學耆卿而失者也。

三四

黄昇《書阮閱〈眼兒媚〉詞後》曰：「閎休小詞唯有此篇見於世，英妙傑特，所謂百不爲多，一不爲少。」以今觀之，殊不然也。

三五

《端正好》第一首，亦檃括同叔《鳳棲梧》。壽域（注：指杜壽域）殆長於音律，故改譜他人詞。即其自製，亦與他人音節不同，或以此也。

三六

《滿路花·風情》（注：指周邦彦「簾烘淚雨乾」之作），無限風情，令人玩索。

三七

朱竹垞《蝶戀花·重游晉祠題壁》，其「天涯芳草」二句，自南宋後即不多見，無論近人。

三八

項蓮生詞，在國朝自非臯文、止庵輩所能及，然尚不如容若、竹垞，況鹿潭以下耶！

《人間詞話》的版本源流

王國維的《人間詞話》雖然是薄薄的一册「小書」，但因爲王國維本人多次修訂删改，導致了其版本形態的複雜。王國維去世後，經趙萬里、王幼安等的不斷增補，更形成了與王國維生前刊行、出版的《人間詞話》截然不同的形態。兼之胸羅萬卷的王國維在詞話中多言端緒而略其引申，相關的箋釋、校注本便也層出不窮，進一步豐富了其版本形態。所以關於《人間詞話》諸種版本的形成過程，有必要向讀者交待一下。

王國維完成《人間詞話》手稿本的寫作應該是在一九〇八年七月之後。在此之前，就詞學文獻的準備而言，王國維先後完成了《唐五代二十一家詞輯》、《詞録》等；而在文學的基本觀念上，一九〇六年完成的《文學小言》及其前後撰寫的《人間詞甲稿序》、《人間詞乙稿序》也已奠定基本格局。有此文獻基礎和理論基礎，纔有《人間詞話》手稿本的撰述基礎。手稿共一百二十五則，王國維從中録出六十三則，并臨時補寫一則，合共六十四則，分三期連載於一九〇八與一九〇九年之交的上海《國粹學報》，具體是第四十七期二十一則（一九〇八年十月），第四十八期十八則（一九〇八年十一月），第五十期二十五則（一九〇九年一月）。但這次發表并没有引起學術界的注意。一九一五年一月，王國維再次將初刊本與手稿本作了新的壓縮和調整，并從其《宋元戲曲考》

中迻録一則論元曲套數的内容，合共三十一則，分七期連載於《盛京時報》，具體是：一月十三日刊小序和前五則（一—五），十五日刊四則（六—九），十六日刊六則（十—十五），十七日刊五則（十六—二十），十九日刊五則（二十一—二十五），二十日刊三則（二十六—二十八），二十一日刊三則（二十九—三十一）。但王國維的這兩次整理發表，并没有取得預期的效果，所以當一九二五年夏，陳乃乾馳書王國維，希望王國維允許將初刊本標點後單行，王國維的態度先是頗爲消極，後雖同意出版，但信中仍囑咐陳乃乾要在單行本中注明乃早期所作。這樣纔有了一九二六年二月北京樸社版的俞平伯標點本的問世。

但這一次單行本的出版所引起的關注，可能是王國維未曾料及的。先是有日本學者吉川幸次郎（署名「潔」）在日本京都大學主辦的《支那學》四卷之二（一九二七年三月）發表書評予以揄揚，認爲「此書具備精到的見解」，其境界説「超脱了俗趣俗論，觸及了詞的真諦」，「可與周濟《宋四家詞選序論》相媲美」。接着有靳德峻箋證本的問世。又由於隨後不久王國維的自沉而引起的極大關注，這本《人間詞話》吸引了一批學者的研究熱情，任訪秋、朱光潛、唐圭璋、吴徵鑄等紛紛著文發表評論。同時對《人間詞話》的增補工作，也由趙萬里拉開序幕。趙萬里從《人間詞話》手稿本中擇録四十四則，并從王國維舊藏《蕙風琴趣》中録出兩則，及趙萬里自己的《丙寅日記》中記録的兩則王國維論詞之語，合共四十八則，發表於《小説月報》第十九卷（一九二八年）第三號上。同年，羅振玉主事的《海甯王忠慤公遺書》及三十年代中期趙萬里、王國華編的《海甯王靜安先生遺書》中就有了上、下兩卷本的《人間詞話》，以《國粹學報》初刊本爲上卷，而以趙萬里所輯録的四十八則爲下卷。而一九三三年北京人文書店出版的沈啟無《人間詞及人間詞話》中的《人間詞話》、一九三七年南京正中書局出版的許文雨《人間詞話講疏》、唐圭璋編《詞話叢編》所收録的《人間詞話》等，他們所用的底本便都是上、下兩卷本《人間詞話》。此後僅刊行《國粹學報》初刊一卷本的只有一九四四年《出版界》月刊社出版的徐澤人的《人間詞話·人間詞合刊》本中的《人間詞話》了。

三卷本《人間詞話》以徐調孚的《校注人間詞話》爲開端，此書一九四〇年由上海開明書店初版，在卷上、卷下之外，復增「補遺」一卷，「補遺」凡十八則，係徐調孚據王國維《唐五代二十一家詞輯》諸跋、《清真先生遺事》、《觀堂集林》中的相關論詞之語及《人間詞甲稿序》、《人間詞乙稿序》彙輯而成。一九四七年此書再版之時，又增入了陳乃乾從王國維舊藏《六一詞》、《片玉詞》、《詞辨》輯録的眉批七則。一九六〇年人民文學出版社出版徐調孚注、王幼安校訂之《人間詞話》時，又對三卷本的結構和名稱作了調整，以「人間詞話」、「人間詞話删稿」、「人間詞話附録」名之。這一名稱的改變當出於王幼安。在結構上將原收録於卷下由趙萬里輯録的王國維評論《蕙風琴趣》和趙萬里《丙寅日記》中輯録的四則論詞之語移入「附録」，校訂者王幼安復從《人間詞話》手稿本中再擇録五則入第二卷「删稿」。此本一直通行至今。

無論是趙萬里，還是王幼安，其對《人間詞話》手稿本始終是帶着一種選擇的眼光，并非以發表手稿全本爲目的。雖然王幼安在通行本《校訂後記》中説：「王氏論詞之語，未盡於此，俟後覓得續補。」但其後完全有條件將手稿全文刊布的王幼安并没有再續補。第一次將手稿本全部發表的是滕咸惠，一九八一年齊魯書社出版了他的《人間詞話新注》。一九六三年，滕咸惠在趙萬里的幫助之下，曾借閲并鈔録了手稿本原文，所以他的《人間詞話新注》便依照當年鈔録文字按照手稿順序一一迻録，并加注釋。可能是當初鈔録手稿未及仔細核對，故書中文字錯漏較多，一九八六年出版修訂本時，滕咸惠參考了陳杏珍、劉烜刊發於《河南師大學報》一九八二年第五期的《人間詞話》（重訂）一文，這是手稿本第一次在真正意義上的出版。滕咸惠《人間詞話新注》（修訂本）將手稿作爲上卷，而下卷是兩種附録：一種是「論詞語輯録」，大體迻録通行本「人間詞話附録」的論詞條目，僅删去其中論王周士詞一則，因爲此則本非王國維撰寫，只是王國維鈔録《四庫未收書提要》中的文字，凡二十八則。附録二爲從陳杏珍、劉烜《人間詞話》（重訂）中的附録之一《自編〈人間詞話〉選》迻録過來，并易名《人間詞話選》，凡二十三則。

在滕咸惠《人間詞話新注》初版發布後不久，陳杏珍、劉烜的《人間詞話》（重訂）刊發於《河南師範大學學報》一九八二年第五期，雖然也是刊發手稿本全文，但與滕咸惠的按手稿原順序出版不同，重訂本按照《國粹學報》初刊本、未刊手稿、删稿的順序分類發表，而且「删稿」是作爲「附録」發表的。具體是：卷上爲初刊本《人間詞話》六十四則，卷下爲《人間詞話》未刊手稿四十九則（實五十則）。卷上雖然在條目上與通行本一致，但文字則按照手稿本作了新的校訂。卷下未刊手稿，作者標數是四十九則，實際漏標一則，爲五十則。這五十則的内容有四十四則與通行本「人間詞話删稿」相同，重訂者新增入手稿第二十四、二十六、二十八、六十三、六十四、九十二等六則，并將通行本「人間詞話删稿」中的第二、三、十、三十二、三十九這五則剔除，另入附録之二的「删稿」之中。另有附録三種：附録之一爲《自編〈人間詞話〉選》，乃出自國家圖書館所藏王國維自存《盛京時報》本《人間詞話》的剪報本，此剪報本不全，僅二十三則；附録之二爲《〈人間詞話〉删稿》，除了有五則是從通行本《人間詞話删稿》中迻録外，另新增入手稿第三十九、五十、八十八、八十九、九十一、二百八、一百二十一則等七則。陳杏珍、劉烜合計增補十三則。附録之三爲《人間詞話》原稿卷首的題詩《戲效季英作口號詩》，凡六首。至此，王國維《人間詞話》手稿本一百二十五則已是第二次被全部發表，只是與第一次滕咸惠「新注」本的順序發表不同，陳杏珍、劉烜是將其分類發表而已。但需要指出的是：就手稿全部發表而言，是滕咸惠《人間詞話新注》在前，但陳杏珍、劉烜的《人間詞話》（重訂）很可能是在滕咸惠「新注」本出版之前就已經整理好的，只是發表較晚而已。陳杏珍、劉烜在重訂本的「整理後記」中説：「把《人間詞話》手稿中的材料集中起來，全部予以發表，這是第一次。」這應該可以説明，陳杏珍、劉烜在整理完重訂本前是没有看到滕咸惠「新注」本的。而且在一九八〇年第七期的《讀書》雜誌上即刊有劉烜全面介紹手稿本的《王國維〈人間詞話〉的手稿》一文了。

自滕咸惠與陳杏珍、劉烜兩本出，關於手稿本的各版本大體不出兩本之範圍，只是有分類本與原序本的不同而已。但徐調孚注、王幼安校訂本《人間詞話》由於其通行之廣泛，仍成爲主流的版本。此後各種導讀、譯注本等，也大體是針對通行本而言的。滕咸惠、陳杏珍、劉烜對手稿全部刊布的努力尚需時日纔能得到更多學理上的認同。

王國維發表於一九一五年一月《盛京時報》的三十一則《人間詞話》，在很長時間之内是消失在學術視野之外的。直到一九八二年，陳杏珍、劉烜在國家圖書館看到王國維的相關剪報後，纔將其作爲《人間詞話》（重訂）的附録，發表於《河南師範大學學報》一九八二年第五期。但王國維的這份剪報并不全，只留存了二十三則，所以陳杏珍、劉烜將其整理發表時，也只有二十三則，并題名《自編〈人間詞話〉選》。一九八六年滕咸惠《人間詞話新注》（修訂本）出版時也只是迻録了此二十三則，并易名《人間詞話選》。此後多種《人間詞話》版本收録此本時也大都以此二十三則爲限，命名各有不同。首次完整發表《盛京時報》全部三十一則《人間詞話》的是趙利棟，趙利棟將王國維三種學術隨筆《東山雜記》、《二牖軒隨録》、《閱古漫録》合輯爲《王國維學術隨筆》，二〇〇〇年由社會科學文獻出版社出版。其中《二牖軒隨録》卷四即收録有三十一則本《人間詞話選》，此後如北嶽文藝出版社二〇〇四年版周錫山編校之《人間詞話彙編彙校彙評》等即收録此本。筆者在《中山大學學報》二〇〇八年第三期發表《〈盛京時報〉本〈人間詞話〉校訂并跋》一文，對三十一則本的文字作了詳細的校訂。

由於《人間詞話》以傳統詞話體撰述，往往言簡意賅，點到爲止，又涉及大量詩人詞人、别集總集、詞句全篇、理論範疇等，於一般讀者理解爲難，所以在《人間詞話》經典化的過程中，「注釋」本的出現是非常重要的一環。最早的注釋本當爲靳德峻的《人間詞話箋證》，其書雖出版於一九二八年，但箋證其實在一九二六年夏即已完成。靳德峻的箋證主要是徵引詩詞作品和典故，簡介書中所涉及的人名和書名，對王國維原文與所引録文字有歧義者，偶爾稍加辨析，至於《人間詞話》中的重要理論則不遑解説。由於靳德峻的箋證懸格不高，而且出手倉促，所以錯漏甚多，因此纔有了蒲菁的「補箋」。蒲菁的補箋雖然遲至一九八一年方與靳德峻的《人間詞話箋證》合刊出版，但其補箋工作應該在三十年代中期之前即已完成。與靳德峻主要徵引文獻出處、簡介生平文集等不同，蒲菁的補箋重心在對理論内涵的箋證上。不過蒲菁直接下斷語的地方并不多，大量的是援引相關理論背景文獻，以達到彼此參證的目的。如《人間詞話》曾評説馮延巳詞「堂廡特大，開北宋一代風氣」，靳德峻只是箋説《花間集》的基本情況，并没有對王國維這一評價作出自己的分析，而蒲菁的補箋則連續徵引《陽春集序》、《唐五代詞選序》、《藝概》、《蕙風詞話》、《柳塘詞話》、《白雨齋詞話》、張惠言《詞選》、《詞辨》等八種相關評説，爲從更廣闊的理論背景下理解王國維詞話的具體内涵奠定了重要基礎。

沈啟無《人間詞及人間詞話》主要是突出文本，故將注釋置於全書最後，題名「附録徵引詩詞雜文」，下分徵引書目、詩詞原文、詩人詞人之生平籍貫著述等。徐調孚的《校注人間詞話》是最早通注三卷本《人間詞話》者。因爲徐調孚「發原載志相對校，冀得其真」，所以對詞話文本的校勘更爲精審，爲其成爲此後最通行之本奠定了基礎。此書注釋工作實主要由周振甫完成，但其注釋之思路則當受之於徐調孚。其徵引詩詞原文及所涉及的論述原文，以文字精確、簡明見長。

許文雨的《人間詞話講疏》乃是從其《文論講疏》中别出單行之本。許文雨將注疏置於單則詞話之後，把徵引文獻和理論解説結合起來。就注釋而言，許文雨也後來居上，不僅在徵引文獻上注重版本選擇，使相關文獻的精確度得到大幅提高，而且注意將詞話中没有標明的隱性文獻也一一徵引出來，其實類似於一種理論溯源了。不過，《人間詞話講疏》的最大貢獻在於對王國維詞學理論的剖析上，如境界之内涵、造境與寫境之區别等，許文雨都在講疏中用現代觀念剖析其中内涵。對於王國維立説欠周延的地方，如南北宋之優劣等問題，許文雨更是在講疏中直陳自己的立場，帶有商榷的意味。并初步整理出王國維以「境界」和「自然」爲内核的理論體系。學術含量頗高。

此外，滕咸惠的《人間詞話新注》、周錫山的《人間詞話彙編彙校彙評》、陳鴻祥的《人間詞話·人間詞注評》、劉鋒傑等的《人間詞話百年解評》、施議對的《人間詞話譯注》等等，或注重理論淵源的徵引，或注重對歷代評論的彙輯，或注重對其每則詞話的詮釋，也各有其特點，對於普及文本、深化理論都産生了一定的影響。

主要參考文獻

紀昀、陸錫熊、孫士毅等纂《欽定四庫全書總目》，中華書局，一九九七年
陳子展撰述，范祥雍、杜月村校閲《詩經直解》（上、下），復旦大學出版社，一九八三年
郭慶藩輯，王孝魚整理《莊子集釋》（全四册），中華書局，一九六一年
陳鼓應注譯《莊子今注今譯》（上、中、下），中華書局，一九八三年
楊伯峻譯注《孟子譯注》（上、下），中華書局，一九六〇年
洪興祖補注《楚辭補注》，中華書局，一九八三年
朱熹集注《楚辭集注》，上海古籍出版社，一九七九年
朱自清著《古詩歌箋釋三種》，上海古籍出版社，一九八一年
龔斌校箋《陶淵明集校箋》，上海古籍出版社，一九九六年
黃侃《文心雕龍札記》，華東師範大學出版社，一九九六年
劉勰著，詹鍈義證《文心雕龍義證》（上、中、下），上海古籍出版社，一九八九年
黃霖《文心雕龍彙評》，上海古籍出版社，二〇〇五年
任半塘著《唐聲詩》（上編、下編），上海古籍出版社，一九八二年

孔凡禮點校《蘇軾文集》(全六册),中華書局,一九八六年
王文誥輯注,孔凡禮點校《蘇軾詩集》(全八册),中華書局,一九八二年
黎靖德編《朱子語類》,中華書局,一九八六年
陳定玉輯校《嚴羽集》,中州古籍出版社,一九九七年
嚴羽著,郭紹虞校釋《滄浪詩話校釋》,人民文學出版社,一九八三年
劉立人、陳文和點校《劉熙載集》,華東師範大學出版社,一九九三年
顧之京整理《顧隨:詩文叢論》(增訂版),天津人民出版社,一九九五年
吴承學、彭玉平編《詹安泰文集》,中山大學出版社,二〇〇四年
吴世昌著,吴令華編《詩詞論叢》,北京出版社,二〇〇〇年
徐復觀著《中國文學論集》,臺灣學生書局,二〇〇一年
饒宗頤著《文轍——文學史論集》(上、下),臺灣學生書局,一九九一年
錢鍾書著《管錐編》(一—四),中華書局,一九八六年
錢鍾書著《談藝録》(補訂本),中華書局,一九八四年
張璋、黄畬編《全唐五代詞》,上海古籍出版社,一九八六年
唐圭璋編《全宋詞》(全五册),中華書局,一九六五年

毛晉輯《宋六十名家詞》，上海古籍出版社，一九八九年
趙尊嶽輯《明詞彙刊》（全二册），上海古籍出版社，一九九二年
葉恭綽編《全清詞鈔》（上、下），中華書局，一九八二年
陳乃乾輯《清名家詞》（全十卷），上海書店，一九八二年
王鵬運輯《四印齋所刻詞》，上海古籍出版社，一九八九年
朱孝臧輯校《彊村叢書》（上、下），上海書店、江蘇廣陵古籍刻印社，一九八九年
趙崇祚輯，李一氓校《花間集校》，人民文學出版社，一九八一年
李冰若《花間集評注》，河北教育出版社，一九九九年
沈辰垣等編《御選歷代詩餘》（附《篋中詞》《廣篋中詞》），浙江古籍出版社，一九九八年
陳廷焯編選《詞則》（全二册），上海古籍出版社影印，一九八四年
鄭騫編注《詞選》，臺北中國文化大學出版部，一九九五年
龍榆生編《唐宋名家詞選》，上海古籍出版社，一九八〇年
黄進德選注《唐五代詞選集》，上海古籍出版社，一九九三年
龍榆生撰《唐五代詞選注》，上海古籍出版社，二〇〇六年
陳匪石編著，鍾振振校點《宋詞舉》（外三種），江蘇古籍出版社，二〇〇二年
俞平伯著《讀詞偶得　清真詞釋》，人民文學出版社，二〇〇〇年

俞平伯《唐宋詞選釋》，人民文學出版社，一九七九年
龍榆生編《近三百年名家詞選》，上海古籍出版社，一九七九年

唐圭璋編《詞話叢編》（全五册），中華書局，一九八六年
施蟄存、陳如江輯録《宋元詞話》，上海書店出版社，一九九九年
孫克强《唐宋人詞話》，河南文藝出版社，一九九九年
劉慶雲編著《詞話十論》，嶽麓書社，一九九〇年
陳良運主編《中國歷代詞學論著選》，百花洲文藝出版社，一九九八年
張惠民編《宋代詞學資料彙編》，汕頭大學出版社，一九九三年
金啟華、張惠民等編《唐宋詞集序跋彙編》，臺灣商務印書館股份有限公司，一九九三年
施蟄存主編《詞籍序跋萃編》，中國社會科學出版社，一九九四年
陳廷焯著，屈興國校注《白雨齋詞話足本校注》（上、下），齊魯書社，一九八三年
陳廷焯著，彭玉平導讀《白雨齋詞話》，上海古籍出版社，二〇〇九年
況周頤著，屈興國輯注《蕙風詞話輯注》，江西人民出版社，二〇〇〇年
王兆鵬主編《唐宋詞彙評》，浙江教育出版社，二〇〇四年
蔣哲倫、楊萬里編撰《唐宋詞書録》，嶽麓書社，二〇〇七年

史雙元編著《唐五代詞紀事會評》，黄山書社，一九九五年
尤振中、尤以丁編著《明詞紀事會評》，黄山書社，一九九五年
尤振中、尤以丁編著《清詞紀事會評》，黄山書社，一九九五年
嚴迪昌編著《近現代詞紀事會評》，黄山書社，一九九五年
陳人之、顔廷亮編《雲謡集研究彙録》，上海古籍出版社，一九九八年
周義敢、周雷編《秦觀資料彙編》，中華書局，二〇〇一年
褚斌傑、孫崇恩、榮憲賓編《李清照資料彙編》，中華書局，一九八四年
張正吾、藍少成、譚志峰編《王鵬運研究資料》，灕江出版社，一九九六年
華東師範大學中文系古典文學研究室編《詞學研究論文集》（一九一一—一九四九），上海古籍出版社，一九八八年
王水照、保苅佳昭編選《日本學者中國詞學論文集》，上海古籍出版社，一九九一年
馬興榮、吴熊和、曹濟平主編《中國詞學大辭典》，浙江教育出版社，一九九六年
龍沐勛編《詞學季刊》（上、下），上海書店影印原刊，一九八五年
吴梅著《詞學通論》，華東師範大學出版社，一九九六年
王易著《詞曲史》，東方出版社，一九九六年

夏承燾著《夏承燾集》（全八册），浙江古籍出版社、浙江教育出版社，一九九八年
唐圭璋著《詞學論叢》，上海古籍出版社，一九八六年
劉堯民著《詞與音樂》，雲南人民出版社，一九八二年
龍榆生著《詞學十講》，福建人民出版社，一九八八年
施蟄存著《詞學名詞釋義》，中華書局，一九八八年
吴熊和著《唐宋詞通論》，浙江古籍出版社，一九八九年
邱世友著《詞論史論稿》，人民文學出版社，二〇〇二年
謝桃坊著《中國詞學史》，巴蜀書社，一九九三年
方智範、鄧喬彬、周聖偉、高建中著，施蟄存參訂《中國詞學批評史》，中國社會科學出版社，一九九四年
蔣哲倫、傅蓉蓉著《中國詩學史·詞學卷》，鷺江出版社，二〇〇二年
林玫儀著《詞學考詮》，聯經出版事業公司，一九八七年
黄文吉著《黄文吉詞學論集》，臺灣學生書局，二〇〇三年
王偉勇著《詞學專題研究》，文史哲出版社，二〇〇三年
〔美〕孫康宜著，李奭學譯《詞與文類研究》，北京大學出版社，二〇〇四年
饒宗頤著《詞集考》（唐五代宋金元編），中華書局，一九九二年

王昆吾著《隋唐五代燕樂雜言歌辭研究》，中華書局，一九九六年
〔日〕村上哲見著，楊鐵嬰譯《唐五代北宋詞研究》，陝西人民出版社，一九八七年
楊海明著《唐宋詞史》，江蘇古籍出版社，一九八七年
王兆鵬著《唐宋詞史論》，人民文學出版社，二〇〇〇年
繆鉞、葉嘉瑩合撰《靈谿詞説》，上海古籍出版社，一九八七年
施議對著《詞與音樂關係研究》，中華書局，二〇〇八年
施議對著《宋詞正體》，澳門大學出版中心，一九九六年
施議對著《詞法解賞》，澳門大學出版中心，二〇〇六年
孫維城著《宋韻——宋詞人文精神與審美形態探論》，安徽大學出版社，二〇〇二年
孫維城著《張先與北宋中前期詞壇關係探論》，安徽大學出版社，二〇〇七年
嚴迪昌著《清詞史》，江蘇古籍出版社，一九九〇年
吴宏一著《清代詞學四論》，臺灣聯經出版事業公司，一九九〇年
張宏生著《清代詞學的建構》，江蘇古籍出版社，一九九八年
孫克强著《清代詞學》，中國社會科學出版社，二〇〇四年
朱德慈著《常州詞派通論》，中華書局，二〇〇六年
楊柏嶺著《晚清民初詞學思想建構》，安徽大學出版社，二〇〇四年

朱惠國著《中國近世詞學思想研究》，上海古籍出版社，二〇〇五年
周汝昌著《詩詞賞會》，廣東人民出版社，一九八七年
葉嘉瑩撰《葉嘉瑩説詞》，上海古籍出版社，一九九九年
中國李白研究會、馬鞍山李白研究所合編《二十世紀李白研究論文精選集》，太白文藝出版社，二〇〇〇年
温庭筠、韋莊、馮延巳撰，曾昭岷校訂《温韋馮詞新校》，上海古籍出版社，一九八八年
薛瑞生校注《樂章集校注》，中華書局，一九九四年
黄畬箋注《歐陽修詞箋注》，中華書局，一九八六年
蘇軾撰，薛瑞生箋證《東坡詞編年箋證》，三秦出版社，一九九八年
徐培均箋注《淮海集箋注》（上、中、下），上海古籍出版社，一九九四年
羅忼烈箋注《周邦彦清真集箋》，香港三聯書店，一九八五年
孫虹校注，薛瑞生訂補《清真集校注》，中華書局，二〇〇二年
徐漢明編校《稼軒集》，長江文藝出版社，一九九〇年
陸游著，夏承燾、吴熊和箋注《放翁詞編年箋注》，上海古籍出版社，一九八一年
王沂孫著，詹安泰箋注，蔡起賢整理《花外集箋注》，廣東人民出版社，一九九五年

詹安泰著《詹安泰詩詞集》，香港翰墨軒出版有限公司，二〇〇二年
謝維揚、房鑫亮主編《王國維全集》（二十卷），浙江教育出版社、廣東教育出版社，二〇一〇年
王國維著《王國維遺書》（全十册），上海書店出版社，一九八三年
吴澤主編，劉寅生、袁英光編《王國維全集·書信》，中華書局，一九八四年
王國維撰，徐德明整理《詞録》，學苑出版社，二〇〇三年
王國維著，趙利棟輯校《王國維學術隨筆》，社會科學文獻出版社，二〇〇〇年
王國維著，胡忌校訂《王國維戲曲論文集》，中國戲劇出版社，一九八四年
王國維著《觀堂集林·外二種》（上、下），河北教育出版社，二〇〇一年
王國維原著，佛雛校輯《王國維哲學美學論文輯佚》，華東師範大學出版社，一九九三年
王德毅編《王國維年譜》，（臺灣）中國學術著作獎助委員會，一九六七年
袁英光、劉寅生《王國維年譜長編》，天津人民出版社，一九九六年
朱傳譽編《王國維傳記資料》，臺灣天一出版社，一九八五年
陳平原、王楓編《追憶王國維》，中國廣播電視出版社，一九九七年
吴澤主編，袁英光選編《王國維學術研究論集》（一），華東師範大學出版社，一九八三年

吴澤主編，袁英光選編《王國維學術研究論集》（二），華東師範大學出版社，一九八七年
吴澤主編，袁英光選編《王國維學術研究論集》（三），華東師範大學出版社，一九九〇年
孫敦恒、錢競編《紀念王國維先生誕辰一二〇周年學術論文集》，廣東教育出版社，一九九九年
聶振斌著《王國維美學思想述評》，遼寧大學出版社，一九九七年
陳元暉著《王國維與叔本華哲學》，中國社會科學出版社，一九八一年
佛雛著《王國維詩學研究》，北京大學出版社，一九八七年
陳鴻祥著《王國維與文學》，陝西人民出版社，一九八八年
姚淦銘著《王國維文獻學研究》，江蘇古籍出版社，二〇〇一年
佛雛著《王國維哲學譯稿研究》，社會科學文獻出版社，二〇〇六年
王國維著《王國維〈人間詞〉〈人間詞話〉手稿》，浙江古籍出版社，二〇〇五年
王國維著，俞平伯標點《人間詞話》，樸社，一九二六年
王國維著，許文雨編著《人間詞話講疏·附補遺》（與《鍾嶸詩品講疏》合刊），成都古籍書店，一九八三年
靳德峻箋證，蒲菁補箋《人間詞話》，四川人民出版社，一九八一年
王國維著，徐調孚、周振甫注，王幼安校訂《人間詞話》（與《蕙風詞話》合刊），人民文學出版社，一

九六〇年
滕咸惠校注《人間詞話新注》(修訂本),齊魯書社,一九八六年
王國維著,佛雛校輯《新訂〈人間詞話〉廣〈人間詞話〉》,華東師範大學出版社,一九九〇年
王國維著,王振鐸編注《人間詞話與人間詞》,河南人民出版社,一九九五年
王國維撰,黄霖等導讀《人間詞話》,上海古籍出版社,一九九八年
陳鴻祥編著《人間詞話人間詞注評》,江蘇古籍出版社,二〇〇二年
王國維著,劉鋒傑、章池集注《人間詞話百年解評》,黄山書社,二〇〇二年
施議對譯注《人間詞話譯注》(增訂本),嶽麓書社,二〇〇三年
王國維著,吴洋注釋《人間詞話手稿本全編》,内蒙古人民出版社,二〇〇三年
王國維著,周錫山編校《人間詞話彙編彙校彙評》,北嶽文藝出版社,二〇〇四年
蕭艾箋校《王國維詩詞箋校》,湖南人民出版社,一九八四年
祖保泉著《王國維詞解説》,安徽教育出版社,二〇〇六年
葉嘉瑩著《王國維及其文學批評》,廣東人民出版社,一九八二年
葉程義著《王國維詞論研究》,文史哲出版社,一九九一年
馬正平著《生命的空間——〈人間詞話〉的當代解讀》,中國社會科學出版社,二〇〇〇年
蔣永青著《境界之「真」:王國維境界説研究》,中國社會科學出版社,二〇〇一年

李礫著《〈人間詞話〉辨》，中國社會科學出版社，二〇〇六年
彭玉平解説《人間詞話》，中華書局，二〇一〇年
何志韶主編《人間詞話研究彙編》，臺灣巨浪出版社，一九七五年
姚柯夫編《〈人間詞話〉及評論彙編》，書目文獻出版社，一九八三年

跋

自靜安撰述詞話迄今，已逾百年，其間爲詞話注疏、箋證、譯評者無慮數十，靜安詞學得以澤被廣大，諸子功莫大焉。昔三變詞名藉甚，以致有「凡有井水飲處，即能歌柳詞」之説。而今坊間書肆欲覓靜安之詞話，亦頗易易。蓋其書匪獨爲學人所偏嗜，亦爲衆庶所好尚也。余初閲斯著，喜其用心深細而出語雅潔，綰合古今而自具境界。然詞話體格，略似評點，斂逸興以短制，收妙思於端緒，雖持論謹嚴，銖兩悉稱，而每有浩思綿延而茫無際涯之歎。世之讀靜安書者，或同此心矣。

靜安詞話初刊滬上之《國粹學報》，凡六十四則，其衡詁詞史，品騭諸家，無不懸境界以爲格，而抑揚高下。然此乃靜安三復其思而後之作，至其最初一念之本心，則無以知矣。吾人知人論世，每好推源溯流，則靜安詞學粗成梗概之貌，焉能忽之！因思諸家詮解，多賴定本，惟滕氏新注，因循手稿，然其以注爲主，雖徵引繁富，而鮮加裁斷，讀者或有罔識東西之惑焉。余因欲繼滕氏之後，疏其義理而證其關係。自昔靜安「疏通證明」《史籀篇》，嘗以「疏證」爲名，蔡楨氏亦有《詞源疏證》一書，余遂因其名焉。然才有庸雋而識有偏至，以余之不才而欲上窺靜安之用心，誠不免有愚妄之譏焉！然則愚者千慮，或有一得；妄者横議，容能稍中。何況得失在心，中否在人。因不避淺陋，暢論無忌，而自求放心矣。

此疏證初撰於數年之前，嘗與中山大學古典文學諸博士、碩士商榷於課室，復與門下諸弟子辯論於康園。其中多半文字又承中國人民大學諸葛憶兵、南京大學張宏生二君不棄，刊發於《國學刊》、《中國韻文學刊》諸雜誌。得與同道友好疑義相析，或冷面駁難，或勤加砥礪，亦塵囂之世人生一樂也。去歲之末，應中華書局之約，余曾爲撰詞話解説一種，試以平易之筆發幽約之思。雖疏證在前，解説在後，然後之解説反有略勝疏證者，因徑録數則於此。非不患其同，實乃一人之思，前後若此，亦勢自不可異也。若故求奪胎换骨，點綴字面，反掩其素者也。

靜安已矣。猶記其曾致蔣汝藻書云：「數月不親書卷，直覺心思散漫，會須收召魂魄，重理舊業耳。」靜安之魂魄實已融入其書卷之中，此靜安之著述所以歷久彌新而垂之修遠之故也。

庚寅六月初十彭玉平謹識於倦月樓